TANIA CARVER

JETZT GEHÖRST DU MIR

Thriller

Aus dem Englischen
von Sybille Uplegger

Ullstein

Besuchen Sie uns im Internet:
www.ullstein-buchverlage.de

MIX
Papier
FSC® C083411

Deutsche Erstausgabe im Ullstein Taschenbuch
1. Auflage Februar 2019
2. Auflage 2019

Titel der englischen Originalausgabe: *The Lost Girl*
(First published in Great Britain in 2016 by
Sphere, an imprint of Little, Brown Book Group)
Umschlaggestaltung: zero-media.net, München
Titelabbildung: © FinePic®, München
Gesetzt aus der Quadraat Pro powered by pepyrus.com
Druck und Bindearbeiten: CPI books GmbH, Leck
ISBN 978-3-548-29046-1

Schneeengel

Eigentlich hätten sie in dem Haus sicher sein sollen. Deshalb waren sie ja dort.

Wo »dort« war, wusste sie nicht so genau, sie sagte es einfach, weil Mama und Papa es sagten. Sie ging dorthin, wo ihre Eltern hingingen. Machte das, was sie machten. Aber ja, dachte sie. Hier sind wir in Sicherheit. Wenigstens kam es ihr so vor.

Irrtum.

Es geschah ohne jede Warnung, an einem ganz normalen Tag – oder was für ihre Familie inzwischen als normal galt. Mama, Papa, ihr Bruder und sie waren alle zusammen, so wie immer. Es schneite, und sie wollte mit ihrem Bruder nach draußen gehen, um im Schnee zu spielen. Mama und Papa sahen sich besorgt an. Aber die Männer, die auf sie aufpassten – die für ihre Sicherheit sorgten, wie Mama immer sagte -, meinten, das wäre schon in Ordnung, sie würden ein Auge auf die Kinder haben. Also zog sie sich an.

Davor hatte sie mit den neuen Puppen gespielt, die sie geschenkt bekommen hatte. Eigentlich wusste sie gar nicht so richtig, was sie mit denen anfangen sollte. Ihre Kleider, ihre Haare und die kleinen beigefügten Teile waren ganz anders als die Spielsachen, die sie von früher gewohnt war. Natürlich hatte sie vorher auch schon Puppen gehabt, aber die waren aus Stoff und Stroh gewesen. Sie hatten ganz natürlich gerochen – nach den Materialien, aus denen sie gemacht waren. So wie ihre Belinda.

Diese neuen Puppen waren anders. Sie rochen irgendwie komisch. Unangenehm. Plastik, hatte ihre Mama gesagt und dabei den Mund verzogen, so wie sie es immer machte, wenn ihr etwas nicht gefiel. Also hatte sie die Puppe wieder weggelegt. Wenn ihre Mama die Puppen nicht mochte, wollte sie lieber nicht damit spielen.

Doch als Mama das sah, lächelte sie.

Schon gut, meinte sie. Spiel ruhig mit deiner Puppe. Ich habe nichts dagegen. Aber sie lächelte nur so lange, wie sie in ihre Richtung sah. Als sie den Kopf hob und sich abwandte, war das Lächeln ganz schnell wieder verschwunden.

Sie hatte keine Ahnung, wie lange sie jetzt schon hier waren. Sie erinnerte sich noch an ihr Leben davor. Sie erinnerte sich an ein Gefühl, das sie gehabt hatte – wahrscheinlich war es Glück gewesen. Geborgenheit. Sicherheit. Sie erinnerte sich auch, dass sie oft gelächelt und sich um die meisten Dinge keine Sorgen gemacht hatte. Aber dann waren eines Abends Mama und Papa zu ihr gekommen und hatten gesagt, sie müsse jetzt ganz leise sein. Mucksmäuschenstill. Ein bisschen war es so, als würden sie ein Spiel spielen. Sie durfte nur ein einziges Spielzeug mitnehmen, mehr nicht. Ihre Wahl fiel auf ihre Lieblingsstoffpuppe Belinda. Dann gingen sie los. Mama, Papa, ihr Bruder und sie. Hinaus in die Nacht.

Sie schlichen an einem Zaun entlang, unten am Ende des Gartens. Sie hatte Angst, aber um Mamas und Papas willen tat sie immer noch so, als wäre das alles ein Spiel. Sie versuchte so leise wie möglich zu atmen.

Irgendwann gelangten sie an ein Loch im Zaun. Papa lief hin und winkte die anderen zu sich. Sie blieb stehen und starrte auf das Loch. Auf einmal konnte sie sich nicht mehr bewegen. Mama hatte es gesehen, war stehen geblieben und schaute sie an.

Was ist? Nun komm doch. Es ist nur ein Spiel, zischte Mama mit gepresster Stimme. Jetzt mach schon. Wir sind bei dir. Alles wird gut. Wir können später noch mal zurückkommen und ... alles andere holen. Aber jetzt beeil dich.

Sie war immer noch nicht ganz überzeugt, aber weil ihre Mama es sagte, folgte sie den anderen durch den Zaun.

Sie liefen durch einen Wald. Einen Wald, von dem sie bis dahin immer nur von weitem die Baumwipfel gesehen hatte. Und jetzt rannte sie auf einmal mitten hindurch.

Einmal hörten sie hinter sich ein Geräusch und wandten sich um.

Kommt schon, rief Papa, und sie gaben sich Mühe, noch schneller zu laufen.

Das ist kein Spiel, schoss es ihr durch den Kopf. Ich hab Angst. Ich will nicht hier sein. Ich will wieder zurück ...

Kurz darauf sah sie weiter vorn Lichter aufscheinen. Zwei waren es. Sie blinkten. An, aus. An, aus. Von Papa angetrieben, rannten sie noch schneller, immer auf die blinkenden Lichter zu.

Es war ein Auto. Ein großes Auto mit vielen Sitzen. Jemand öffnete die hintere Tür, und Papa setzte erst ihren Bruder, dann sie auf die Rückbank. Danach stiegen er und Mama ein. Sie hatten kaum Zeit, dem Fahrer und den anderen Mann im Auto Hallo zu sagen, schon gingen die Türen zu, und sie fuhren los.

So waren sie hierhergekommen. In das sichere Haus.

So musst du es machen, sagte ihr Bruder.

Er legte sich rücklings in den Schnee, streckte Arme und Beine aus und bewegte sie hin und her. Weil er ihr älterer Bruder war und man ihr beigebracht hatte, dass man auf Erwachsene und Respektspersonen hören musste, machte sie es ihm nach.

Was ist das denn, was wir hier machen?, fragte sie nach ein paar Minuten.

Schneeengel, sagte er. Guck mal.

Er stand auf und bedeutete ihr, dasselbe zu tun. Dann zeigte er auf die Stelle, wo sie eben noch gelegen hatten.

Siehst du? Das sieht aus wie Flügel. Er schaute sie an und lächelte. Wir haben Flügel! Seit sie hier waren, lächelte er fast ununterbrochen. Wir haben Flügel!

Jetzt sah sie, was er meinte. Und weil er lachte, lachte sie mit. Und dann machten sie gleich noch zwei Schneeengel.

Es schneite den ganzen Vormittag, und es war so kalt, dass der Schnee liegen blieb und sie mehr als genug zum Spielen hatten. Sie spielten, bis sie müde wurden und Hunger bekamen.

Ich geh jetzt rein, verkündete sie.

Ihr Bruder sah von der riesigen Schneekugel auf, die er gerade vor sich her wälzte. Sie sollte der Bauch des größten Schneemanns aller Zeiten werden. Ach, bleib doch noch …

Ich komm wieder, sagte sie und verschwand um die Hausecke.

In dem Moment sah sie es. Es war ein Anblick, der sie für den Rest ihres Lebens verfolgen würde.

Zuerst dachte sie, die Wachen würden auch Schneeengel machen. Doch im Näherkommen erkannte sie, dass ihre Flügel rot waren. Und dass sie sich nicht mehr bewegten.

Sie wusste nicht, was sie tun sollte. Sie war wie versteinert. Sie blickte um sich, wollte nach ihrem Bruder rufen, aber sie brachte keinen Ton heraus. Schließlich lief sie mit wild klopfendem Herzen ins Haus. Sie wollte zu Mama und Papa.

Und fand sie. Auch sie lagen am Boden, so wie die beiden Polizisten. Auch sie waren voller Blut.

Dann wurde sie plötzlich von hinten gepackt.

Sie wehrte sich verzweifelt, biss, trat und schrie, damit mit ihr nicht dasselbe passierte wie mit Mama und Papa. Aber es hatte keinen Zweck. Sie war nicht stark genug.

Hör auf zu zappeln, du kleine Ratte, knurrte eine Stimme dicht an ihrem Ohr.

Sie roch schlechten Atem. Fauliges Fleisch und Zigarettenqualm. Sie kämpfte trotzdem weiter.

Ich hab gesagt, du sollst aufhören. Sonst blüht dir dasselbe wie denen da.

Sie begriff, was das bedeutete, und ihr Widerstand erlahmte.

Brav, sagte die Stimme. Wir gehen jetzt. Du legst dich auf den Boden und gibst keinen Mucks von dir. Mach die Augen zu und zähl im Kopf bis hundert. Kannst du das?

Sie wusste es nicht genau. Aber sie nickte trotzdem.

Gut. Wenn du damit fertig bist, fängst du noch mal von vorne an, hast du kapiert? Sonst kommen wir wieder. Das willst du doch nicht, oder?

Er stieß sie zu Boden. Sie kniff die Augen ganz fest zu und versuchte bis hundert zu zählen. Irgendwann machte sie die Augen wieder auf. Schaute sich um. Begegnete dem toten Blick ihrer Mama. Sie fühlte etwas Nasses an den Fingern und hob die Hand. Mamas Blut.

Sie fragte sich, was mit ihrem Bruder war. Wo er wohl steckte.

Doch sie wagte nicht, aufzustehen und nach ihm zu suchen. Also blieb sie liegen. Wie lange, wusste sie nicht. Sie starrte in Mamas leblose Augen, während Mamas Blut ihre Kleider tränkte.

Sie war zu verängstigt, zu benommen, um auch nur zu weinen.

ERSTER TEIL

Der Gehängte

1

Claire hielt Damiens Hand. Ganz fest. Ihr Herz klopfte, ihre Knie zitterten. Gewisse andere Regionen ihres Körpers zitterten ebenfalls. Sie konnte kaum glauben, was sie gleich tun würde.

Nicht sie allein – sie beide. Sie *beide* würden es tun. Endlich.

Sie sah zu Damien. Betrachtete sein Profil im Licht der Abenddämmerung. Gott, er sah so unfassbar gut aus. Vielleicht war er nicht jedermanns Typ. Er war nicht attraktiv im klassischen Sinn, aber er löste etwas bei ihr aus. Berührte etwas in ihr, wie niemand sonst es konnte. Ganz bestimmt nicht Gareth. Das war schon seit Jahren vorbei.

Sie wandte sich ab und richtete den Blick wieder auf ihre Füße. Sie kamen nur langsam voran, der Sand am Flussufer war noch nass von der auslaufenden Flut.

Hinter ihnen lag der Weg zur Hauptstraße, wo sie das Auto geparkt hatten. Was in Wrabness so als Hauptstraße durchging. Zwischen Colchester im Süden und Ipswich im Norden gelegen, war es nicht einmal ein richtiges Dorf. Eine Handvoll verstreuter Häuser, ein paar Gehöfte, ein Streifen Strand mit einigen Stelzenhütten und morschen Bootsrümpfen am steinigen Ufer: Das war Wrabness.

Und ein Wald. Ein dunkler Wald. Ein Wald, in dem zwei Menschen leicht vom rechten Weg abkommen konnten. Wenn sie es denn wollten. Und sie wollten. Sie wussten, was hier draußen passiert war. Die Morde. Der Wahnsinn. Die Babys. Der Stoff, aus dem Albträume, reißerische True-Crime-Bücher und effekthascherische Dokus auf Kanal 5 gemacht wurden. Und von allen dreien hatte es reichlich gegeben. Sicher, sie hätten auch in ein Hotel gehen können, so wie andere Leute, die eine Affäre hatten. Sie hätten Sex in einem Bett haben können, das sie bezahlt hatten, in dem sie aber nie schlafen würden. Aber wo blieb da das Abenteuer, der Nervenkitzel? Sie wollten etwas Aufregendes. Und wo war es aufregender als an einem der unheimlichsten Orte, die die Umgebung zu bieten hatte? Hier hatte ein gefährlicher, perverser, transsexueller Serienkiller sein Unwesen getrieben. Das machte die Sache *noch* aufregender: der kombinierte Kitzel von Sex und Tod.

Mit der freien Hand zog sich Claire die Bluse und den Rock zurecht, die verrutscht waren, als sie im Auto geknutscht hatten. Sie waren schon während der Fahrt so scharf aufeinander gewesen, dass sie kaum die Finger voneinander lassen konnten. Dass sie sich die Bluse jetzt wieder in den Rock steckte, war nur für den Fall, dass sie jemandem begegneten. Nicht dass das wahrscheinlich war. Nicht an einem Ort wie diesem und nicht um diese Zeit. *Und wenn doch*, dachte sie, während ein Schauer sie durchlief und ihr ganz schwindlig wurde vor Vorfreude auf das, was gleich passieren würde, *dann hat er ja vielleicht Lust zuzuschauen?*

Erneut sah sie sich um. Keine Menschenseele. Statt also ihre Bluse in Ordnung zu bringen, öffnete sie sie noch weiter. Damien beobachtete sie dabei. Beäugte ihren schwarzen Spitzen-BH, den sie extra für ihn angezogen hatte. Er war Teil eines Wäschesets, das er besonders gern mochte. Er hatte es ihr selbst gekauft. Sie sah sein Gesicht. Merkte, wie sich seine Schritte beschleunigten.

Seine plötzliche Eile rief etwas in ihr wach. Etwas Dunkles, Hungriges, Primitives.

Sie konnte es gar nicht mehr erwarten.

»Und hier wurde die Leiche gefunden.« Malcolm wies auf eine Stelle weiter vorn. »Genau hier, meine Damen und Herren ...«

Er versuchte sie zu begeistern, wurde jedoch das Gefühl nicht los, dass er sich umsonst bemühte. Ganze sieben Leute waren zu seiner Führung gekommen, und zwei von ihnen hatten sich bereits beschwert, weil sie so weit laufen mussten. Drei simsten ununterbrochen, als wären sie in der Schule und er hielte gerade eine besonders langweilige Unterrichtsstunde ab. Obwohl er sich redlich bemühte, seinen Vortrag durch theatralische Ausschmückungen lebendiger zu gestalten, war sein Mörder-Spaziergang durch Colchester beileibe nicht der durchschlagende Erfolg, den er sich ausgemalt hatte.

»Genau hier«, rief er, während ihm bereits der nächste blumige Ausdruck auf der Zunge lag. Er würde diesen Schwachköpfen etwas für ihr Geld bieten. »Vor dem Lichtmast auf dem Feuerschiff. Die Frau war splitternackt. Brutal zugerichtet – ja, beinahe gespalten ...« Das letzte Wort brüllte er fast, als wäre er ein Jahrmarktschreier aus einem viktorianischen Groschenroman. Irgendjemand lachte – nicht gerade die Reaktion, die er sich erhofft hatte. Doch er fuhr unbeirrt fort: »Vergewaltigt. Ihr Körper trug die Spuren von Messern, Ketten, Peitschen ...« Mit großen Augen beugte er sich nach vorn. »Der Täter hatte ihr ein Wort in die Stirn geritzt. Das Wort ... HURE ...«

Er riss die Augen noch weiter auf. Seine Zuhörer kicherten.

Mein Gott, ermahnte er sich im Stillen. *Schalt mal einen Gang runter. Du klingst ein bisschen zu enthusiastisch.* Er seufzte. *Hätte ich doch noch meine Stelle in der Bücherei.*

Als der Etat für die öffentlichen Bibliotheken gekürzt wurde, war Malcolm einer der Ersten gewesen, die entlassen wurden. Danach war ihm die Idee zu diesem Mörder-Spaziergang durch Colchester gekommen. Er hatte einmal an einer Jack-the-Ripper-Tour im Londoner East End teilgenommen und war tief beeindruckt gewesen. Ihr Führer hatte sich als überaus belesen herausgestellt, seine Tour aber dennoch unterhaltsam und lebendig gestaltet. Er hatte die Verbrechen innerhalb ihres historischen Kontextes erläutert und den Opfern eine Stimme gegeben. Seine Ausführungen waren kein bisschen reißerisch gewesen, sondern echte Geschichte zum Anfassen.

Auf der Zugfahrt nach Hause hatte Malcolm nachgedacht. Colchester hatte in den vergangenen Jahren einen deutlichen Anstieg an Gewalttaten zu verzeichnen gehabt, darunter sogar eine beachtliche Anzahl von Mordserien.

Warum also nicht …?

Und nun stand er hier, an einem trüben, kalten Dienstagabend, unten am Kai des Flusses Colne. Er hatte sich so extravagant gekleidet, wie seine Garderobe es hergab. Er versuchte nach Kräften, einen echten Charakter darzustellen, rang verzweifelt um die Gunst seiner winzigen Zuhörerschar. Am liebsten hätte er die Führung abgebrochen und wäre in den Pub gegangen.

»Gibt es dazu noch irgendwelche Fragen?«, wollte er wissen.

»Ja«, sagte ein Typ. Groß, rasierter Schädel, Tattoos. Die Frau an seiner Seite war solariumsgebräunt und trug Schuhe mit hohen Pfennigabsätzen. Ihre Beine waren dünn wie Zahnstocher, und jedes Mal, wenn sie auf ihren Schuhen vorwärts stöckelte, fürchtete Malcolm, sie könnten durchbrechen.

»Ja?«, sagte Malcolm.

»Was ist denn jetzt genau mit ihr passiert?«

»Dazu komme ich gleich.«

»Es ist nämlich so: Ein Kumpel von mir, der hatte früher mal einen Imbisswagen da oben.« Der Mann deutete die Straße hinunter. »Und er meinte, er hätte der Polizei geholfen. Hat mir ein paar Sachen über den Fall erzählt.« Der Mann lächelte genüsslich bei dem Gedanken an das, was er gleich sagen würde. »Zum Beispiel, dass ...«

»Das ist ja ganz wunderbar«, schnitt Malcolm ihm das Wort ab. »Für Ihren Freund, meine ich. Und keine Bange, ich werde Ihnen nichts Wichtiges vorenthalten. Wenn Sie mir jetzt bitte folgen wollen ...«

Er wandte sich um und ging den Kai entlang auf ein altes, leerstehendes Lagerhaus zu, neben dem ein rostiger Verladekran aufragte.

»Hier wird die Geschichte erst richtig interessant«, sagte er und wünschte, er könne seinen eigenen Worten Glauben schenken.

Josh war froh über die Dunkelheit. So konnte keiner sehen, wie viel Angst er hatte.

Zu dem Haus zu gehen war seine Idee gewesen. Mehr oder weniger jedenfalls. Es war eine Art Mutprobe. Er musste es tun – zumindest wenn er von den coolen Kids an seiner Schule akzeptiert werden wollte.

Er sah zu den anderen beiden hinüber. Kyle war klein, immer perfekt frisiert und hatte ein Gesicht, das manchmal aussah wie das eines Engels, aber meistens eher wie das eines irren Psychopathen, mit Augen, die die ganze Zeit auf Unheil zu lauern schienen. Tom war Kyles bester Freund und vergötterte ihn regelrecht. Der typische Mitläufer eben. Er machte alles, was Kyle sagte. In der Schule ging er immer in seinem Windschatten oder blieb genau hinter seiner linken Schulter stehen und lachte dreckig vor sich hin, als hätte er gerade einen wahnsinnig komischen Witz gehört.

Josh wollte dazugehören. Warum, das wusste er selbst nicht so genau. Normalerweise hing er eher mit den Strebern rum. Den Mathecracks und Bücherwürmern.

Aber aus irgendeinem Grund schienen sich Kyle und Tom für ihn zu interessieren und hatten beschlossen, ihn eventuell in ihren erlesenen Kreis aufzunehmen.

Joshs Freunden war das auch aufgefallen; sie waren alles andere als begeistert von den Typen, mit denen er sich neuerdings abgab, und zogen sich mehr und mehr vor ihm zurück. Er war traurig deswegen, klar, aber im Moment gab es da ohnehin jemand anderen, der praktisch seine ganze Aufmerksamkeit in Anspruch nahm: Hannah Cresswell. Sie stand auf Bad Boys, und seit Josh mit Kyle und Tom enger war, hatte sie ein Auge auf ihn geworfen. Also hatte Josh sein schlechtes Gewissen beiseitegeschoben. Sie war es allemal wert, seine alten Freunde zu opfern.

»Wo ist es denn jetzt?«

»Da vorn. Ist nicht mehr weit.«

Den East Hill in Colchester im Rücken, gingen sie einen baumbestandenen Weg entlang. Das Laub der Bäume wisperte und säuselte über ihren Köpfen und um sie herum in einer Sprache, die Josh nicht verstand. So viele Bäume so nah an der Straße. Und trotzdem konnte man die Straße weder sehen noch hören. Das Wispern rief in ihm ein unbehagliches Gefühl hervor.

Vor ihnen lag der Fluss, dahinter kamen die Schrebergärten, eine Trafostation und der Pfad, der zu ihrem Wohnblock führte. Er lag im Schatten und war fast vollständig zugewachsen – ein El Dorado für Räuber und Vergewaltiger. Wenigstens den lokalen Schauergeschichten zufolge.

Aber davor kam das Haus. Eigentlich waren es drei Häuser, aber nur eins davon interessierte sie.

Das Haus, wo man den irren Jungen im Käfig gefunden hatte. In einem Käfig aus Knochen.

Der Fall hatte damals in der ganzen Stadt für Aufsehen gesorgt und eine große Ermittlung losgetreten. Menschen waren ermordet worden, Geheimnisse ans Licht gekommen. Danach hatte man das Haus mitsamt Käfig einfach sich selbst überlassen. Eigentlich hätte es abgerissen werden sollen, doch irgendwie war es nie dazu gekommen, und so waren die finsteren Legenden mit dem Unkraut um die Wette gewuchert.

»Da ist es«, sagte Josh irgendwann, blieb stehen und deutete voraus.

Die Blicke der beiden anderen folgten seinem ausgestreckten Finger. So sahen sie auch nicht, dass Josh erschauerte. Das Haus war nicht viel mehr als eine Ruine, der teilweise nackte Dachstuhl notdürftig mit einer schwarzen Plastikplane abgedeckt. Es sah aus, als würde eine riesengroße, bösartige, geflügelte Gestalt auf dem Dach hocken. Die Ziegel an den Hauswänden waren fleckig und bröckelten. Die Rückseite hatte die Natur bereits vollständig zurückerobert. Vor dem Haus neben dem Pfad verlief ein hoher Maschendrahtzaun, der mit Betonfundamenten im Boden verankert war und an dem mehrere Schilder vor dem Betreten des Grundstücks warnten. Am Drahtgeflecht des Zauns flatterten noch einige Fetzen verblichenen Absperrbandes im Wind.

Die drei Jungen standen wie angewurzelt vor dem Zaun.

Irgendwann gab Kyle Josh einen Stoß in den Rücken.

»Na los«, sagte er. Jetzt blitzte kein Unheil in seinen Augen auf, höchstens unterdrückte Furcht. »Du zuerst.«

Josh drehte sich zu ihm um. »Ich dachte, wir gehen alle zusammen.«

»Hey, das hier war deine Idee. Du wolltest unbedingt herkommen. Du hast gesagt, du zeigst uns das Haus.«

»Genau«, meldete sich Tom von seinem Platz hinter Kyles linker Schulter. »Das hast du selbst gesagt.«

Josh blickte zwischen den beiden hin und her. Sie hatten genauso viel Angst wie er. Am Morgen in der Schule war es ihm noch wie eine gute Idee vorgekommen. Er hatte sich mutig gefühlt. Mittlerweile erschien ihm der Plan allerdings nicht mehr so toll.

»Wovor hast du Schiss?«, fragte Kyle in dem Versuch, von seiner eigenen Angst abzulenken.

Tom schien zu überlegen, ob er Kyle unterstützen sollte, entschied sich dann aber dagegen.

»Vor gar nichts«, behauptete Josh und hoffte, dass die anderen ihm das abkauften.

»Na, dann los.«

»Du hast gesagt, wir machen es zusammen ...«

Kyle lachte. In der Dunkelheit klang es eher nach einem Rülpser. »Dann lass es halt. Dann erzählen wir morgen allen, dass du die Hose voll hattest.«

Allen, dachte Josh. Er wusste, was das bedeutete: Hannah Cresswell.

»Ich hab nicht die Hose voll«, widersprach er zu laut und plötzlich wütend. »Ich geh ja schon.«

Er begann am Zaun zu rütteln, damit eine Öffnung entstand, durch die er sich hindurchzwängen konnte. Die anderen beiden standen untätig da und glotzten.

»Kommt ihr auch, oder was ist?«, fragte Josh.

»Wir warten, bis du drin bist.«

Fast hätte Josh gelacht. »Und dann rennt ihr schnell nach Hause oder was?«

Wut funkelte in Kyles Augen. »Du kannst mich mal. So was würd ich niemals machen.«

»Dann hast du also Schiss?«

»Ich hab doch keinen Schiss, Alter!«

Tom sah einfach nur zwischen den beiden hin und her. Vielleicht hatte es ihm die Sprache verschlagen.

Jetzt musste Josh wirklich lachen. Die zwei wollten cool sein? Von wegen. Die trauten sich ja nicht mal, mit ins Haus zu kommen. Dabei hatten er und seine Freunde das schon oft gemacht. Total oft. Sie hatten sich im ganzen Haus umgesehen. Seine Freunde. Seine *echten* Freunde. Plötzlich vermisste er sie.

Er quetschte sich durch den entstandenen Spalt im Zaun und hielt ihn auf. *Bringen wir's hinter uns*, dachte er. *Dann kann ich wieder zu meinen richtigen Freunden gehen. Diese Loser hier können mich mal.*

»Na, dann kommt«, sagte er und hielt den Zaun fest. »Ich hab nicht den ganzen Abend Zeit.«

Widerstrebend folgten Kyle und Tom ihm aufs Grundstück.

»Hier«, sagte Claire und riss Damien an sich. »Jetzt.«

Ihre Hände waren überall, zogen ihm die Jacke aus und zerrten ihm gleichzeitig das Hemd aus der Hose. Ein Gefühl von Macht durchströmte sie, eine primitive Gier.

»Vorsicht …« Damien versuchte sich das Hemd selber aufzumachen, damit Claire ihm in ihrem Überschwang nicht die Knöpfe abriss. *Das fehlt noch*, dachte er, *wenn Joanne meine Schmutzwäsche einsammelt und dabei ein zerrissenes Hemd findet*. Den Rest würde sie sich dann bestimmt denken können.

Claire ließ von Damien ab und machte sich stattdessen an ihren eigenen Kleidern zu schaffen. Erst kam die Bluse, die sie ja bereits unterwegs aufgeknöpft hatte, dann der Rock.

Irgendwann stand sie in Unterwäsche vor ihm. Damien wollte sie in dem dämmrigen Licht erst eine Weile betrachten, sich Zeit nehmen, den Körper, auf den er schon so lange scharf war, ausgiebig zu bewundern, aber sie war bereits dermaßen in Fahrt, dass er keine Gelegenheit dazu bekam.

»Langsam, langsam ... Wir haben doch keine Eile ...«

Sie hörte gar nicht hin, sondern drückte ihn kurzerhand auf den Boden. Er landete auf fauligem Laub, abgebrochenen Zweigen und Steinen, die sich in seinen Rücken bohrten.

»Das ist es«, keuchte sie. »Ich spüre es ganz deutlich. Hier. Jetzt ...«

Sie zog an ihm herum, streichelte ihn, zerrte an seinen Kleidern.

Ich hätte eine Picknickdecke mitbringen sollen, durchfuhr es ihn, und dann: *Jetzt muss der Anzug in die Reinigung*. Er begann sich gerade zu fragen, ob das hier nicht vielleicht zu viel Aufwand für ein bisschen Spaß war, als Claire endlich ihren BH auszog und sich rittlings auf ihn setzte. Er sah zu ihr empor. Zwei Kinder, und ihre Möpse hingen kein bisschen durch. Na ja, jedenfalls kaum. Er merkte, wie er steif wurde. Spürte ihre Hände an seiner Hose.

Ach, was soll's?, dachte er bei sich. *Jetzt, wo wir schon mal hier sind ...*

Er entspannte sich und ließ sie gewähren. Versuchte zu vergessen, wie unbequem er lag, und es einfach nur zu genießen.

»Fiona Welch, meine Damen und Herren, so lautete ihr Name.« Allmählich bekam Malcolm vom lauten Reden Halsschmerzen.

Trotz der kleinen Gruppe hatte er Schwierigkeiten, sich Gehör zu verschaffen. Aber das war seit jeher sein Problem gewesen.

»Und wenn Sie jetzt hierher schauen ...« Er deutete auf den Kran über ihren Köpfen, dessen Silhouette sich neben den Lichtern des Kai vor dem dunkler werdenden Abendhimmel abzeichnete. »Von dort oben ist sie in den *Tod gestürzt*.« Das von ihm angepeilte dramatische Crescendo bei den letzten Worten wurde leider dadurch zunichtegemacht, dass ihm urplötzlich die Stimme versagte. »Entschuldigung«, sagte er in der Hoffnung, dass sein Publikum mit ihm, nicht über ihn lachen würde. »Da können schon mal die Emotionen mit einem durchgehen.« Er räusperte sich, dann fuhr er fort.

»Fiona Welch. Sie war Psychologin und hat der Polizei in einer Reihe von Morden beratend zur Seite gestanden. Aber, meine Damen und Herren, wie Sie vielleicht wissen, war das alles nur ein Ablenkungsmanöver. Denn in Wahrheit war es Fiona Welch *selbst*, die hinter den Morden steckte.« Er wartete, bis seine Zuhörer diese Information verarbeitet hatten, erst dann sprach er weiter.

»Sie hat Frauen verschleppt – junge, alleinstehende Frauen – und sie hier gefangen gehalten.« Er zeigte auf das Lagerhaus. »Hat sie in sargähnliche Kisten eingepfercht, die, für den Fall, dass ihre Opfer zu fliehen versuchten, unter Strom gesetzt waren. Hilfe bekam sie dabei von einem stummen, humpelnden Ungeheuer in Menschengestalt, das nur unter dem Namen ›der Creeper‹ bekannt war.«

So viel zu »den Opfern eine Stimme geben, ohne ihr Leid auszuschlachten«, dachte Malcolm.

»Warum sie es getan hat? Welches Ziel sie damit verfolgte?« Er sah seine Zuhörer an, die mit gespannten Mienen darauf warteten, dass er all die grausigen, obszönen Einzelheiten vor ihnen ausbreitete. Jetzt hatte er sie endlich am Haken. Es war eine vollkommen neue Erfahrung, die ihn mit neuer Kraft erfüllte. Jetzt durfte er sie nicht enttäuschen.

»Nun, das wissen wir nicht. Diese jungen Frauen wurden bestialisch gefoltert, verstümmelt und anschließend getötet. Alle, bis auf die Letzte. Sie war eine wahre Heldin. Aber dazu später mehr.«

Erneut deutete er auf die Lagerhalle.

»Sollen wir hineingehen?«, fragte er. »Dort drinnen geht die Geschichte weiter.«

Sie folgten ihm begierig.

Malcolm lächelte. Er hatte sie genau da, wo er sie haben wollte. Also gut, vielleicht betonte er die reißerischen Aspekte des Falls etwas zu sehr. Und wenn schon – er gab den Leuten, was sie wollten. Oh ja.

Jetzt konnte seine Führung nur noch ein Erfolg werden.

»Na los, mach sie schon auf.«

Tom starrte auf die Türklinke, als würde sie ihn beißen, sobald er sie anfasste. Josh, von dem die Aufforderung gekommen war, stand da und beobachtete ihn abwartend.

Tom drehte sich zu ihm um. »Mach's doch selber.« Und nicht einmal die Dunkelheit, die plötzlich noch tiefer geworden zu sein schien, konnte die Angst verbergen, die in seinen Augen flackerte wie ein schüchternes Flämmchen.

Josh sah zu Kyle, aber der sagte nichts. Dann starrte er wieder auf die Tür. Er selbst hatte keine Angst, jedenfalls nicht so viel wie die anderen beiden. Und das gab ihm Kraft. Fast hätte er gegrinst. »Wisst ihr eigentlich, was hier drin passiert ist?«

Kyle und Tom schwiegen. Atmeten schwer. Die Bäume blockierten fast alle Geräusche von der Straße. Nur das leise Rauschen des Flusses war zu hören. Es klang träge und bedächtig, als wäre das Wasser geronnen und kurz davor, endgültig zum Stillstand zu kommen.

»Jetzt mach halt die Tür auf«, sagte Tom. Kyle schien komplett mit Stummheit geschlagen zu sein. »Mach die Tür auf, dann bringen wir's hinter uns.«

»Schiss?«, fragte Josh. »Denkt ihr, der Käfig ist noch da? Der Knochenkäfig?« Er fuhr fort, ohne auf eine Antwort zu warten. »Ich nicht. Bestimmt waren inzwischen viele Leute hier und haben Teile davon geklaut. Falls die Bullen ihn nicht abgebaut haben. Aber wär doch cool, wenn noch Knochen übrig wären, oder? Dann könnten wir uns ein Souvenir mitnehmen. Einen Knochen. Vielleicht sogar einen Menschenknochen ...«

Tom und Kyle schlotterten mittlerweile vor Angst. Josh hatte seinen Spaß.

»Gehen wir rein«, sagte er und öffnete die Tür.

Er betrat das Haus und schaltete die Taschenlampe an seinem Handy ein. Der Lichtkegel irrte durch den Raum.

Das Haus war die reinste Müllhalde. Dem Abfall, den leeren Flaschen und Dosen und den vertrockneten braunen Haufen nach zu urteilen, musste jemand es als Unterschlupf benutzt haben. Er machte ein paar zaghafte Schritte. Etwas knirschte unter seinen Schuhen. Er blickte nach unten. Eine Spritze. Schlagartig verging ihm die Lust, das Haus weiter zu erkunden. Zum ersten Mal hatte er wirklich das Gefühl, etwas Verbotenes zu tun – an einem Ort zu sein, an dem er nichts zu suchen hatte. Nicht weil es so unheimlich war oder er sich vor Geistern fürchtete oder dergleichen – sondern weil irgendwo da drinnen womöglich ein echter, lebendiger Mensch lauerte, der ihnen etwas antun konnte.

Er wandte sich zu den anderen beiden um, die ihm zögerlich ins Haus gefolgt waren. Auch sie hatten an ihren Handys die Taschenlampen eingeschaltet.

»Ist das …?« Kyle deutete auf einen der vertrockneten Haufen.

»Ja«, sagte Tom. »Kacke …«

»Wir sollten lieber abhauen«, schlug Josh vor. »Wir waren drinnen, jetzt können wir wieder gehen.«

»Ich hab doch keine Angst vor irgendeinem Penner.« Erstaunt über die plötzliche Aggression in Kyles Stimme, sahen die anderen beiden ihn an. »Ich doch nicht. Wir sind zu dritt, und der ist nur einer. Mit dem werden wir locker fertig.« Kyle fuchtelte mit seiner Taschenlampe herum, als suche er jemanden.

Tom und Josh sahen sich an. Beide waren verwirrt und auch ein bisschen erschrocken darüber, wie schnell sich Bündnisse ändern konnten. Den ganzen Abend hatte es zwei gegen einen gestanden. Das war jetzt immer noch so – bloß dass es jetzt andere zwei waren.

Kyle ging weiter. Die Bodendielen knarrten unter seinen Schritten.

»Na los, schnappen wir uns den Wichser.«

Er drang tiefer ins Haus vor.

Josh und Tom tauschten erneut einen Blick. Sie hörten, wie Kyle irgendwo eine hölzerne Treppe hinabstieg.

»Na, komm«, sagte Josh. »Lass uns –«

Kyles Schrei ließ ihn jäh verstummen.

Damien nahm nichts mehr wahr außer seiner eigenen Lust, seinem eigenen Vergnügen.

Claire ritt ihn hart. Nahm ihn in sich auf und ließ ihn aus sich herausgleiten, wieder und wieder. Es war göttlich. Alle Gedanken an Moral, seine Frau, seine Kinder, seinen Job und sein Leben waren wie weggeblasen. Es gab nichts mehr außer diesen einen Augenblick.

Er spürte seinen Orgasmus nahen. Der beste seit Jahren.

Er hatte die Augen weit aufgerissen. Die meisten Männer kamen mit geschlossenen Augen. Nicht so Damien. Er hatte die Augen immer offen.

Früher, als seine Frau noch an ihm interessiert gewesen war, hatte sie einmal gesagt, dass er beim Orgasmus immer aussehe, als würde er gleich sterben.

Und jetzt war er ganz kurz davor, das Gesicht verzerrt, die Augen kugelrund. Gleich, gleich ...

Und dann sah er es.

»Oh mein Gott!«, schrie er.

Claire verstand das als Anfeuerungsruf und ritt ihn noch energischer.

Damien wand sich unter ihr. Versuchte, sie abzuwerfen.

»Mein Gott ... mein Gott, da ist ... Scheiße ...«

Er packte sie bei den Hüften und versuchte sie von sich herunterzuschieben. Doch sie wollte nicht aufhören und leistete Widerstand.

Wütend funkelte sie ihn an. »Verdammt, das ist jetzt echt nicht der richtige Zeitpunkt für Gewissensbisse, Damien ...«

Endlich gelang es Damien, sie abzuschütteln. Taumelnd kam er auf die Füße. »Da ist …« Wie gelähmt stand er da, mit heruntergelassener Hose und halb erschlafftem Glied, die Kleider vom Waldboden schmutzig und zerrissen. Er zeigte mit dem Finger auf etwas.

Claires Unterwäsche war verrutscht, die Strümpfe voller Laufmaschen, und ihr Gesichtsausdruck ließ keinen Zweifel daran, wie sehr sie sich über Damien ärgerte. Dennoch folgte sie seinem ausgestreckten Arm.

»Ach du Scheiße …«

Zuvor, als ihre Augen sich noch nicht an die Dunkelheit gewöhnt hatten, war es ihnen gar nicht aufgefallen. Aber jetzt sahen sie es – direkt neben der Stelle, wo sie gelegen hatten. Da war die Gefahr, das Abenteuer, das Claire sich gewünscht hatte. Doch mit einem Mal war ihr nicht mehr nach Gefahr und Abenteuer zumute. Und Damien auch nicht.

Am dicken Ast einer Eiche hing ein Mann. Die Schlinge saß fest um seinen Hals, sein Kopf war in einem seltsamen Winkel abgeknickt, sodass man auf den ersten Blick erkennen konnte, dass sein Genick gebrochen war. Er trug Jeans, Lederjacke, Karohemd und Stiefel. Mehr konnten sie nicht erkennen. Aber das reichte.

Damien und Claire rafften hastig ihre Kleider zusammen und stürzten davon.

Sie blieben erst stehen, als sie beim Wagen ankamen.

»Ich muss nur noch diese Tür hier aufbekommen, meine Damen und Herren …«

Sie standen am Seiteneingang zur Lagerhalle. Malcolm rüttelte heftig an der verrosteten Wellblechtür. Sie ließ sich keinen

Zentimeter von der Stelle bewegen. Die Kante des braunen, rostfleckigen Blechs war scharf und grub sich schmerzhaft in seine Hand.

Tetanus, dachte Malcolm. *Das hat mir jetzt gerade noch gefehlt.*

»Man hat mir gesagt ... man hat mir gesagt, sie würden es für uns offen lassen ... sie würden nicht abschließen ...«

Einer seiner Zuhörer trat vor. Es war der große Typ mit der braungebrannten Spielerfrau. Er packte die Tür und zog sie praktisch mit einer Hand auf. Die anderen applaudierten. Der Mann verbeugte sich.

»Wahrscheinlich habe ich sie für Sie gelockert ...«, meinte Malcolm lachend. Aus Höflichkeit lachten die anderen mit.

»Also gut, gehen wir rein.«

Er ging vor. Seine Zuhörer folgten ihm einer nach dem anderen.

Im Gehen erzählte er weiter: »In diesem Lagerhaus, meine Damen und Herren, hat Fiona Welch ihre Opfer gefangen gehalten. In Kisten eingesperrt, mussten die jungen Frauen Todesängste ausstehen. So groß war ihre Furcht, dass sie es nicht einmal wagten zu sprechen oder sich zu bewegen. Damit sie nicht verhungerten, bekamen sie Hundefutter zu essen.« Diese Information veranlasste einige zu einem angewiderten Schaudern – genau wie Malcolm es sich vorgestellt hatte.

So langsam begann ihm die Sache Spaß zu machen.

»Wenn ich jetzt noch den Schalter finden könnte ...«

Er tastete an der Wand nach dem Lichtschalter und drückte ihn. Nichts tat sich.

»Aha. Kein Strom. Ein Glück, dass ich die hier mitgebracht habe ...« Er holte eine Taschenlampe hervor. Es war die stärkste, die er sich hatte leisten können. Er knipste sie an und ließ den

Strahl über die Gesichter seiner Zuhörer wandern. »Ohnehin viel atmosphärischer so, nicht wahr? Also, gehen wir weiter.« Er leuchtete mit der Taschenlampe den Weg.

Sie gingen bis zur Mitte der Lagerhalle.

»Wie gesagt, in diesem Raum wurden die Frauen gefangen gehalten. Und auf diesem Metallgerüst –«

Er brach abrupt ab und starrte wie versteinert geradeaus. Der Lichtkegel seiner Taschenlampe glitt zu Boden.

»Oh Gott ...«

Die anderen sahen erst ihn an, dann spähten sie angestrengt voraus in die Dunkelheit.

Malcolm stand noch immer wie angewurzelt da.

Langsam wurden seine Zuhörer unruhig. War das Teil der Führung? Würde gleich jemand aus einer Ecke gesprungen kommen und sie erschrecken? Sie auch in Kisten einsperren?

Der große Kerl, der die Tür geöffnet hatte, trat nach vorn und tippte Malcolm auf die Schulter. Der schrie auf und zuckte vor Schreck zusammen. Dann richtete er den Strahl seiner Taschenlampe auf das Metallgerüst.

»Ach du Scheiße ...«

Die Blicke der anderen folgten dem Lichtstrahl. Vom Gerüst hing, einen Strick um den Hals, ein Mann. Er trug eine Lederjacke, ein kariertes Hemd und Jeans. Dem Winkel zufolge, in dem sein Kopf herunterhing, war er längst tot.

»Oh mein Gott ... oh mein Gott ...«

In der kleinen Gruppe brach Unruhe aus. Die Leute wussten nicht, was sie tun sollten. Sie traten von einem Fuß auf den anderen, sahen einander an. Verängstigt, unsicher, fassungslos.

»Das ist ... das war so nicht vorgesehen ...«

Ganz allmählich überwanden sie ihren anfänglichen Schock,

und ihnen wurde bewusst, was sie da sahen. Jemand machte den Vorschlag, einen Krankenwagen zu rufen. Jemand anders meinte, dafür wäre es ja wohl zu spät. Dann eben die Polizei. Gut, die Polizei.

Daraufhin begann eine Diskussion darüber, ob sie sich am Schauplatz eines Mordes befanden und ob man überhaupt etwas anfassen dürfe?

Malcolm war ihnen keine Hilfe. Die Autorität, die er über die Gruppe gehabt hatte, war von kurzer Dauer gewesen. Jetzt stand er einfach nur noch da und stierte verloren ins Leere.

Jemand alarmierte die Polizei. Während die Leute warteten, erholten sie sich zunehmend von ihrem Schrecken, und ihre Angst wich einer seltsamen Erregung angesichts ihrer Entdeckung. Sie holten ihre Handys heraus und machten Selfies mit der Leiche.

Tom und Josh sahen einander mit vor Angst geweiteten Augen an.

Sie waren wie erstarrt, konnten sich nicht rühren. Nach Kyles Schrei wussten sie nicht, ob sie die Flucht ergreifen oder ihm zu Hilfe kommen sollten.

Da schrie Kyle erneut. Und dann noch ein drittes Mal. Noch immer rührten die Jungs sich nicht vom Fleck.

Plötzlich hörten sie das laute Poltern von Schritten, als jemand Hals über Kopf die hölzerne Kellertreppe hinaufstürmte. Sie richteten die Lichtkegel ihrer Taschenlampen dorthin, woher die Geräusche kamen. Es war Kyle, der panisch auf sie zugerannt kam.

»Raus hier … raus …«

Seine Worte rissen sie aus ihrer Erstarrung, und alle drei stürzten zur Tür.

Raus in den Wald, nur schnell weg vom Haus.

Über Baumwurzeln, abgebrochene Zweige und die Füße der anderen stolpernd, rannten sie zum Maschendrahtzaun. Dahinter lag der Pfad. Dort wären sie in Sicherheit.

Sobald sie sich durch die Lücke gezwängt hatten und auf dem Weg standen, fand Josh die Sprache wieder.

»Was hast du gesehen?«, wollte er von Kyle wissen.

Doch der andere Junge gab keine Antwort. Er stand mit weit aufgerissenen Augen da und keuchte nur.

»Was war da?«, fragte Josh erneut.

Kyle sah zwischen den beiden anderen hin und her. Noch nie hatte Josh solche Angst in den Augen eines Menschen gesehen. Und er glaubte auch nicht, so etwas je wieder zu sehen. Er *hoffte* es wenigstens.

»Kyle ...«

Kyle schloss die Augen und schüttelte den Kopf. Dann öffnete er sie wieder.

»Da ... da war eine Leiche ... ein Mann ... der ... der hing einfach da ...«

»Er hing da? Wo denn? So wie ... wie denn?«

Kyle drehte sich zu ihm um und stieß hervor: »An einem Strick ... der hatte einen scheißverdammten Strick um den Hals. Er war tot ... Scheiße, Alter, der hing einfach so tot am Strick ...«

Und dann tat Kyle etwas, womit Josh nie im Leben gerechnet hätte. Er fing an zu weinen.

Doch weder er noch Tom konnten es ihm verdenken.

ZWEITER TEIL

Nachtschwärmer

2

Alle starrten auf die Pinnwand. Keiner sprach.

An der Pinnwand hingen die stark vergrößerten Kopien dreier Fotos, die alle das gleiche Motiv zeigten: eine Tarotkarte. Den Gehängten. Und auf jeder dieser Karten stand in schwarzen Druckbuchstaben ein Name geschrieben. PHIL BRENNAN.

Es befanden sich insgesamt drei Personen im Raum. Einer von ihnen war Detective Inspector Phil Brennan von der Abteilung für Kapitalverbrechen der West Midlands Police. Seine Abteilung war zuständig für alle großen Fälle. Der offizielle Name änderte sich mit jeder internen Umstrukturierung, doch ihre Aufgabe blieb immer dieselbe: De facto waren sie die Mordkommission. Neben ihm standen seine unmittelbare Vorgesetzte DCI Alison Cotter und Marina Esposito, ihres Zeichens Profilerin und Phils Ehefrau.

Stumm betrachteten sie die Bilder. Studierten sie aufmerksam in der Hoffnung, sie würden ihre Geheimnisse preisgeben.

Irgendwann brach Cotter das Schweigen. »Die Karten wurden wieder und wieder untersucht. Nichts. Die Handschrift könnten wir nur analysieren, wenn wir eine Vergleichsprobe hätten. Die haben wir aber nicht. Dasselbe gilt für DNA-Spuren. Nichts. Keine Treffer. Wer auch immer die Karten hinterlassen hat, trug Handschuhe.«

»Ich habe mich über die Bedeutung der Karte schlau gemacht«, meldete sich Marina zu Wort. »Der Gehängte. Die zwölfte Karte der Großen Arkana im Tarotspiel – wenn wir davon ausgehen, dass die Karten aus einem okkulten Deck stammen, wie sie beim Wahrsagen eingesetzt werden.«

»Aus was für einem Deck sollten sie denn sonst stammen?«, fragte Cotter.

»Tarot wurde früher in Europa auch als ganz normales Kartenspiel verwendet. Heutzutage sagt man damit nur noch die Zukunft voraus. Der Gehängte«, fuhr sie fort und wies auf die Fotos, »hängt kopfüber am Baum des Lebens. Sein Kopf befindet sich also gewissermaßen in den Wurzeln der Welt, in der Unterwelt oder unserer irdischen Welt, während seine Füße gen Himmel zeigen.« Sie sah kurz die beiden anderen an, dann wandte sie sich wieder den Fotos zu. »Er wirkt ganz ruhig und friedlich, als würde er freiwillig dort hängen – oder als würde es ihm zumindest nichts ausmachen. Sehen Sie hier?«, sagte sie und deutete auf eines der Fotos. »Er ist mit dem rechten Fuß am Baum befestigt. Sein linkes Bein ist abgewinkelt, der Fuß hinter dem rechten Knie, und er hat die Arme hinter dem Rücken. Alles ganz entspannt.«

»Hat diese Pose denn irgendeine besondere Bedeutung?«, wollte Cotter wissen.

»Ich denke schon, ja. Wenigstens kann derjenige, der die Karten liest, etwas hineininterpretieren. Aber beachten Sie auch die die Farben seiner Kleidung. Die folgen einer festgelegten Symbolik. Seine Hosen oder Beinlinge oder was auch immer sind rot. Rot steht angeblich für Leidenschaft, den menschlichen Leib, Körperlichkeit im Allgemeinen. Sein Oberteil hingegen ist blau, und Blau ist die Farbe der höheren Ideale. Um den Kopf hat er eine leuchtend gelbe Gloriole. Als Zeichen irgendeiner spirituellen Errungenschaft? Seiner Heiligkeit?«

»Was für ein Blödsinn«, meinte Cotter.

Phil schwieg.

»Vielleicht«, sagte Marina, »ist es für Sie und mich Blödsinn – aber ganz sicher nicht für die Person, die die Karten dort platziert hat. Der Gehängte ist übrigens auch die Karte der ultimativen Selbstaufgabe. Sie symbolisiert Märtyrertum – ein Opfer, das erbracht wird, um ein höheres Gut zu erlangen. Und sie bedeutet Wandel – das Ablegen von alten Mustern und Verhaltensweisen. Man betrachtet die Welt aus einem anderen Blickwinkel.«

»Ist ja logisch, wenn man kopfüber hängt«, warf Cotter ein.

»Wollen Sie noch mehr darüber wissen?«

»Als da wäre?«

»Der Herrscherplanet der Karte ist Neptun, der Planet der selbstlosen Hingabe und Spiritualität ...«

»Ich glaube, das reicht fürs Erste, danke.« Cotter blickte kopfschüttelnd auf die Pinnwand, ehe sie sich zu den anderen beiden umdrehte. »So interessant es auch sein mag zu erfahren, was diese Karte angeblich bedeutet – das eigentliche Problem haben wir bislang noch gar nicht angesprochen. Habe ich recht?«

Phil spürte Cotters und Marinas Blicke auf sich.

»Ja«, sagte er. »Mich.«

3

»Drei Leichen«, fuhr Cotter fort. »Alle männlich, mitteleuropäischer Typ, Ende dreißig. Alle ähnlich gekleidet. Alle wurden erhängt aufgefunden, alle hatten die gleiche Tarotkarte in der Tasche ihrer Lederjacke: den Gehängten. Und auf allen drei Karten stand derselbe Name.« Sie fixierte Phil. »Ihrer.«

»Ja«, sagte der, weil ihm nichts anderes dazu einfiel.

»Ich gehe mal davon aus, dass es mit den Fundorten der Leichen auch seine ganz spezielle Bewandtnis hat?«, fragte Cotter.

»Definitiv.« Er deutete Richtung Pinnwand. »Soll ich ...?«

»Bitte. Klären Sie mich auf.«

Er trat vor die Pinnwand, die sie aus dem Großraumbüro geholt und in einer Ecke von Cotters Büro aufgestellt hatten. Sie wollten die Sache zunächst unter sich besprechen. Der Rest des Teams wusste noch nicht Bescheid. Und so würde es auch bleiben, bis sie wenigstens eine ungefähre Ahnung davon hatten, womit – beziehungsweise mit wem – sie es hier zu tun hatten.

An der Pinnwand befanden sich auch Fotos der drei Toten. Einer hing draußen in einem Wald von einem Baum; der zweite an der Metallstrebe eines Gerüsts in einer alten Lagerhalle; der dritte an einem Deckenbalken in einem düsteren, engen Keller. Verschiedene Aufnahmen zeigten Gesichter sowie Körper der Toten, und es war deutlich zu erkennen, dass alle drei Kleider trugen, die Phils Kleidung sehr ähnlich waren: braune Lederjacke, kariertes Hemd, Jeans, Stiefel. Auch hatten alle eine ähnliche Frisur und Haarfarbe wie Phil. Vom Gesicht her gab es keine nennenswerten Gemeinsamkeiten, vom Körperbau hingegen schon: Alle hatten in etwa Phils Größe und Statur. Im Dunkeln hätte man sie durchaus mit ihm verwechseln können.

Phil konnte nicht lange hinschauen. Es war, gelinde gesagt, ein verstörendes Gefühl – als würde er sich selbst dort hängen sehen. Tot.

»Die erste Leiche, die im Wald. Das war in Wrabness.« Er warf Marina einen Blick zu. »Darüber brauche ich dir ja nichts zu erzählen.«

Marina schüttelte den Kopf.

»Sie wissen vermutlich auch schon Bescheid«, setzte er, an Cotter gewandt, hinzu.

»Na ja, ich habe natürlich von dem Fall gehört, aber vielleicht ist es besser, Sie frischen meine Erinnerung noch mal auf.«

Phil nickte. »Der Täter hatte es auf Hochschwangere kurz vor der Entbindung abgesehen. Er hat ihnen die ungeborenen Babys aus dem Bauch geschnitten, um sie anstelle der Mutter großzuziehen.«

»Mein Gott, das ist ja ... wirklich krank.«

»Ja«, sagte Phil und verzog das Gesicht, als er an den Fall zurückdachte. »Das kann man wohl sagen. Und auch traurig, ob man es glaubt oder nicht. Eine wahre Tragödie.«

»Aber Sie haben den Täter gefasst.«

»Oh ja. Oder vielmehr: Marina hat ihn gefasst.«

Marina erschauerte. Dachte an die unterirdischen Gänge, an ihre verzweifelte Flucht. An den Schraubenzieher, mit dem sie wieder und wieder auf ihren wahnsinnigen Entführer eingestochen hatte.

»Unser erstes Date«, sagte sie in der Hoffnung, die schreckliche Erinnerung mit einem Scherz bannen zu können.

»Es war also nicht einfach irgendein Fall. Der Ort hat eine ganz besondere Bedeutung für Sie«, schlussfolgerte Cotter.

»Nicht nur für Phil. Für uns beide.«

Cotter nickte. »Und welcher ist der Nächste, chronologisch gesehen?«

»Der hier.« Phil deutete auf den Toten in der Lagerhalle. »Dort fand meine Konfrontation mit Fiona Welch statt.«

»Aha.« Über Fiona Welch wusste Cotter Bescheid. Sie war die Psychologin, die mit der Hilfe eines kriegsversehrten, tief traumatisierten und psychisch gestörten Afghanistanveteranen ihre abartigen Theorien über menschliches Verhalten auf ihren Wirklichkeitsgehalt hin hatte überprüfen wollen.

»Die echte«, fügte Phil erklärend hinzu, denn einige Monate zuvor war eine Frau, die sich als Fiona Welch ausgab, aus einer psychiatrischen Einrichtung geflohen. Sie hatte auf der Flucht mehrere Menschen getötet und war schließlich untergetaucht – allerdings erst, nachdem sie Phil in dessen Haus aufgelauert und ihm geschworen hatte, dass sie sich schon bald wiedersehen würden. Phil wusste natürlich, dass diese Person unmöglich die echte Fiona Welch sein konnte. Er hatte mit eigenen Augen gesehen, wie sie in den Tod gestürzt war.

»Ist das auch wieder ein Fall, der Sie beide betrifft?«

»Nein«, antwortete Marina. »Mit der Sache hatte ich nichts zu tun. Ich war die meiste Zeit … anderweitig beschäftigt.« Sie warf Phil einen kurzen Blick zu und zog Trost aus seinem Lächeln.

»Dann sind also nur Sie betroffen?«, vergewisserte sich Cotter bei Phil.

»Nur ich, ja. Und dann kommt der dritte.« Phil wies auf das Foto des Gehängten im Keller. »In dem Haus haben wir ein halb verwildertes Kind gefunden, angekettet in einem Käfig aus Knochen.«

Cotter riss die Augen auf. »Sind Sie zum Urlaubmachen nach Birmingham gekommen?«

»Finden Sie, dass die Fälle, mit denen ich es hier bislang zu tun hatte, als Urlaub durchgehen?«

Cotter nickte. »Da haben Sie auch wieder recht.«

»Der Fall hatte eine ganz besondere Brisanz«, warf Marina ein.

»Wirklich?« Cotter zog die Augenbrauen hoch. »Ich kann's kaum erwarten.«

»Er hatte mit Phils Vergangenheit zu tun. Mit seiner Kindheit.«

»Verstehe.«

Phil nickte. Er wollte die unangenehmen Erinnerungen lieber nicht wiederaufleben lassen. »Es war ... eine ziemlich harte Erfahrung. Ich möchte das jetzt nicht vertiefen.«

»Aber was, wenn es für den neuen Fall relevant ist? Für das, was diesen Männern hier angetan wurde?«

»Dann wird mir wohl keine andere Wahl bleiben, als mich damit auseinanderzusetzen. Und falls es nötig werden sollte, werde ich Ihnen alles erzählen, keine Sorge. *Falls* es nötig werden sollte. Aber im Moment ... Sagen wir einfach, ich hoffe sehr, dass es für den Fall *nicht* relevant ist.«

»In Ordnung«, lenkte Cotter ein. »Aber bei diesen Taten hier geht es um Sie, ich denke, das können wir zweifelsfrei feststellen. Machen Sie sich also darauf gefasst, dass wir notfalls auch in Ihrer Kindheit nachforschen müssen.«

Phil nickte abermals. Sein Missfallen war ihm deutlich anzumerken, doch er sah ein, dass Cotter recht hatte.

»Womit wir vor der unmittelbaren Frage stehen«, sagte Cotter, »was machen wir als Nächstes?«

4

»Ich sollte wohl hinfahren«, meinte Phil. »Nach Colchester. Und schauen, was dort los ist. Ganz offensichtlich will da jemand meine Aufmerksamkeit erregen.«

»Das ist viel zu gefährlich«, sagte Marina mit einem Anflug von Panik in der Stimme.

Phil sah sie an. Er wusste, weshalb sie so aufgewühlt war. Und er teilte ihre Bedenken.

»Hör zu«, schob sie hinterher. »Wir wissen, dass diese Morde keine Zufallstaten sind. Und seien wir ehrlich: Wir wissen auch, wer dahintersteckt.«

»Marina, das ist doch noch gar nicht –«

»Doch, Phil, das ist sicher. Du willst es vielleicht nicht wahrhaben, aber es ist sicher. Du weißt das genauso gut wie ich.«

Sie starrten einander an.

Nach einer Weile brach Cotter das Schweigen.

»Ich nehme mal an, damit meinen Sie, die Morde gehen auf das Konto der Frau, die sich Fiona Welch nennt?«

»Auf wessen Konto denn sonst?«, entgegnete Marina, froh, dass der Name, die Vermutung, endlich offen ausgesprochen worden war. Vielleicht würde das der Vorstellung etwas von ihrem Schrecken nehmen. »Sie war es, ganz eindeutig. Sie ist ...«

»Wahnsinnig?«, schlug Cotter vor.

»Ehrlich gesagt habe ich nicht die geringste Ahnung, was sie ist oder will. Aber sie hat bei unserer letzten Begegnung keinen Zweifel daran gelassen, dass sie wiederkommen würde – wegen Phil. Und das hier scheint ihre Art zu sein, seine Aufmerksamkeit auf sich zu lenken.«

»Na ja, es hat funktioniert«, stellte Phil fest. »Wer auch immer es letztendlich war.«

»Wir können nur hoffen, dass sie es war«, sagte Cotter.

Die beiden anderen sahen sie entgeistert an.

»Oder wollen wir etwa, dass noch eine zweite Irre da draußen rumläuft?«

»Sie haben recht«, gestand Phil widerstrebend ein. »Und wenn sie es war, ist es umso wichtiger, dass ich nach Colchester fahre. Dann kann ich die Sache zu Ende bringen. Ich kann sie finden und endgültig aus dem Verkehr ziehen.«

»Aber sie ist gefährlich«, hielt Marina dagegen. »Ausgesprochen gefährlich.«

»Das ist mein Job.«

Marina schüttelte den Kopf und begann im Raum umher zu gehen. Irgendwann blieb sie stehen und wandte sich nach Phil um. Sie sprach zu ihm, als wäre Cotter gar nicht da. »Du kannst nicht hinfahren.«

»Siehst du die Leichen da?« Phil deutete auf die Pinnwand. »Siehst du, welcher Name auf den Karten steht? Ich würde sagen, mir bleibt gar nichts anderes übrig.«

»Das ist eine Falle. Sie wartet doch nur darauf, dass du ihr in die Arme läufst. Sie versucht, dich damit zu ködern, sie will dich in die Finger kriegen ...«

Phil trat zu seiner Frau und legte ihr die Hände auf die Schultern.

Marina schüttelte ihn ab.

»Fahr nicht. Sie lauert nur darauf. Sie rechnet damit, dass du kommst. Wenn sie zu solchen Mitteln greift, nur um deine Aufmerksamkeit zu erregen, was wird sie dann erst tun, wenn du in Colchester bist? Nein. Es ist viel zu gefährlich.«

»Alles ist gefährlich. Das Leben ist gefährlich. Komm schon, wir haben doch darüber gesprochen. Wir können uns nicht ewig vor ihr verkriechen. Wir müssen aufstehen, uns ihr entgegenstellen. Die Sache zu Ende bringen.«

Marina funkelte ihn schweigend an.

Er versuchte es weiter. »Hör zu, ich bin mir der Lage doch bewusst. Ich habe mir genau dieselben Gedanken gemacht wie du. Als ich davon hörte, war mir sofort klar, wer dahintersteckt. Und du hast recht, sie ist gefährlich. Und ja, sie will, dass ich nach Colchester komme. Aber ich muss es trotzdem tun. Und das weißt du auch. Ich denke, du weißt es.«

Auch dazu sagte sie nichts.

»Ich kann es schließlich nicht einfach ignorieren, oder? Wir können es nicht einfach ignorieren. Keiner von uns hier in diesem Raum kann das. Was würde dann passieren? Würde sie weiter versuchen, meine Aufmerksamkeit zu erregen? Würde sie sich irgendwie rächen? Etwas noch Schlimmeres tun?«

»Was könnte denn noch schlimmer sein?«

»Keine Ahnung. Wie viele Menschen wäre sie noch bereit zu töten, nur um an mich ranzukommen? Was könnte sie ihnen antun? Ich weiß es nicht. Ich will auch gar nicht darüber spekulieren. Und ich will es ganz bestimmt nicht rausfinden müssen.«

Marina starrte ihn an. Sie wusste, dass er recht hatte, auch wenn sie das alles nicht hören wollte. Im Grunde ihres Herzens stimmte sie ihm zu.

»Also«, sagte sie. Die darauffolgenden Worte brachte sie nur mit allergrößtem Widerwillen über die Lippen. »Wenn du schon fahren musst, dann lass mich wenigstens mitkommen.«

»Nein«, ging Cotter sofort dazwischen. »Das kann ich auf keinen Fall zulassen. Ich weiß, Sie sind inzwischen ein sehr wertvolles Mitglied unseres Teams, aber Sie sind immer noch Zivilistin.«

»Dann könnte ich so oder so mitfahren. Wer sollte mich denn daran hindern, meinen Mann auf einer Reise in seine Heimatstadt zu begleiten?«

»Niemand«, räumte Cotter ein. »Allerdings würde ich die Polizei in Colchester anweisen, Sie bei den Ermittlungen außen vorzulassen. Ich fürchte, Ihnen wären die Hände gebunden.«

Marina war fassungslos. »Sie meinen, Sie würden mich überwachen lassen?«

»Nicht direkt.«

»Nicht *direkt*?« Marina wurde lauter. »Was meinen Sie denn dann – mal ganz *direkt* gesprochen?«

»Marina, bitte«, sagte Phil. »Ich weiß, es ist eine schwierige Situation, aber ... bitte.«

»Du wirst dort eine Psychologin brauchen. Du wirst *mich* brauchen.«

»Ich weiß ja nicht mal, ob sie *mich* brauchen, Marina. Ich versuche einfach, ihnen beratend zur Seite zu stehen. Dir ist doch klar, dass ich nicht in die Ermittlungen eingebunden sein kann. Jedenfalls nicht direkt. Bei den Leichen wurde mein Name gefunden. Ich stecke viel zu tief drin.«

Marina versank erneut in missmutiges Schweigen.

»Bitte«, wiederholte Phil leise und versöhnlich. »Wenigstens einer von uns muss bei Josephina bleiben. Und es ist ja nicht für lange – denke ich wenigstens. Ich fahre hin, schaue, was Sache ist, gebe ihnen so viel Hilfe und Informationen wie möglich, und alles andere ist dann deren Angelegenheit. Ich überlasse den Fall Franks und seinem Team.«

Gary Franks war Phils ehemaliger Vorgesetzter und Cotters Pendant in Colchester.

Marina nickte zögerlich.

»Wir werden Sie rund um die Uhr schützen«, versicherte Cotter ihr. »Sie und Ihre Tochter. Niemand kommt an Sie heran.«

Marina nickte abermals, jedoch ohne einen der beiden anzusehen.

»Ich habe bereits mit Franks gesprochen«, sagte Cotter. »Er sagte, er würde jemanden herschicken, um Sie abzuholen.«

»Ich kenne den Weg nach Colchester.«

»Das glaube ich gern, aber der Kollege hat ein Schusswaffentraining absolviert und wird gleichzeitig als Ihr Leibwächter fungieren. Eine reine Vorsichtsmaßnahme. Sie werden zu keinem Zeitpunkt einer Gefahr ausgesetzt sein.«

Phil sagte nichts.

Marina versuchte es ein allerletztes Mal. »Was hoffst du überhaupt damit zu erreichen? Es ist eine Falle, und das weißt du. Sie hat es aus einem ganz bestimmten Grund auf dich abgesehen.«

»Ja, zweifellos. Und zweifellos wollte sie genau das erreichen: dass ich nach Colchester komme. Aber solange ich geschützt werde, bin ich dort doch genau richtig, um herauszufinden, was sie will. Je eher wir das wissen, desto schneller wird sie gefasst.«

»Und desto früher können wir aufatmen«, ergänzte Cotter.

»Genau.«

Marina schwieg.

5

Josephina Brennan war selig. Sie saß mit ihren Eltern im Restaurant und betrachtete die Schälchen mit Essen, die nahezu jeden Quadratzentimeter des Tischs einnahmen. Dann sah sie strahlend auf.

»Hab ich euch schon gesagt, dass das hier mein Lieblingsrestaurant ist?«

»Erst ungefähr hundert Mal«, entgegnete Phil und grinste. »Heute.«

Es hatte eine ganz besondere Überraschung für ihre Tochter sein sollen. Phil und Marina hatten sie gemeinsam von der Schule abgeholt und waren mit ihr ins Las Iguanas im Einkaufszentrum The Arcadian gefahren. Es war ein Kettenrestaurant mit stimmungsvoller Beleuchtung, Palmen und unechtem, vage südamerikanisch anmutendem Tiki-Dekor. Josephina liebte es hier. Sie hatte das Gefühl, in eine andere, eine exotische Welt einzutauchen – eine willkommene Abwechslung zu ihrem sich zwischen Zuhause, Schule und Freunden abspielenden Alltag. Und sie liebte das Essen, vor allem die Tapas-Karte: Quesadillas, Gambas, Champiñones, Taquito de Pata und Albondigas. Für die Erwachsenen gab es außerdem noch Empanadas, Flusskrebssalat und Bier. Dazu eine Portion Nachos für alle.

»Kann ich schon anfangen?«, fragte sie, weil sie sich kaum noch zurückhalten konnte.

»Na klar«, sagte Marina. »Aber iss bitte anständig. Wir sind in einem Restaurant, hier sitzen auch noch andere Leute.«

Josephina verdrehte die Augen und hoffte, dass ihre Mutter es nicht mitbekam.

Phil musste sich ein Schmunzeln verkneifen. Er war unmöglich in Worte zu fassen, wie viel ihm dieses kleine siebenjährige Mädchen bedeutete.

Josephina begann zu essen, und Phils Schmunzeln erstarb. Traurigkeit erfasste ihn, als wäre er bereits in Colchester und dieses Abendessen nichts weiter als eine Erinnerung.

Als er aufsah, stellte er fest, dass Marina ihn beobachtete und fragend die Augenbrauen hochzog.

»Tut mir leid«, sagte er leise und schüttelte den Kopf.

Marina schwieg. Sie konnte seine Anspannung spüren. Ihr selbst ging es ähnlich. Sie wusste, was er gleich sagen würde, und fürchtete sich davor genauso sehr wie er.

Er wartete noch eine Weile ab. Josephina sollte ruhig erst ihr Essen genießen, bevor sie die schlechte Nachricht hörte.

»Pass mal auf, Josie. Ich muss dir was sagen.«

Josephina sah mit großen, erwartungsvollen Augen von ihrem Teller auf. Sie war so vertrauensselig. Aber Phils ernste, besorgte Miene ließ dieses Vertrauen schnell verfliegen.

»Es ist nichts Schlimmes«, beruhigte er sie. »Es ist nur ... Ich muss wegfahren. Bloß für ein paar Tage.«

Josephina hörte auf zu essen. Sie sah zwischen ihren Eltern hin und her, als suche sie nach einem Hinweis darauf, was als Nächstes passieren würde.

Dass ein Elternteil für ein paar Tage verreiste, hätte für ein

Kind in ihrem Alter eigentlich kein Problem sein sollen. Doch nach allem, was Phil, Marina und Josephina im Laufe der Jahre durchgemacht hatten – nach all dem Leid, das jedem Einzelnen von ihnen wie auch ihnen zusammen als Familie widerfahren war –, mussten solche Nachrichten stets behutsam formuliert und genauestens erklärt werden. Obwohl die Erinnerungen allmählich verblassten, träumte Josephina immer noch hin und wieder von ihrer Entführung. Marina und Phil wollten nichts tun oder sagen, was sie ängstigten könnte – vor allem da sie mit ihren sieben Jahren mittlerweile in der Lage war, die Wahrheit zu verstehen. Zumindest teilweise. Trotzdem musste sie beschützt werden und sollte sich so sicher und behütet fühlen wie möglich.

»Ist das …«, begann Josephina, deren Blick immer noch zwischen ihren Eltern hin- und hersprang. »Ist es so wie letztes Mal?«

»Letztes Mal?«, wiederholte Marina.

Josephina nickte. »Als ich mit Mama in dem anderen Haus gewohnt hab und dich nicht sehen durfte«, sagte sie und wandte sich verunsichert an ihren Vater. »Als ihr nicht mehr miteinander geredet habt.«

»So war es doch gar nicht«, widersprach Marina so besänftigend wie möglich.

»Doch, so war's wohl«, beharrte Josephina. »Das wisst ihr ganz genau.«

»Das war … eine schwierige Zeit«, sagte Marina. »Aber wir haben nie aufgehört, uns zu lieben. Das wusstest du. Das habe ich dir erklärt.«

Josephina schien noch immer nicht ganz überzeugt. Doch bevor sie etwas sagen konnte, ergriff Phil abermals das Wort.

»Mama hat recht«, meinte er. »Das hier ist anders. Es ist nicht wie beim letzten Mal.«

Er vermochte seine Tochter dabei kaum anzusehen. Der Grund für die von ihr angesprochene Trennung war Marinas Angst vor der Frau gewesen, die sich Fiona Welch nannte. Angst vor dem, was sie ihnen – und ihrer Tochter – möglicherweise antun würde. Marina hatte nicht geglaubt, dass Phil oder die Polizei sie angemessen beschützen konnten. Also war sie mit Josephina fortgegangen.

Und nun das. Er musste seiner Tochter die Situation irgendwie auseinandersetzen, allerdings nur soweit sie davon betroffen war. Vor allem aber musste er ihr deutlich machen, dass er auf jeden Fall zurückkommen würde.

»Nein«, sagte er mit Nachdruck. »Es ist ganz anders als beim letzten Mal. Dies hier hat nur mit meiner Arbeit zu tun. Ich muss einfach für ein paar Tage beruflich verreisen, um etwas zu erledigen, und danach komme ich sofort wieder.«

Josephina sah ihn eindringlich an. »Versprochen?« Sie wollte ihrem Vater glauben, wagte es aber noch nicht.

»Versprochen. Ein paar Tage, länger nicht.«

Marina lächelte. »Wir wollten es dir sagen, damit du dir morgen keine Sorgen machst, wenn du aus der Schule kommst und Papa auf einmal nicht da ist.«

Erneut sah Josephina zwischen den beiden hin und her. Dann blickte sie auf ihren Teller. »Du kommst auch wirklich zurück?«, fragte sie noch einmal.

Phil rang sich ein Lächeln ab. »Hundertprozentig.« Er beugte sich zu seiner Tochter. »Glaubst du etwa, ich halte es ohne dich aus?«

Josephina musste lächeln.

»Gut«, sagte Phil, der immer noch lächelte, jetzt allerdings vor Erleichterung. »Dann wäre das ja geklärt. Und was wollen wir nach dem Essen machen? Wer hat Lust auf Kino?«

Josephinas Hand schoss in die Höhe.

Phil hörte nicht auf zu lächeln, konnte dabei allerdings Marina nicht ansehen. Stattdessen blickte er starr geradeaus.

6

»Detective Inspector Brennan?«

Phil öffnete die Haustür und musterte den Mann auf der Schwelle. Er war deutlich über eins fünfundachtzig groß und so bullig, dass er beinahe seinen Anzug sprengte. Er hatte die typische Statur eines Rugbyspielers, und seine Nase, der man ansah, dass sie gebrochen und gerichtet worden war, schien diesen Eindruck zu bestätigen. Er hatte die Haare kurz geschoren und trug klobige Stiefel an den Füßen.

»Ja, der bin ich«, sagte Phil.

Der Mann streckte ihm eine fleischige, muskulöse Hand zum Gruß hin. »Detective Sergeant Beresford, Sir. DCI Franks hat mich geschickt. Ich soll Sie nach Colchester bringen.«

Phil schüttelte dem Mann die Hand. Beresfords Händedruck war kraftvoll, was dieser auch genau wusste. Trotzdem gab es keine unnötigen Dominanzspielchen mit Fingerquetschen – die, so mutmaßte Phil, sicher äußerst unangenehm gewesen wären. Er verkniff sich ein Schmunzeln. Es war also kein Scherz gewesen, als Franks angekündigt hatte, er würde Phil einen Leibwächter zur Seite stellen. »Alles klar.«

»Müssen Sie noch was holen?«, fragte Beresford und deutete ins Haus.

»Ja, warten Sie einen Moment. Oder wollen Sie solange reinkommen?«

»Wenn's Ihnen nichts ausmacht, bleibe ich hier draußen.«

Eine richtige Stimmungskanone, dachte Phil bei sich. *Da wird die Fahrt nach Colchester bestimmt wie im Fluge vergehen.*

Er verschwand im Haus. Marina war an der Universität, Josephina in der Schule. Er hatte eine Reisetasche mit Sachen für zwei bis drei Tage gepackt. Er glaubte zwar nicht daran, dass der Fall bis dahin aufgeklärt sein würde, hatte aber trotzdem nicht die Absicht, länger zu bleiben. Wenigstens nicht fürs Erste. Beim Aufwachen hatte er Marina ein Versprechen gegeben, und er hatte fest vor, es zu halten. »Ich bin so schnell wie möglich wieder zurück. Ich bleibe nicht länger als unbedingt nötig.«

»Versprochen?«

»Versprochen.«

»Ich kenne dich«, hatte sie mit einem resignierten Lächeln gesagt. »Du lässt dich da mit reinziehen. Du willst es nicht, aber du kannst gar nicht anders.«

»Nein, werde ich nicht. Versprochen. Das ist Franks' Baustelle. Ich sage ihnen, was ich weiß, und dann komme ich sofort wieder nach Hause.«

Danach hatten sie einander so innig im Arm gehalten wie lange nicht mehr.

Er schnappte sich seine Reisetasche und schwang sie sich über die Schulter. Sah sich ein letztes Mal in seinem Haus um. Dann trat er ins Freie und schloss die Tür hinter sich ab.

An der Straße parkte ein massiger Vauxhall Insignia. Das silberne Kraftpaket war ein typisches ziviles Polizeifahrzeug. Bevor sie beim Wagen ankamen, hielt Phil noch einmal inne und legte

Beresford die Hand auf den Arm. Beresford blieb stehen und sah ihn an.

»Bevor wir weitergehen – könnte ich einen Blick auf Ihren Dienstausweis werfen?«

»Sicher«, sagte Beresford und steckte die Hand in die Tasche. Er zog einen Dienstausweis hervor und reichte ihn Phil. Dieser inspizierte ihn von beiden Seiten. Er wusste, worauf er achten musste, woran man eine Fälschung erkannte. Aber dieser Ausweis war keine Fälschung. Dieser Ausweis war echt.

Er gab ihn Beresford zurück.

»Man kann nicht vorsichtig genug sein«, sagte er.

»Ich wäre enttäuscht gewesen, wenn Sie nicht danach gefragt hätten, Sir.«

»Aber klar.«

Beresford nahm Phil die Reisetasche ab und warf sie in den Kofferraum. Dann richtete er sich auf und musterte Phil mit zweifelnder Miene.

»Stimmt was nicht, DS Beresford?«

»Na ja, wahrscheinlich geht es mich nichts an, aber DCI Franks wollte, dass wir sofort aufs Revier kommen.«

»Das können wir doch auch tun, oder nicht?«

»Ja, Sir, aber ...«

»Was aber?«

»So wie Sie angezogen sind, dachte ich einfach, dass ... Ich meine, wir werden keine Zeit haben, vorher ins Hotel zu fahren, damit Sie sich umziehen können. DCI Franks möchte, dass seine Mitarbeiter immer im Anzug kommen.«

Phil lächelte. »Ich bin sicher, DCI Franks hat nicht zum ersten Mal einen Mann in Jeans gesehen. Er wird es schon verkraften. Fahren wir los.«

Beresford erwiderte nichts, dann machten sie sich auf den Weg.

Sie verließen das Stadtzentrum von Birmingham und fuhren auf die M6. Von dort aus ging es weiter auf die M1 und schließlich die A14. Allmählich wich die triste Autobahnkulisse einer landschaftlich reizvolleren Umgebung. Zumindest theoretisch – leider war alles von Nebel und Nieselregen verhüllt.

Beresford war ein vorsichtiger, aber keineswegs ängstlicher Fahrer. Er fuhr wie mit angezogener Handbremse – als hätte er noch mehrere höhere Gänge zur Verfügung, sollte er sie denn benötigen.

Phils anfängliche Vermutung hatte sich als richtig erwiesen: Beresford war kein gesprächiger Mensch. Als er den Motor gestartet hatte, war das Radio angegangen, doch er hatte es sofort ausgeschaltet. Irgendein politisch rechtsgerichteter Moderator pöbelte einen Zuhörer an, den er gerade in der Leitung hatte.

»Sie können es ruhig anlassen, wenn Sie möchten«, meinte Phil. »Das stört mich nicht.«

»Ist schon gut, Sir.«

Und das war's. Phil wünschte, er hätte darauf bestanden, seinen Wagen zu nehmen. Dann hätte er wenigstens seine eigene Musik einlegen können. Nur der liebe Herrgott wusste, was Beresford normalerweise hörte.

Phil holte sein Handy heraus und schrieb Marina eine SMS.

> Wurde abgeholt. Bin jetzt unterwegs. Ich liebe dich.
> XXX

Er drückte auf »Senden« und steckte das Handy wieder weg.

Auf der A14 unternahm er einen erneuten Versuch, mit Beresford ins Gespräch zu kommen.

»Wie steht es denn mit den Ermittlungen im Fall der drei ermordeten Männer?«

Beresford runzelte die Stirn, als wüsste er nicht, ob er Phil darauf eine Antwort geben sollte. Und wenn ja, welche. »Wir machen Fortschritte, Sir.«

Phil lachte leise. »Sie ermitteln in verschiedene Richtungen und gehen jedem Hinweis nach, richtig?« Er schüttelte den Kopf. »Kommen Sie, DS Beresford, ich bin kein Zivilist. Ich will einfach nur wissen, wie der Stand der Dinge ist.«

Beresford überlegte kurz. Er warf Phil einen flüchtigen, unergründlichen Blick zu, dann wandte er sich wieder nach vorn zur Straße. »Es ... Wir haben noch nicht viele Spuren.«

»Konnten die Opfer schon identifiziert werden?«

»Bislang nicht. Das erweist sich als ziemlich schwierig. Wir haben die Vermisstenabteilung kontaktiert und Beschreibungen rausgeschickt. Bislang noch keine Treffer.«

»Obduktionen? Forensische Befunde?«

»Ziemlich viel Alkohol im Blut, so wie es aussieht. Das hatten alle drei gemeinsam: Es gab Anzeichen auf Drogenkonsum. Wie viel sie genommen haben und wann, wird noch untersucht.«

»Und niemand hat was gesehen ...« Eine Feststellung, keine Frage.

»Nur die Leute, die die Leichen gefunden haben. Die haben wir schon überprüft. Keine Verbindungen untereinander oder zu den Opfern.«

»Soweit bisher bekannt.«

»Ja, Sir. Aber wir haben ihnen Fotos der Opfer gezeigt. Keiner von denen kannte eines der drei Opfer.«

Nachdem er diese Informationen losgeworden war, verfiel Beresford wieder in Schweigen.

Phil lehnte sich in seinem Sitz zurück. Fragte sich, was genau er zu den Ermittlungen beitragen sollte.

Das würde eine lange Fahrt werden.

7

Arbeit. Dadurch hoffte Marina auf andere Gedanken zu kommen. Arbeit.

Sie saß in ihrem Büro an der Birmingham University am Schreibtisch. Was anfangs als Provisorium gedacht gewesen war, hatte inzwischen endgültigere Formen angenommen. In den dunklen Bücherschränken an den Wänden hatte bei ihrem Einzug noch eine strenge Ordnung geherrscht; jetzt quollen sie vor Büchern nur so über. Auf dem Schreibtisch standen gerahmte Fotos von Phil und Josephina; Zeitschriften, Magazine und andere Periodika stapelten sich in allen Ecken. Es wirkte alles ein wenig chaotisch, doch zugleich war auch ein gewisses System erkennbar. Zwischen den Bücherregalen hingen gerahmte Drucke, größtenteils Edward Hopper. Marina war der Ansicht gewesen, etwas aufhängen zu müssen, das ihr Fachgebiet Psychologie widerspiegelte, Escher oder vielleicht auch Magritte. Bilder, die die Studenten, wenn sie zu ihr in die Sprechstunde kamen, zum Gespräch anregten, die verborgene Bedeutungsebenen enthielten und als Metapher für das Studium des menschliche Geistes dienen konnten.

Aber Marina hatte sich für Hopper entschieden.

Er war in ihren Augen kein technisch herausragender Maler,

jedenfalls konnte man seinen Stil kaum als realistisch bezeichnen. Aber seine skizzenhaft, ja beinahe ausdruckslos wirkenden Figuren in den tristen Räumen, in denen das Licht fast immer hell und durchdringend war und an den Menschen vorbeischien, hatten etwas an sich, das zum Fragen einlud. Wer waren diese Leute? Was hatte sie ausgerechnet an diesen Ort geführt? In welcher Beziehung standen sie zueinander? *Nachtschwärmer*, sein berühmtestes Werk, zeigte mehrere Figuren, die nachts den Tresen eines Diners bevölkerten. Sie saßen vereinzelt, weit voneinander entfernt. In *Büro bei Nacht* saß ein Mann am Schreibtisch und eine Frau stand vor einem Aktenschrank. Licht fiel ins Zimmer, streifte die beiden jedoch nicht. Marina versuchte oft sich vorzustellen, was wohl vor oder nach diesem einen Augenblick geschehen war, den Hopper auf die Leinwand gebannt hatte. Versuchte die Psychogeometrie der Räume zwischen den Figuren zu ergründen. Sich ihr Leben auszumalen, die Werte, die sie vertraten, und was sie einander bedeuteten oder auch nicht. Wenn das keine psychologische Herangehensweise an Kunst war – und ein Grund, Hoppers Bilder in ihrem Büro aufzuhängen –, dann wusste sie es auch nicht.

Jetzt allerdings war sie nicht mit den Bildern beschäftigt. Sie musste Seminararbeiten benoten. Stapelweise Aufsätze von Drittsemestern über eine Neuinterpretation der Jung'schen Archetypen. Sie hatte ihren Studenten eingeschärft, kreativ, aber stringent zu argumentieren, und tat nun ihr Bestes, ihre Gedankengänge nachzuvollziehen. Wo nötig, korrigierte sie behutsam oder stellte Fragen, und nur als allerletztes Mittel widersprach oder verwarf sie. Sie hatte gehofft, die Arbeit würde sie von Phil und seiner Dienstreise ablenken. Und streckenweise funktionierte es sogar – bis sie über einen Satz stolperte oder ihr etwas in den Kopf kam und sie unwillkürlich an ihn denken musste. Dann ging das Grübeln wieder los. Das bange Hoffen.

Ihr Handy, das neben ihr auf dem Schreibtisch lag, gab einen Ton von sich. Sie warf einen Blick darauf. Lächelte. Eine SMS von Phil.

> Wurde abgeholt. Bin jetzt unterwegs. Ich liebe dich.
> XXX

Sie las die Nachricht zweimal durch. Am Ende lächelte sie immer noch. Dann analysierte sie sie, versuchte jedes letzte Bisschen an Informationen herauszuholen, ob nun echt oder eingebildet. Er war auf dem Weg. Mit dem Auto. Franks hatte ihm einen Fahrer geschickt. Jemanden, dem er vertraute und der für Phils Sicherheit sorgen würde. Es gab also keinen Grund zur Beunruhigung.

Überhaupt keinen.

Sie wandte sich wieder ihren Seminararbeiten zu, fest entschlossen, sich ab jetzt ganz auf die Arbeit zu konzentrieren.

Und das gelang ihr auch tatsächlich. Ehe sie es sich versah, war eine Stunde um.

Dann klingelte ihr Telefon. Nicht das Handy, sondern ihre Festnetzleitung im Büro.

Sie nahm ab. »Dr. Esposito?«

»Marina? Hier ist Alison Cotter.«

Sofort setzte Marina sich kerzengerade hin und fragte Cotter, wie sie ihr helfen könne.

»Es ist wegen Phil. Ich frage mich, wo er steckt.«

Marina runzelte die Stirn. »Was soll das heißen?«

»Na ja, ich hatte gerade Gary Franks am Apparat. Er hat mir mitgeteilt, dass der Kollege, denn er eigentlich schicken wollte, um Phil abzuholen, ihn angerufen und gesagt hat, sein Wagen würde nicht anspringen. Irgendein Defekt. Ich habe hier auf dem Revier nach Phil gesucht, ihn aber nirgendwo gefunden. Dann habe ich bei Ihnen zu Hause angerufen, aber da ist keiner rangegangen. Auf dem Handy kann ich ihn auch nicht erreichen. Wissen Sie zufällig, wo er stecken könnte?«

Marina erstarrte. Dachte an Phils SMS.

»Ich komme sofort zu Ihnen.«

Sie legte auf und eilte zur Tür. Dabei streifte ihr Blick flüchtig einen der Hopper-Drucke: *Haus am Bahndamm*. Trostlos und einsam. Das Vorbild für Bates' Motel in Hitchcocks *Psycho*.

8

»Haben Sie denn auch einen Vornamen, DS Beresford?«

»David«, brummte Beresford widerwillig, als müsse er das Wort erst mühsam aus den Tiefen seines Körpers hervorkramen.

»David. Aha.«

»Aber alle nennen mich Dave.«

»Dave.« Phil nickte. »Alles klar.« Er warf einen Blick auf seine Uhr. »Wollen wir vielleicht demnächst mal eine Pause machen?«

»DCI Franks hat gesagt, ich soll Sie so schnell wie möglich nach Colchester bringen.«

»Das will ich gern glauben. Aber er hat Pinkel- und Kaffeepausen doch wohl nicht ausdrücklich verboten?«

Beresford tat so, als hätte er Phil nicht gehört.

»DS Beresford.« Phil schlug einen etwas bestimmteren Ton an. »Ich möchte jetzt eine Pause machen.«

Beresford nickte wortlos.

Sie fuhren noch eine Weile weiter, bis sie an der A14 ein Little-Chef-Restaurant erspähten. Beresford fuhr ab und parkte den Insignia. Dann wandte er sich an Phil. »Bitte beeilen Sie sich, Sir.«

Phil stieg aus und nahm Kurs auf die WCs. Nachdem er dort fertig war, ging er weiter ins Café. Reihte sich in die Schlange ein. Sah, dass es nur Instantkaffee gab, und holte sich stattdessen eine

Flasche Wasser. Es gab nicht viel, was Phil wirklich unerträglich fand, aber Instantkaffee gehörte dazu. *Heutzutage*, dachte er, *gibt es wirklich keine Entschuldigung mehr für so was. Gar keine*. Er bezahlte sein Wasser und kehrte zum Wagen zurück.

Beresford schien sich die ganze Zeit nicht vom Fleck gerührt zu haben. Ohne Phil eines Blickes zu würdigen, ließ er den Motor an und fuhr los.

»Und«, sagte Phil, nachdem sie eine Weile gefahren waren, »haben Sie irgendwelche Hobbys, Dave?«

Beresford zuckte mit den Schultern. »Golf. Mehr eigentlich nicht.«

Phil nickte und wünschte, er hätte nie gefragt. Es gab keine langweiligeren Zeitgenossen als Golfer. Zum Glück führte Beresford das Thema nicht weiter aus. Phil blickte aus dem Fenster.

Und war wohl kurz eingeschlafen. Er setzte sich auf und sah sich um. Sie waren immer noch unterwegs. Er drehte sich zur Rückbank um, wo er seine Jacke hingelegt hatte, und suchte nach dem Handy, um nachzuschauen, ob er neue Mails oder Textnachrichten erhalten hatte. Doch er konnte es nicht finden. Als Nächstes suchte er in den Taschen seiner Jeans. Da war es auch nicht. Er tastete den Beifahrersitz ab. Fehlanzeige.

»Haben Sie mein Handy gesehen, Dave?«

Beresford hatte den Blick auf die Straße gerichtet. »Nein, Sir.«

Phil suchte ein weiteres Mal alles ab. »Sind Sie sicher?«

»Ganz sicher, Sir.«

Phil runzelte die Stirn. »Dann muss ich es wohl in meine Reisetasche gesteckt haben.« Er versuchte sich zu erinnern. Er hatte Marina gesimst und das Handy danach in ... seine Jackentasche gesteckt. Er tastete sie erneut ab. Kein Handy. Hatte er es an der Autobahnraststätte liegen lassen? Nein, er hatte es gar nicht mitgenommen. Er bückte sich, um nachzuschauen, ob es womöglich unter seinen Sitz gerutscht war.

»Brauchen Sie es denn unbedingt, Sir?«

Phil richtete sich wieder auf. »Ich wollte einfach nachschauen, ob ich Mails vom Revier bekommen habe, mehr nicht.«

»Wir sind ja bald da, Sir. Es dauert nicht mehr lange.«

Phil nickte. Warf einen Blick auf Beresford. Der DS schwitzte. Dabei war es nicht besonders warm.

Allmählich wurde Phil unbehaglich zumute. Er wusste nicht, warum, konnte es nicht erklären. Es war nur so ein Gefühl. Aber es war die Art von Gefühl, dem er im Laufe der Jahre zu vertrauen gelernt hatte.

»Könnten Sie bitte kurz anhalten, DS Beresford? Ich muss mein Handy finden.«

Beresford reagierte nicht.

»DS Beresford? Hallo?«

»Tut mir leid, Sir«, sagte Beresford. Er schwitzte jetzt noch stärker, und seine Stimme zitterte ein wenig. »Ich kann nicht anhalten.«

»DS Beresford. Ich befehle Ihnen jetzt, anzuhalten. Fahren Sie unverzüglich rechts ran.«

»Ich ... ich kann nicht, Sir ...«, sagte Beresford und trat das Gaspedal durch. Phil sah sich um. Irgendetwas stimmte hier nicht. Irgendetwas stimmte ganz und gar nicht.

»DS Beresford, halten Sie sofort an. Ich beschlagnahme dieses Fahrzeug.«

Beresford ignorierte ihn.

»Ich bin von uns beiden der mit dem höheren Dienstgrad, und ich sage Ihnen –«

»Bleiben Sie einfach ruhig sitzen!« Beresford schrie nun fast, allerdings wirkte er nicht wütend, sondern eher wie ein Schnellkochtopf, dem jeden Moment der Deckel wegfliegen würde. »Bleiben Sie, wo Sie sind ...«

Er erhöhte das Tempo noch weiter und hielt mit einer Hand das Lenkrad fest, während er mit der anderen in seine Jackentasche fasste und einen Taser herausholte, den er auf Phil richtete.

Der starrte ihn mit offenem Mund an.

»Passen Sie auf, Sir«, sagte Beresford, ohne Phil dabei in die Augen zu sehen. »Ich will den hier wirklich nicht benutzen. Nicht bei einem Vorgesetzten. Tun Sie einfach, was ich sage, dann liefern Sie mir auch keinen Grund dazu.«

»Wodurch könnte ich Ihnen denn einen Grund liefern, DS Beresford?« Phil bemühte sich um einen ruhigen Tonfall, obwohl ihm das Herz bis zum Hals schlug. Es klopfte so schnell, dass er sicher war, Beresford müsse es hören. »Was könnte ich denn tun, das Sie zwingen würde, das Ding da zu benutzen?«

Beresford fuhr noch schneller. »Lassen Sie Ihre Hände dort, wo ich sie sehen kann. Machen Sie keine plötzlichen Bewegungen. Ich will es wirklich nicht tun ...«

»Wer sagt denn, dass Sie es müssen?«

In Beresfords Gesicht spiegelte sich deutlich der Widerstreit der Gefühle. »Sie ... Ich wollte es wirklich nicht, Sir, vor allem weil Sie ein Kollege sind, aber ich hatte keine Wahl. Sie ist ... es ist wegen meines Sohnes, Sir. Ich muss ... ich muss es tun, weil ...«

Damit wurden Phils schlimmste Befürchtungen bestätigt. Sein Mut sank, während er verzweifelt nach den richtigen Worten suchte. »Hören Sie«, sagte er schließlich. »Sie müssen das nicht tun, Dave. Wirklich nicht. Halten Sie einfach an, geben Sie mir den Taser, und dann können wir die Sache klären, okay? Tun Sie es. Glauben Sie mir, wir finden eine Lösung.«

Beresford blickte starr geradeaus. An seiner Miene sah man, dass er hin- und hergerissen war.

Phil machte weiter. »Ihr Sohn, ja? Sie bedroht Ihren Sohn?«

Beresford nickte. »Mehr als das.« In seinen Augenwinkeln schimmerte es feucht. Ob es Tränen oder Schweißperlen waren, konnte Phil nicht erkennen.

»Das ... das verstehe ich. Ihr Verhalten – was Sie hier tun – ich kann das durchaus nachvollziehen. Wenn wir von der Person reden, die ich meine. Sie hat auch meine Tochter bedroht. Und meine Frau. Aber ich habe ihr nicht nachgegeben. Ich *darf* ihr nicht nachgeben. Und Sie ... Sie dürfen das auch nicht, Dave. In Ordnung? Halten Sie einfach den Wagen an, geben Sie mir den Taser, und die ganze elende Sache hat ein Ende.«

Beresford antwortete nicht.

»Kommen Sie, Dave. Sie schaffen das. Gemeinsam schaffen wir das.«

Nichts.

»Gemeinsam können wir das wieder hinbiegen. Ihr das Handwerk legen. Das ... deshalb will ich doch gerade nach Colchester.« Phil wartete. Sah Beresford an. Ignorierte, wie schnell draußen die Landschaft an ihnen vorüberflog. Versuchte nicht auf den Tacho zu schielen. »Geben Sie sich einen Ruck, Dave ...«

Beresfords Gesichtszüge waren wie versteinert. Phil sah sich dadurch ermutigt. Vielleicht drang er mit seinem Appell ja doch zu ihm durch.

»Gut so«, sagte er und stieß den Atem aus, von dem er gar nicht gewusst hatte, dass er ihn angehalten hatte. »Sehr gut. Halten Sie einfach an, und dann regeln wir alles. Wir können Ihren Sohn schützen. Wir werden sie erwischen. Wirklich. Aber ...«

Beresford begann zu lachen. Es war ein eigenartiges

Geräusch, wie eine alte Batterie, die noch ein allerletztes Mal ansprang. Ein Todesröcheln. »Sie haben wirklich keine Ahnung, oder?«, sagte er. »Keinen blassen Schimmer …«

»Dave, ich bitte Sie …«

»Tut mir leid, Sir, aber ich hab mich entschieden.«

Phils nächste Worte wurden von einem Schrei erstickt, als Beresford ihm einen Elektroschock verpasste.

Dann herrschte Stille. Nur ein Zucken ging durch Phils Körper. Gleich darauf verlor er das Bewusstsein.

Der Wagen raste weiter. Nicht nach Colchester.

Brennende Burgen

Sie wollte nicht mit Puppen spielen. Nicht mehr. Nicht nach dem Zentrum oder wie immer das hieß.

Dorthin war sie gebracht worden, nachdem man sie aus dem sicheren Haus, das am Ende doch nicht sicher gewesen war, weggeholt hatte. Als man sie fand, hielt man sie zunächst für tot. Sie lag völlig regungslos neben den Leichen ihrer Eltern und wagte kaum zu atmen, aus Angst, der schwitzende Mann mit dem fauligen Atem könnte zurückkommen. Sie spürte, wie das Blut – Mamas Blut – langsam an ihren Händen trocknete. Wo ihr Bruder war, wusste sie nicht. Hoffentlich war er noch am Leben. Sie hatte die ganze Zeit gewartet, dass er kommen und sie retten würde. Dass irgendjemand kommen und sie retten würde.

Irgendwann kam dann auch wer: die Polizei. Ein Mann in einer blauen Uniform wollte sie anfassen, aber sie hatte geschrien. Und geschrien und geschrien und geschrien.

Als Nächstes war da eine Frau, die mit sanfter Stimme auf sie einredete und ihr beim Aufstehen half. Mama und Papa wurden weggebracht. Sie sah sie nie wieder.

Sie selbst kam an einen Ort, wo alle Leute sich sehr darum bemühten, nett zu ihr zu sein. Aber sie hatten auch Angst, das merkte sie sofort. Sie sah es in ihren Augen, wenn sie mit ihr sprachen. Ob sie eher Angst um sie oder

Angst vor ihr hatten, wusste sie nicht so genau. Vielleicht war es auch beides. Aber Angst hatten sie auf jeden Fall.

Das Zimmer, in dem man sie unterbrachte, war sehr bunt. An den Wänden hingen lauter Bilder mit lachenden Tieren und schönen Sachen, und es gab jede Menge Kuscheltiere und Plastikspielzeug. Belinda hatte sie längst verloren, und sie war traurig darüber. Die Spielsachen in dem Zimmer waren alle neu und ungewohnt. Als würden sie eigentlich einem anderen Kind gehören.

Sie hatte jede Nacht Albträume. Konnte nicht bei geschlossener Tür oder im Dunkeln schlafen. Immer wieder sah sie im Traum den Mann, roch seinen stinkenden Atem, spürte Mamas Blut an ihren Händen. Davon wachte sie schreiend auf. Nacht für Nacht für Nacht.

Dann kam eines Tages eine andere Frau. Du kannst mich Caroline nennen, sagte sie mit einem breiten Lächeln. Und wer bist du?

Sie nannte ihr ihren Namen.

Caroline nickte, als wäre das ein Test gewesen und sie hätte ihn bestanden.

Caroline stellte noch weitere Fragen. Dazu holte sie eine Puppe aus ihrer Tasche und zeigte sie ihr. Magst du damit spielen?, fragte sie.

Sie schwieg, rührte sich nicht. Caroline hielt ihr die Puppe hin. Sie sah ganz anders aus als Belinda. Sie hatte Arme und Beine, Augen und eine Nase, aber keinen Mund.

Hier.

Sie nahm die Puppe.

Also, sagte Caroline. Stellen wir uns mal vor, du wärst diese Puppe, okay? Tun wir so, als hätte sie deinen Namen, ja?

Sie nickte.

In Ordnung. Jetzt möchte ich gern, dass du daran denkst, wie es früher war. Als du noch mit deiner Mama und deinem Papa zusammen warst, bevor ihr in das andere Haus gekommen seid. Kannst du das für mich tun?

Caroline irrte sich: Das hatte überhaupt nichts mit Spielen zu tun. Aber das sagte sie nicht. Stattdessen nickte sie, weil sie dachte, dass Caroline es so wollte.

Gut. Also. Caroline gab ihr einen schwarzen Stift. Hier. Jetzt möchte ich, dass du der Puppe deinen Mund aufmalst.

Sie starrte Caroline an.

Warst du damals glücklich? Warst du traurig? Wie hätte dein Gesicht ausgesehen – fröhlich oder traurig?

Sie überlegte. Vor ihrer Flucht, war sie da glücklich gewesen? War überhaupt einer von ihnen glücklich gewesen? Sie wusste es nicht. Sie hatte eben ihr Leben gelebt, ganz normal. Klar hatte es Dinge gegeben, die sie traurig gemacht hatten. Aber auch andere Dinge. Sie konnte sich nicht entscheiden, was für einen Mund sie der Puppe malen sollte.

Dann dachte sie an Mama. An Papa. Und an ihren Bruder. Sah Mamas Blut an ihren Händen. Dachte daran, wie es davor gewesen war.

Und malte der Puppe ein Lächeln ins Gesicht.

Sehr gut, lobte Caroline. Dann nahm sie einen Lappen und wischte der Puppe das Lächeln wieder weg. Und wie hast du dich in dem anderen Haus gefühlt?

Sie wollte wieder ein Lächeln malen, aber dann hielt sie inne.

Schneeengel, sagte sie.

Caroline runzelte die Stirn. Wie bitte?

Schneeengel. Wir haben Schneeengel gemacht. Ich hab mir meine Flügel angeschaut. Und dann sind die Männer gekommen …

Aha. Verstehe. Ich habe nur noch ein paar Fragen an dich, und danach können wir weiterspielen.

Caroline hatte noch mehr Puppen dabei. Einige sollten ihr das Gefühl von Glück oder Sicherheit geben, andere sollten ihr Angst machen – oder ihr jedenfalls dabei helfen, auszudrücken, was ihr Angst gemacht hatte und warum.

Caroline meinte, sie wolle ihre Freundin sein. Ihr helfen. Dafür sorgen, dass sie wieder fröhlich sein konnte. Und sie wollte fröhlich sein. Sie wollte Mama und Papa und ihren Bruder wiedersehen. Caroline fragte sie nach den Männern. Danach, was sie im Haus getan und gesagt hätten.

Zeig es mir mit den Puppen, bat sie.

Also spielte sie die Worte und Handlungen der Männer mithilfe der Puppen nach.

Gut, sagte Caroline, als sie fertig war. Das hast du wirklich gut gemacht. Dann sah sie sie mit ernster Miene an. Als du eben mit den Puppen gespielt hast, war dir da nach Weinen zumute?

Sie betrachtete die Puppen, die neben ihr auf dem Tisch lagen. Nein, antwortete sie.

Hat es dich wütend oder traurig gemacht, dich wieder daran zu erinnern, was passiert ist?

Sie dachte an Mamas Blut, das an ihrer Hand klebte. Daran, wie sie mucksmäuschenstill dagelegen und bis hundert gezählt hatte, immer wieder. Wie ihr Mund sich dabei ganz schnell bewegt hatte. Wie sie die Zahlen gewispert hatte, als wären sie ein Zauberspruch, der verhindern konnte, dass die Männer wiederkamen. Wie sie auch nach dem Zählen noch weiter dagelegen hatte, bis sie irgendwann eingeschlafen war. Und wie sie nach dem Aufwachen sofort mit dem Zählen weitergemacht hatte. Sie hatte sich in die Hose gemacht, war aber trotzdem nicht aufgestanden. Sie hatte gefroren, weil die Tür offen stand und die Winterkälte ins Haus drang. An all diese Dinge dachte sie. Sie dachte daran, dass es ein Davor und ein Danach gab. Ein Mädchen war gestorben, ein anderes war geboren worden. Diese beiden Mädchen sahen sich ziemlich ähnlich, aber ansonsten hatten sie nichts gemeinsam.

Nein, sagte sie.

Irgendwann erklärte man ihr, dass sie umziehen würde, und sie kam hierher, zu Mr und Mrs Wignall. Sie seien alt und hätten immer eine Menge Kinder im Haus, sagte man ihr bei ihrer Ankunft. Sie würde also nicht stören. Die beiden waren nett, fand sie. Zumindest bemühten sie sich, nett zu sein.

Mrs Wignall kochte und kümmerte sich um die Kinder. Mr Wignall musste sich schonen. Wegen seines Herzens, meinte er. Auf Rat des Arztes. Trotzdem hörte sie manchmal, wie Mrs Wignall ihn liebevoll ausschimpfte, weil er immer wieder heimlich aus der Flasche trank, die im Wohnzimmer auf der Anrichte stand.

Sie war glücklich. So glücklich, wie es eben ging. Irgendwann hörte sie auf, nach ihrem Bruder zu fragen. Niemand erwähnte ihn. Man teilte ihr nur mit, dass er weg war. Außerdem gab es hier viele andere Kinder zum Spielen. Aber meistens spielte sie für sich allein.

Die Burg mochte sie am liebsten. Keine Puppen. Von Puppen hatte sie die Nase voll.

Jetzt saß sie da und betrachtete die Soldaten, die sie oben auf dem Wehrgang aufgestellt hatte. Hinter den Zinnen. Sie wehrten alle Feinde ab. Beschützten die Burgbewohner. Genauso musste sie es auch machen. Sie musste so werden wie die Soldaten.

Selbst wenn das bedeutete, dass man töten musste.

DRITTER TEIL

Rainsford House

9

Marina vergeudete keine Zeit. Sie fuhr sofort zum Revier in der Steelhouse Lane und marschierte schnurstracks in Cotters Büro.

»Also, wo ist er?« Von allen Fragen, die in ihr brodelten, war dies die erste, die ihr über die Lippen kam. Und war der Ausdruck ihrer totalen Hilflosigkeit. Aber was hätte sie sonst fragen sollen?

»Wir wissen es nicht«, antwortete Cotter. Bei Marinas Eintreten war sie von ihrem Platz am Schreibtisch aufgestanden, und nun zögerte sie, dorthin zurückzukehren. Stattdessen blieb sie mitten im Raum neben Marina stehen, was ihrer Unterhaltung eine noch größere Dringlichkeit verlieh.

»Haben Sie von ihm gehört?«

Cotter schüttelte den Kopf. »Sie?«

»Im Taxi hierher habe ich es die ganze Zeit auf seinem Handy versucht. Nichts. Es ist jedes Mal nur die Mailbox rangegangen.«

Cotter nickte mit düsterer Miene. »Bei mir war es dasselbe.«

»Können Sie es nicht irgendwie orten lassen?«

»Nicht, wenn es ausgeschaltet ist.«

Marina seufzte. Auf einmal fühlte sie sich schrecklich müde. Am liebsten hätte sie sich hingesetzt und ausgeruht, doch sie widerstand dem Drang. »Vielleicht ist er ja …«, setzte sie an, wurde jedoch mit jedem Wort leiser und brach schließlich ganz ab.

Schweigen senkte sich über den Raum.

»Ich glaube, wir müssen vom Schlimmsten ausgehen, Alison«, sagte sie nach einer Weile mit kleiner, schwacher Stimme. Währenddessen spürte sie, wie eine dunkle Furcht von ihrem Herzen Besitz ergriff. Und doch hatte es ausgesprochen werden müssen. Sie mussten der Situation ins Auge blicken.

Cotter nickte. Sie klang resigniert. »Wenn es jemand anders in einer anderen Ausgangslage wäre, würde ich vorschlagen, noch abzuwarten. Aber in unserem Fall nicht. Nicht in Anbetracht dessen, was wir wissen. Oder vielmehr: was wir nicht wissen.«

»Und wer ...«

»Sperring und Khan sind mit einem anderen Fall beschäftigt.«

»Verstehe.«

Cotter ging zur Tür, steckte den Kopf durch den Spalt und rief einen Namen.

Marina atmete erleichtert auf, als kurze Zeit später DC Imani Oliver in Cotters Büro trat.

Sie hatten bereits in der Vergangenheit zusammengearbeitet und verstanden sich gut. Marina vertraute Imani.

»Danke, dass Sie einspringen, Imani«, sagte Cotter. »Es ist etwas passiert.«

Imani blickte fragend zwischen Marina und Cotter hin und her.

»Ich erzähle Ihnen alles«, sagte Cotter und fing an, ihr die Situation zu schildern.

»Setzen wir uns«, schlug sie vor, nachdem sie geendet hatte, »und planen wir das weitere Vorgehen.«

Marina hätte am liebsten geschrien, dass sie sich nicht hinsetzen *wollte*, dass sie sofort etwas unternehmen mussten. Doch sie schluckte ihren Frust und ihre Ungeduld herunter. Ein solches Verhalten wäre absolut unprofessionell gewesen.

Cotter hatte für Besprechungszwecke einen kleinen Tisch mit vier Stühlen in ihrem Büro stehen. Dorthin zog sie sich nun, gefolgt von Marina und Imani, zurück.

»Also«, begann Cotter, nachdem sie alle Platz genommen hatten. »Aktionsplan. Imani, ich will, dass Sie sofort zu Marinas Haus fahren. Nehmen Sie zwei Kollegen in Uniform mit. Gehen Sie von Tür zu Tür. Ich will wissen, ob irgendjemand Phil heute Morgen gesehen hat, wie er in ein Auto gestiegen ist oder Ähnliches. Und ich will wissen, ob jemand bei ihm war.«

»Vielleicht ist er ja auch allein nach Colchester gefahren«, meinte Imani.

»Unwahrscheinlich«, sagte Cotter. »Er wusste doch, dass ihn jemand abholen würde.« Sie wandte sich an Marina. »War sein Audi an der Straße geparkt?«

In Marina regte sich aufs Neue die Ungeduld. »Ja, aber –«

»Dann prüfen Sie, ob er noch da steht«, wies Cotter Imani an.

Diese machte sich eine Notiz.

»Und was dann?«, fragte Marina, die mit ihrer Verzweiflung kaum noch hinter dem Berg halten konnte.

Cotter wandte sich ihr zu und wollte ihr antworten, doch Marina kam ihr zuvor. »Das ist doch alles ... sinnlos. Wir wissen, dass er weg ist. Sie sollten eine Personenbeschreibung rausgeben, Streifen losschicken, Videoaufzeichnungen von Überwachungskameras sichten. Einfach ...«, sie seufzte, »... irgendwas *tun* ...«

»Wir *tun* ja was«, sagte Cotter. »Das sind unsere ersten Ansatzpunkte. So arbeiten wir. Wir gehen methodisch vor, Schritt für Schritt. Das wissen Sie doch.«

Marina schwieg.

»Ich kann mir vorstellen, wie Ihnen zumute ist. Und ich möchte genau wie Sie, dass er so schnell wie möglich wieder auftaucht. Aber wir dürfen nicht sämtliche Regeln über Bord werfen, nur weil er einer von uns ist. Im Gegenteil: Das sollte erst recht ein Grund sein, die Regeln zu beachten. Geschwindigkeit, aber keine Hast.«

Marina nickte langsam. Ihr war klar, dass Cotter recht hatte und ihr Vorgehen richtig war. Sie wollte einfach nur Gewissheit haben, dass es Phil gutging, und war aufgeregt und verzweifelt, weil sie wusste, dass sie diese Gewissheit nicht bekommen würde.

»Vielleicht könnten Sie ja auch etwas tun, Marina?«, fragte Imani.

»Was denn?«

»Na ja, wenn die Chefin nichts dagegen hat ...« Sie schaute zu Cotter hin, die mit einem Nicken ihr Einverständnis gab. »Wenn die Person dahintersteckt, von der wir vermuten, dass sie dahintersteckt, dann wäre es doch hilfreich, mehr über Fiona Welch und ihren Hintergrund rauszufinden. Gehen Sie sämtliche Fallakten der Frau durch, die sich als Fiona Welch ausgibt. Suchen Sie nach Überschneidungen, nach Dingen, die wir bisher vielleicht übersehen haben. Ähnlichkeiten im Verhalten – irgendwas, das uns einen Hinweis liefern oder uns auf eine Spur bringen könnte. Betrachten Sie die Sache vom Standpunkt einer Psychologin, nicht von dem eines Ermittlers aus.«

Marina nickte. »In Ordnung.« Sie wusste, auch diese Arbeit musste getan werden, und sie war am besten dafür geeignet. Trotzdem wurde sie das Gefühl nicht los, nur deshalb damit betraut worden zu sein, damit sie sich nicht gänzlich überflüssig vorkam.

»Gute Idee«, stimmte Cotter zu. »Aber nur, wenn Sie das Gefühl haben, dazu auch wirklich in der Lage zu sein. Mir ist bewusst, dass die Sache für Sie sehr nah an der Schmerzgrenze ist, und ich will nicht, dass persönliche Faktoren Ihr Urteilsvermögen beeinträchtigen. Kriegen Sie das hin?«

Mit neutraler, unergründlicher Miene erwiderte Marina: »Ich kriege das hin.«

»Gut.« Cotter wandte sich an Imani. »Also dann: An die Arbeit. Finden wir ihn.«

10

Phil öffnete die Augen. Blinzelte einmal. Zweimal. Schaute sich um. Er war daheim.

Verwirrt und benommen versuchte er sich aufzusetzen. Es ging nicht. Irgendetwas hielt ihn fest. Er fiel zurück. Ihm war heiß, doch er konnte sich nicht rühren. Er versuchte, Arme und Beine zu bewegen. Stellte fest, dass er an Handgelenken und Fußknöcheln gefesselt war. Und er war nackt. Er war mit einer Decke zugedeckt, sein Kopf lag auf einem Kissen. Er blickte an sich herunter. Das Muster des Bettbezugs war dasselbe wie bei ihm zu Hause.

Erneut sah er sich im Zimmer um. Es war sein Zimmer. Das Schlafzimmer ihres Hauses in Moseley Village. Es war dunkel. Die Vorhänge waren zugezogen, nur auf dem Nachttisch brannte eine kleine Lampe.

Er blinzelte abermals. Begriff nicht, was los war. Betrachtete sich erneut.

Er verspürte Schmerzen. An der rechten Seite. Warum hatte er ...

Dann fiel es ihm wieder ein: Er hatte im Auto gesessen. Als Beifahrer, mit Beresford. Auf dem Weg nach ...

Beresford.

Der Taser. War es ein Taser gewesen? Oder eine Elektroschockpistole? Eins von beiden. Beresford war immer schneller gefahren, und immer noch schneller, Phil hatte nicht aussteigen können, seine Fragen waren ... Und dann der Ausdruck in Beresfords Gesicht – entschuldigend? War das richtig? Dann ... nichts mehr.

Und jetzt ...

Ein drittes Mal ließ er den Blick durchs Zimmer schweifen. Sein Zimmer. Aber ...

Wie konnte es sein, dass er hier war? Wieso lag er in seinem Schlafzimmer? Und wo waren die anderen? Keine Marina, keine Josephina ... Und wieso war es so schnell dunkel geworden? Er überlegte. Er musste lange bewusstlos gewesen sein. So lange, dass es mittlerweile Abend war. Jemand hatte ihn gefunden und nach Hause gebracht. Ja, so machte das Sinn. Doch irgendwie glaubte er nicht an seine eigene Erklärung. Sie vermochte ihn nicht zu beruhigen. Zu viele unbeantwortete Fragen. Und dann waren da noch seine Fesseln.

Nein. Er sah sich noch einmal um, diesmal gründlich. Etwas stimmte nicht. Irgendetwas war verkehrt. Ja, es war sein Schlafzimmer, und es war dunkel – trotzdem. Er blickte sich aufmerksam im Raum um. Versuchte genau zu fokussieren. Herauszufinden, was nicht ins Bild passte.

Er konnte es nicht richtig erkennen. Er verengte die Augen zu Schlitzen, fragte sich, warum die Wände, der Schrank, die Kommode – warum nichts davon wirklich scharf war. Er fixierte die Wand gegenüber, als Nächstes den Schrank. Kniff die Augen erst fest zusammen, um sie dann ganz weit aufzureißen. Was ...

Dann begriff er. Jetzt endlich sah er es. Der Spiegel an der Wand hatte kein Spiegelbild. Phil konnte sich nicht darin sehen.

Er war gar nicht echt. Es war lediglich das Bild eines Spiegels, eine blinde Oberfläche. Und das galt nicht nur für den Spiegel, sondern auch für den Schrank, die Wände – für alles. Es gab überhaupt keinen Unterschied zwischen Tapete, Schrank und Fenster. Alles war vollkommen flach. Es war sein Schlafzimmer, so viel stimmte – allerdings nur in zwei Dimensionen. Nichts sprang hervor. Abgesehen vom Nachttisch und den Nachttischlampen war nichts echt. Aber es wirkte so unglaublich real ...

Dann begriff er. Eine optische Täuschung. Eine Fototapete. Als wäre sein Schlafzimmer abfotografiert und auf Originalmaßstab vergrößert worden. Wie eine Theaterkulisse oder ein Filmset. Also ...

Erst da wurde ihm bewusst, was er gerade gedacht hatte.

Jemand hatte sein Schlafzimmer fotografiert.

Jemand war mit einer Kamera in seinem Schlafzimmer gewesen und hatte sich alles genau angesehen. *In seinem Schlafzimmer.* Ganz zu schweigen von der Mühe, die sich dieser Jemand gemacht haben musste, um hier alles originalgetreu aufzubauen. Und erst die Kosten. Jemand war in seinem Zimmer gewesen.

Ein Schauer durchlief ihn. Er wusste, wer. Das Rätselraten hatte ein Ende.

Sie.

Er zerrte wieder an seinen Fesseln, diesmal regelrecht panisch. Er musste hier raus. Wo auch immer »hier« war.

Während er noch gegen die Fesseln ankämpfte, spürte er, wie es ihm in der Brust eng wurde. *Nein ... nein ... nicht jetzt ...* Immer enger wurde es, immer enger, bis er nicht mehr richtig Luft holen konnte. Nicht mehr die Kraft zum Ausatmen hatte. Das war ungleich schlimmer als die Fesseln ... *Nein* ... Er begann am ganzen Leib zu zittern, sein Herz raste ...

Er ließ sich zurück aufs Bett sinken. Auf einmal war er wie gelähmt, konnte sich nicht mehr rühren.

Eine Panikattacke. Das war ihm seit Ewigkeiten nicht mehr passiert. Ausgerechnet jetzt.

Er versuchte seinen Körper zu überlisten. So zu tun, als wäre es ihm egal, als würde er die Beklemmung gar nicht spüren. Hoffentlich würde sich sein Herzschlag dann von selbst beruhigen, und er bekäme endlich wieder Luft.

Es funktionierte. Ganz allmählich fiel ihm das Atmen wieder leichter.

Und dann ging die Tür auf.

Er erstarrte.

Eine Gestalt trat ins Zimmer. Mittelgroß, dunkelhaarig. Eine Gestalt, die ihm sehr vertraut war.

Marina.

Zunächst spürte Phil Erleichterung, die jedoch schnell in Verwirrung umschlug.

Die Gestalt trat zu ihm ans Bett. Sah lächelnd auf ihn herab.

»Hallo, Phil. Erinnerst du dich noch an mich?«

Er starrte sie an. Die Haare waren perfekt, die Kleider genau richtig.

Aber das Gesicht ...

Es war nicht Marina. Er wusste, wer es war.

»Ja«, sagte er, doch seine Stimme erstarb. Er brauchte unbedingt mehr Luft. Bekam keine. »Ich erinnere mich ...«

Sie ließ sich auf der Bettkante nieder. Lächelte immer noch. Schwieg.

Er starrte sie an. Musterte sie. Sie sah anders aus als bei ihrer letzten Begegnung – nicht nur die Haare und die Kleider hatten sich verändert, auch ihre Körperform. Als hätte sie sich nach

Marinas Ebenbild neu erschaffen. Eine groteske Parodie von Marina.

Sie sah ihn an. Irgendwann verschwand ihr Lächeln, und sie blickte ihn bestürzt an. »Ich dachte, du erinnerst dich an mich, Phil.«

»Tue ich auch«, sagte er widerstrebend.

»Warum sagst du dann nicht meinen Namen?«

»Weil ich Ihren Namen nicht kenne.«

Sie beugte sich zu ihm herab, bis ihr Mund ganz dicht an seinem Ohr war. Sie sprach im Flüsterton. Er konnte ihren warmen Atem an seinem Hals spüren. »Oh doch, den kennst du ...«

Phil spürte ein krampfartiges Ziehen in der Brust. Er wusste, sie wartete nur darauf, dass er ihr die Frage stellte. Aber die Genugtuung würde er ihr nicht geben. Außerdem wollte er ihre Antwort gar nicht hören.

Sie wartete. Als ihr klar wurde, dass er nicht fragen würde, lehnte sie sich noch tiefer herab und streifte mit den Lippen sein Ohr.

»Du weißt, wer ich bin. Ich bin deine Frau Marina ...«

Phil versteifte sich vor lauter Ekel.

»Und du gehörst mir, Phil.«

Er spürte, wie ihre Hand über die Bettdecke glitt, an seinem Körper hinunter.

»Mir ...«

11

Imani klopfte an die nächste Tür in Phils und Marinas Straße. Die meisten Häuser in Moseley Village stammten aus Edwardianischer Zeit oder den Dreißigerjahren und waren solide gebaut. Moseley gehörte offiziell zur Stadt Birmingham, war jedoch hinsichtlich seiner Pubs, Restaurants, Läden und Bewohner so eigenständig, dass es sich zu Recht als Dorf bezeichnete.

Imani hatte sich von Anfang an nicht viel von der Aktion versprochen, deshalb konnte sie auch nicht sagen, dass sie vom Ergebnis enttäuscht war. Die meisten Nachbarn machten gar nicht erst auf. Entweder sie waren auf der Arbeit, brachten gerade ihre Kinder zur Schule, waren in der Stadt unterwegs oder wollten nicht an die Tür kommen. Die Einzigen, die auf Imanis Klingeln hin reagierten, waren die Alten und Einsamen. Sie baten sie herein, servierten ihr Tee und bemühten sich nach Kräften, behilflich zu sein. Sie zermarterten sich das Hirn, ob sie vielleicht etwas gesehen hatten, weil sie diese junge, hübsche Frau so ungern enttäuschen wollten. Und um unter Beweis zu stellen, dass sie immer noch zu etwas gut waren. Doch letztendlich hatte keiner von ihnen etwas Wichtiges zu sagen.

Während ihrer Befragungen machte Imani keine Andeutungen und lenkte das Gespräch auch nicht in eine bestimmte Richtung. Sie wollte vermeiden, dass ihr jemand etwas nur deshalb sagte, weil er glaubte, dass sie es hören wolle. Sie gab keinerlei Hinweise – und erhielt keinerlei verwertbare Antworten. Allerdings war sie hinterher immer gut informiert, was Wohnorte und Berufe der jeweiligen Nachkommenschaft anging. Sie vermutete, dass die zwei Uniformierten, die sie mitgenommen hatte und die jetzt auch unterwegs waren, ähnliche Erfahrungen machten.

Also auf zum nächsten Haus. Sie klopfte an und wartete. Warf währenddessen einen Blick auf ihre Uhr. Vielleicht hatte Marina wirklich recht gehabt. Sicher, sie handelten nach Dienstvorschrift; und ja, auch solche Tätigkeiten waren nötig und mussten erledigt werden. Aber während sie hier von Haus zu Haus ging, entkam womöglich die Person, die Phil gekidnappt hatte – und dass er gekidnappt worden war, daran bestand mittlerweile kaum noch Zweifel.

Sie wurde in ihren Gedanken unterbrochen, als jemand die Tür öffnete. Auf der Schwelle stand eine ältere Dame. *Nicht schon wieder*, seufzte Imani innerlich.

Sie hielt ihren Dienstausweis in die Höhe. »Ich bin Detective Sergeant Imani Oliver.« Sie ließ den Ausweis sinken und schenkte der Dame ein, wie sie hoffte, beruhigendes Lächeln. »Wir führen gerade eine Nachbarschaftsbefragung hier in der Gegend durch. Dürfte ich Ihnen einige Fragen stellen?«

Die Frau, sofort argwöhnisch geworden, spähte an Imani vorbei die Straße entlang. »Worüber denn?«

Imani holte ein Foto aus der Tasche und zeigte es ihr. »Haben Sie diesen Mann gesehen?«

»Ich habe meine Brille nicht auf …« Die Frau nahm das Foto und betrachtete es aufmerksam. »Warten Sie kurz.« Sie drehte sich um und verschwand im Haus.

Imani blieb auf den Stufen stehen. Wenig später kehrte die Frau – mit Brille – zurück und studierte das Foto erneut.

Imani beobachtete sie dabei. Nach einer Weile sah die Frau hoch und deutete auf das Foto. »Er wohnt da drüben.« Sie sah Imani neugierig an. »Steckt er in Schwierigkeiten?«

Imani ignorierte die Frage. »Haben Sie ihn heute Morgen gesehen?«

Die Frau nickte. »Ja«, sagte sie. »Er ist in ein Auto gestiegen.«

Imanis Herzschlag beschleunigte sich.

»Dürfte ich bitte reinkommen?«

Imani saß auf dem Sofa, die Frau in einem Sessel ihr gegenüber. Auf der Armlehne des Sessels lag ein aufgeschlagenes Buch. Imani versuchte den Titel auf dem Buchrücken zu entziffern. Irgendein historisches Sachbuch. Nicht der billige Kitschroman aus dem Supermarkt, mit dem sie gerechnet hätte. Und Tee hatte die Dame ihr auch nicht angeboten.

»Joan Harrison«, stellte sich die Frau vor.

Imani lächelte.

»Also, Joan – haben Sie was dagegen, wenn ich Sie Joan nenne?«

Die Frau zuckte mit den Achseln. »Das ist schließlich mein Name.«

»Joan, können Sie mir mehr über den Mann erzählen, den Sie heute Morgen gesehen haben?«

»Er ist in ein Auto gestiegen.« Joans Stimme merkte man ihr Alter nicht an. Sie war fest und klar, genau wie ihr Blick.

»Können Sie das Auto näher beschreiben?«

»Groß, silbern. Sah teuer aus. Viele PS. Bedaure, mit Autos kenne ich mich nicht so gut aus.« Ein Lächeln huschte über ihre

Züge, als wolle sie ausprobieren, wie es ihr stand. »Wäre es ein Hansom Cab oder eine Portechaise oder eine Sänfte gewesen, dann hätte ich Ihnen vielleicht mehr dazu sagen können.«

Als sie Imanis fragende Miene sah, fügte sie erklärend hinzu: »Historikerin. Im Ruhestand. Leider.«

»Aha.«

»Aber ich bin nicht eine von diesen neugierigen Alten, die zu viel Zeit haben und deshalb den lieben langen Tag hinter dem Vorhang stehen und die Straße beobachten.«

Diese Feststellung schien gleichzeitig eine Warnung zu beinhalten: *Denken Sie bloß nicht, dass ich alle Ihre Fragen beantworten kann.*

»Verstehe«, sagte Imani mit einem Lächeln. »Es ist gut, wenn man aktiv bleibt. Dann haben Sie wohl auch nicht die Marke oder das Modell des Fahrzeugs erkannt?«

»Groß und silbern, wie gesagt. Tut mir leid.«

»Oder das Kennzeichen?«

Wieder ein Lächeln. »Wie gesagt, ich bin nicht eine von denen, die hinter der Gardine stehen und die Nachbarn ausspionieren. Ich habe rein zufällig aus dem Fenster geschaut, als ich im Wohnzimmer die Vorhänge aufgezogen habe. Dort.« Sie zeigte auf das Erkerfenster. »Ich habe einfach nur gesehen, wie der Mann von gegenüber in das Auto gestiegen ist. Ich konnte ja nicht ahnen, dass man mich hinterher dazu befragen würde, sonst hätte ich besser aufgepasst.«

»Kein Problem. Sie haben mir schon sehr geholfen. Vielen Dank.«

»Darf ich vielleicht auch eine Frage stellen, ehe Sie weitermachen?«

»Sicher. Wenn ich sie beantworten kann.«

»Was soll der Mann von gegenüber denn verbrochen haben?«

»Verbrochen?«

»Sie sind Polizistin. Sie fragen doch bestimmt nicht einfach so nach ihm. Ist er ein Krimineller?«

»Nein, das ist er nicht. Er arbeitet auch bei der Polizei. Ein Kollege von mir.«

»Wirklich?« Die Frau zog überrascht die Augenbrauen hoch. »Ermittelt er gerade verdeckt?«

»Wie kommen Sie denn darauf?«

»Seine Kleider. Er war eher angezogen wie ein Arbeiter.«

Imani schüttelte schmunzelnd den Kopf. »Sie sind nicht die Erste, die das sagt.«

Bevor die Frau noch etwas hinzufügen konnte, fuhr Imani fort: »Ist Ihnen sonst noch jemand aufgefallen? Saß jemand am Steuer des Wagens?«

»Ja. Ein großer Mann. Glatze. Oder kahlrasiert, das kann man heutzutage oft gar nicht mehr unterscheiden. Das machen ja viele, statt sich die verbliebenen Haare über die Glatze zu kämmen. Ich kann's ihnen nicht verübeln. Obwohl manche damit aussehen wie professionelle Schläger.«

»Da haben Sie nicht ganz unrecht. Wissen Sie zufällig noch, was er anhatte?«

»Nicht wirklich.«

»Einen Anzug? Oder eher Freizeitkleidung?«

»Ein Hemd. Und eine Krawatte. Als hätte er sich das Sakko ausgezogen. Er hat dem Mann von gegenüber mit dessen Gepäck geholfen.«

»Gepäck?«

»Hat es in den Kofferraum gelegt. Dann ist der Mann von gegenüber bei ihm eingestiegen, und sie sind losgefahren.«

»Um wie viel Uhr war das?«

Die Frau lächelte. »So gegen neun. Genauer kann ich es leider nicht sagen. Wie ich vorhin erwähnte, ich habe nicht damit gerechnet, dass mich jemand befragen würde.«

»Danke«, sagte Imani. »Dann hätte ich nur noch eine letzte Frage.« Sie langte in ihre Tasche und holte ein Bild von Beresford heraus, das ihnen Franks per Mail geschickt hatte.

Sie zeigte es Joan. »Hat dieser Mann das Auto gefahren?«

»Wie gesagt, ich habe nicht so genau hingesehen, aber ja. Ja, das könnte er gewesen sein.«

Imani erhob sich. Ihr Herz klopfte, und es kribbelte überall. »Sie haben mir wirklich sehr geholfen. Ach, übrigens – hat der Mann von gegenüber auf Sie den Eindruck gemacht, als würde er unter Zwang in den Wagen steigen?«

»Überhaupt nicht. Die beiden haben sich sogar mit Handschlag begrüßt.«

»Vielen Dank.« Das Handy bereits in der Hand, eilte Imani nach draußen. Sie wählte Cotters Nummer.

»Ma'am, ich bin's«, sagte sie, während sie sich hinter das Steuer ihres Wagens setzte. »Ich habe eine Zeugin, die gesehen hat, wie Phil heute Morgen in ein Auto gestiegen ist.«

»Was für ein Auto?«

»Groß und silbern. Am Steuer saß ein großer, kahlköpfiger Mann. Was fährt Beresford für einen Wagen?«

Im Hintergrund hörte man Papierrascheln. »Einen Vauxhall Insignia. Silberfarben.«

Ein Schauer durchlief Imani. »Kann gut sein, dass die Zeugin DS Beresford identifiziert hat.«

Cotter gab keine Antwort.

»Ich komme zurück aufs Revier. Sofort.«

12

Marina wusste genau, wie die Sache ausgegangen war. Sie hatte es von Phil gehört.

Fiona Welch war neben dem alten Gebäude der Dock Transit Company am Fluss Colne in Colchester vom Gerüst eines Containerkrans in den Tod gestürzt. Phil war mit ihr oben gewesen. Um sich daran zu erinnern, brauchte sie wahrlich keine Akten.

Sie saß am Schreibtisch und sichtete, Cotters Vorschlag folgend, alte Fallunterlagen, während sie gleichzeitig die Realität zu verdrängen versuchte. Beziehungsweise das, was *möglicherweise* die Realität war. Fast war es, als säße sie in ihrem Büro an der Universität. Aber eben nur fast.

Denn diese Arbeit half ihr definitiv nicht beim Vergessen. Im Gegenteil.

Fiona Welch. Doktorandin. Mörderin. Sie hatte drei Frauen und einen Mann – einen Polizisten – auf dem Gewissen. Soweit bekannt. Ihre Rechtfertigung: Sie wollte Transgression zum Lebensstil erheben. Anderen ihre Überlegenheit demonstrieren. In Wirklichkeit hatte sie aus wahnhafter Eifersucht gehandelt, denn bei ihren Opfern handelte es sich allesamt um Ex-Partnerinnen ihrer Freunde, beziehungsweise, im Fall des Polizisten, um ihren Lover.

All das war Marina bekannt. Was sie hingegen nicht kannte, war die Lebensgeschichte der Frau. Woher sie kam. Wodurch sie zum Monster geworden war.

Sie starrte auf den Monitor ihres Computers, rieb sich die Augen und startete eine neue Internet-Suche.

Namen. Fotos. Nichts passte. Sie suchte nicht nach Fiona Welch, der Wirtschaftsanalytikerin aus Cardiff mit LinkedIn-Profil. Und auch nicht nach der Fiona Welch, die laut ihrer Facebook-Seite Latinistik an der Manchester University studierte und vorhatte, zum Glastonbury Festival zu fahren.

Marina verfeinerte ihre Suche. Fügte »Mörderin« als Schlagwort hinzu.

Damit hatte sie Erfolg.

Mehrere Links zu True-Crime-Artikeln wurden angezeigt. Sie rückte näher an den Monitor heran, überflog die Überschriften und vergewisserte sich, woher die jeweiligen Artikel stammten. Es war wie erwartet: Bei einigen handelte es sich um ernstzunehmende psychologische Analysen, deren Verfasser zu erklären versuchten – oder dies zumindest behaupteten –, was Fiona Welch geformt und zu ihrem Verhalten geführt hatte. Andere hingegen waren deutlich reißerischer und unseriöser. In ihnen ging es nicht darum, ein tieferes Verständnis von Fiona Welchs Verhalten zu entwickeln, sondern einzig und allein darum, ihre Gewaltkarriere zu glorifizieren und in möglichst schillernden Farben darzustellen.

Marina war bewusst, dass sie mit einem gewissen Maß professioneller Distanz an die Texte herangehen musste, doch weil es um ihren Ehemann ging, fiel ihr das schwer. Vor allem, nachdem sie die Storys aus den Boulevardblättern gelesen hatte.

Von dieser Frau wurde mein Mann entführt …

Sie schüttelte den Gedanken ab. Nein, nicht von dieser Frau. *Diese* Frau war tot. Eine andere Frau hatte Phil in ihrer Gewalt. Eine Frau, die sie so schnell wie möglich aufspüren musste. Sie hoffte, dass die Artikel ihr dabei helfen würden. Abermals beugte sie sich über den Computer und versuchte sich zu konzentrieren. Sie las jeden einzelnen Text, wobei sie sich Mühe gab, sich weder von den sensationslüsternen Schilderungen der Regenbogenpresse noch von den pseudopsychologischen Deutungsansätzen in den seriöseren Blättern zu stark aufwühlen zu lassen. Am Ende gelang es ihr, aus den Pressebeiträgen, den offiziellen Fallberichten und dem Inhalt einiger Datenbanken einige Fakten über Fiona Welchs frühe Jahre zusammenzustückeln.

Sie war in verschiedenen Kinderheimen in Chelmsford, Essex, groß geworden. Marina machte sich eine Liste der Namen. Es wurden auch Pflegefamilien erwähnt, allerdings ließen sich dazu keine weiteren Details finden. Sie war in Chelmsford zur Schule gegangen, aber auf keiner Schule lange geblieben. Marina lehnte sich vor. Langsam wurde es interessant. Die Lehrer, die sie gehabt hatte, beschrieben sie ausnahmslos als eine Schülerin, die anfangs durch störendes Verhalten aufgefallen, nach einer gewissen Zeit mit viel Mühe und Zuwendung jedoch ruhiger und fleißiger geworden war. An sich wäre das nicht weiter erwähnenswert gewesen, allerdings hatten Kinder aus Pflegefamilien oder Heimen in puncto Schulkarriere immer einen schwereren Stand. Sie mussten mehr kämpfen als Kinder aus intakten Familien. Marina hatte gleich darauf ein schlechtes Gewissen wegen dieser Gedanken. Phil hatte einen ganz ähnlichen Hintergrund. Er war von Pflegeeltern aufgezogen worden, die ihn schließlich adoptiert hatten. Phils Adoptivvater, vermutlich das wichtigste männliche Vorbild in seinem Leben, war Detective bei der Polizei gewesen.

Das war etwas, das Marina selbst nach all der Zeit immer noch Rätsel aufgab: Ihr war schon oft aufgefallen, dass Phil so gut wie nie für einen Polizisten gehalten wurde. Sie hatte belustigt zugesehen, wie er sich Freunden und Kollegen von der Universität vorstellte. Sein Modestil, seine Frisur, sein ganzes Auftreten deuteten eher auf einen Dozenten hin – vielleicht Anglistik, vielleicht Geschichte oder sogar Theaterwissenschaften. Wenn er ihnen dann eröffnete, was er in Wahrheit beruflich machte, war das Erstaunen jedes Mal groß gewesen. Abgesehen davon, dass er gut darin war, Verbrecher zu jagen, fragte sich Marina gelegentlich, ob er in einem anderen Job nicht glücklicher gewesen wäre.

Aber vielleicht fürchtete er, damit das Andenken seines Adoptivvaters zu verraten. Ihrer Meinung nach war das der Hauptgrund, weshalb er zur Polizei gegangen war – nicht dass er das jemals offen zugegeben hätte. Auch nicht ihr gegenüber.

Sie schob die Gedanken beiseite und konzentrierte sich wieder auf ihre eigentliche Aufgabe.

Fionas nächste Station war die Essex University in Colchester gewesen. Dann kam ihre Beratertätigkeit für die Polizei, während sie parallel dazu an ihrer Dissertation arbeitete. Dann die Morde. Dann ihr Tod. Das musste Marina nicht noch einmal nachlesen.

Marina lehnte sich zurück. Sah auf den Bildschirm, dann in ihre Aufzeichnungen.

Kinderheime. Pflegefamilien. Das war doch ein Anfang. Sie wusste – oder wenigstens hatte sie den starken Verdacht –, dass Cotter ihr diese Aufgabe vor allem deshalb zugeteilt hatte, damit sie etwas zu tun hatte. Um ihr das Gefühl zu geben, einen sinnvollen Beitrag zu den Ermittlungen zu leisten und sie von ihren Sorgen abzulenken.

Marina hoffte, dass das nicht stimmte. Sie war keine Ermittlerin, aber sie besaß Fähigkeiten, die dabei helfen konnten, diese Frau zu fassen und Phil zu finden. Fähigkeiten, über die die meisten Polizisten nicht verfügten.

Sie starrte nachdenklich auf ihre Notizen. Sicher, Cotter würde ihren Hinweisen nachgehen. Aber ganz egal, wie dringend die Angelegenheit war, sie wäre dabei an Vorschriften und Richtlinien gebunden. Obwohl doch jede Sekunde zählte.

Marina hingegen hatte keine Vorschriften und keine Richtlinien, an die sie sich halten musste. Nichts hinderte sie daran, auf eigene Faust zu ermitteln.

Sie lächelte. Sie wusste bereits, wen sie um Hilfe bitten würde.

13

»Packen Sie Ihre Sachen«, hatte Cotter zu ihr gesagt. »Sie fahren nach Colchester.«

So kam es, dass sich Imani kurze Zeit später auf der A14 wiederfand. Sie fuhr so schnell sie konnte. Hoffentlich würde sie auf der Suche nach ihrem verschwundenen Boss Fortschritte machen.

Nach ihrem Anruf bei Cotter war sie umgehend zurück in die Steelhouse Lane gefahren und hatte die Informationen der Nachbarin weitergegeben.

»Dann ist er also tatsächlich losgefahren«, sagte Cotter. »Davon müssen wir ausgehen. Aber wir können ihn nicht erreichen.«

»Und die Beschreibung der Nachbarin von DS Beresford stimmt mit der überein, die wir aus Colchester bekommen haben«, fügte Imani hinzu. »Sogar das Auto passt. Das kann kein Zufall sein. Definitiv nicht. Das war geplant.«

Cotter nickte nachdenklich. »Ich sage Sperring und Khan, sie sollen die Sache von hier aus weiterverfolgen. Elli soll sich die Aufzeichnungen der Überwachungskameras in der Gegend ansehen, und Uniformierte sollen nach dem Vauxhall Insignia Ausschau halten. Vielleicht hat er sich sogar das passende Kennzeichen besorgt.«

»Bestimmt«, sagte Imani. »Vielleicht um uns zu verwirren?«

»Gut möglich. Damit wir der falschen Spur folgen.«

Die Fahrt verlief ohne Zwischenfälle. Die Straße hatte teilweise nur eine Fahrspur, und obwohl Imani sich ärgerte, wenn sie hinter jemandem festsaß, der es weniger eilig hatte als sie, entschied sie sich dagegen, von Blaulicht und Martinshorn ihres zivilen Fahrzeugs Gebrauch zu machen.

Die langsamere Geschwindigkeit hatte sogar ihr Gutes. So konnte sie sich die Umgebung ansehen und nach Anzeichen dafür Ausschau halten, dass Phil nicht in Colchester angekommen war, sondern irgendwo entlang der Strecke einen Umweg genommen hatte.

Sie seufzte. Das konnte praktisch überall passiert sein.

Sie betrachtete ihre Hände am Lenkrad. Ihre Knöchel. Ruhig. Kein Zittern. Sie war noch nicht lange wieder im aktiven Dienst.

Sie habe sich bemerkenswert schnell erholt, hatte die Psychologin gemeint. In Anbetracht dessen, was sie durchgemacht habe. Es lag jetzt fast neun Monate zurück. Doch vergessen war es noch lange nicht. Sie hatte aus nächster Nähe mitansehen müssen, wie ein Kollege erschossen wurde – ein Kollege, aus dem mit der Zeit vielleicht mehr als ein Freund hätte werden können. Das war das eine. Aber mit einem Elektroschocker außer Gefecht gesetzt, verschleppt und von einem Mörder gefangen gehalten zu werden, der die Absicht hatte, sie langsam und qualvoll zu töten, einfach nur weil sie eine Frau war und ihn überlistet hatte – das war etwas ganz anderes. So etwas ließ sich nicht so leicht abschütteln.

Der Himmel wusste, was aus ihr geworden wäre, wenn sie nicht die Unterstützung ihrer Kollegen und Familie gehabt hätte. Vor allem Marina war für sie dagewesen. Sie hatte sich sehr um sie bemüht. Hatte ihr geholfen, ein Stückweit in die Normalität zurückzufinden. Hatte ihr Gesellschaft geleistet, während sie stundenlang getobt und geweint hatte. Irgendwann war das Ärgste ausgestanden gewesen. Sie hatte ein Fünkchen Licht am Ende des Tunnels gesehen – Licht, das mit jedem Tag ein bisschen größer wurde, bis sie endlich wieder so etwas wie Zuversicht empfinden konnte.

Marinas Hilfe war wirklich von unschätzbarem Wert gewesen. Sie verstand, was Imani durchgemacht hatte, weil sie selbst Ähnliches erlebt hatte.

Was einen nicht umbringt, hatte ihr Vater gesagt, nachdem sie wieder bei ihren Eltern eingezogen war, weil sie sich nur dort halbwegs sicher fühlte, *macht einen stärker*. Das alte Nietzsche-Klischee (nicht dass er sich dessen bewusst gewesen wäre). Es war seine Art, Besorgnis auszudrücken. Diese Erinnerung ließ sie lächeln. Wenn es nicht um Aston Villa ging, war er unfähig, Emotionen zu zeigen. Doch dann verflog ihr Lächeln gleich wieder. Imani hatte mit dem Sprichwort nie viel anfangen können. Wenn einen etwas nicht sofort umbrachte, hieß das noch lange nicht, dass es einen stärker machte. Es konnte einen auch schleichend umbringen. Sie hoffte, dass das bei ihr nicht der Fall wäre.

Der Nachmittag neigte sich bereits dem Ende zu, als sie am Polizeirevier Queensway in Colchester ankam und das Navi ihr mitteilte, dass sie ihr Ziel erreicht habe.

Sie betrachtete das Gebäude. Es sah vollkommen anders aus als ihr Revier in der Steelhouse Lane, das im Wesentlichen die Anmutung einer alten Schule hatte: roter Backstein, zahlreiche Türmchen und Vorsprünge. Dieses Gebäude hier war das totale Kontrastprogramm dazu: geduckt, in die Breite statt in die Höhe gebaut. Eine gesichtslose beigefarbene Schachtel. Allein beim

Gedanken an die statisch aufgeladenen Nylonteppichböden im Innern stellten sich Imani sämtliche Haare auf. Es hätte auch ein Bürokomplex in einem anonymen Gewerbegebiet irgendwo in der Provinz oder eine Vollzugsanstalt mit niedriger Sicherheitsstufe sein können. In gewisser Weise war es beides.

Sie schloss den Wagen ab, ging hinein zum Empfangstresen und fragte nach DCI Gary Franks.

Lange musste sie nicht warten. Ein Bulle von einem Mann, rothaarig und rotgesichtig, kam durch den Gang auf sie zumarschiert. Sein Anzug saß ihm am Körper, als hätte er einen Zweikampf gegen ihn verloren. Mit einem grimmigen Lächeln auf den Lippen streckte er ihr seine Pranke zum Gruß hin.

»DCI Franks.«

»Detective Sergeant Imani Oliver.« Sie schüttelten einander die Hand. Seine Augen sahen aus, als hätten sie schon viele schlimme Dinge gesehen – und als hätte er seine Lehren daraus gezogen.

»Kommen Sie, hier lang.«

Er bedeutete ihr, ihm durch den Gang zu folgen. Trotz des beigefarbenen Interieurs war das Revier dem in Birmingham gar nicht so unähnlich. Derselbe Geruch. Dasselbe Gefühl. Dieselbe Atmosphäre.

Dieselben Leute, die dieselbe Arbeit machten.

Er führte sie in sein Büro, schloss die Tür und bedeutete ihr mit einer Geste, Platz zu nehmen. Sie tat es. Er entledigte sich seines Sakkos, wobei er es sich förmlich vom Leib riss, als wäre es ein Parasit, der sich an seinem Körper festgesaugt hatte, und setzte sich dann hinter seinen Schreibtisch.

»Verrückter Tag«, begann er. Zum ersten Mal fiel ihr sein walisischer Akzent auf.

»Ja, Sir«, erwiderte sie.

»Genaugenommen waren die letzten paar Tage verrückt.«

»Wie laufen denn die Ermittlungen, Sir? Ich gehe davon aus, dass Sie auf die erhängten Männer anspielen?«

»Richtig«, sagte er und lehnte sich zurück.

Sie nutzte die Gelegenheit, sich umzusehen. Sie wollte mehr über Franks erfahren. In seinem Büro herrschte eine beinahe militärische Ordnung. Gerahmte Fotos und Urkunden an den Wänden. Ordentlich aufgereihte Rugbypokale. Alles ganz akkurat.

Franks fuhr fort. »Wir tun, was wir können. Bislang hat sich niemand mit brauchbaren Informationen gemeldet, und es gibt auch keine Vermissten, die auf die Beschreibung passen. Aber wir arbeiten mit Hochdruck daran. Der Fall hat absoluten Vorrang.«

Sie nickte.

»Ich nehme an, DI Brennan ist noch nicht wieder aufgetaucht?«

»Nein. Wir hatten gehofft, Sie hätten vielleicht Neuigkeiten für uns.«

Franks schüttelte den Kopf. »Unglaublich. Einfach unglaublich.« Der Anflug eines Lächelns huschte über sein Gesicht. »Aber typisch, dass es ausgerechnet ihm passiert. Der Mann zieht Schwierigkeiten an wie ein Magnet. Seit er weg ist, ist die Zahl der Mordfälle hier gesunken. Ich wette, bei Ihnen ist sie gestiegen.«

Imani wusste nicht recht, was sie darauf erwidern sollte. »Ich ... Das kann ich Ihnen so spontan nicht sagen, Sir.«

Diesmal lächelte er richtig, wenn auch nicht besonders lange.

»Ich scherze doch nur, DS Oliver.« Er seufzte, nun wieder ganz geschäftsmäßig. »Sie sagten, jemand, auf den DS Beresfords Beschreibung passt, wurde vor DI Brennans Haus gesehen? Und er sei zu dieser Person in den Wagen gestiegen und weggefahren?«

»Ganz genau. Sogar das Fahrzeug, Marke und Modell, stimmen überein. Bestimmt hat Phil –« Sie korrigierte sich. »Bestimmt hat DI Brennan sich von ihm den Dienstausweis zeigen lassen. Andernfalls wäre er auf keinen Fall bei ihm eingestiegen.«

»Phil«, wiederholte Franks und nickte. »Immer noch kein Freund der Förmlichkeit. Aber ja, Sie haben recht. Und DS Beresford konnte nicht losfahren, wegen seines Autos.«

»Hat er seinen Dienstausweis bei sich?«

»Selbstverständlich.« Die bloße Frage schien Franks zu kränken.

»Tut mir leid, Sir«, sagte Imani. »Aber ich muss das fragen. Sie haben doch bestimmt dasselbe gemacht, auch wenn er Ihr Mitarbeiter ist.«

»Stimmt. Das habe ich. Während Sie hierher unterwegs waren, haben DCI Cotter und ich ausführlich miteinander telefoniert und Informationen ausgetauscht. Ich bin im Bilde, was passiert ist, und ich habe DS Beresford bereits dazu befragt. Ich bin mir ganz sicher, dass er die Wahrheit gesagt hat.«

Es klopfte an der Tür.

»Das wird er sein.«

Franks rief ihm zu, er solle eintreten. Gleich darauf betrat ein großer kahlköpfiger Mann den Raum. Imani erhob sich. DS Dave Beresford sah genauso aus wie auf dem Foto. Er trat zu ihr und gab ihr mit einem Lächeln die Hand.

»DS Beresford.« Er lächelte immer noch. »Dave.«

Für einen Hünen hatte er ein recht einnehmendes Lächeln. Regelrecht charmant.

»DS Oliver«, sagte sie. »Imani.«

»Also«, sagte Franks, während Beresford sich einen Stuhl holte. »Genug der Höflichkeiten, kommen wir zu Sache. Ich gehe davon aus, dass DCI Cotter Sie hergeschickt hat, damit Sie sich ein Bild vom Stand der Ermittlungen machen, ist das korrekt?«

»Und um Sie zu unterstützen, wo immer ich kann, Sir.«

»Verstehe, nun.« Er sah zu Beresford, dann wieder zu Imani. »Es gibt viel zu tun. Ich hoffe, Sie sind auf Zack.«

»Bin ich, Sir.«

»Dann wäre das ja geklärt. Willkommen an Bord, DS Oliver. Auf eine erfolgreiche Ermittlung.«

Sie nickte lächelnd. Die ganze Zeit über spürte sie Beresfords Blicke auf sich.

14

Wenigstens musste er nicht länger ihre Berührungen ertragen. Das schien das Beste zu sein, worauf er im Moment hoffen konnte.

Bewegen konnte er sich nach wie vor nicht. Jedes Mal, wenn er an seinen Fesseln zerrte, schienen die sich nur noch fester zusammenzuziehen. Aber wenigstens hatte die Frau von ihm abgelassen. Vorerst.

Als sie angefangen hatte, ihn zu streicheln, war ihm angst und bange geworden. Ihre Hand war zielstrebig auf seinem Körper immer weiter nach unten gewandert. Die ganze Zeit hatte sie ihn angelächelt und den Blickkontakt zu ihm aufrechterhalten. Sie lauerte darauf, dass er zusammenzuckte, sich wand oder wie auch immer reagierte.

Phil hatte sich krampfhaft bemüht, ganz still zu liegen. Hatte sich so passiv wie möglich verhalten, damit sein Körper nicht unwillkürlich – in welcher Form auch immer – auf ihre Berührung ansprach.

Als sie gemerkt hatte, dass ihr Streicheln nicht die erhoffte Wirkung zeitigte, war sie aufgestanden und hatte mit einem Lachen das Zimmer verlassen.

Jetzt war er wieder allein. In seinem Kopf jagte eine Frage die nächste.

Noch einmal versuchte er aufzulisten, was er wusste, und seine Situation nüchtern zu analysieren. Er war in Schwierigkeiten. Mehr noch: in Gefahr. Diese Frau hatte Menschen ermordet, und ganz sicher hätte sie keinerlei Skrupel, es wieder zu tun. Trotzdem glaubte er nicht, dass sie vorhatte, ihn zu töten. Wenigstens noch nicht. Sie hatte etwas mit ihm vor. Sie hatte große Mühen auf sich genommen, hatte drei Männer getötet und sogar einen Polizisten gezwungen, ihn zu kidnappen. Zumindest ging er davon aus, dass der Mann Polizist war. Sie wollte etwas. Etwas, das sie noch nicht bekommen hatte. Etwas, das sie – zumindest in ihrer eigenen perversen Vorstellungswelt – nur von ihm bekommen konnte. Das war der eine positive Gedanke, an den er sich klammerte. Der eine Gedanke, der ihm Kraft gab. Denn das bedeutete, dass er immer noch eine Chance hatte – wenn auch nur eine kleine.

Abermals sah er sich im Zimmer um. Er suchte nach einem Hinweis darauf, wo er sein könnte. Sein Blick fiel auf zwei kleine Kapseln auf dem Nachttisch. Sie waren blauweiß und lagen einfach nur da. Er hatte keine Ahnung, was es für Kapseln waren, aber bestimmt enthielten sie nichts Gutes.

Doch er hatte keine Zeit, weiter über irgendetwas nachzudenken, denn schon im nächsten Moment ging die Tür auf. Die Frau kam zurück.

»Hast du dich ein bisschen ausgeruht?«, erkundigte sie sich. »Gut. Schone deine Kräfte, du wirst sie noch brauchen.«

»Wofür?«

Statt einer Antwort lächelte sie bloß. »Bald gibt es Abendessen. Eins deiner Lieblingsgerichte. Schweinegulasch mit Chorizo. Das magst du doch, oder?«

Im ersten Moment war Phil sprachlos. Sie hatte recht. Es zählte tatsächlich zu seinen Leibgerichten. Er kochte es oft, da es gewissermaßen seine kulinarische Visitenkarte war, wie er Marina gegenüber einmal lachend behauptet hatte – neben Spaghetti Bolognese.

»Ich weiß, du kochst es gerne selber«, sagte sie. »Aber ich hoffe, von mir schmeckt es dir auch. Ich habe mich so eng wie möglich an dein Rezept gehalten.«

In Phils Kopf wirbelten die Fragen nur so durcheinander. Bevor er auch nur eine von ihnen zu fassen bekam, setzte sie sich zu ihm aufs Bett und sah ihn an.

»Ich dachte mir, wir könnten uns vor dem Abendessen vielleicht noch ein bisschen unterhalten.«

»Wo bin ich hier?«, fragte Phil. »Und warum bin ich gefesselt?«

Sie seufzte, sichtlich enttäuscht. »Ich dachte wirklich, du wärst origineller. Im Ernst. Ich habe mehr von dir erwartet.«

»Also gut. Wie wäre es damit: Wer sind Sie?«

Sie quittierte diese Frage mit einem Lächeln, das einer bevormundenden Krankenschwester würdig gewesen wäre.

»Du weißt doch, wer ich bin, Liebling.«

»Nein, das weiß ich nicht.«

»Sieh mich an.« Sie rückte ein Stück von ihm ab, breitete die Arme aus und legte den Kopf schief. »Wie sehe ich denn aus? Wer bin ich?«

»Sie sind nicht Marina. Und Sie wissen auch, dass Sie nicht Marina sind.«

Sie lehnte sich wieder nach vorn. Sprach, als würde sie einem dummen Kind etwas erklären müssen. »Nein. Ich bin nicht Marina. Ich bin mehr als sie. So viel mehr.«

»Was denn? Wer denn?«

Sie beugte sich noch dichter zu ihm herab. »Ich bin der Mensch, der dich kennt wie kein zweiter, Phil Brennan. Ich bin der einzige Mensch, der dich versteht.« Sie lächelte. Wartete auf seine Reaktion. In ihren Augen blitzte eine manische, selbstzufriedene Freude auf. »Der dich wirklich und wahrhaftig versteht.«

»Nein, das ist nicht wahr. Reden Sie keinen Mist. Ich kenne Sie nicht.«

Sie sah ihn in vorgetäuschtem Entsetzen an. »Zu so einer Ausdrucksweise besteht kein Anlass, mein Liebster, und das weißt du auch. Also.« Erneut lehnte sie sich nach vorn. Er versteifte sich, versuchte vor ihrer Berührung zurückzuweichen. Es gelang ihm nicht.

Sie lächelte.

»Mach's dir einfach gemütlich. Du wirst noch eine Weile hierbleiben.«

Er sagte nichts. Spannte seinen Körper noch mehr an und biss die Zähne zusammen.

Sie redete weiter auf ihn ein. »Phil, ich weiß, wie du wirklich bist. Ich meine: Ich weiß, wie du *wirklich* bist. Tief in dir drin. Ich kenne dein wahres Ich.«

Ihre Hände lagen immer noch auf seinem Körper. Ewig würde er nicht mehr bewegungslos daliegen und die Luft anhalten können. Er atmete aus. Versuchte nicht so verkrampft zu sein. Sich auf das zu konzentrieren, was sie sagte. Sich auf seine Professionalität zu besinnen. Sie in ein Gespräch zu verwickeln.

»Das hier ist mein wahres Ich.«

Sie schüttelte den Kopf. »Nein, das stimmt nicht.«

»Und wer oder was ist dann mein wahres Ich?«

»Das, was sich unter all dem hier ...«, sie machte eine ausladende Geste, deutete mit einer Bewegung des Handgelenks in Richtung des zweidimensionalen Schranks ..., »befindet. Unter deinen Kleidern. Deiner Attitüde. Deiner Lebenseinstellung – dieser sorgsam kultivierten Lebenseinstellung, durch die du immer wieder bei den Kollegen aneckst. Sogar in deinem eigenen Team. *Vor allem* in deinem eigenen Team. Du versuchst auf Biegen und Brechen, anders zu sein als die anderen. Das verschafft dir einen Kick.«

»Ich versuche gar nicht anders zu sein, ich ... So *bin* ich einfach.«

Sie lachte. »Oh nein. Du *denkst*, du kennst dich. Du glaubst die Lügen, die du dir selbst erzählst. Du stehst jeden Morgen auf, schaust in den Spiegel und überlegst dir: Was kann ich heute tun, um anders zu sein? Was kann ich anziehen, damit ich aus der Masse meiner Kollegen heraussteche? Welche Meinung kann ich vertreten, die den Meinungen aller anderen widerspricht? Das ist deine Masche, Phil. Das machst du jeden Tag.«

»So ein Schwachsinn.«

»Bitte nicht diese Ausdrucksweise.«

»Lecken Sie mich am Arsch!«

Sie richtete sich kerzengerade auf und funkelte ihn an. Auf einmal hatte ihr Blick rein gar nichts Verspieltes mehr. Da war nur noch eine zornige Schwärze in ihren Augen. »Sag das ja nicht noch mal zu mir, Phil. So was dulde ich nicht.« Ihre Stimme war leise, und es schwang eine unverhohlene Drohung darin mit. »Wenn du weiter so mit mir redest, wird es dir noch leidtun. Da spielt es auch keine Rolle, was ich für dich empfinde. Niemand darf so mit mir reden. Nicht einmal du.«

Phil erhaschte einen Blick auf den Wahnsinn in den Tiefen ihrer Augen. Er wollte sie nicht noch weiter reizen. Doch zu einer Entschuldigung konnte er sich auch nicht durchringen. Also schwieg er.

Sie wartete lange, bis ihr klar wurde, dass er nichts mehr sagen würde.

»Schon besser.«

Er blickte zu den Kapseln auf dem Nachttisch. »Wozu sind die da gut? Das sind Giftpillen, stimmt's? Oder Schlafmittel?«

Sie lächelte. »Alles zu seiner Zeit. Dafür bist du noch nicht bereit. Ich sage dir, wenn es so weit ist. Bis dahin hast du noch einen langen Weg vor dir.«

»Ach ja?«

»Oh ja. Also, wo war ich stehengeblieben? Es gibt dir einen Kick, Grenzen zu überschreiten. Es hat keinen Sinn, es zu leugnen, denn wenn du das tust, verleugnest du einen wesentlichen Teil deiner selbst. Es ist dir wichtig, dich von den anderen abzuheben. Es erregt dich. Entspricht das nicht der Wahrheit?«

Diesmal hatte er ihr wirklich zugehört, und er musste sich eingestehen, dass sie recht hatte. Er kleidete sich bewusst unkonventionell. Den Auffassungen der Mehrzahl seiner Kollegen stand er kritisch bis ablehnend gegenüber. Sie waren nie derselben Meinung wie er, ganz egal, wie sehr sich einige bemühten, etwas anderes vorzutäuschen. Er wusste, dass sie heimlich Witze über ihn machten, dass er in ihren Augen ein naiver linksliberaler Gutmensch war – aber das nahm er gerne in Kauf. So war er eben. Das war sogar einer der Hauptgründe, weshalb er zur Polizei gegangen war.

»Nicht wahr?«

»Ja«, gestand er.

Sie lächelte, als hätte sie einen entscheidenden Sieg errungen. »Ich wusste es. Ich musste dich nur dazu bringen, es zuzugeben. Aber ich wusste schon vorher, dass ich recht habe. Weil ich nämlich genauso bin. Wir geben ein tolles Paar ab, findest du nicht?«

Phil schwieg

Ihr Lächeln verflog, und in ihrem Blick flackerte erneut Wahnsinn auf. Sie beugte sich über ihn, bis sie mit dem Mund fast sein Ohr berührte. Er spürte ihren Atem an seiner Wange. »Oh ja, ich bin genauso. Vergiss das niemals. Aber bei mir ist es nicht bloß unter der Oberfläche. Bei mir ist es mein ganzes Wesen.«

Sie richtete sich auf. Phil fand seine Stimme wieder.

»Bei mir ist es anders. Ich bin nicht wie Sie. Ja, ich kleide mich bei der Arbeit gerne unkonventionell. Das ist eine Sache. Aber grenzüberschreitend? Ich bin der am wenigstens grenzüberschreitende Mensch, den ich kenne.«

»Nein, das bist du nicht.«

»Doch, bin ich. Und das alles hier? Was Sie über mich gesagt haben? Sie raten doch bloß, mehr nicht. In Wahrheit wissen Sie gar nichts über mich.«

»Oh doch, Phil. Ich weiß mehr, als du glaubst. Mehr, als dir überhaupt bewusst ist.«

»Ach wirklich? Was denn zum Beispiel? Na los, geben Sie mir ein Beispiel.«

Sie betrachtete ihre Fingernägel, als wäre das, was sie sagen wollte, keine große Sache. »Oh, ich kenne die Dunkelheit in deinem Innern, Phil. Diese schreckliche Dunkelheit, die du die ganze Zeit verbirgst. Die du niemanden sehen lässt. Die du selbst nicht wahrhaben willst.«

»So eine Sch–« Im letzten Moment besann er sich. »Ich habe keine Dunkelheit in mir.«

»Doch. Sie ist so tief in dir drin und so gut versteckt, dass du es nicht wagst, mit irgendjemandem darüber zu sprechen. Nicht mal mit der heiligen Marina.«

»Beweisen Sie es.«

»Das werde ich.« Abermals beugte sie sich zu ihm herab. Sie legte die Hand an seine Ohrmuschel, damit auch ja kein Ton entwich.

Dann wisperte sie zwei Worte.

Sie richtete sich wieder auf und sah ihn an. In ihren Augen tanzte eine makabre Siegesfreude.

Phil konnte sich nicht rühren, brachte keinen Ton heraus. Sein Herz schlug lauter und schneller als eine Herde Büffel auf der Flucht. Er war wie gelähmt.

»Ganz genau«, sagte sie und strich die Vorderseite ihres Kleides glatt. »Und? Schon Appetit aufs Abendessen?« Sie zog einen Taser hervor. »Tut mir leid – eine notwendige Sicherheitsmaßnahme. Die ist nötig, bis ich Gewissheit habe, dass du keine Dummheiten machst. Bis wir uns gegenseitig vertrauen können.«

Sie setzte ihm den Taser auf die Brust und drückte ab. Phil schrie. Sein Körper bäumte sich auf, um gleich darauf zu erschlaffen.

Dann wurde alles schwarz.

15

Eins. Zwei. Eins. Eins. Schnell. Zwei. Uppercut. Eins. Eins. Kurze Gerade. Hart. Noch härter.

Anni Hepburn war im Fitnessstudio. Die behandschuhten Fäuste vor dem Körper, hochkonzentriert, stahlharter Blick, die Füße fest am Boden. Sie war stark. Prügelte auf den Sandsack ein, als gelte es ihr Leben.

Sie hielt kurz inne, um sich den Schweiß aus den Augen zu blinzeln, dann machte sie weiter. Spürte einen Schmerz in Brust und Armen. Ein Krampf. Trotz der Polsterung ihrer Handschuhe sandte jeder Schlag eine Schockwelle durch ihre Gelenke. In Reaktion darauf schlug sie umso fester zu. Holte aus jedem Schlag das Letzte heraus. Kostete die Schmerzen voll aus.

Sie wusste, dass ihr Gegner kein Mensch war. Sie wusste, dass der Sandsack nichts fühlte. Aber das änderte nichts. Denn *sie* fühlte es. Sosehr sie sich auch bemühte, sie konnte einfach nicht aufhören zu fühlen.

Irgendwann hielt sie inne und ließ die Arme sinken. Sie war vollkommen ausgelaugt. Erschöpft wie seit Langem nicht mehr. Trotzdem war sie noch nicht fertig. Noch lange nicht. Sie nahm ihr Handtuch, wischte sich den Schweiß ab. Stellte sich dann wieder breitbeinig vor den Sandsack. Hob den Fuß und trat zu.

Boxen, Kickboxen – das war ihr neuer Lebensinhalt. Ihre Obsession. Sie schlug und trat die Schmerzen weg. Ihre Trauer. Ihre ganze Wut. Kanalisierte sie. Gab ihr eine Richtung.

Es war schon über ein halbes Jahr her, seit sie bei der Polizei aufgehört hatte. Seit ihr bewusst geworden war, dass sie es nicht länger ertragen konnte, morgens aufs Revier kommen und ihren Kollegen gegenüberzutreten, die ganz normal taten, aber sie dauernd heimlich anstarrten. So war es ihr jedenfalls vorgekommen.

Sie hatte es wirklich versucht. Anfangs. Nachdem sie die vorgeschriebenen Sitzungen beim Psychologen hinter sich gebracht, ihre Trauer und all die anderen Themen, die dabei zur Sprache gekommen waren, verarbeitet hatte. Sie hatte wirklich versucht zu glauben, dass sie stärker war als ihre Fehler, dass ihre Gefühle sie nicht in die Knie zwingen konnten. Dass sie die Kontrolle über sich und ihr Leben hatte.

Die Sitzungen waren gelaufen, wie erwartet. Sie hatte den Namen ihres toten Freundes herausgeschrien. Mickey. Detective Sergeant Philips, ihr Partner im Job und im Privatleben. *Warum er?*, hatte sie gefragt. *Warum nicht ich oder irgendjemand anders?* Ihr Hass auf die Frau, die Mickey getötet hatte, war grenzenlos gewesen. Die Frau, die sich Fiona Welch nannte.

Irgendwann war ihr Hass aufgebraucht, und zurück blieb eine Art Taubheit. Das war ein Fortschritt. Mehr hatte sie gar nicht zu hoffen gewagt.

Langsam, ganz langsam ging es bergauf. Sie wollte keine Tabletten, deshalb versuchte sie es auf anderem Wege: Sie trieb Sport, um ihren Körper zur Ausschüttung von Endorphinen anzuregen. Dann trieb sie noch mehr Sport. Und immer mehr. Inzwischen war ihr Körper ein einziger stahlharter, kompakter Muskel. Eine selbstgeschaffene Rüstung aus Fleisch und Blut.

Irgendwann kehrte sie auch wieder in den Dienst zurück. Zuerst nur an den Schreibtisch, was sie furchtbar fand, dann in den Außendienst. Aber den, stellte sie zu ihrem Entsetzen fest, fand sie noch furchtbarer. Sie packte es einfach nicht. Schlimmer noch: Es interessierte sie schlichtweg nicht mehr. Und eins hatte sie sich immer geschworen: Wenn der Job ihr irgendwann mal gleichgültig würde, wäre es Zeit zum Aussteigen.

Und erst die Blicke. Das Getuschel. Die Meinung der anderen, ob nun echt oder eingebildet. Das war noch schlimmer und gab bei ihrer Entscheidung, aufzuhören, letztlich den Ausschlag.

Also kündigte sie. Und weil sie ein pragmatischer Mensch war, machte sie ihr neues Hobby zum Beruf. Sie arbeitete jetzt als Personal Trainerin in einem der zahlreichen Fitnessclubs von Colchester. Der Job war okay. Sie konnte in Teilzeit arbeiten, zumal sie ja auch noch ihre Pension von der Polizei hatte, und durfte sooft umsonst trainieren, wie sie wollte. Sie stählte ihren Körper, powerte sich aus. Das half ihr, nicht ständig über die Vergangenheit oder die Zukunft nachzudenken. Oder über sich selbst.

Jetzt brauchte sie eine Pause. Sie konnte die Signale ihres Körpers nicht länger ignorieren. Widerstrebend nahm sie Kurs auf einen der Stühle. Änderte dann aber in letzter Sekunde die Richtung und ging stattdessen zu einem der Fitnessgeräte. Wenn sie sich schon hinsetzen musste, konnte sie währenddessen wenigstens etwas für Arme und Oberkörper tun.

Sie trank ein paar Schlucke Wasser aus der mitgebrachten Flasche und atmete tief durch. Ihre Arme zitterten noch von der Anstrengung, genau wie ihre Beine.

Und dann klingelte ihr Handy. Ihr iPhone, das sie an einem Sportarmband am Oberarm trug. Sie benutzte es nur noch zum Musikhören beim Training, wenn sie komplett abschalten wollte.

Hatte fast vergessen, dass man damit auch telefonieren konnte. Es rief sowieso kaum noch jemand an.

Sie nahm es aus der Halterung, warf einen Blick auf das Display. Und konnte es kaum glauben. Auf einmal zitterte sie nicht mehr nur vor Erschöpfung. Wie gelähmt starrte sie auf das Handy. Auf den Namen, der ihr entgegenleuchtete.

Marina.

Ihr Daumen schwebte zwischen dem grünen und dem roten Feld. Es klingelte weiter. Sie drückte auf Rot. Das Klingeln verstummte.

Sie seufzte, schloss die Augen und wollte das Handy wieder am Armband befestigen. Doch der Name hatte ihre sorgsam aufgebauten Schutzwälle durchbrochen. Auf einmal war alles wieder da. Die Arbeit. Phil. Marina. Ihr altes Team. Und vor allem: Mickey. Sie sah sein lächelndes Gesicht vor sich.

Sie hatten versucht, ihr zu helfen, und Anni war ihnen wirklich dankbar gewesen. Aber sie konnte ihren Anblick einfach nicht mehr ertragen, konnte nicht mehr mit ihnen reden. Es war zu schmerzhaft, brachte zu viele Erinnerungen zurück. Immer wenn sie mit Phil oder Marina sprach, sah sie ständig Mickey neben ihnen stehen. Ein Geist, über den niemand sprach.

Sie wusste, sie meinten es nur gut mit ihr. Und sie waren ihre Freunde. Aber unterschwellig – und sie schämte sich, es zugeben zu müssen –, gab sie ihnen die Schuld an Mickeys Tod. Natürlich war das vollkommener Unsinn, wenn man alle Fakten logisch betrachtete. Trotzdem ließ sich der Gedanke nicht abschütteln. Er hielt sich hartnäckig. Sie waren alle zu eng miteinander verstrickt. Deshalb hatte Anni es für das Beste gehalten, den Kontakt zu ihren alten Freunden abzubrechen.

Es klingelte schon wieder. Annis Herz machte einen Satz in

ihrer Brust. Sie wusste genau, wer es war, auch ohne nachzuschauen.

Erneut nahm sie das Handy und schaute auf das Display. Marina. Sie hatte richtig vermutet.

Und wieder schwebte ihr Daumen zwischen dem roten und den grünen Feld. Rot oder grün. Ablehnen oder annehmen. Eine simple Entscheidung. Rot, und es wäre vorbei. Ende. So einfach ...

Sie drückte auf Grün.

Hob das Telefon ans Ohr. Ihre Finger zitterten.

»Anni?«

»Was willst du?« Ihr Tonfall war brüsk und kalt. Eine Barriere. Ein Schutzwall.

»Oh.« Annis Begrüßung hatte Marina hörbar aus dem Konzept gebracht. Anni hatte Gewissensbisse. Sie schämte sich dafür, dass sie so mit einer guten Freundin sprach. Trotzdem behielt sie den Tonfall bei. Sie musste an sich selbst denken. Zusehen, dass sie über die Runden kam, egal wie. An diesen Vorsatz klammerte sie sich. Das war ihr Mantra.

»Was willst du?« Anni ging am Ende des Satzes kaum mit der Stimme hoch und machte so aus der Frage eine Feststellung.

Marina seufzte. Sie schien eingesehen zu haben, dass die Unterhaltung höchstwahrscheinlich in diesem Ton weitergehen würde. »Ich ... ich habe ...« Noch ein Seufzer.

Anni wusste, dass Marina lediglich versuchte, Smalltalk zu machen. Ihr etwas Nettes zu sagen. Sie zu fragen, wie es ihr ging. Aber davon wollte sie nichts wissen. Und selbst wenn Marina eine Frage einfiele, selbst wenn es ihr gelänge, etwas Persönliches zu sagen, würde Anni ihr sofort wieder ins Wort fallen, sie mit einem »Es geht mir gut« abfertigen.

Marina fuhr fort. »Ich brauche deine Hilfe, Anni.«

Anni sagte nichts. Wartete ab.

»Es … es geht um diese Frau. Die Frau, die behauptet, Fiona Welch zu sein.«

Annis Magen krampfte sich schmerzhaft zusammen. Nicht nur einmal, sondern gleich zweimal hintereinander. Sie bekam keine Luft mehr. Ihre Knie wurden weich. Sie war froh, dass sie saß.

»Was …« Ihre Stimme versagte. »Was ist mit ihr?«

»Sie ist wieder da. Sie … sie hat drei Menschen umgebracht. Drei Männer. Du … vielleicht hast du davon gehört. Einen in Wrabness, einen im alten Dock-Transit-Gebäude, einen in dem Haus unten am East Hill. Da, wo wir –«

»Ich weiß, was wir da gefunden haben. Und ja, ich hab davon gehört.«

»Aha. Okay. Also … Es kommt noch schlimmer. Sie … sie hat Phil in ihrer Gewalt.«

Anni war, als hätte ihr Herz aufgehört zu schlagen.

»Sie hat Phil entführt. Und ich brauche … ich brauche Hilfe. Ich habe Angst, dass die Polizei nicht genug tut – oder jedenfalls nicht das Richtige. Ich brauche jemanden, der mir hilft. Jemanden, der ihn wirklich gut kannte.«

Marina verstummte abrupt, doch Anni war es nicht entgangen: Marina hatte von ihrem Mann in der Vergangenheit gesprochen.

Marina fing sich. Redete weiter. »Sie hat ihn verschleppt. Und ich …« Ein kurzes Zögern. »Ich muss ihn finden. Du musst mir helfen, Anni. Bitte.« Sie bemühte sich, nicht allzu verzweifelt, nicht allzu flehentlich zu klingen. Es gelang ihr nicht.

Annis Schutzmauern bröckelten. Marinas Bitte rührte an ihr

Herz. Das durfte sie nicht zulassen. Sie musste sich schützen, sonst würde sie zerbrechen. Und der Himmel wusste, wie lange es dauern würde, sich danach wieder zusammenzufügen.

»Die Polizei kann dir helfen. Ich nicht.«

»Aber Anni …«

»Tut mir leid.«

Sie legte auf, noch während Marina sprach.

Danach hielt sie das iPhone in den Händen und betrachtete es. Seufzte. Schaltete es aus. Das war zwar keine Dauerlösung, aber wenigstens hätte sie fürs Erste ihre Ruhe.

Sie holte mehrmals tief Luft. Sie zitterte immer noch. Sie musste sich ablenken, durfte nicht länger darüber nachdenken, was eben passiert war.

Sie ging zum Sandsack zurück. Zog sich auf dem Weg dorthin die Handschuhe über.

Begann so hart zuzuschlagen, wie sie nur konnte.

Festungsbau

Das Fenster war schmutzig. Es war geputzt worden, aber nicht gründlich genug. Um sämtlichen Schmutz, der sich im Laufe der Jahre auf der Scheibe angesammelt hatte, zu entfernen, würde man sehr lange schrubben müssen. Als hätte das Glas Poren, in denen der Dreck sich festgesetzt hatte. Und egal, wie viel man wischte, man würde es nie wieder sauber bekommen.

Sie wusste natürlich, dass das eine alberne Vorstellung war. Glas hatte keine Poren. Aber irgendwie kam es ihr so vor. Sie nahm einen Finger, steckte ihn in den Mund, bis er gut angefeuchtet war, und versuchte dann, den Dreck wegzuwischen. Das Ergebnis waren ein schmutziger Finger und eine verschmierte Scheibe. Sie wischte sich den Finger an der Jeans ab und ließ es bleiben.

Sie saß oft an diesem Fenster und blickte nach draußen. Nicht dass es da viel zu sehen gab. Bahnschienen. Ein Industriegebiet. Dahinter eine Straße. Leute, die kamen und gingen. Niemand blieb lange hier. Nur sie und die anderen Kinder. Sie saßen hier fest.

Der schlimmstmögliche Fall war eingetreten. Mr Wignall hatte einen Schlaganfall erlitten. Mrs Wignall meinte, es sei absehbar gewesen, weil er sich so ungesund ernährte und weil er rauchte und trank, wenn sie gerade mal nicht hinsah. Mrs Wignall war wütend, als sie das sagte – wütend auf ihren Mann, weil der sich so unvernünftig verhalten hatte. Aber zugleich tat er ihr leid. Sie selbst tat sich auch leid. Und als sie damit fertig war, sich selbst leidzutun, taten ihr auch die Kinder leid.

Sie hatte keine Ahnung, was Mrs Wignall damit meinte: Die Kinder täten ihr leid. Ihnen ging es doch gut. Sie waren ja nicht diejenigen, die einen Schlaganfall gehabt hatten. Sie hatten sich nicht ungesund ernährt oder heimlich geraucht und getrunken. Na ja, geraucht hatten schon einige, aber nur ein bisschen.

Nicht so viel wie Mr Wignall. Jedenfalls noch nicht. Insofern ging es den Kindern doch gut.

Aber dann auch wieder nicht.

Ich kann mich nicht mehr um euch kümmern, eröffnete Mrs Wignall ihnen eines Tages, nachdem sie von der Schule nach Hause gekommen waren und sie alle im Wohnzimmer zusammengerufen hatte. Ich wünschte wirklich, es wäre anders gekommen, aber es geht einfach nicht mehr. Seit Mr Wignall den Schlaganfall hatte, muss ich ihn pflegen. Und da kann ich nicht gleichzeitig auch noch für euch sorgen, das ist einfach zu viel für mich. Ich habe euch alle von Herzen lieb, aber es geht nicht mehr. Sie sah sich im Zimmer um und blickte jedem der Kinder in die Augen. Sie weinte, während sie sprach. Einige Kinder weinten auch. Sogar ein paar von den Jungs. Aber die meisten Jungs ballten nur die Fäuste und machten verkniffene Gesichter, um ihre Tränen zu unterdrücken. Sie vermieden es, einander anzusehen.

Sie selbst weinte nicht. Weshalb auch? Sie hatte es bei den Wignalls gemocht, aber jetzt war die Zeit eben vorbei, und sie musste woanders hin. Sie verstand das. In ihrem Innern gab es einen kleinen Teil, der traurig war. Einen kleinen Teil, der gerne geweint hätte. Aber sie versuchte, ihn zu verstecken. Es war wie bei der Burg, mit der sie gespielt hatte: Man nahm das, was man um jeden Preis beschützen musste, und baute die dicksten, höchsten und stärksten Mauern darum herum, die man sich vorstellen konnte. Auf diese Weise kam niemand rein. Niemand konnte das, was hinter den Mauern war, verletzen. Nicht einmal man selber.

Sie traf sich immer noch mit Caroline aus dem Zentrum, aber nicht mehr so oft wie am Anfang. Caroline hatte sie auch einmal bei den Wignalls besucht, um zu schauen, wie es ihr ging.

Gut, hatte sie geantwortet. Gut. Und? Hast du schon Freunde gefunden? Ja. Wen denn? Sie hatte überlegt. James. Gut, hatte Caroline gesagt. Das schien die richtige Antwort gewesen zu sein. Und Melanie. Caroline hatte genickt. Das freut mich sehr. Sie hatte also das Richtige gesagt. Das war gut. Und bist du glücklich? Ja, klar bin ich glücklich hier. Und sie hatte versucht, dabei ein glückliches Gesicht zu machen. Sie wusste ja, was glücklich war. Sie hatte gehört, wie die anderen Kinder sich darüber unterhalten hatten. Sie hatte beobachtet, wie sie aussahen, wenn sie übers Glücklichsein redeten, und versucht, ihre Mienen nachzuahmen. Sie fand, dass sie es ganz gut hinbekommen hatte.

Seit sie ihre Burgmauern errichtet hatte, seit sie beschlossen hatte, dass niemand ihr jemals wieder wehtun würde, brachte sie nichts mehr zum Lächeln. Aber das durfte sie keinem sagen. Sie durfte niemandem verraten, was sie getan hatte. Also beobachtete sie die anderen. Lernte von ihnen. Tat so, als würde sie so denken und fühlen wie sie, damit sie nicht aus der Gruppe ausgeschlossen wurde.

Sie war clever, deshalb war es ganz einfach.

Caroline war zufrieden wieder abgefahren. Es hatte funktioniert, und das war gut. Caroline würde nicht wiederkommen und sie zwingen, über traurige oder unangenehme Sachen zu reden. Über das, was sich hinter ihren Burgmauern befand.

Oft rätselte sie, wie das Ding, das sie dort so fest unter Verschluss hielt, wohl aussah. Dieser traurige, glückliche Teil von ihr. Sie hatte die Vermutung, dass er aussah wie ihre alte Puppe Belinda. Deshalb benannte sie ihn auch nach ihr. Belinda.

Es war ein guter Name, warum also nicht?

Und so sagte Mrs Wignall ihnen allen Lebewohl. Bevor sie abfuhren, verabschiedeten sie sich noch von Mr Wignall. Er sah alt aus. Richtig alt. Und er schaute sie so komisch an. Er sabberte und hatte Spuckebläschen im Mundwinkel. Einige der anderen Kinder waren erschrocken und ekelten sich vor ihm. Sie nicht. Sie war fasziniert. Wie konnte jemand sich von einem auf den anderen Tag so stark verändern? Zu einem völlig anderen Menschen werden? Einfach so. Schnipp. Das hinterließ einen bleibenden Eindruck bei ihr.

Sie kam in ein Kinderheim. Einige der anderen Kinder wurden von neuen Pflegefamilien aufgenommen. Die fröhlichen, umgänglichen. Zu denen zählte sie nicht. Jetzt war sie also im Kinderheim, und ihre Festungsmauern waren noch dicker geworden.

Die anderen Kinder im Heim sahen sie alle so merkwürdig an. Als wären sie wütend auf sie, dabei hatte sie ja gar nichts getan. Als würden sie sie nicht hierhaben wollen. Sie verstand nicht, warum, erkannte aber, dass die Kinder hinter ihrer Wut in Wahrheit nur etwas ganze anderes verstecken wollten. Angst vielleicht. Aber das machte es nicht besser. Sondern eher nur noch schlimmer.

Vor allem ein Mädchen war übel. Collette. Collette sagte, sie könne das Bett, das sie sich ausgesucht hatte, nicht haben. Es stünde zu nahe bei Collettes Bett, und Collette hatte das beste Bett im Zimmer. Dann behauptete Collette, sie würde komisch riechen, und überhaupt sei sie eine dreckige kleine Nutte. Collette hatte Freundinnen, die immer hinter ihr standen und auf Kommando lachten.

Sie sagte nichts. Ignorierte die Mädchen einfach. Achtete darauf, dass ihre Festungsmauern stark blieben.

Sie ging gerne zur Schule. Daran hatte sie wirklich Freude. Sie mochte den Unterricht, las und lernte gern. Sie war klug und wissbegierig. Fragte nach Büchern, die Fakten enthielten. Recherchierte Sachen im Internet. Sogar ihre Hausaufgaben machte sie immer gern.

Gewissen Kindern war das ein Dorn im Auge.

Collette zum Beispiel. Eines Abends kam sie zu ihr. Sie saß gerade am

Tisch und machte ihre Mathehausaufgaben. Im Zimmer hing noch der Geruch vom Abendessen. Der Fernseher plärrte. Sie hatte ihren Zirkel rausgeholt und zog gerade einen Kreis, um ein Tortendiagramm zu machen.

Was machst du da?

Hausaufgaben.

Collette schnaubte. Hausaufgaben. Du bist so eine blöde Strebersau. Hausaufgaben. Sie sah sich um, damit ihre Mädels auf das Stichwort reagierten und lachten und sie verhöhnten. Was sie natürlich prompt taten.

Aber das reichte Collette noch nicht. Wie bescheuert man eigentlich sein müsse, um freiwillig Hausaufgaben zu machen. Sie hätte ja wohl einen Schaden. Und so weiter und so fort. Sie machte sich auch über ihre toten Eltern lustig. Armes kleines Waisenkind, sagte sie. Armes kleines stinkendes Waisen-

Sie hatte genug. Sie packte Collette an den Haaren und bog ihren Kopf ganz weit nach hinten. Sie riss ihr dabei sogar ein Büschel Haare aus. Dann drehte sie Collettes Gesicht zu sich herum, griff in aller Seelenruhe nach ihrem Zirkel und rammte ihn Collette, ohne ein Wort zu sagen, ins rechte Auge.

Collette schrie. Ihre Mädels schrien auch und rannten weg. Collette konnte nicht wegrennen. Sie hielt sich das Auge, während das Blut nur so spritzte.

Wie gebannt sah sie zu. Sie spürte etwas Warmes in ihrem Innern. Zum ersten Mal seit Jahren war das Lächeln auf ihren Lippen echt.

Danach bekam sie Collettes altes Bett. Sie hätte auch Collettes alte Gang haben können, aber sie wollte nicht. Sie brauchte keine Gang. Sie war lieber allein. Allerdings ahnte sie, dass sie nicht mehr lange allein bleiben würde. Vermutlich würde man sie woanders unterbringen. Wegen des Vorfalls mit Collette.

Sie wurde ins Büro des Heimleiters zitiert, um für ihr Verhalten Rede und Antwort zu stehen. Sie erinnerte sich daran, wie Kinder sich in solchen Situationen verhielten, und fing an zu weinen. Sagte, Collette hätte sie die ganze Zeit schikaniert, und irgendwann hätte sie es einfach nicht mehr ausgehalten. Sie wisse nicht, was in sie gefahren sei, sie habe den Zirkel in der Hand gehabt und plötzlich …

Dem Heimleiter schien diese Erklärung zu genügen. Obwohl er meinte, dass einige von Collettes Freundinnen sich sehr erschrocken hätten, weil sie während ihrer Tat keinerlei Gefühlsregung gezeigt habe. Ich hatte halt Angst, behauptete sie und schluchzte noch ein bisschen. Das schien zu reichen. Sie würde nicht ungestraft davonkommen, sagte der Heimleiter, das solle sie ja nicht glauben. Was sie getan habe, sei sehr ernst. Aber immerhin verstehe er jetzt, wie es dazu gekommen war.

Dann lehnte er sich über den Schreibtisch, breitete die Hände aus und seufzte. Nächstes Mal kommst du gleich zu mir. Bevor sich so was wiederholt.

Sie versprach es.

Und jetzt stand sie am Fenster und blickte nach draußen. Sie wusste nicht, ob man sie woanders unterbringen würde oder sie hierbleiben durfte. Eigentlich war es ihr auch egal.

Aber eins hatte sie gelernt. Sie hatte gelernt, dass man Angst nicht verstecken musste.

Angst war ein Werkzeug, das man benutzen konnte.

Und sie fing gerade erst an zu verstehen, wie man es am besten einsetzte.

16

»Fangen wir hier an, oder gehen wir gleich los?« Imani war noch immer mit Beresford auf der Wache am Queensway. Sie hatten Franks' Büro verlassen und waren ins Großraumbüro übergesiedelt. Der Fall würde bald hochgestuft werden, deshalb arbeiteten schon jetzt mehrere Kollegen daran, und es würden noch weitere dazukommen. Derzeit hatte Beresford die Leitung der Ermittlungen inne. Und Imani wollte von ihm wissen, was bislang erreicht worden war.

»Wir bleiben erst mal hier«, beschloss Beresford. »Dann können Sie alles durchgehen, was wir haben, und sich auf den aktuellen Stand bringen.« Er lächelte düster. »Allzu lange dürfte das nicht dauern.«

»Wie meinen Sie das?«

»Wir haben noch nicht viel«, erklärte Beresford, fasste über seinen Schreibtisch und hob einen Aktenstapel auf. »Der größte Teil ist das hier. Einiges ist auch auf dem Rechner.« Er wies auf seinen Schreibtisch. »Bitte. Bedienen Sie sich.«

Sie setzte sich. Ihre Anwesenheit war bei den anderen im Großraumbüro nicht unbemerkt geblieben. Wie es schien, hatte Beresford nicht die Absicht, sie dem Team offiziell vorzustellen, sie würde das also selbst übernehmen müssen. Und noch etwas anderes fiel ihr auf: Sie war die einzige Person mit schwarzer Hautfarbe im Raum. Es gab ein paar dunkle Gesichter, aber kein schwarzes. Manchmal vergaß sie ganz, wie ethnisch homogen einige Teile des Landes waren.

Sie schlug die oberste Akte auf. Ein Tatortbericht samt Fotos, die sie sich als Erstes vornahm. Sie sah eine Leiche, die in einem Wald am Baum hing. Dann las sie die Berichte der Spurensicherung und des Labors. Hob den Kopf.

»Hier ist ja gar nichts«, sagte sie.

»Ich weiß«, entgegnete Beresford. »Nichts, woran man ihn hätte identifizieren können. Ein paar Tattoos, damit versuchen wir weiterzukommen. Aber er ist nicht im System. Weder in der Vermisstendatenbank noch sonst wo.«

»Was ist mit DNA-Spuren und der Autopsie?«

Wieder ein grimmiges Lächeln. »Wir warten noch auf die Ergebnisse.«

Imani runzelte die Stirn. »Aber das ist doch mittlerweile schon …«

»Ja, ich weiß. Der Fall hätte eigentlich sofort bearbeitet werden müssen. Aber das Labor, das wir immer damit beauftragen, war mit der Arbeit im Rückstand. Angeblich gab es in letzter Zeit zu viele unsichere Verurteilungen, bei denen die Beweise aus besagtem Labor kamen, deshalb müssen jetzt alle Tests wiederholt werden. Sie dürfen sich keinen Fehler erlauben.«

»Dann nehmen Sie doch ein anderes Labor.«

Beresford zuckte mit den Achseln. »Interne Regelungen. So machen wir es immer …«

»Aha. Und die Autopsieergebnisse?«

»Dasselbe. Die Fälle stauen sich.«

»Das heißt, bis die Ergebnisse vorliegen, sind uns die Hände gebunden.«

»Genau. Kein Name – keine Verdächtigen. Keine DNA – keine Verdächtigen. Bis auf die Personenbeschreibung haben wir nichts.«

»Haben Sie schon Aufrufe in den Medien gestartet?«

Wieder ein Nicken. »Bis jetzt ohne Erfolg.«

Sie betrachtete erneut den Bericht und las etwas nach. »Diese Tarotkarte. Sind Sie damit schon weitergekommen?«

»Rider-Waite-Tarot, wenn ich richtig informiert bin. Ziemlich weit verbreitet in gewissen Kreisen, kriegt man in jedem Hippie-Laden. Der Stift, der benutzt wurde, war ein Permanent-Marker. Auch nicht weiter ungewöhnlich. Wir lassen natürlich alles testen, aber bis die Resultate vorliegen, kann es noch dauern.«

»Und der Fundort?«

»Wrabness. Da hat DI Brennan in einem ziemlich aufsehenerregenden Fall ermittelt. Inzwischen ist der Ort eher bekannt für das Kunstwerk, das dieser schwule Künstler da aufgestellt hat.«

Imani sah ihn fragend an.

»Na, dieser Typ in Frauenkleidern.«

»Grayson Perry?«

»Ja, der.« Ein Grinsen. »Oder die. Wie auch immer.«

»Ich glaube nicht, dass der schwul ist.«

Wieder ein Achselzucken. Offensichtlich war Beresford die Sache herzlich egal.

»Aha.« Imani nahm sich die nächste Akte vor. »Und der hier?«

»Im Wesentlichen dasselbe. Die Leiche wurde im Keller eines alten Hauses unten am East Hill gefunden, in der Nähe des Flusses. Auch wieder ein Ort, wo Brennan mit einem großen Fall zu tun hatte. Sie können gerne alles durchsehen.«

Sie tat es – und stellte fest, dass die Informationen ähnlich dürftig waren wie in der vorangegangenen Akte. »Und wieder keine DNA«, sagte sie.

»Aus denselben Gründen.«

»Lohnt es sich überhaupt, dass ich mir die dritte Akte vornehme?«

»Tun Sie sich keinen Zwang an. Wobei …«

»Schon verstanden.«

Sie legte die Akte zurück auf den Stapel und sah sich um. Einige schauten in ihre Richtung, Blicke kreuzten sich, dann senkten sich die Köpfe wieder. Nur ein junger Detective hielt ihren Blick ein wenig länger fest als die anderen.

Wahrscheinlich steht er auf mich, dachte sie. Dann tadelte sie sich im Stillen für ihre Überheblichkeit. *Nein*, dachte sie. *An so was solltest du nicht mal denken. Vergiss nicht, wie es ausgegangen ist, als du dich das letzte Mal mit einem Kollegen bei einem Fall eingelassen hast. Denk dran, was ihm passiert ist.* Sie wandte sich der nächsten Akte zu, überflog den Inhalt und hob dann erneut den Kopf. Der Mann schaute nicht länger zu ihr hin. Oder wenigstens nicht so, dass es auffiel.

»So viele Leute«, stellte sie fest.

»Ja?«

»Ich meine, hier im Büro. So viele Leute arbeiten an dem Fall – und trotzdem gibt es keine einzige verwertbare Spur?«

Beresford errötete leicht, und ein zorniges Funkeln trat in seine Augen. Offenbar gefiel es ihm nicht, dass seine professionelle Integrität in Frage gestellt wurde.

»Na und? Manchmal ist das eben so. Sie müssten das doch wissen. Haben doch sicher selbst schon solche Fälle gehabt.«

»Ja, hab ich.«

»Na, also. Dann kennen Sie das doch. Aber am Ende reicht ein einziger Funke, und alles brennt wie Zunder. Ein einziger loser Faden, und das Ganze fängt an, sich aufzuribbeln. Das wird schon.«

»Aber haben wir Zeit, darauf zu warten? Phil Brennan wurde heute Morgen entführt – von jemandem, der auf Ihre Beschreibung passt, in einem Auto, das genauso aussieht wie Ihres. Sie behaupten, Sie waren hier. Von mir aus. Trotzdem finde ich, wir sollten die Sache ernstnehmen und uns ein bisschen ranhalten, meinen Sie nicht auch?«

Da war es schon wieder, dieses Zornfunkeln. »Was soll das heißen, *Sie behaupten*?«

Imani seufzte. »Tut mir leid, ich wollte Sie nicht angreifen. Ich wünschte nur, es würde etwas schneller gehen, das ist alles.«

Beresford nickte. Doch ehe er etwas erwidern konnte, rief jemand quer durch den Raum: »Boss?«

Sie wandten sich um. Es war der junge Detective, der Imani angestarrt hatte. Ihm wurde bewusst, dass aller Augen auf ihm ruhten.

»Ich hab da was«, verkündete er. »Ich glaube, wir haben einen Namen.«

Beresford wandte sich an Imani, bevor er den Raum durchquerte. »Ist das schnell genug für Sie?«

Trotzdem wurde Imani das Gefühl nicht los, dass bei der Meldung des jungen Detectives in Beresfords Augen ganz kurz etwas aufgeblitzt hatte. Wut? Furcht? Was war es gewesen?

Sie folgte ihm durch den Raum.

17

Schweinegulasch mit Chorizo, genau wie angekündigt. Und es war sogar lecker. Er fragte sich, woher sie das Rezept hatte – oder vielmehr: wie sie es in die Finger bekommen hatte. Es schmeckte wirklich genauso, als hätte er es gekocht.

Sie saß ihm gegenüber und sah ihm beim Essen zu. Sie trug immer noch die Kleider, die aussahen, als seien sie von Marina. Ihre Miene war begierig, hoffnungsvoll. Sie wartete darauf, für ihre Kochkünste gelobt zu werden. Offenbar brauchte sie die Anerkennung.

Er war in einem Rollstuhl aufgewacht. Jetzt saß er in einer Kopie seines Esszimmers. Das Licht war dämmrig, noch dämmriger als bei ihnen zu Hause, und selbst da beschwerte sich Marina andauernd über die mangelnde Beleuchtung. Doch trotz der Dunkelheit konnte er die Wände sehen und die Tür. Alles wirkte flach, unecht. Es ähnelte seinem Zuhause, aber auch nicht mehr.

Selbst der Tisch, an dem er saß, war anders. Eine in nicht allen Einzelheiten originalgetreu geratene Kopie ihres Tisches in Moseley. Letzterer stammte aus einem Laden, der im Zuge der Kreditkrise Pleite gemacht und bislang noch keinen Nachfolger gefunden hatte. Solche Möbel wurden heutzutage gar nicht mehr gebaut. Dieser Tisch hier war zwar eine gute, aber keine perfekte Nachbildung. Einige Details stimmten nicht ganz.

Aber Besteck und Teller waren so, wie er sie von zu Hause kannte. Es hätten genauso gut seine eigenen Sachen sein können.

Es saß noch etwas mit ihnen am Tisch. Eine Puppe. Sie hatte die Größe und Gestalt seiner Tochter. War sogar angezogen wie sie. Sie saß am anderen Ende, halb im Schatten. Auch vor ihr stand ein Teller mit Gulasch.

So stellte sich diese Wahnsinnige also eine heile Familie vor. Er hielt es für klüger, keinen Kommentar dazu abzugeben.

»Und?«, meinte sie irgendwann und deutete mit einem Blick auf das Essen. »Schmeckt es dir?«

»Ja, es ist gut.«

Ein erfreutes, beinahe selbstzufriedenes Lächeln erschien in ihrem Gesicht. Doch schon nach wenigen Sekunden kamen Zweifel auf. »Gut? Mehr nicht? Bloß gut?«

»Ja, es ist gut. Es ist eben Schweinegulasch mit Chorizo – was soll ich dazu noch sagen?«

»Ist es das beste Gulasch, das du je gegessen hast? Besser als Marinas?«

Er legte die Gabel hin. Sah sie an. »Ich dachte, Sie sind Marina.«

Wut blitzte in ihren Augen. Wut, gepaart mit unverhohlener Bosheit. »Sei bloß nicht so neunmalklug. Du weißt, was ich meine. Sie ist weg. Alt und verbraucht.« Ein Lächeln, und immer noch dieser Anflug von Wahnsinn im Blick. »Jetzt bin ich da. Und ich bin sie. Aber ich bin noch viel mehr als sie. Also frage ich dich noch einmal.« Beim Sprechen nahm sie ein Messer in die Hand und begann wie nebenbei damit zu spielen, es zu streicheln. »Ist meins besser?«

»Ja«, sagte Phil, der Angst hatte, ihr zu widersprechen. »Ja, ist es.«

Sie lehnte sich zurück und strahlte.

»Obwohl sie es, ehrlich gesagt, noch nie gekocht hat. Das habe immer ich gemacht. Es ist mein Gericht.«

Erneut ruhte ihr Blick auf ihm. Starr. Undurchdringlich. Aber er verhieß nichts Gutes, so viel war klar.

Schließlich gab sie sich einen Ruck. »Wie auch immer«, sagte sie. »Von jetzt an bin ich diejenige, die das Gericht zubereitet.«

Er ging nicht weiter darauf ein. Sie lächelte erneut, den Kopf zur Seite geneigt. »Ich möchte dich glücklich machen, Phil. Ich möchte dir alles geben, was du liebst.«

»Aha.«

»Ich verstehe dich, Phil, wie niemand sonst auf dieser Erde. Ich verstehe dich.«

Phil aß schweigend weiter.

Er hatte nur eine Hand frei, die andere war an den Rollstuhl gefesselt. Genau wie seine Beine. Es musste ziemlich anstrengend gewesen sein, ihn aus dem Bett zu hieven und ins Esszimmer zu schieben. Hatte sie Hilfe dabei gehabt, ihn die Treppe hinunterzubekommen? Gab es überhaupt eine Treppe? Oder einen Aufzug? Fragen über Fragen.

Und dann war da noch das, was sie ihm im Schlafzimmer ins Ohr geflüstert hatte. Diese zwei kleinen Worte hatten ihn eiskalt erwischt. Während des Essens hatte er die ganze Zeit darüber nachgedacht, hatte nach einer Erklärung dafür gesucht, woher sie es wissen konnte. Jeder hätte das in Erfahrung bringen können, hatte er sich einzureden versucht. Jeder. Das war keine Kunst. Aber die Art, *wie* sie es gesagt hatte, und ihr Blick dabei ... Als wisse sie genau, wovon sie sprach. Als sei sie dabei gewesen ...

Und das machte ihm richtig Angst. Er musste so schnell wie möglich hier raus. Er schwebte definitiv in Gefahr. Allerdings würde er auf keine seiner Fragen Antworten bekommen, wenn er sie gegen sich aufbrachte.

Trotz seiner aufsteigenden Panik war ihm klar, dass er sich zusammenreißen musste. Er musste mitspielen und herausfinden, was genau sie von ihm wollte. Das würde ihm hoffentlich dabei helfen, ihre Schwachpunkte zu herauszufinden und sie zu seinem Vorteil zu nutzen. Außerdem klammerte er sich an die Hoffnung, dass Cotter und ihr Team nach ihm suchten – und ihn fanden, bevor es zu spät war.

Er hatte sein Gulasch aufgegessen und ließ die Gabel sinken. Schon wieder sah sie ihn erwartungsvoll an. Sie brauchte irgendeine Reaktion von ihm.

»Köstlich«, sagte er. Er versuchte, ruhig zu bleiben, obwohl das Herz hart in seiner Brust pochte.

Er schien das Richtige gesagt zu haben.

»Also«, sagte sie und stand auf. »Mach dir wegen dem Geschirr keine Sorgen, das erledige ich schon.« Sie sah auf ihn herab. »Muss ich dich wieder tasern, um dich zurück ins Bett zu schaffen?«

»Soll ich denn schon wieder ins Bett? Ich habe doch gerade erst gegessen.«

Sie runzelte nachdenklich die Stirn.

»Zu Hause würde ich jetzt noch nicht ins Bett gehen.«

Ihm fiel auf, dass sie nicht einmal *Du bist zu Hause* sagte, so angestrengt überlegte sie. Sie hatte seine Behauptung als eine Art Test aufgefasst – sie sollte ihm beweisen, wie gut sie seinen Tagesablauf kannte.

»Nein«, sagte sie schließlich. »Dann gehen wir ins Wohnzimmer.«

»Gute Idee«, stimmte Phil ihr zu. Er wollte sie nicht verärgern, sondern ihr signalisieren, dass sie wirklich wusste, wie er seine Abende verbrachte. Er hoffte, sie würde seine Geste – wenigstens oberflächlich – als respektvoll betrachten. Dann beschloss er, auszuprobieren, wie weit er gehen konnte. Mit einem Nicken deutete er zu der Puppe auf der anderen Tischseite. »Was ist mit ihr?«

Der Blick der Frau wanderte kurz in Richtung Puppe, dann wandte sie sich wieder ihm zu. In ihrer Miene spiegelte sich Unverständnis.

»Die bleibt sitzen. Sie darf erst aufstehen, wenn sie ihren Teller leergegessen hat. Und dann kann sie auf ihr Zimmer gehen.« Sie lächelte. Hatte wieder alles unter Kontrolle. »Damit wir unsere Ruhe haben.«

»Verstehe«, sagte Phil. »Also auf ins Wohnzimmer.«

»Ja.«

»Dann können Sie mir mehr über diese Dunkelheit erzählen, die Sie angeblich in meinem Innern gesehen haben.«

Sie erstarrte. Drehte sich zu ihm um. Ihr Blick war so eisig wie ihre Stimme, als sie sagte: »*Ich* entscheide, wann wir darüber sprechen. *Ich* entscheide, wann du so weit bist.«

»Dasselbe gilt wohl für die kleinen Pillen.«

»Genau.«

Phil brachte ein Schulterzucken zustande, auch wenn es ihm wegen seiner zunehmenden Verzweiflung schwerfiel. Er hatte damit gerechnet, dass sie sich ihm ein wenig öffnen würde, damit er mehr über sie in Erfahrung bringen konnte. Er würde Geduld haben müssen. Hoffen, dass sie nicht müde wurde oder sich zu langweilen begann und irgendetwas Unbedachtes tat.

»In Ordnung«, sagte er, um einen lockeren Tonfall bemüht. »Gehen wir.«

»Aber erst muss ich dir die Augen verbinden.«

Sie wartete nicht auf sein Einverständnis, sondern zog ein Tuch hervor und verband ihm die Augen.

»So.« Er hörte ihre Stimme ganz dicht an seinem Ohr. Sie roch wie Marina. Jedenfalls fast so. Nicht ganz. Eine Kopie mit kleinen Fehlern. »Aufregend, nicht wahr?«, kicherte sie.

Er antwortete nicht. Ließ nicht einmal erkennen, ob er sie gehört hatte.

Er merkte, wie sie ihn im Rollstuhl vom Tisch wegzog und durchs Zimmer manövrierte. Er versuchte zu erkennen, wo die Tür war und ob sie sich darauf zubewegten. Genau das war der Fall. Kurz darauf wurde er mit einem leichten Ruckeln über die Schwelle geschoben. Im nächsten Augenblick veränderte sich die Luft um ihn herum. Wurde kälter, fast klamm.

Nach kurzer Zeit spürte Phil erneut eine Luftveränderung, und sie hielten an.

»Da wären wir.«

Die Augenbinde wurde ihm abgenommen, und er fand sich in einer Nachbildung seines Wohnzimmers wieder.

Sie breitete lächelnd die Arme aus. »Gefällt es dir?«

»Es ist …« Er sah sich um. Auch hier war es zu dunkel, auch hier war alles zweidimensional. »Richtig hübsch«, sagte er schließlich. »Gemütlich.«

»Oh ja, das ist es, Liebling. Das ist es. Du wirst dich hier sehr wohl fühlen. In deinem neuen Leben. In deinem *alten* Leben, zusammen mit mir.«

Phil schwieg. Sie trat zu der Wand, an der normalerweise seine Stereoanlage stand, und gleich darauf ertönte Musik. Dann drehte sie sich wieder zu ihm um. Es fehlte nicht viel, und sie hätte vor lauter Freude einen Luftsprung gemacht.

»Gefällt dir die Musik? Das ist eine deiner Lieblingsplatten, stimmt's?«

Ja, das stimmte. Band of Horses, das zweite Album. »Ja«, sagte Phil, noch immer Begeisterung heuchelnd. »Toll.«

»Und das hier habe ich auch extra für dich besorgt.« Sie reichte ihm eine Flasche Bier. »Deine Lieblingssorte, nicht wahr?«

»Na ja. Früher mal.«

Bis zu diesem Moment hatte sie ausgesehen, als wolle sie vor lauter Glück platzen, weil sie alles richtig gemacht hatte. Jetzt war sie auf einmal wie erstarrt. Eine Marionette, deren Puppenspieler nach Hause gegangen war. Phil schwieg. Ihm war klar, dass er einen Fehler gemacht hatte. Er wartete ab.

Das Zimmer schien den Atem anzuhalten. Band of Horses sangen von Monstern und Begräbnissen.

»Was?«, erwiderte sie. Ihre Stimme klang gepresst, das Wort weniger eine Frage als eine Warnung.

»Ich ... also ... Eigentlich trinke ich das nicht mehr. Lager. Ich mag jetzt lieber Craft Beer. Das ist alles.«

Keine Reaktion. Nur dieser starre Blick.

Phil bekam es mit der Angst zu tun. »Das konnten Sie ja nicht wissen. Ist wirklich nicht weiter wichtig.«

»Das konnte ich nicht wissen«, sagte sie tonlos. »Das konnte ich nicht wissen ...«

Sie kam langsam auf ihn zu.

Phil sah sich um. Musste erkennen, dass es keine Fluchtmöglichkeit gab. Er war immer noch an den Rollstuhl gefesselt, nur einer seiner Arme war frei.

»Das konnte ich nicht wissen ...« Leise und eiskalt.

»Das ist … nein. Nicht … Es ist wirklich keine große Sache …«

Sie blieb direkt vor ihm stehen. Starrte auf ihn herab und atmete schwer, als müsse sie verzweifelt um Beherrschung ringen.

Phil empfand nur noch Angst. Nackte Angst. Er konnte sich nicht bewegen, es gab kein Entkommen.

»Was ist mit der Dunkelheit in mir?«, sagte er verzweifelt. »Darüber muss ich doch mehr wissen … Sie können nicht … Ich muss es wissen … Bitte … was Sie zu mir gesagt haben, ich will unbedingt mehr erfahren. Darüber, woher Sie es wussten.«

Sie ignorierte sein Flehen. »Gibt es sonst noch was?«

»Wie bitte?«, fragte Phil verständnislos.

»Gibt es sonst noch was, was ich deiner Meinung nach falsch gemacht habe?« Ihre Worte troffen nur so vor Verachtung.

Von einer plötzlichen Hoffnungslosigkeit und dem Gefühl, dass er nichts zu verlieren hatte, ermutigt, antwortete er: »Der Tisch.«

»Was?«, fauchte sie ihn an.

»Der Tisch im Esszimmer stimmt nicht. Er ist nah dran am Original, aber …«

Mit einem Satz war sie bei ihm. Riss ihm die Bierflasche aus der Hand und schwang sie über seinen Kopf.

»Was … nein … warten Sie …«

Er versuchte noch den Arm hochzureißen, um sich zu schützen, aber es nützte nichts.

Die Flasche traf ihn am Kopf. Sofort durchfuhr ihn ein jäher Schmerz. Er wollte schreien, an sie appellieren, aber sie hörte gar nicht mehr zu.

»Können Sie … warten Sie doch, ich –«

Die Flasche traf ihn ein zweites Mal. Das Bier schäumte über und spritzte durchs Zimmer. Die Schmerzen wurden heftiger.

»Bitte, ich –«

Ein drittes Mal schwang sie die Flasche. Diesmal versuchte er auszuweichen. Mit seinem freien Arm schob er den Rollstuhl so schnell es ging nach vorn, gegen ihre Beine.

Der Angriff war alles andere als gut gezielt, reichte aber, um sie aus dem Gleichgewicht zu bringen. Sie ließ die Flasche fallen und taumelte zurück.

Doch gleich darauf hatte sie sich schon wieder aufgerichtet. Stumm funkelte sie ihn an.

Phil hielt den Atem an. Trotz der Schmerzen wartete er angstvoll, was sie jetzt tun würde.

Er wurde nicht lange auf die Folter gespannt. Sie machte einen Schritt auf ihn zu, packte seinen freien Arm und fixierte ihn mit dem breiten Lederriemen an der Lehne des Rollstuhls. Jetzt war er wieder vollkommen wehrlos.

»Nein, warten Sie ...«

Sein Protest verhallte ungehört. Sie richtete sich auf. Sah ihn an.

»Gute Nacht.«

Dann wandte sie sich ab und verließ den Raum. Das Licht machte sie aus.

Phil blieb allein zurück, mit nichts als der Dunkelheit und den pochenden, lähmenden Schmerzen in seinem Schädel als Gesellschaft.

Zähne zeigen

Sie hatte geglaubt, gegen Schmeicheleien immun zu sein. Das war ein Irrtum.

Er war älter als sie. Klar. Und er kannte einige der Mädchen im Heim. Manchmal holte er sie ab und fuhr mit ihnen irgendwohin. Sie konnte sich schon denken, was er dann mit ihnen machte. Und sie war neidisch. Nur ein bisschen. Nein, nicht neidisch, das war nicht das richtige Wort. Neugierig. Ja, das traf die Sache schon besser.

Mit dem Thema Sex hatte sie sich bisher noch nicht auseinandergesetzt. Eigentlich hatte sie auch nie das Bedürfnis dazu gehabt. Sie freute sich, dass sie lernen konnte und die anderen sie gut behandelten. Respekt vor ihr hatten. Oder vielleicht auch Angst. Doch für Sex hatte sie nichts übrig. Und das war ihr egal. Irgendwann würde das Interesse schon noch kommen, und bis dahin war sie auch so zufrieden.

Aber Bescheid wusste sie natürlich trotzdem. Alle im Heim wussten Bescheid. Einige der älteren Mädchen, die kurz davor waren, das Heim zu verlassen und stattdessen einen Platz in einer YMCA-Einrichtung zu beziehen, hatten sogar schon eigene Kinder oder waren schwanger. Ein paar hatten sich auch irgendwelche Krankheiten eingefangen. Sie behaupteten, alles über Sex zu wissen, was es zu wissen gab: wie man am besten zum Orgasmus kam und was die perversesten Stellungen waren. Dieses Gerede machte sie zwar neugierig, aber mehr auch nicht.

Vor allem, weil sie nicht glaubte, dass die Mädchen wirklich alles wussten. Sie selbst begriff das Ganze eher als eine Gelegenheit, etwas zu lernen. Neue Erfahrungen zu sammeln. Als daher einer der älteren Jungs auf sie aufmerksam wurde, war ihr Interesse geweckt.

Er hatte ein eigenes Auto. Sie beobachtete oft, wie er draußen vor dem Heim hielt und ein Mädchen ausstieg. Manchmal waren es auch mehrere. Sie lächelten immer, wirkten aber zugleich ein bisschen verloren und torkelten beim Gehen. Betrunken, das sah man schon von weitem. Oder auf Droge. Und sie trugen immer kurze Röcke und hatten Stöckelschuhe an, in denen sie kaum laufen konnten. Michael, der Heimleiter, leierte jedes Mal denselben Spruch herunter, wenn sie reinkamen.

Ich habe euch gleich gesagt, ihr sollt da nicht einsteigen. Mit Typen wie denen ist nicht zu spaßen.

Ach, halt die Fresse, Michael, gab eins der Mädchen zurück. Bist ja bloß neidisch.

Was ihr macht, ist eure Entscheidung, ich mische mich da nicht ein. Seid einfach vorsichtig.

Sie hörte ihm an, dass er es nicht wirklich ernstmeinte. Im Grunde war es ihm scheißegal, was die Mädchen trieben.

Aber alle diese Mädchen hatten Geld. Und ständig neue Klamotten. Sie bekamen Geschenke von ihren Typen, und deshalb sagten sie Michael, wo er sich seine Fürsorge hinstecken konnte.

Und dann, eines Tages, kam eins der Mädchen zu ihr.

Tel steht auf dich, sagte sie.

Sie saßen gerade im Fernsehraum und schauten Hollyoaks. Aus unerklärlichen Gründen liebten die meisten Kids die Serie. Sie selbst konnte nicht viel damit anfangen, tat aber immer so, als schaue sie sie gern, damit die anderen sie nicht für einen Freak hielten.

Wer ist Tel?

Der mit dem Auto. Dann gibt's da noch Dev. Tel hat gesagt, er findet dich gut.

Sie wusste nicht, was sie darauf erwidern sollte. Also schwieg sie.

Das andere Mädchen, Ellis, ließ nicht locker. Was ist jetzt? Willst du nachher mit, wenn er vorbeikommt?

Das war die Chance, endlich ihre Neugierde zu befriedigen. Hinter das große Geheimnis zu kommen.

Okay, sagte sie.

Ellis lehnte sich zurück und warf ihr einen seltsamen Blick zu. Offenbar hatte sie mit einer anderen Reaktion gerechnet. Aber sie galt eben als ein bisschen seltsam.

Gut. Wir sagen dir Bescheid, wenn er hier ist.

Das Auto war tiefergelegt, hatte einen lauten Motor, dicke Reifen und getönte Scheiben. Ellis schien das schwer zu beeindrucken, also tat sie so, als wäre sie auch beeindruckt.

Sie stieg auf der Beifahrerseite ein, Ellis saß mit Dev hinten, Tel am Steuer. Besonders gut sah er nicht aus. Aber er schien von ihr beeindruckt zu sein, so wie er sie von oben bis unten taxierte – und ihr in den Ausschnitt glotzte.

Und? Wie heißt'n du?, wollte er wissen.

Sie nannte ihm ihren Namen.

Okay. Hier, trink was davon.

Er hielt ihr eine Flasche mit einer klaren Flüssigkeit hin. Wodka.

Nee, danke.

Er lachte. Trink schon. Schmeckt dir bestimmt.

Sie nahm die Flasche und nippte daran. Der Wodka brannte in ihrer Kehle, und sie musste husten. Die anderen lachten.

Musst dich erst dran gewöhnen, was?

Sie trank noch einen Schluck, diesmal einen größeren. Und diesmal hustete sie nicht.

Braves Mädchen, sagte Tel. Los geht's.

Wohin denn?, fragte sie.

Wirst schon sehen.

Sie fuhren los.

Die Musik im Wagen war so laut wie der Motor. Hinten auf der Rückbank fummelten Ellis und Dev und tranken Wodka. Tel lachte. Na, hast du auch Bock auf so was?

Sie zuckte mit den Schultern. So aufregend sah das eigentlich nicht aus.

Dev ließ einen Joint herumgehen. Auch von dem musste sie erst mal husten. Wieder lachten die anderen über sie. Und wieder brachte sie ihr Gelächter beim zweiten Zug zum Verstummen.

Wir sind da, verkündete Tel irgendwann, als sie vor einem großen Haus hielten. Es sah ein bisschen so aus wie das Kinderheim, nur noch nichtssagender. Vor dem Haus parkten mehrere Autos. Drinnen brannte Licht.

Los, kommt, sagte Tel.

Sie stiegen aus, gingen zum Eingang. Ein gut gekleideter Mann öffnete ihnen die Tür. Er musterte erst Tel von oben bis unten, dann sie und die anderen beiden. Dann sagte er ihnen, sie sollten reinkommen.

Sie betraten das Haus.

Innen war es viel schicker als das Heim. Wer immer hier wohnte, musste eine Menge Geld haben. Im Wohnzimmer standen lauter Männer herum. Alle waren deutlich älter als sie, einige sogar ziemlich alt. Bei ihnen waren mehrere junge Mädchen. Auch ein paar Jungs. Sie alle musterten interessiert die Neuankömmlinge. Ein Mann kaum auf sie zu und baute sich vor ihr auf.

Das ist sie? Die Neue?

Tel nickte.

Noch Jungfrau? Garantiert?

Garantiert. Tel stand da, als warte er auf etwas.

Wir regeln das später, sagte der Mann. Dann wandte er sich wieder an sie. Er lächelte, aber es war kein angenehmes Lächeln. Na, wie heißt du denn?

Sie sagte es ihm.

Eine Hübsche bist du. Na, komm, Süße, dann lass uns mal loslegen.

Er fasste sie beim Arm und zog sie mit sich fort.

Sie bekam es mit der Angst zu tun und drehte sich zu den anderen um. Versuchte sich loszureißen. Sah Ellis hilfesuchend an.

Die lachte bloß. Sorry, sagte sie. Entweder du oder ich. Und ich pack das nicht mehr. Viel Spaß. Sie winkte und lachte erneut.

Der Mann zog sie weiter. Ihr Herz schlug schnell, zu schnell. So schnell hatte es seit der Sache in dem angeblich sicheren Haus nicht mehr geschlagen. Das hier war einer der Männer von damals. Bestimmt. Oder jemand, der genauso war.

Bitte, lassen Sie mich ...

Er ließ sie nicht los.

Bettelst du? Gut. Ich mag es, wenn sie betteln.

Todesangst. Das war es, was sie empfand. Nackte, reine Todesangst. Der Mann schilderte ihr, was er gleich mit ihr machen würde, aber alles was sie hörte, war eine Stimme, die ihr sagte, sie solle bis hundert zählen.

Kannst du das?

Er schleifte sie in ein Zimmer. Schlug die Tür zu und begann sich auszuziehen. Dann drehte er sich zu ihr um.

Sie schloss die Augen. Jetzt war sie nicht mehr neugierig. Sie wollte einfach nur noch weg. Verzweifelt versuchte sie an etwas Schönes zu denken. Dachte an die Wignalls. War es das? War das Glück gewesen?

Sie versuchte es erneut. Schneeengel.

Aber die Erinnerung machte sie bloß wütend.

Doch sie hatte gar keine Zeit, weiter darüber nachzudenken, denn der Mann packte sie, zwang sie auf die Knie und drückte sie mit dem Kopf in seinen Schritt.

Na los ... mach schon, du kleine Schlampe ... Jetzt komm schon.

Im nächsten Augenblick bekam sie keine Luft mehr. Da war dieses widerliche, steife, stinkende Ding in ihrem Mund. Er bewegte ihren Kopf. Vor und zurück, vor und zurück ... Sie konnte nicht atmen, konnte nicht denken, gleich würde sie sich übergeben ...

Schneeengel.

Schon wieder.

Schneeengel.

Und ihre Wut schäumte über.

Sie war wütend auf all die Male, die sie daran gedacht hatte, was damals passiert war. Auf all die Male, die sie sich ein anderes Ende vorgestellt hatte.

Zähl bis hundert. Kannst du das?

Sie hatte es getan. Und im Laufe der Jahre hatte sie diese Worte öfter gehört, hatte öfter bis hundert gezählt, als sie sich überhaupt erinnern konnte.

Aber manchmal lief es auch anders ab. Manchmal kam jemand und rettete sie. Mal waren es ihre Eltern, hin und wieder ihr Bruder. Manchmal war sie auch selbst die Retterin. Das waren die Male, die hinterher am meisten wehtaten. Wenn sie sich wehrte und aufsprang, dem Mann die Waffe aus der Hand riss und anfing zu schießen. Wenn sie alle tötete und ihre Eltern und ihren Bruder befreite. Diese Vorstellung war kaum zu ertragen. Weil sie es in Wirklichkeit eben nicht getan hatte. Sie hatte sich nicht gewehrt.

Aber jetzt war sie hier. Jetzt hatte sie eine zweite Chance.

Alles kann zur Waffe werden. Das hatte sie in einem Buch gelesen oder in einem Film gesehen. Alles. Und was hatte sie zur Verfügung? Sich selbst.

De Mann stöhnte und schwitzte, stieß immer grober, immer schneller in ihren Mund. Und dann tat sie es. Setzte ihre Waffe ein.

Biss zu, so fest sie konnte.

Der Mann schrie. Sie biss nur noch fester zu. Er schrie immer weiter, versuchte sie abzuschütteln. Sie ließ nicht los. Sie knurrte und ließ einfach nicht los.

Irgendwann kamen die anderen ins Zimmer gestürzt und zerrten sie von ihm weg. Der schreiende, heulende Mann wurde nach unten gebracht. Sie sah ihn danach nie wieder.

Sie hob den Blick. Die anderen starrten sie an. Auch Tel und Dev und Ellis waren da. In ihren Gesichtern spiegelte sich Entsetzen. Und Angst. Sie genoss den Anblick. Das hier war das allerletzte Mal gewesen, dass sie zum Opfer geworden war.

Das allerletzte Mal in ihrem Leben.

Danach ging Ellis ihr aus dem Weg. Es hatte sich im Heim herumgesprochen, dass sie wieder mal etwas richtig Krasses getan hatte, und auch die anderen blieben auf Abstand zu ihr.

Sie hatten sie bestrafen wollen. Ihr eine Lektion erteilen. Aber dann hatten sie bloß ratlos auf das halbnackte Kind mit dem blutverschmierten Mund heruntergeschaut und nicht gewusst, was sie mit ihr anfangen sollten. Schließlich hatten sie sie einfach zurück ins Heim geschickt.

Dort setzte sie ihre Beobachtungen fort. Ellis nahm andere Mädchen mit. Viele waren es, immer wieder neue. Und ja, sie kamen hinterher mit Geschenken und schicken Klamotten zurück. Aber ihr fiel etwas an ihnen auf. Sie sahen aus, als wäre in ihrem Innern ein Licht für immer erloschen. Sie fingen an zu trinken. Nahmen Drogen. Das, was die Männer mit ihnen machten, höhlte sie innerlich aus, und nun versuchten sie verzweifelt, dieses Loch irgendwie zu füllen. Manche verschwanden und wurden nie wieder gesehen. Mehrere versuchten sich umzubringen, und eine schaffte es sogar.

Sie wusste, was diese Mädchen waren, jedes einzelne von ihnen.

Opfer.

Ihr würde so was nicht noch mal passieren. Oh nein. Das sagte sie sich immer wieder. Niemals. Niemals.

Aber das Auto kam immer wieder, und immer wieder stiegen Mädchen ein. Es war eine beständige Mahnung an das, was ihr beinahe widerfahren wäre. Daran, wie viel Angst sie gehabt hatte. Die Mädchen wandelten wie Gespenster durchs Heim, ließen immer wieder die Erinnerungen in ihr hochkommen. Das konnte nicht so weitergehen. Sie beschloss, etwas zu unternehmen. Albträumen musste man sich stellen. Man musste sie besiegen. Und genau das würde sie mit diesem Albtraum machen.

Eines Abends hörte sie wieder das Auto draußen vorfahren. Ellis stand auf und wollte rausgehen.

Sie hielt sie zurück.

Ich übernehm das ab jetzt, teilte sie ihr mit.

Ellis starrte sie an. Was meinst du?

Das ist ab jetzt mein Job. Ich such die Mädchen aus und fahr mit ihnen zum Haus. Ich kriege einen Anteil.

Ellis starrte sie an, wirkte verängstigt. Sie wollte etwas sagen, ihre Autorität behaupten, aber ein stahlharter Blick brachte sie zum Schweigen.

Sie ging raus zum Wagen. Tel sah sie kommen. Er wirkte genauso verängstigt wie Ellis.

Ich löse Ellis ab. Ab jetzt bring ich euch die Mädchen. Du kriegst Geld dafür, stimmt's?

Ja …

Jetzt kriege ich es. Du bist bloß der Fahrer, und ich mache die Arbeit. Ich geb dir was ab.

Das wird denen aber nicht gefallen …

Dann fragen wir sie doch.

Aber das wollte Tel lieber nicht tun. Er hatte so viel Angst, dass er schließlich nachgab.

So einfach war das.

Es war ein gutes Arrangement. Sie verdiente viel Geld. Wie sie bereits vermutet hatte, musste sie Michael im Heim einen Anteil abgeben, damit er die Sache nicht unterband. So hatte Ellis es auch gemacht. Aber das war okay. Hauptsache, andere Mädchen waren die Opfer, nicht sie.

Und alle waren zufrieden.

Bis sie einem Mädchen namens Fiona begegnete.

18

Marina starrte aus dem Fenster. Es war sauber, doppelt verglast und hatte einen PVC-Rahmen. Die Aussicht: Bahnschienen, ein Industriekomplex, dahinter eine Straße. Mittendrin, auf einer alten Industriebrache, war ein Neubaugebiet aus dem Boden gestampft worden. Lauter kleine orangefarbene Würfel. Daneben sah man die Anfänge eines Einkaufszentrums mit seinen wie Schuppen aussehenden Ladenlokalen. Trotz allem war es eine Gegend, in der Marina um keinen Preis hätte wohnen wollen. Sie konnte sich nicht vorstellen, dass hier jemand gern abends nach Hause kam.

»Wunderhübsch, nicht wahr?«, ertönte eine Stimme hinter ihr. »Der Ausblick das reinste Verkaufsargument.«

Marina wandte sich um. Hinter ihr stand Caitlin Hennessey, die Leiterin des Kinderheims Rainsford House. Sie war groß, hatte sich die blonden Haare kunstvoll zerzaust und trug eine Kombination aus Blümchenstoffen, Jeans und Wolle, dazu bunte Doc Martens an den Füßen. Genauso hatte Marina sie sich vorgestellt. Die Frau schien von der harten, aber herzlichen Sorte zu sein; eine, die zutiefst pragmatisch und gleichzeitig mitfühlend und fürsorglich war. Das wiederum hatte Marina nicht vermutet, allenfalls gehofft.

»Solche Faktoren sind beim Bau von städtischen Heimen ja entscheidend«, entgegnete Marina mit einem Lächeln.

Caitlin nickte. »Sicher. Überhaupt werden keine Kosten und Mühen gescheut, wenn es um das Wohl der Kinder geht.«

Nach ihrem kurzen und sehr aufwühlenden Telefonat mit Anni hatte Marina im Rainsford House angerufen, einem in den Außenbezirken von Chelmsford gelegenen Kinderheim, in dem Fiona Welch einen Großteil ihrer Jugend verbracht hatte. Man hatte sie bereitwillig zur Leiterin durchgestellt, und nachdem sie dieser dargelegt hatte, wer sie war und worin ihr Anliegen bestand, hatte Caitlin gemeint, es wäre besser, sich persönlich zu treffen. Ob sie zufällig gerade in der Nähe sei? Marina hatte versprochen, so schnell wie möglich vorbeizukommen.

Sie beschloss, loszufahren, ohne Cotter vorher Bescheid zu sagen. Sie hatte Bedenken, wie diese reagieren würde, wenn sie erfuhr, was Marina vorhatte. Also hatte sie lediglich bei ihrer Kollegin und guten Freundin Joy angerufen und sie gefragt, ob sie Josephina von der Schule abholen könne. Dann war sie unverzüglich losgefahren.

Sie fühlte sich nicht wohl dabei, ihre Tochter bei Freunden zu lassen, auch wenn diese noch so zuverlässig und vertrauenswürdig waren. Sie hatte Josephina ihr Wort gegeben, dass alles gut werden würde. Sicher, sie war wohl kaum die erste Mutter, die ihr Kind anlog – aber diese Erkenntnis machte es ihr auch nicht leichter.

Noch wusste Josephina nichts davon, dass ihr Vater verschwunden war. Marina graute davor, es ihr sagen zu müssen.

Während der ganzen Fahrt nach Chelmsford war sie von solchen Gedanken gequält worden. Die Schuld lastete schwer auf ihr – nicht nur wegen Josephina, sondern auch wegen ihres Anrufs bei Anni.

Sie hätte wissen müssen, wie schlecht es um ihre Freundin stand. Anni trauerte immer noch um Mickey. Es war egoistisch gewesen, sie um Hilfe zu bitten, noch dazu ohne ihr eine Gegenleistung anzubieten. Sie hatte ausschließlich an Phil gedacht. Daran, was sie tun musste, um ihn zu finden und wohlbehalten nach Hause zurückzubringen. Daran, dieser Frau ein für alle Mal das Handwerk zu legen. Auf welchem Weg auch immer.

Im Auto hatte sie das Radio bis zum Anschlag aufgedreht. Die Musik von Radio 2 war wie ein Teppich, unter den sie ihre Schuldgefühle und alle anderen unnützen Emotionen schieben konnte. Kasteien konnte sie sich später immer noch. Fürs Erste hatte sie Wichtigeres zu tun.

Inzwischen war es dunkel geworden, und das Licht im Zimmer verwandelte die Fensterscheibe in einen Spiegel. Marina betrachtete sich. Sie sah ganz schön fertig aus.

Professionell, ermahnte sie sich im Stillen. *Du musst professionell aussehen und dich professionell verhalten.*

Das Zimmer, in dem sie standen, hatte vier Betten, in jeder Ecke eins. Man erkannte das Bemühen der Bewohner, ihrem jeweiligen Bereich eine individuelle Note zu verleihen. Verschiedenfarbige Bezüge, neben jedem Bett ein kleines Regal mit persönlichen Sachen und ein billiger Kleiderschrank.

»Wir bemühen uns, den Kindern ein echten Zuhause zu bieten«, sagte Caitlin, die zu spüren schien, was Marina dachte. »Oder wenigstens eine sichere Umgebung, in der sie sich wohlfühlen können. Die Kinder kommen aus ganz unterschiedlichen Gründen zu uns. Manche Eltern sind überfordert, manche sitzen im Gefängnis, oder es gibt gar keine Eltern ... Wir scheren nicht alle über einen Kamm. Wir tun für sie, was wir können, weil das Gesetz es so verlangt und weil es uns ein Bedürfnis ist.«

»Wie es aussieht, machen Sie Ihre Sache ja sehr gut.«

»Wir geben uns Mühe.« Caitlin lächelte. Es war ein trockenes Lächeln, aus dem zugleich eine gewisse Ermüdung sprach.

»Also«, begann Marina, um das Gespräch auf ihr eigentliches Thema zu lenken. »Fiona Welch.«

»Ja.« Caitlin musterte Marina. »Worum, sagten Sie, geht es dabei noch gleich? Und für welche Polizeidienststelle arbeiten Sie?«

»West Midlands«, antwortete Marina. »Aber ich bin keine Polizistin. Ich bin Psychologin und berate die Polizei bei einem Fall. Ich kann Ihnen aber gerne den Namen der Frau nennen, die die Ermittlungen leitet, wenn Sie das überprüfen möchten.«

»Das haben Sie mir schon am Telefon erklärt. Und ich habe es auch bereits getan.«

Mist. Marina hielt den Atem an.

Caitlin schmunzelte. »DCI Cotter meinte, angesichts der speziellen Umstände wundere es sie nicht, dass Sie sich mit mir in Verbindung gesetzt haben.«

Marina atmete erleichtert auf. »Das ist großzügig von ihr.«

»Also. Wollen wir dann vielleicht in mein Büro gehen?«

Genau das taten sie. Auf dem Weg dorthin staunte Marina nicht schlecht. Caitlin schien die Einrichtung wirklich gut zu leiten. Es herrschte eine angenehme und freundliche Atmosphäre. Angestellte und Bewohner schienen allesamt gut miteinander auszukommen. Sie hatten aus dem von außen eher abweisenden alten Gebäude am Rande von Chelmsford ein helles, einladendes Zuhause gemacht. Man sah, dass die Kinder hier gut versorgt wurden. Sie benahmen sich wie ganz normale Teenager – auch wenn

Marina aus eigener Erfahrung wusste, dass vieles davon Fassade war. Sie versuchte sich Phil an einem Ort wie diesem vorzustellen, doch es wollte ihr nicht gelingen.

Im Büro angekommen, trug Caitlin einem der Jungen auf, ihnen Tee zu machen.

»Das dürfte ein Abenteuer werden«, meinte sie.

Der Tee kam einige Zeit später, und die Tür schloss sich. Sie waren allein.

»Fiona Welch«, sagte Caitlin.

»Ja«, sagte Marina. »Sie hat hier gewohnt ... Wann war das? In den späten Neunzigern?«

»So ungefähr, ja. Ich habe die Einzelheiten nicht im Kopf. Ich könnte sie Ihnen schicken.«

»Aber Sie erinnern sich noch an sie?«

»Ich erinnere mich an den Fall. An die Nachrichten. Die Regenbogenpresse hat das Heim regelrecht belagert. Das war eine Erfahrung, die ich nicht unbedingt wiederholen möchte.«

»Verständlich«, sagte Marina.

»Und ich erinnere mich auch an eine andere Sache, die passiert ist, während sie hier gelebt hat.«

»Was denn?«

Caitlin zögerte. »Sie dürfen eins nicht vergessen: Jede Generation hat ihre eigenen Theorien und Praktiken, und die sind immer auch eine Reaktion auf die Theorien und Praktiken der Generation davor.«

»Das ist in meinem Fachgebiet genauso.«

Caitlin nickte. »Verstehe. Ich will auch keineswegs behaupten, dass alles, was früher galt, falsch war, und wir jetzt alles richtig machen. Es gibt Gutes und Schlechtes, damals wie heute. Nur wenn man das immer im Hinterkopf behält, kann man die richtigen Methoden entwickeln.«

»Was ist denn nun Schlimmes passiert?«

»Die Heimleitung hat früher absolut verantwortungslos gehandelt. Es war wirklich grauenhaft. ›Das finstere Mittelalter‹, so nennen wir diese Phase intern. Es war ungefähr die Zeit, als Fiona herkam. Die Leitung war lax. Es gab Drogen- und Alkoholmissbrauch, Sex unter den Bewohnern. Inzwischen wissen wir, dass so was schon mal vorkommen kann – so viele Jugendliche auf engem Raum, der Überschwang der Hormone, was will man da anderes erwarten? Man muss versuchen, möglichst realistisch und offen damit umzugehen. Aber die Heimleitung ist damals solchem Verhalten nicht immer mit der nötigen Konsequenz begegnet.«

Marina hatte ein ungutes Gefühl, musste die Frage aber dennoch stellen. »Was meinen Sie damit genau?«

Caitlin sah sie an. Schien abzuwägen, was sie sagen sollte. Schließlich fuhr sie fort: »Ich kann Ihnen nur die Informationen geben, die der Öffentlichkeit zugänglich sind. Wenn Sie es eilig haben, reicht Ihnen das vielleicht. Andernfalls müssten Sie mit einem Gerichtsbeschluss wiederkommen. Es tut mir leid, aber so ist es nun mal. Ich muss an meine Position und an das Heim denken.«

Marina hatte sich insgeheim zwar mehr erhofft, im Grunde genommen aber nichts anderes erwartet. Sie nickte.

»Gut. Haben Sie von den vielen Missbrauchsskandalen in Kinderheimen gehört? Dass Zuhälter die wehrlosen Kinder ausgebeutet und sie an reiche Pädophile vermietet haben? All die Schlagzeilen in der Boulevardpresse?«

Marina nickte.

»Ich sage es nur ungern, aber hier war es mit am schlimmsten. Und Fiona Welch steckte mittendrin.«

»Oh«, sagte Marina und lehnte sich zurück. »War sie eins der Opfer?«

Ein Lächeln zog über Caitlins Züge.

»Nicht ganz.«

19

»Jason Lansdowne. Wohnt in Essex, hier ganz in der Nähe. Er passt auf die Beschreibung eines der Opfer. Ein Treffer.«

Alle im Raum sahen zu dem jungen Polizisten, der diese Neuigkeit verkündet hatte. Auch Imani. Von jetzt auf gleich veränderte sich die Atmosphäre im Büro. Es war deutlich zu spüren, wie die Energie plötzlich anstieg. Alle waren auf einmal wie elektrisiert.

Imani wusste, was sie dachten: die erste brauchbare Spur.

»Ausgezeichnete Arbeit, DC Matthews«, lobte Beresford, ehe er sich an die anderen wandte. »Weiter so. Kommen Sie mit und erzählen Sie mir ganz genau, was Sie herausgefunden haben.«

Mit hochrotem Gesicht erhob Matthews sich von seinem Platz. Erst jetzt fiel Imani auf, wie jung er war – und wie klein. Nein, nicht klein, eher kompakt. Und ordentlich. Alles an ihm sah adrett und wohlproportioniert aus, es musste nur noch ein wenig mit Leben gefüllt werden. Sein Anzug hatte keine einzige Falte, seine sandblonden Haare waren kurz und konservativ geschnitten, auf seinen glatten Wangen zeigte sich nicht mal ein Hauch von Bartstoppeln. Er schien hin- und hergerissen, ob er sich für seine Entdeckung schämen oder sich stolz in die Brust werfen sollte.

»Also.« Beresford ließ sich an seinem Schreibtisch nieder und blickte hoch. »Dann legen Sie mal los. Was haben Sie?«

Weil er sich nicht die Mühe machte, Imani und Matthews einander vorzustellen, ergriff Imani selbst die Initiative.

»Detective Sergeant Imani Oliver, West Midlands Police. Ich bin nur vorübergehend hier.«

»Detective Constable Simon Matthews.«

Sie schüttelten einander die Hand.

»Ich warte«, sagte Beresford.

Matthews räusperte sich. »Jason Lansdowne. Wohnhaft Holloway Crescent 46 in Leaden Roding. Das liegt in Essex, Sir, in der Nähe von Chelmsford.«

»Ich weiß, DC Matthews. Reden Sie weiter.«

»Offenbar wird er schon seit mehreren Wochen vermisst. Seine Frau hat sich an die lokale Polizeidienststelle gewandt, aber weil sie an der Grenze zu Hertfordshire wohnen, scheint es eine Verwechslung gegeben zu haben, jedenfalls wurden die Infos dorthin weitergeleitet.«

»Wieso das?«, fragte Imani.

»Er, also …« Die Zwischenfrage hatte Matthews aus dem Konzept gebracht. »Seine Arbeitsstelle war in Bishop's Stortford in Hertfordshire, da hat er auch den Großteil seiner Zeit verbracht. Seine Frau dachte zunächst, dass er sich dort aufhält. Deswegen wurden wir auch erst kürzlich eingeschaltet.«

»Ist er in der Vergangenheit schon mal verschwunden?«, wollte Imani als Nächstes wissen.

»Ja, bereits häufiger, wie es scheint. Er betrinkt sich und taucht dann für ein paar Tage ab. Deshalb hat sich seine Frau anfangs auch nichts dabei gedacht. Erst als er nach einer Woche immer noch nicht wieder da war, hat sie sich an die Polizei gewandt.«

»Ziemlich tolerante Frau«, lautete Beresfords Kommentar. »Weiß sie schon Bescheid?«

»Noch nicht. Wir werden sie informieren müssen.«

Beresford seufzte. »Wie ich so was hasse. Aber als Leiter der Ermittlungen ist es wohl meine Aufgabe –«

»Ich mache das«, fiel Imani ihm ins Wort.

Beresford runzelte die Stirn. »Warum?«

»Na ja, Sie werden doch sicher hier gebraucht. Ich könnte DC Matthews mitnehmen. Irgendwas muss ich tun, sonst komme ich mir völlig überflüssig vor.«

Beresford sah regelrecht enttäuscht aus, fand Imani. Normalerweise wäre jeder Polizist über ihr Angebot vor Freude in die Luft gesprungen. Niemand riss sich darum, Todesnachrichten zu überbringen. Warum war das bei Beresford anders?

Sie beobachtete ihn eingehender. Irgendetwas an ihm machte sie stutzig. Bereits einige Minuten zuvor, als der Rest des Teams über Matthews Entdeckung gejubelt hatte, war ihr aufgefallen, dass er die allgemeine Begeisterung aus irgendeinem Grund nicht zu teilen schien.

Stattdessen hatte ihn eine nervöse Unruhe erfasst. Sehr merkwürdig. Er hatte es relativ gut kaschiert, trotzdem hatte er ein Gesicht gemacht, als ärgere er sich darüber, dass die Information ans Licht gekommen war.

Gleich darauf tat sie ihre Überlegungen als lächerlich ab. Ihre Phantasie ging mit ihr durch.

Und trotzdem hatte er unbedingt derjenige sein wollen, der Mrs Lansdowne die Nachricht vom Tod ihres Mannes überbrachte ...

»Von mir aus«, brummte Beresford, wobei seine Augen etwas ganz anderes sagten. »Dann fahren Sie eben.« Er warf einen Blick auf seine Armbanduhr. »Es wird langsam spät. Wenn Sie damit fertig sind, machen Sie Feierabend. Ich will, dass Sie morgen früh ausgeruht sind. Haben Sie schon eine Übernachtungsmöglichkeit?«

»Ich hatte noch keine Zeit, mich darum zu kümmern. Aber ich finde unterwegs sicher irgendwo ein Bed and Breakfast.«

Beresford nickte. »Dann los.«

Imani wandte sich an Matthews. Lächelte. »Holen Sie Ihre Jacke, mein Freund. Sie konnten bei mir landen.«

Sein Gesichtsausdruck war Gold wert.

Matthews saß am Steuer. Sein Wagen, ein Toyota, war genauso ordentlich und kompakt wie er selbst. Obschon nicht mehr ganz neu, hing im Innern immer noch der typische Neuwagengeruch. *Genau wie sein Besitzer*, dachte sie, bevor sie sich dafür schämte – allerdings nur ein wenig.

Sie fuhren über die A12. Offene Landschaft wechselte sich mit Industriegebieten und Bahntrassen ab. Gelegentlich verliefen die Schienen parallel zur Straße, als sollten die Autos zu einem Wettrennen mit den Zügen animiert werden.

Matthews hatte sie gefragt, weshalb sie hier sei und welche Rolle sie bei den Ermittlungen spiele.

»Phil Brennan«, sagte sie. »Er ist mein Boss drüben in Birmingham. Er ist seit heute Morgen verschwunden.«

»Ja, ich hab davon gehört. Glauben Sie denn, es besteht ein Zusammenhang zwischen der Sache und dem Fall, an dem wir gerade arbeiten?«

»Um das rauszufinden, bin ich hier.«

Sie fuhren weiter. Matthews hatte einen lokalen Radiosender eingestellt. Ein DJ mit Essex-Einschlag spielte Songs, die gut in einen Seniorenstift gepasst hätten. Sie hörte nicht hin. Matthews hielt das Lenkrad krampfhaft mit beiden Händen fest. Sie hatte das Gefühl, als hätte er, seit sie eingestiegen waren, nicht mehr ausgeatmet.

»Wie ist er so?«, fragte er irgendwann.

»Wer?«

»DI Brennan. Das war vor meiner Zeit, aber wir haben viel über ihn gehört. Hat sich auf dem Revier einen Namen gemacht – wie auch immer man das im Einzelnen interpretieren möchte.«

»Er zieht Ärger an wie das Licht die Motten, meinen Sie das?« Imani schmunzelte.

»Ja«, sagte Matthews und entspannte sich endlich ein wenig.

»Als Boss? Gut. Richtig gut. Er ermutigt uns immer, gegen den Strich zu denken, wissen Sie? Kreativ zu sein. Sich nicht sklavisch an die Richtlinien zu halten. Offen zu sein für neue Ideen. Und er ist sehr ein netter Mensch. Soweit ich das beurteilen kann.«

Matthew nickte schweigend.

»Und wie ist Beresford so?«, stellte Imani die Gegenfrage.

Matthews zögerte mit einer Antwort, als müsse er seine Worte sehr sorgfältig wählen. »Er ist … na ja, er scheint ganz anders zu sein als DI Brennan. Das absolute Gegenteil, würde ich sogar sagen.«

»Also kein Rebell?«, erwiderte Imani und musste über ihre Wortwahl lächeln.

Matthews hingegen blieb ernst. »Bei ihm muss alles immer streng nach Vorschrift laufen.« Mehr verriet er nicht, auch wenn

Imani an seiner Miene ablesen konnte, dass er gerne noch mehr gesagt hätte.

Irgendwann bogen sie von der Hauptstraße ab und fuhren, den Angaben des Navis folgend, über mit Bäumen und Büschwerk gesäumte Landstraßen weiter. Schließlich hielten sie in einer Sackgasse voller kleiner Backsteinhäuser. Fünfzigerjahre, schätzte Imani. Ehemalige Sozialwohnungen, modernisiert, Fensterrahmen und Haustüren aus Kunststoff. Vor mehreren der Häuser parkten weiße Lieferwagen.

»Ich dachte, das wäre nur so ein Mythos über Essex«, sagte Imani.

Matthews runzelte fragend die Stirn.

»Das mit den weißen Lieferwagen«, fügte sie hinzu.

»Hier wohnen eben viele Handwerker«, erklärte er ihr mit ernster Miene. »Elektriker, Bauarbeiter und so.«

»Aha.«

Er wandte sich ihr zu. Ihr fiel auf, dass er seinen Sicherheitsgurt immer noch nicht gelöst hatte. »Darf ich noch was sagen?« Seine angespannte Miene ließ darauf schließen, dass es etwas sein musste, was ihm unter den Nägeln brannte.

»Klar doch«, sagte sie.

»Vorhin im Büro ...«

»Ja?« Imani hatte keine Ahnung, worauf er anspielte.

»›Holen Sie Ihre Jacke, Sie konnten bei mir landen.‹ Ich möchte einfach nur klarstellen, dass ich verheiratet bin. Dass ich ... So was mache ich grundsätzlich nicht.«

»Okay«, sagte Imani, die nicht wusste, ob sie laut lachen sollte.

»Bestimmt war es nur als Witz gemeint, aber ich wollte einfach … Ich möchte nicht, dass wir auf dem falschen Fuß anfangen. Das ist alles.«

»In Ordnung. Und ja, es war als Witz gemeint.« Sie zeigte zur Wagentür und öffnete sie. »Wollen wir dann?«

Erneut sah er sie an. Diesmal wirkte er regelrecht verängstigt. »Könnten wir vielleicht noch ein paar Minuten sitzen bleiben und besprechen, was wir ihr sagen wollen? Bitte. Ich kann … ich … Das ist doch ein schwerer Schlag für sie. Vielleicht hatte er Kinder. Ich möchte es richtig machen. Sie sollen so wenig leiden wie möglich.«

Er wirkte ernst und besorgt. Imani zog die Beifahrertür wieder zu.

»Sie haben recht«, sagte sie. »Machen wir es richtig.«

20

Marina wartete darauf, dass Caitlin fortfuhr.

»Den Akten zufolge war Fiona ein intelligentes Mädchen. Außergewöhnlich intelligent sogar. Das ist sofort aufgefallen.«

»Was genau heißt das?«

Caitlin schaute einen Moment lang in ihre Teetasse. Dann hob sie den Kopf. »Selbst die Klugen schaffen es nicht immer. Nicht wenn es Heimkinder sind.« Sie sah Marina mit eindringlicher Miene an. »Was ich Ihnen sage, ist selbstverständlich streng vertraulich.«

»Selbstverständlich.«

»Ich meine – wir tun, was wir können. Und es gibt auch Erfolgsgeschichten. Aber manchmal reicht Intelligenz allein eben nicht aus. Fleiß ist nicht genug, Ehrgeiz ist nicht genug. Für die meisten Kinder, die in Pflege gegeben werden oder ins Heim kommen, ist es schon eine große Leistung, wenn sie sich halbwegs normal entwickeln. Wenn sie als Erwachsene einer regelmäßigen Arbeit nachgehen und eine eigene Familie gründen.«

Caitlin wirkte nachdenklich. Einen Moment lang schien sie Marina und das Büro gar nicht mehr wahrzunehmen.

»Und Fiona Welch?«, ermunterte Marina sie.

Caitlin blinzelte, dann richtete sie ihre Aufmerksamkeit wieder auf das Gespräch. »Wie gesagt, ein außergewöhnliches Mädchen. Sie hat die Schule geliebt. Ist immer gerne hingegangen.« Ein kleines Auflachen. »Und noch etwas war in ihrem Fall speziell. Es wurde tatsächlich alles getan, um sie zu fördern. Die Lehrer haben sie stets ermutigt und unterstützt. Alles lief wunderbar.«

Caitlin verstummte. Marina ahnte, dass gleich das große *Aber* kommen würde.

»Bis?«

Caitlins Tonfall veränderte sich. Wurde härter. Von der Wärme, mit der sie eben noch über Fiona Welchs vielversprechende Entwicklung gesprochen hatte, war fast nichts mehr geblieben. »Es gab da noch ein anderes Mädchen.«

Marina nickte. »Und das hatte einen schlechten Einfluss auf Fiona? So oder so ähnlich ist es doch immer.«

»Nein, *schlecht* trifft es nicht ganz.« Caitlin suchte nach dem passenden Wort. »Eher ... schädlich. Ja.« Sie nickte. »Schädlich.«

Marina lehnte sich nach vorn. Erregung kribbelte durch ihren Körper. Sie war auf einer Spur. Genau so etwas hatte sie zu hören gehofft. Deswegen war sie hergekommen. Sie versuchte, äußerlich ruhig zu bleiben, um Caitlin nicht zu beeinflussen. Sie sollte die Geschichte so erzählen, wie sie sich zugetragen hatte, nicht so, wie Marina sie hören wollte. Manchmal geschah es ganz unbewusst. Sie hatte es schon oft erlebt. Die Aussagen, die dabei herauskamen, waren meist nicht zu gebrauchen. »Schädlich? Sie meinen, Fiona war ihr hörig? Sie wäre nicht so geworden, wenn sie dieses andere Mädchen nicht kennengelernt hätte?«

Caitlin runzelte die Stirn und betrachtete erneut ihre Tasse. Als sie den Kopf hob, lächelte sie grimmig. »Genau das ist die Schwierigkeit, nicht wahr? Das Problem des unzuverlässigen Erzählers.«

Marina war ein wenig verdutzt. Wie kam Caitlin darauf? »Was? Aber als solchen würde ich Sie niemals bezeichnen. Es tut mir leid, falls ich …«

Caitlin schüttelte den Kopf. »Nein, nein, so war es nicht gemeint. Ich habe gar nicht von Ihnen gesprochen. Und auch nicht von mir. Das war eher allgemein gesagt. Wir versuchen die Vergangenheit heraufzubeschwören, Erinnerungen in uns wachzurufen, und wir glauben noch genau zu wissen, was passiert ist. Wir glauben, dass wir uns auf unser Gedächtnis verlassen können. Dass unsere Erinnerungen nicht von unseren Emotionen oder denen anderer Menschen gefärbt sind. Aber letzten Endes ist alles subjektiv, und insofern sind wir alle unzuverlässige Erzähler. Jeder auf seine Weise.«

»Aber wenn Sie … Ich verstehe nicht ganz. Wenn Sie sich Sorgen machen, Sie könnten mir etwas sagen, das sich am Ende vielleicht als falsch herausstellt, warum schauen Sie dann nicht einfach in der Akte nach?«

»Weil ich sie nicht habe. Alles, womit ich dienen kann, sind die Gerüchte und Geschichten, die die Runde gemacht haben, nachdem Fiona Welch ums Leben gekommen ist.«

»Wo sind die Akten denn?«

»Beim Jugendamt. Im Archiv der Stadtverwaltung. Ich müsste dort anrufen und nachfragen, ob man bereit wäre, sie Ihnen auszuhändigen.«

Marina holte tief Luft. Sah Phils Gesicht vor ihrem inneren Auge. Verspürte, wie ein kleines Beben durch ihren Körper ging. Eine Mahnung: Die Uhr tickte. Sie zügelte ihre Ungeduld und fuhr fort: »Könnten Sie das denn tun? Nachfragen, ob ich die Akten einsehen darf?«

»Warum ist das so wichtig?«

Marina musterte die Frau. Fragte sich, wie viel sie ihr verraten sollte. Kam schließlich zu einer Entscheidung. Sie würde es ihr sagen.

Vielleicht konnte Caitlin sie dann mit jemandem in Kontakt bringen, der ihr weiterhelfen konnte oder … »Wir kennen eine Frau, die sich als Fiona Welch ausgibt.«

Caitlin horchte auf.

»Sie … Um es kurz zu machen: Sie hat mehrere Menschen ermordet und … und eine weitere Person entführt.« Marina hielt inne. Alles musste Caitlin nicht wissen. Nur so viel, dass sie ihr half. »Ich bin an den Ermittlungen beteiligt. Wir fahnden nach ihr. Die echte Fiona Welch schien uns ein guter Ansatzpunkt zu sein.«

»Verstehe.« Caitlin nahm die Informationen mit einem Nicken zur Kenntnis. »Verstehe. Es tut mir leid, aber ich müsste einen offiziellen Antrag stellen. Daran führt kein Weg vorbei, fürchte ich.«

»Aber es ist wirklich –«

»Das bezweifle ich ja gar nicht. Aber wir können nicht einfach vertrauliche Akten an jeden herausgeben, der danach fragt. Es gibt Richtlinien. Sogar in Fällen wie diesem. *Gerade* in Fällen wie diesem.« Sie warf einen Blick auf ihre Uhr.

Marina verstand den Wink. Sie hatte das Gefühl, den Draht zu Caitlin verloren zu haben.

Sie beugte sich nach vorn. Ein allerletzter Versuch. »Gibt es denn irgendwas, woran Sie sich noch erinnern?«

Caitlin seufzte. »Ich wünschte, es wäre so. Es tut mir wirklich leid. Wie gesagt, das war vor meiner Zeit. Ich habe meine Informationen auch nur aus zweiter Hand.«

»Aber von wem haben Sie sie denn? Könnte ich vielleicht mit dem- oder derjenigen sprechen?«

Caitlin versteifte nicht. »Ich fürchte, das geht nicht.«

»Warum nicht?«

»Nun ... die Sachlage ist kompliziert.«

»Inwiefern?«

»Er ... Als er ging, war es kein freiwilliger Abschied. Er hatte die Leitung des Heims inne, während Fiona Welch und das andere Mädchen hier gelebt haben. Allen Mitarbeitern wurde jeglicher Umgang mit ihm untersagt. Wenn Sie mit ihm sprechen wollen, werden Sie wohl leider einen anderen Weg finden müssen.«

Marina wollte protestieren, doch Caitlin sah erneut auf ihre Armbanduhr und stand auf. »Es tut mir wirklich sehr leid, aber ...«

Da sie erkennen musste, dass sie nichts weiter erreichen würde, blieb Marina nichts anderes übrig, als sich zu verabschieden.

Auf dem Weg zum Ausgang fiel ihr eine Frau auf, die demonstrativ versuchte, sie nicht anzusehen. Sie war ein wenig älter als Caitlin und schien im Heim zu arbeiten. Marina war unschlüssig, ob sie die Frau ansprechen sollte oder nicht. Doch dann nahm die Frau ihr die Entscheidung ab.

»Warten Sie«, rief sie, als Marina schon bei der Tür war, und sah sich um, ob auch niemand sie hören konnte.

Marina wandte sich um und wartete, bis die Frau herangekommen getreten war.

»Ja?«

»Waren Sie grad bei Caitlin und haben nach Fiona Welch gefragt? Suchen Sie zufällig nach Michael Prosser?«

»Nach wem?«

»Der hat das Heim früher geleitet.« Sie lächelte. Ihr Lächeln sah noch müder aus als das von Caitlin. »Ich hab damals schon hier gearbeitet. Sie hätten lieber mit mir reden sollen.«

»Wieso, was hätten Sie mir denn sagen können?«

»Michael Prossers Adresse, zum Beispiel.«

Wieder verspürte Marina dieses Kribbeln. »War er der Heimleiter, während Fiona Welch hier gelebt hat? Caitlin meinte, er sei nicht freiwillig gegangen.«

Die Frau lachte. »So kann man das auch ausdrücken.«

»Und Sie denken, er kann mir weiterhelfen? Wo kann ich ihn finden?«

»Hier«, sagte sie und steckte Marina einen Zettel zu. »Seine Adresse.«

»Danke.« Marina runzelte die Stirn. »Warum helfen Sie mir?«

»Weil ich will, dass Sie ihm was von mir ausrichten.«

»In Ordnung. Was denn?«

Wieder ein Lachen. »Sagen Sie ihm: Mary hofft, du schmorst in der Hölle, du verfickter Kinderschänder.«

Mit diesen Worten ging sie davon.

21

»Mrs Lansdowne? Judith Lansdowne?« Imani hielt ihren Dienstausweis hoch und nannte ihren Namen. »Dürfen wir reinkommen?«

Sie sah eine ganze Bandbreite von Emotionen über die Züge der Frau huschen. Verwirrung, Hoffnung, Unsicherheit, und dann, ganz am Ende, Verzweiflung. All das geschah innerhalb weniger Sekunden und bevor sie auch nur ein Wort gesagt hatte.

Zu ihrem Leidwesen hatte Imani Situationen wie diese schon oft erlebt. Insofern war sie auf die Reaktion gefasst gewesen, und es hätte sie verwundert, wenn sie ausgeblieben wäre.

Judith Lansdowne war eine füllige Frau mit langen dunklen Haaren. Sie trug eine Jogginghose aus Nickistoff und ein T-Shirt. Sie war bleich, ihre Augen wirkten müde.

Sie sah aus, als hätte sie jede Hoffnung verloren und sich auf das Schlimmste eingestellt, lange bevor sie an ihre Tür geklopft hatten.

»Es geht um Jason, stimmt's?«, sagte sie und nickte wie zur Bestätigung.

»Dürften wir reinkommen?«

Die Frau zog die Tür vollständig auf und ließ sie eintreten.

Im Haus schien eine Schicht aus Staub und Schmutz über

allem zu liegen, als wäre lange nicht mehr geputzt worden. Aus dem Flur kam der Geruch von Gebratenem und altem Fett. Im Wohnzimmer lief der Fernseher. Als sie eintraten, sah ein junges Mädchen von seinem Platz auf dem Sofa auf. Mrs Lansdowne scheuchte es hoch.

»Geh rauf in dein Zimmer, Rhiannon.«

Rhiannon sah zwischen den Erwachsenen hin und her und versuchte aus ihren Mienen schlau zu werden. Sie wollte widersprechen. Sie wollte bleiben und wissen, was los war, obwohl sie es vermutlich bereits ahnte.

»Geh nach oben, hab ich gesagt.«

Widerstrebend gehorchte das Mädchen.

Judith Lansdowne hob die Fernbedienung auf, schaltete den Fernseher aus. Warf die Fernbedienung aufs Sofa und drehte sich dann zu Imani um.

»Es wäre wohl besser, wenn wir uns alle erst mal hinsetzen«, meinte diese.

Also nahmen sie Platz. Imani und Matthews auf dem Sofa, Mrs Lansdowne im Sessel.

»Okay. Was ist passiert?«, sagte sie, doch es war eher eine Feststellung als eine Frage. »Sie rücken ja wohl kaum zu zweit hier an, um mir frohe Neuigkeiten zu verkünden, hab ich recht?« Ihre Stimme, von Natur aus kräftig und laut, begann zu zittern. »Dann hätten Sie auch einfach anrufen können, stimmt's? Herzlichen Glückwunsch und das alles.«

Imani sah zu Matthews, der mit großen Augen vorne auf der Sofakante hockte und die Hände zwischen die Knien gesteckt hatte. Er sah nicht so aus, als wolle er das Wort ergreifen.

Dann ist das wohl meine Aufgabe, dachte sie und rief sich ins Gedächtnis, was sie im Auto besprochen hatten.

»Ich fürchte, ja«, sagte sie. »Es geht um Ihren Mann. Wir haben …«

Es gab keinen leichten Weg, es zu sagen. Auf lange Sicht war es immer besser, nicht lange um den heißen Brei herumzureden.

»Wir haben eine Leiche gefunden, von der wir glauben, dass es sich um Ihren Mann handelt. Wir … Es tut mir sehr leid, Mrs Lansdowne, aber Sie werden mit uns kommen und ihn identifizieren müssen.«

Judith Lansdowne sackte in sich zusammen, als wären ihr sämtliche Knochen aus dem Körper entfernt worden. Sie ließ den Kopf hängen.

Die drei saßen schweigend da, während sie die Nachricht verarbeitete.

»Es tut mir leid, Mrs Lansdowne«, sagte nun auch Matthews.

Judith Lansdowne begann zu nicken. Sie nickte immer weiter, als stimme sie einer Aussage zu, die außer ihr niemand gehört hatte, die ihr vielleicht schon seit einer ganzen Weile durch den Kopf ging. Sie atmete pfeifend, und hin und wieder seufzte sie dabei.

Imani und Matthews warteten geduldig. Sie versuchten, sich so gut es ging emotional zu distanzieren, ihr die Zeit und den Raum zu geben, die sie brauchte.

Irgendwann hob Judith den Kopf. Ihre Augen schimmerten feucht, doch es fielen keine Tränen.

»Wo haben Sie ihn gefunden?«, fragte sie. Sie hatte nach wie vor Mühe beim Atmen, als wolle die Luft nicht aus ihren Lungen entweichen.

»In Colchester. Im alten Gebäude der Dock Transit Company. Wir gehen von einer Straftat aus.«

Mrs Lansdownes Blick wurde scharf. »Straftat? Was soll das heißen?«

Imani bedeutete Matthews mit einem Kopfnicken, die Gesprächsführung zu übernehmen. »Vielleicht haben Sie schon davon gehört, es gab in den letzten Tagen eine Reihe verdächtiger Todesfälle in Colchester und Umgebung. Wir gehen davon aus, dass es sich um Morde handelt. Vielleicht haben Sie es in den Nachrichten gesehen.«

Er hielt inne. *Red weiter*, beschwor Imani ihn im Stillen.

»Ich hab ... ja«, sagte Judith Lansdowne. »Es kam was darüber im Fernsehen.« Sie dachte einige Sekunden lang nach. »Und er war einer von denen?«

»Ja.«

»In den Nachrichten haben sie gesagt, sie waren ... sie wurden alle erhängt ...«

»Ich fürchte, das trifft zu, Mrs Lansdowne«, sagte Matthews.

Nun erst liefen die aufgestauten Tränen über.

Matthews kochte für alle Tee. Er schien froh zu sein, etwas zu tun zu haben. Rhiannon hatte auf der Treppe gelauscht, ihre Mutter weinen hören und war daraufhin ins Wohnzimmer gekommen, um nachzusehen, was los war. Jetzt hockte sie neben Judith auf der Armlehne des Sessels, während sie sich gegenseitig Trost spendeten.

Imani hatte ihnen alles berichtet, was sie über den Fall wussten. Aber sie hatte auch Fragen, die sie stellen, Wissenslücken, die sie füllen wollte. Sie musste an ihren Job denken, selbst wenn andere trauerten. Dieser Aspekt ihres Berufs war ihr am meisten zuwider. Viele Ermittler versuchten die Sache so schnell wie möglich hinter sich zu bringen, ratterten die Fragen herunter oder verschoben das Ganze auf später. Sie konnten es gar nicht abwarten, endlich wegzukommen und der psychologischen Betreuung das Feld zu überlassen. Nicht so Imani. Sie wusste, dass die ersten Minuten entscheidend sein konnten. Die Minuten, wenn die Angehörigen, ihren Gefühlen hilflos ausgeliefert, vielleicht etwas Unbedachtes sagten, das die Ermittler auf eine wichtige Spur bringen konnte.

»Im Moment sind wir noch nicht ganz sicher, wann er ...« Sie warf einen Blick auf die Tochter, sah den wütenden Trotz in ihren Augen. Sie wollte nicht wie ein Kind behandelt werden, fürchtete sich nicht vor dem, was Imani zu sagen hatte.

Davon ermutigt, fuhr Imani fort: »... wann er getötet wurde. Können Sie uns vielleicht sagen, wie lange er insgesamt verschwunden war?«

Judith sah auf. »Wie lange?« Sie schnaubte. »Das hab ich Ihnen doch alles schon erzählt. Ich bin doch zu Ihnen gekommen, hab ihn als vermisst gemeldet. Und Sie haben nichts unternommen.«

»Wann genau war das, Mrs Lansdowne?« Imani spürte den Zorn der Frau. Erst Trauer, jetzt Wut. Sie suchte nach einem Schuldigen.

»Vor fast drei Wochen. Und was haben Sie gemacht? Nichts. Gar nichts.«

»Der Fairness halber«, meldete sich Matthews unerwartet zu Wort, »muss man dazu sagen, dass Sie, als Sie Ihren Mann als vermisst gemeldet haben, dem Kollegen gegenüber erwähnten, dass es nicht das erste Mal sei. Dass Ihr Mann schon häufiger verschwunden und nach ein paar Tagen mit eingekniffenem Schwanz, einem dicken Schädel und haarsträubenden Geschichten für seine Kumpels wieder aufgetaucht sei. Ist das richtig?«

Imani sagte nichts, war jedoch insgeheim beeindruckt. Matthews hatte gut aufgepasst.

Judith Lansdowne schwieg. Imani nahm die Gelegenheit wahr und klinkte sich wieder ein.

»Was hat Ihr Mann denn gearbeitet, Mrs Lansdowne?«

»Im Protokoll der Vermisstenanzeige steht, dass er berufsbedingt oft längere Zeit unterwegs war«, ergänzte Matthews.

Sie nickte. Nach ihrem kurzen Ausbruch wirkte sie wieder ruhiger und war zur Kooperation bereit. »Fotoreproduktionen. Siebdruck und so. Aber großformatig. Für Messen und so weiter.« Erneut senkte sie den Kopf und starrte zu Boden.

»Aha. Das heißt also, er war hin und wieder länger von zu Hause weg. Sonst noch was?«

Judith Lansdowne zögerte. Sie sah ihre Tochter an, doch etwas in deren Miene verriet, dass sie wusste, was ihre Mutter gleich sagen würde.

»Er …« Sie seufzte. »Rhiannon weiß Bescheid. Es ist kein Geheimnis. Es lief nicht mehr gut zwischen Jason und mir. Schon länger.«

»Wie genau ist das zu verstehen?«, hakte Imani nach. »Gab es finanzielle Probleme oder …«

»Er hat mich nicht mehr angerührt. Wollte nicht …«, stieß sie hervor, um dann abrupt zu verstummen. Sie seufzte abermals. »Weiß der Himmel, was er getrieben hat, wenn er weg war. Deshalb war ich auch nicht gleich … Aber er hat immer Geld geschickt. Dafür gesorgt, dass es uns gutgeht. Als auf einmal nichts mehr kam, dachte ich mir schon, dass irgendwas passiert sein muss. Da hab ich dann die Vermisstenanzeige aufgegeben.«

»Also«, fasste Matthews zusammen. »Sie haben keine

Ahnung, wo er gewesen ist und was ihn in das Lagerhaus verschlagen haben könnte?«

»Nein, absolut keine.« Wieder ein Seufzer. Auf einmal wirkte sie sehr müde.

Imani schaute sie an. Schaute wirklich hin, als sähe sie die Frau zum ersten Mal. Betrachtete sie nicht als potenzielle Informationsquelle oder unangenehme Pflicht, sondern als das, was sie war: eine Frau mittleren Alters, die nicht mehr ganz so taufrisch aussah wie früher, die an Gewicht zulegte, die zu Hause festsaß und ein Kind großzog. Die abhängig war vom Geld eines Mannes, der sich ständig herumtrieb. Und der jetzt tot war.

Nun begriff Imani, weshalb Judith Lansdowne zuvor geweint hatte.

Nicht weil ihr Mann tot war.

Sondern aus Trauer um einen Ehepartner, den sie schon vor langer Zeit verloren hatte.

22

Es war spät, es war dunkel, und Marina wusste, sie hätte nicht herkommen sollen. Aber sie konnte nicht anders.

Die Adresse, die Mary ihr zugesteckt hatte, hatte sie zu einer Wohnanlage in einer der weniger ansehnlichen Gegenden der Stadt geführt. Gut erhaltene Reihenhäuser aus den Dreißigern und Vierzigern waren hier durch neuere Wohnblocks ersetzt worden. Gedrungene zwei- und dreigeschossige Gebäude, wie die Flügel eines Gefängnisses um L-förmige Höfe angeordnet. Geborstene Betonplatten auf dem Gehweg, nur sporadisch funktionierende Straßenbeleuchtung. Ein enges Gewirr aus Straßen, bei dem man nie zweimal an derselben Stelle herauszukommen schien. Außerdem war alles mit Autos vollgeparkt, was das Herumfahren zwar nicht direkt unmöglich, aber doch sehr schwierig machte. Eine Gegend, die wie dazu gemacht schien, Leute von außerhalb abzuschrecken ...

Marina bemühte sich krampfhaft, sich nicht entmutigen zu lassen.

Kaum dass sie nach dem Besuch im Heim in ihr Auto eingestiegen war, hatte sie Michael Prosser gegoogelt. Es gab jede Menge Informationen über ihn. Er hatte tatsächlich während Fiona Welchs Aufenthalt die Leitung des Rainsford House innegehabt. Als »Finsteres Mittelalter« hatte Caitlin diese Phase in der Geschichte des Heims bezeichnet, und Marina war rasch klargeworden, weshalb. Prosser hatte keinen Finger gerührt, als Mädchen – und auch einige Jungen – in seiner Obhut Opfer systematischer sexueller Ausbeutung wurden. Schlimmer noch: Er hatte den Missbrauch sogar aktiv befördert. Hatte Kinder auf Bestellung geliefert.

Irgendwann hatte es eine Anzeige gegeben und es war zu einem Prozess gegen ihn gekommen. Er hatte eine Haftstrafe verbüßt und war einem Zeitungsartikel zufolge danach an einen geheimen Ort umgezogen. Nur: So geheim war der Ort offenbar doch nicht. Irgendjemand musste ihn aufgespürt haben, denn er war das Opfer einer brutalen Attacke geworden. Mehr hatte sie in der Kürze der Zeit nicht über ihn in Erfahrung bringen können.

Je mehr sie gelesen hatte, desto größer wurde ihre Abscheu dem Mann gegenüber. Jetzt konnte sie nachvollziehen, weshalb Mary ihr diese ganz persönliche Botschaft für Prosser mitgegeben hatte. Sie fragte sich sogar, ob Mary womöglich selbst hinter dem Angriff auf ihn gesteckt haben könnte.

Nun aber schob sie all diese Gedanken beiseite und parkte ihren Prius so nah wie möglich vor dem Wohngebäude, zu dem ihr Navi sie gelotst hatte. Nach dem Aussteigen vergewisserte sie sich zweimal, dass sie ihren Wagen auch wirklich abgeschlossen hatte. Erst dann machte sie sich auf den Weg.

Um zu Prossers Wohnung zu gelangen, musste man durch eine schmale dunkle Gasse. Keine der Straßenlaternen funktionierte. Erneut verbot sie sich, zu hinterfragen, was sie hier eigentlich tat, und ging entschlossen weiter. Etwas knirschte unter ihrem Schuh – Glasscherben, bröckelnde Gehwegplatten, sie wusste es nicht. Das Geräusch hallte von den Wänden wider und kündigte ihr Kommen an.

Von der Gasse aus gelangte sie in einen Innenhof. Gelbliches Laternenlicht fiel auf eine quadratische Grasfläche, die übersät war mit alten Hamburgerverpackungen, zerknüllten Seiten von Boulevardblättern und ausgemusterten Haushaltsgeräten. Sie hatte das Gefühl, ans Filmset von *The Wire* geraten zu sein. Nur war dies hier kein Film. Sondern die Wirklichkeit.

Sich immer am Rand des Innenhofs haltend, lief sie auf Prossers Wohnblock zu. Sie konnte zwar niemanden sehen, spürte aber die ganze Zeit Blicke auf sich.

Sie hatte den Eingang erreicht und zog die Tür auf. Im Treppenhaus ging automatisch das Licht an. Die schwarze, mattglänzende Gummimatte auf dem Fußboden klebte an den Sohlen ihrer Stiefel und hätte überhaupt besser in einen Fetischclub gepasst als in einen Treppenaufgang. Die Deckenverkleidung hatte eine Struktur aus kleinen Stalaktiten, und die Wände waren in einem Farbton gestrichen, den man nur als »funktional« bezeichnen konnte.

Marina nahm die Treppe in den ersten Stock und hielt Ausschau nach der gesuchten Wohnung. Sie sah auf die Uhr. Wahrscheinlich war es schon zu spät, um noch bei jemandem zu klingeln. Andererseits wäre Prosser um diese Zeit mit großer Wahrscheinlichkeit zu Hause. Sie sah schon von weitem, welche Tür seine war. Sie war mit Graffiti beschmiert und überpinselt worden. Außerdem war sie, vielleicht nach einem Einbruchsversuch, verstärkt worden.

Sie fand die Klingel und drückte darauf.

Nichts tat sich.

Sie klingelte ein weiteres Mal.

Drinnen lief eindeutig der Fernseher. Schließlich hörte sie das Schlurfen von Schritten. Jemand kam an die Tür. Sie wartete.

»Wer ist da?«

»Hier ist ... Mein Name ist Marina Esposito. Ich bin ... Caitlin Hennessey hat mich geschickt.« Das war bestimmt besser, als Marys Namen zu erwähnen.

»Wieso?« In der Frage schwang keinerlei Neugier mit. Im Grunde klang es auch gar nicht nach einer Frage.

»Sie ... Ich arbeite für die Polizei. Können wir uns unterhalten? Bitte?«

»Worüber denn?«

»Wenn Sie mir die Tür aufmachen, kann ich es Ihnen erklären.«

Nichts.

»Bitte, Mr Prosser.« Sie hatte größte Mühe, sich ihre Erschöpfung nicht anhören zu lassen. »Ich bin lange Auto gefahren, hatte einen harten Tag und bin sehr müde. Und ich brauche Ihre Hilfe. Bitte beantworten Sie kurz meine Fragen, danach lasse ich Sie auch gleich wieder in Ruhe.«

Stille. Dann, nach einer Weile, hörte sie, wie aufgeschlossen wurde. Ketten wurden gelöst, die Tür ging auf.

»Fünf Minuten«, sagte er.

Sie rang sich ein Lächeln ab. »Ich danke Ihnen.« Und trat ein.

Sie gingen durch einen Flur in Prossers Wohnzimmer. Dort stand ein Regal voll mit Büchern, dem Aussehen nach allesamt alt und ungelesen. Auch einige DVDs befanden sich darunter. In der Ecke stand ein großer, in die Jahre gekommener Fernsehapparat. Die wenigen Möbel waren abgenutzt und wahllos im Raum verstreut, wo sie aussahen wie müde Mietnomaden. Ein No-name-Laptop lag aufgeklappt auf dem Fußboden, der Monitor war mit einer grauen Staubschicht und schmierigen Fingerabdrücken überzogen. Einzige Lichtquelle waren zwei uralte Tischlampen.

»Dann setzen Sie sich.«

Sie drehte sich um und konnte Michael Prosser zum ersten Mal richtig sehen. Er war von kräftiger Statur, als wäre er früher einmal sehr sportlich gewesen, im Laufe der Jahre dann allerdings fett geworden. Seine fleckige Jogginghose und der ausgeleierte Pullover mussten dringend in die Wäsche – oder vielleicht besser verbrannt und durch neue Kleidung ersetzt werden. Am auffälligsten jedoch war sein Gesicht. Sie wusste, es war unhöflich zu starren, aber sie konnte nicht anders.

Wo sein linkes Auge hätte sein sollen, sah man nur noch einen roten Krater, die Haut darum war vernarbt und uneben wie eine Mondlandschaft. Das Narbengewebe reichte von seinem Haaransatz bis zum Kinn. Marina versuchte noch rasch, den Blick abzuwenden, doch er hatte sie bereits erwischt.

»Säure«, sagte er und setzte sich. »Sie haben's ja wahrscheinlich gelesen. Nicht jeder kommt in den Genuss öffentlicher Anteilnahme und einer plastischen Operation. Nicht jeder kann aussehen wie ein scheißverdammtes Model.«

»Was ist passiert?«

»Jemand hat mir Säure ins Gesicht gekippt«, sagte er. Er bemühte sich um einen neutralen Ton, konnte aber die Bitterkeit in seinen Worten nicht verbergen. »Was glauben Sie denn?«

Er schaltete den Fernseher aus. Stille senkte sich über den Raum. Prosser sah sie an. Sie vermochte seine Miene nicht zu deuten.

»Also. Was wollen Sie?«

»Wir ermitteln in mehreren Mordfällen, und wenn Sie nichts dagegen haben, würde ich Ihnen gerne einige Fragen stellen.«

»Sie sind aber nicht von der Polizei. Sehen nicht aus wie ein Bulle. Benehmen sich auch nicht wie einer.«

»Ja, das stimmt. Ich unterstütze lediglich die Ermittlungen. Ich bin Psychologin.«

Er lächelte, wobei sein Gesicht sich zu einer hässlichen Fratze verzog. »Noch eine. Das hat mir grad noch gefehlt. Von Ihrer Sorte hab ich in meinem Leben schon genug kennengelernt. Also, worum geht's bei diesen ... Ermittlungen?«

»Um Fiona Welch.«

Prosser erstarrte. Marina meinte, Furcht in seinem Auge aufflackern zu sehen.

»Was ist mit der?«

»Jemand hat ihre Identität angenommen. Diese Person hat ... nun, wir wissen gar nicht wirklich, wie viele Menschen sie auf dem Gewissen hat. Und jetzt hat sie auch noch jemanden entführt. Wir müssen sie finden.«

»Entführt?« Er schnaubte. »Den sehen Sie nie wieder.«

Marinas Herz setzte einen Schlag aus. Nicht nur vor Angst, sondern auch weil sie begriff, was er da gesagt hatte: Sie war auf dem richtigen Weg. Aber sie musste sich beeilen. »Dann wissen Sie, wer sie ist?«

Prosser kniff die Lippen zusammen. »Das hab ich nicht gesagt.«

»Aber könnten Sie –«

»Sie sind kein Bulle, sagten Sie?«

»Ja, das ist richtig. Aber ...«

»Dann verpissen Sie sich.«

Marina sah ihn an. »Mr Prosser, bitte.«

»Ich hab gesagt, Sie sollen sich verpissen. Raus aus meiner Wohnung. Sofort.«

Marina atmete tief durch. Erst einmal, dann ein zweites Mal. Dies hier war ihre Chance. Eine echte Chance, endlich einen Hinweis auf Phils Aufenthaltsort zu bekommen. Der Umgang mit Prosser erforderte Fingerspitzengefühl. Sie musste ihn irgendwie dazu bringen, die gewünschten Informationen preiszugeben. Schließlich entschied sie sich für eine persönliche Herangehensweise.

»Mr Prosser, bitte. Die Person, die entführt wurde, ist mein Mann. Ein Polizist. Diese Frau hat bereits früher meine Familie bedroht und ist von dem Wahn besessen, sie hätte irgendeinen Anspruch auf ihn.« Sie lehnte sich nach vorn. Ihre Körperhaltung war flehend. »Bitte. Wir müssen sie fassen. Wir müssen sie aufhalten. Und ich muss meinen Mann finden.«

Prosser stierte sie schweigend an. Marina wartete mit angehaltenem Atem.

Schließlich erschien ein Lächeln auf seinen Lippen.

»Nein.«

Marina starrte ihn an, öffnete den Mund zu einem neuerlichen Versuch. Doch er kam ihr zuvor.

»Ihr Alter ist also Bulle, was? Na, dann hoffe ich mal, er kriegt, was er verdient hat.« In seinem einzigen Auge tanzte ein bösartiges Funkeln.

Marina spürte Zorn in sich hochsteigen. Sie konnte sich nicht zurückhalten. »Liegt es daran, dass man Sie im Rainsford House rausgeworfen hat? Wegen dem, was Sie dort gemacht haben?«

Er stand auf und kam auf sie zu. Sein Gesicht war hochrot vor Wut.

Doch Marina fuhr unbeirrt fort. »Oder sollte ich lieber sagen: Wozu Sie das Heim gemacht haben?«

Er blieb stehen. Funkelte sie an. »Du alte Fotze«, spie er.

Doch auch ihre Wut ließ sich nicht länger zügeln. »In Wahrheit sind Sie an dem Säureangriff doch selber schuld.«

»Leck mich.«

»Die Leute hier sind bestimmt begeistert, dass sie einen Kinderschänder zum Nachbarn haben.«

Er stürzte sich auf sie. Sie versuchte noch, aufzustehen, aber er hatte sie bereits gepackt. Sie konnte die sauren Ausdünstungen seines Körpers und seiner Kleidung riechen und musste würgen. Sie kämpfte gegen ihn an, versuchte sich loszureißen, doch er hielt sie unerbittlich fest.

»Keine Ahnung, wer dich geschickt hat oder wieso, aber du verschwindest jetzt. Sofort.«

Mit der einen Hand packte er sie bei den Haaren, mit der anderen an der Schulter und zerrte sie durch den Flur zur Wohnungstür. Sie geriet unterwegs ins Stolpern, ihre Füße fanden keinen Halt, ihre Beine verhedderten sich, und sie wäre hingefallen, wenn er sie nicht festgehalten hätte. Sie versuchte etwas zu sagen, sich zu erklären. Es kamen keine Worte.

Er riss die Tür auf und stieß sie nach draußen. Sie verlor das Gleichgewicht und stürzte.

Prossers Wohnungstür fiel mit einem lauten Knall ins Schloss. Marina lag im Flur und rührte sich nicht. Sie verachtete sich für das, was sie eben getan hatte. Schämte sich für ihren Ausbruch.

Dämlich, dämlich, dämlich ... Ich hätte abwarten, ihn erst morgen früh besuchen sollen. Ich hätte ... ich hätte ...

Auf einmal überkam sie eine schreckliche Müdigkeit.

Sie rappelte sich auf. Ihr Knöchel pochte. Langsam und unter Schmerzen humpelte sie in Richtung Treppe.

23

Phil schlug die Augen auf. Er war noch immer an den Rollstuhl gefesselt. Er konnte sich nicht bewegen, nicht einmal in halbwegs entspannter Haltung sitzen. Er spürte Schmerzen vom Nacken über den Rücken bis hinab in seine Beine. Sämtliche Gelenke waren steif, weil er so lange in derselben Position verharrt hatte, und seine Muskeln waren aufgrund der Anspannung, seiner Angst und Verunsicherung hart wie Stein. Und nicht zu vergessen sein Schädel, der nach dem Angriff mit der Bierflasche immer noch höllisch schmerzte.

Nachdem die Frau das Zimmer verlassen hatte, hatte er sich zunächst seinen Schmerzen ergeben. Er wusste, dass das falsch war, genau wie es falsch war zu schlafen, wenn man eine Gehirnerschütterung erlitten hatte. Doch sein Körper hatte ihm gar keine andere Wahl gelassen. Die Schmerzen, dazu noch die andauernde Gefahr, hatten dazu geführt, dass sein Organismus einfach abschaltete. Er hatte geschlafen, vielleicht war er auch bewusstlos geworden, er wusste es nicht, und es war ihm auch egal. Hauptsache, er spürte nichts mehr.

Aber jetzt war er wieder wach. Orientierungslos und allein. Sein Körper schmerzte wie nach einem Langstreckenflug in der Economy Class, bei dem er sich nicht ein einziges Mal von seinem

Sitz erhoben hatte. Seine Gliedmaßen schrien geradezu nach Bewegung. Doch sosehr er sich auch abmühte, so fest er auch an seinen Fesseln zog, er konnte sich nicht rühren.

Er versuchte, seine aufsteigende Angst zu unterdrücken. Tief durchzuatmen. Zu fokussieren. Ruhe zu bewahren. Sich alles in Erinnerung zu rufen, was er wusste, und es in eine sinnvolle Ordnung zu bringen. Sich einen Plan zurechtzulegen. *Lass dich nicht wahnsinnig machen. Gib der Verzweiflung nicht nach. Keine weitere Panikattacke. Nicht jetzt. Konzentrier dich.*

Wie lange saß er schon in dem Rollstuhl? Er wusste es nicht. Konnte er es anhand seines körperlichen Zustands schätzen? Unwahrscheinlich. So wie seine Muskeln wehtaten, mussten es auf jeden Fall mehrere Stunden gewesen sein. Eine andere Möglichkeit, die Zeit zu schätzen, hatte er nicht.

Was siehst du? Nichts. *Nein, Moment mal.* Das stimmte nicht ganz. Seine Augen hatten sich mittlerweile an die Dunkelheit gewöhnt, sodass er in der Lage war, einzelne undeutliche Formen und Schatten auszumachen. Er befand sich nach wie vor in der Kopie seines Wohnzimmers. Von irgendwoher drang ein schwacher Lichtschein herein. Allerdings konnte er nicht feststellen, ob es sich um künstliches Licht oder Tageslicht handelte.

Schließ die Augen. Spitz die Ohren. Was hörte er? Nichts. Es war totenstill im Haus – oder wo auch immer er sich befand. Er konzentrierte sich, lauschte noch angestrengter. Immer noch nichts.

Kein Fernseher, keine Musik, kein Verkehrslärm von draußen, keine Geräusche außer das Rascheln seiner eigenen Bewegungen und sein Atem.

Und keine Spur von der Frau.

Was sonst noch? Er musste zur Toilette. Die Blase drückte ihn.

Phil seufzte. Selten hatte er sich so gottverlassen gefühlt.

Er schüttelte den Kopf. Das Pochen in seinem Schädel wurde stärker. Er versuchte es zu ignorieren. Er durfte sich nicht von der Verzweiflung oder vom Selbstmitleid übermannen lassen. Er lebte. Noch gab es Hoffnung. Er musste davon ausgehen, dass Cotter inzwischen wusste, was passiert war. Dass ein Team nach ihm suchte. Dass Beresford – falls er es überhaupt war – zum Verhör bestellt worden war und ihnen alles verraten hatte.

Hoffnung. Mehr hatte er nicht. Und er durfte sie nicht aufgeben.

Solange er allein war, musste er versuchen, die Zeit sinnvoll zu nutzen. Er sah sich im Zimmer um. Was konnte ihm einen Vorteil verschaffen? Und dann sah er es.

Die Tür.

Ja, er war an einen Rollstuhl gefesselt, aber vor ihm befand sich eine Tür. Eine echte, dreidimensionale, funktionierende Tür. Die Frau hatte die Klinke heruntergedrückt, war durch diese Tür hereingekommen und hinausgegangen. Folglich musste sie sich öffnen und schließen lassen. Und er sah nirgendwo ein Schloss, sie schien also nicht abgesperrt zu sein.

Ein Fünkchen Zuversicht glomm in ihm auf. Er versuchte, die Flamme klein zu halten, nicht übermütig zu werden, sich keine Illusionen zu machen. Aber er tat sie auch nicht ab.

Er spürte, wie die Schmerzen in seinen Muskeln nachließen, als sein Körper eine Ladung Adrenalin ausschüttete. Er versuchte den Rollstuhl in Richtung Tür zu manövrieren. Es war ein sehr mühsames Unterfangen, da er sich nur mit seinen nackten, an den Knöcheln gefesselten Füßen vom Boden abstoßen konnte. Unter Einsatz seiner Bauchmuskeln gelang es ihm, sich langsam Stück für Stück vorwärtszuschieben.

Keuchend erreichte er die Wand. Dort musste er innehalten

und warten, bis er wieder halbwegs zu Atem gekommen war. Ihm war schwindlig von der Anstrengung, schwarze Punkte tanzten vor seinen Augen, er konnte nicht mehr richtig sehen. Er versuchte sich davon nicht beeinträchtigen zu lassen. Tiefe Atemzüge. *Fokussier dich auf dein Ziel. Du musst es einfach nur irgendwie aus dem Zimmer schaffen.*

Er stand jetzt direkt vor der Wand und hatte zum ersten Mal Gelegenheit, sie aus der Nähe zu betrachten. Beim Vergrößern der Fotos waren die Farben beinahe zu Schwarzweiß verblichen, und die Konturen der einzelnen Gegenstände waren unscharf. Nichtsdestotrotz ließen sich noch Einzelheiten erkennen.

Diese Einzelheiten untersuchte Phil nun, während er sich an der Wand entlangschob. Er versuchte einen Hinweis darauf zu entdecken, wann die Fotos aufgenommen waren. Am Ende kam er zu dem Schluss, dass es irgendwann innerhalb des letzten Jahres geschehen sein musste. Allzu neu waren die Fotos nicht, denn es hatte bei ihnen zu Hause zwischenzeitlich einige Veränderungen gegeben – andere Deko, neue Bücher in den Regalen –, jedoch war nichts augenfällig oder spezifisch genug, um in seiner Erinnerung Nachhall zu finden. So oder so: Es bedeutete, dass jemand in ihrem Haus gewesen war. Und dieser Jemand musste genügend Zeit gehabt haben, um sämtliche Zimmer zu fotografieren. Doch das Schlimmste war, dass er nichts davon gemerkt oder auch nur geahnt hatte.

Langsam, quälend langsam schob er sich weiter, bis er endlich die Tür erreicht hatte. Genau wie die Wände war auch sie mit einem fotografischen Abbild seiner Esszimmertür beklebt. Zu Hause in Moseley gelangte man vom Esszimmer in die Küche. Wo diese Tür hinführte, wusste er natürlich nicht, allerdings hätte es ihn nicht gewundert, wenn dahinter tatsächlich seine Küche gewesen wäre – oder wenigstens eine fotografische Nachbildung derselben.

Die Türklinke war echt und ließ sich anfassen. Sie sah – natürlich – genauso aus wie seine daheim. Aus der Nähe betrachtet, war es nicht exakt dasselbe Modell, doch aus der Entfernung sahen sich die beiden Klinken zum Verwechseln ähnlich.

Im Moment allerdings war Phil all das gleichgültig. Er hatte nur ein Ziel: die Tür zu öffnen und es aus dem Zimmer zu schaffen. Zu sehen, was dahinter lag. Irgendwie in die Freiheit zu gelangen.

Er saß jetzt mit Blick zur Tür. Er versuchte die Hand auszustrecken, den Türknauf zu erreichen, aber es ging nicht. Die Fesseln saßen zu stramm.

Er würde etwas anderes versuchen müssen. Wenn er parallel zur Tür säße, bekäme er die Klinke vielleicht zu fassen. Unter Zuhilfenahme seiner Füße schob er den Rollstuhl ein Stück nach hinten. Auch diesmal ging es wieder quälend langsam, und seine Ungeduld war viel größer als zu Anfang, weil die Türklinke jetzt in greifbarer Nähe war.

Er versuchte den Rollstuhl zu wenden. Stellte fest, dass es unmöglich war. Stattdessen musste er ihn immer wieder vorwärts- und rückwärtsschieben, um ihn so Stück für Stück zu drehen. Es war, wie wenn man ein großes Auto in eine Parklücke manövrieren wollte, ohne den Bordstein sehen zu können.

Irgendwann hatte er es geschafft. Er war schweißüberströmt, schnappte keuchend nach Luft und sah schon wieder Sterne, als er den Rollstuhl endlich neben die Türklinke geschoben hatte. Doch all das zählte jetzt nicht. Er hatte es geschafft. Er hatte es tatsächlich geschafft. Er war der Freiheit einen Schritt näher gekommen.

Die Klinke befand sich unmittelbar neben seiner linken Hand. Wenn es ihm gelänge, sie zu erreichen, herunterzudrücken und gleichzeitig den Rollstuhl gegen die Tür zu schieben, würde sie aufspringen. So musste es gehen.

Aber dann kam er ins Grübeln.

War die Tür nicht vielleicht doch nach innen aufgegangen? Zweifel nagten an ihm. Wenn es so war, wären all seine Mühen umsonst gewesen. Er überlegte erneut. Nein. Sie ging nach außen auf. Vom Esszimmer in die Küche. Ja. Er war sich ganz sicher.

Er holte tief Luft. Noch einmal. Zwang seine flatternden Nerven zur Ruhe.

Fasste die Türklinke an.

Und schrie.

24

Marina spürte die Kälte des späten Abends beinahe ebenso schmerzhaft wie ihren verletzten Knöchel. Die Treppe hinunterzukommen war nicht ganz einfach gewesen, und jetzt, während sie so schnell es ging durch den Hof in Richtung Straße eilte, konnte sie ihr Zittern nicht länger unterdrücken. Sie versuchte die Kälte zu nutzen und konzentrierte sich ganz auf sie, um sich von den Schmerzen im Fuß abzulenken. Hoffentlich war er nur umgeknickt oder verstaucht. Falls er gebrochen war, würde sie wochenlang nicht richtig laufen können. Und das, dachte sie gleichermaßen schuldbewusst wie verzweifelt, würde bedeuten, dass sie sich nicht weiter an der Suche nach Phil beteiligen konnte. Und daran wollte sie nicht einmal denken.

Irgendwo hinter ihr knallte eine Tür. *Oben im Haus*, dachte sie. Wahrscheinlich beobachtete Michael Prosser ihren Rückzug. Sie hatte keine Ahnung, was er gerade dachte, aber es konnte nichts Gutes sein. Sie ärgerte sich immer noch über ihr Verhalten. Unprofessionell. Sie hatte sich von ihm provozieren lassen. Wenn sie weiterkommen wollte, musste sie lernen, ihre Gefühle besser zu kontrollieren. Die Sache wie einen ganz normalen Fall zu betrachten. *Genau*, dachte sie. *Und das schaffst du auch.*

Auch diesmal überquerte sie nicht das traurige Rasenquadrat

in der Mitte des Innenhofs, sondern ging außen herum. Hielt sich immer im Licht.

Weiter vorn an der Straße konnte sie bereits ihren Wagen sehen. Nur noch wenige Meter. Sie war so sehr mit Gedanken über ihr Verhalten gegenüber Prosser beschäftigt, dass sie gar nicht merkte, wie jemand ihr folgte.

Das fiel ihr erst auf, als sie einen Schritt in die schmale Gasse gemacht hatte, die den Gebäudekomplex mit der Straße verband. Doch da war es bereits zu spät. Sie wurde von hinten gepackt. Ein dicker Arm schlang sich um ihren Hals, ein anderer um ihre Mitte.

Dann eine gedämpfte Stimme: »Wenn du schreist, schlitz ich dich auf.«

Sie spürte, dass der Angreifer ihr ein Messer an die Kehle hielt. Sie schrie nicht. Stattdessen redete sie.

»Ich habe ... ich habe Geld ... Hier, nehmen Sie meine Tasche, die ist ... die ist hier ...«

Das Herz schlug ihr bis zum Hals, als sie versuchte, sich trotz der festen Umklammerung so weit zu bewegen, dass sie an ihre Handtasche kam.

»Ich habe ... Kreditkarten, die sind auch da drin ...«

»Dein Scheißgeld interessiert mich nicht«, knurrte der Unbekannte.

Marina hatte Todesangst. Adrenalin flutete ihren Körper, das Blut toste, und sie hörte nichts mehr als ihren eigenen rasenden Herzschlag. Daher dauerte es einige Sekunden, ehe sie begriffen hatte, was der Mann da gerade gesagt hatte.

»Sie ... was?«

Der Unbekannte verstärkte seinen Griff um ihren Oberkörper. Sie spürte, wie ihr die Luft aus den Lungen gepresst wurde und ihre Kehle sich zusammenzog. Sie konnte kaum noch atmen.

»Was willst du von Prosser? Was hat er dir gesagt?«

»Er …« Sie japste. Bekam zunächst kein Wort heraus. »Wir haben nur geredet …«

Er hielt sie noch fester. »Worüber? Ich hab keinen Bock auf Spielchen.«

»Ich … wir … ich krieg keine Luft, bitte …«

Doch der Angreifer ließ nicht locker. Stattdessen drückte er ihr das Messer an die Gurgel. »Antworte auf meine Frage, sofort.«

Marina spürte einen scharfen Schmerz und gleich darauf etwas Nasses an der Kehle. Die Klinge hatte ihr die Haut aufgeschnitten. Sie zitterte am ganzen Leib, während sie krampfhaft versuchte, still zu stehen, ja nicht zu atmen. »Ich …« *Konzentrier dich.* »Ich habe ihm einige Fragen gestellt. Aber er hat mir nichts gesagt.«

Sie spürte, wie der Druck auf das Messer verstärkt wurde. Versuchte, vorsichtig Luft zu holen und ihren Hals irgendwie aus der Gefahrenzone zu bringen. Aussichtslos.

»Was für Fragen? Über wen?«

»Über … über … Fiona Welch …« Dies war vermutlich nicht der richtige Zeitpunkt, um zu lügen. Oder auch nur zu verhandeln. *Tu nichts, was ihn noch aggressiver macht. Was die Situation weiter verschärft.* Das war alles, woran sie denken konnte.

»Und was hat er gesagt?«

»Er … nichts. Er hat nichts gesagt. Er wollte nicht … mit mir sprechen.«

Der Angreifer schwieg.

Sie hörte seinen abgehackten Atem in ihrem Ohr, roch das Aftershave, das seinem Schal anhaftete. Er sagte nichts mehr.

Sie fasste sich ein Herz und sprach weiter.

»Lassen Sie mich gehen. Ich … ich gehe auch nicht zur Polizei, ich sage niemandem was. Ich schwöre es. Aber ... lassen Sie mich bitte gehen ...«

»Halt's Maul, du Schlampe.«

Sein Griff wurde wieder fester.

Marina unternahm einen neuen Versuch, ihn zur Vernunft zu bringen. Wenn er so weitermachte, wäre es vielleicht ihr letzter. »Michael Prosser hat mir nichts gesagt. Lassen Sie mich bitte gehen ...«

Sie erfuhr nicht mehr, wie seine Antwort gelautet hätte, denn in diesem Moment tauchte in der Einmündung zur Gasse eine Gestalt auf. Sie blockierte das Licht, das von der Straße hereinfiel, und versperrte Marina die Sicht auf ihr rettendes Auto.

Marina öffnete den Mund, um zu schreien. Sie würde es einfach riskieren. Den Neuankömmling auf sich aufmerksam machen. Doch sie hatte gar keine Zeit dazu, denn die Gestalt, klein, drahtig und von Kopf bis Fuß in Schwarz gekleidet, kam durch die Gasse auf sie und ihren Angreifer zugesprintet. Dabei rief sie fünf Worte: »Marina! Mach die Augen zu ...«

Zu verängstigt und verwirrt, um auch nur einen Gedanken fassen zu können, gehorchte Marina instinktiv. Sie hörte ein Zischen und gleich darauf einen Aufschrei. Dann konnte sie plötzlich wieder atmen. Sie war frei.

Sie fiel auf den Boden und öffnete die Augen.

Die Gestalt hatte ihrem Angreifer eine Ladung Pfefferspray in die Augen gesprüht. Dann hatte sie einen ausziehbaren Schlagstock hervorgeholt und dem Angreifer mit aller Kraft auf Hände und Arme geschlagen. Marina sah nur noch, wie der Kerl herumwirbelte und blindlings davonrannte.

Statt die Verfolgung aufzunehmen, wie Marina es erwartet hätte, half ihr die Gestalt auf die Beine.

»Alles in Ordnung?«

»Ja, glaube schon. Danke. Ich …«

Etwas an der Stimme ließ Marina aufhorchen. Sie drehte sich um und sah ihren Retter zum ersten Mal richtig an. Er trug Laufschuhe und enganliegende Sachen aus schwarzem Lycra wie ein Fassadenkletterer oder ein Läufer. Auf dem Kopf hatte er eine schwarze Wollmütze. Als er die Mütze abnahm, kamen darunter blondierte Igelstacheln zum Vorschein, die im Kontrast zur schwarzen Hautfarbe förmlich zu leuchten schienen.

Die Gestalt grinste.

»Dich kann man aber auch keine fünf Minuten allein lassen, was?«, sagte Anni Hepburn.

Fiona

Es waren die Augen, die ihr als Erstes auffielen. So groß und traurig. Nicht dass das was Ungewöhnliches gewesen wäre. Viele der Kids im Heim hatten große, traurige Augen. Die meisten versuchten sie zu verbergen. Setzten wütende Masken auf. Oder lustige. Oder tapfere. Die, die es nicht taten, wurden zu Einzelgängern, und früher oder später wurde ihnen ihre Traurigkeit durch Prügel und permanente Schikane ausgetrieben. Aber die Neue war irgendwie anders. Ihre Augen hatten etwas an sich, das sie im Innern berührte. Ganz tief und auf eine Art, wie sie noch nie zuvor jemand berührt hatte.

Ja. Sie konnte sich noch genau daran erinnern, was sie gemacht hatte, als sie Fiona zum ersten Mal sah. Michael brachte sie in den Gemeinschaftsraum.

Das hier ist Fiona, sagte er. Seid nett zu ihr und kümmert euch ein bisschen um sie. Sie wird ab jetzt hier wohnen. Sie ist jetzt eine von uns.

Dann ging er wieder, um in seinem Büro rumzusitzen und Däumchen zu drehen.

Die Kids scharten sich um die Neue. Sie alle versuchten, das in ihr zu sehen, was sie sich am meisten wünschten. Diejenigen, die eine Freundin wollten, sahen eine Freundin in ihr. Diejenigen, die ein Opfer brauchten, spekulierten darauf, dass sie ein Opfer war.

Und was wollte sie, als sie Fiona ansah? Schwer zu sagen. Sie sah ein leicht untergewichtiges Mädchen mit unmodischem Haarschnitt. Ihre Kla-

motten waren alt, trotzdem hatte man das Gefühl, dass das Mädchen stolz auf sie war und sich darin wohlfühlte.

Aber dann sah sie noch etwas anderes, und das brach ihr das Herz.

Eine innere Wunde. Verletzlichkeit – aber eine, die unmittelbar Teil ihres Wesens war. Und nicht die Art von Verletzlichkeit, die man ausnutzen konnte, um einen Menschen zu unterdrücken. Sondern die Art, die in ihr den Wunsch weckte, dieses neue Mädchen zu beschützen. Es unter ihre Fittiche zu nehmen. Das war ein völlig neues Gefühl für sie, und sie hatte keine Ahnung, wie sie damit umgehen sollte.

Sie trat auf das Mädchen zu. Du bist also Fiona, sagte sie.

Fiona nickte.

Sie nannte Fiona ihren Namen.

Wieder nickte Fiona. Aber diesmal streckte sie dabei die Hand aus. Um was zu tun? Ihr die Hand zu schütteln? Sie zu berühren? Sie wusste es nicht. Aber sie war froh, dass Fiona es tat. Denn sobald Fionas Finger sie streiften, war es, als hätte sie einen elektrischen Schlag bekommen. Sie sah Fiona an. Schaute ihr direkt in die Augen. Und wusste, dass auch sie es gespürt hatte.

Als Antwort legte sie Fiona den Arm um die Schultern. Sah einmal in die Runde. Die anderen Kids wussten, was das bedeutete.

Fiona war tabu. Niemand durfte ihr etwas tun. Sie stand unter ihrem Schutz.

Und es fühlte sich so gut an.

Die Wochen vergingen, und sie wurden unzertrennlich. Fiona ging auch gern zur Schule, genau wie sie, und liebte das Lernen. Sie hatten beide dieselben Interessen, hörten dieselbe Musik, mochten dieselben Fernsehserien. Der Umstand, dass sie anders waren als die anderen, schweißte sie noch enger zusammen. Sie fingen sogar an, sich ähnlich zu kleiden. Sie gab Fiona auch von dem Geld ab, das sie verdiente, indem sie die anderen Mädchen zur Prostitution zwang. Das war mit das Erste, was sie Fiona erzählte.

Die sind schwach, sagte sie. Die brauchen jemanden, der sich um sie kümmert.

Aber was ist das für ein Kümmern? Dass diese Männer sie … Fiona konnte das Wort nicht aussprechen … Was immer die mit ihnen machen?

Entweder die oder wir, entgegnete sie und streichelte Fionas Hand. Wenn ich es nicht mache, würde eine von ihnen es mit mir machen. Mit uns. Willst du das?

Fiona dachte nach. Schüttelte den Kopf. Nein.

Eben. Und ich sorge dafür, dass es auch nicht dazu kommt. Ich beschütze dich. Und ich kriege Geld, damit kann ich dir schöne Sachen kaufen. Als sie das sagte, lächelte sie.

Aber warum?, fragte Fiona. Warum willst du mir Sachen kaufen?

Warum? Weil … Sie wusste die Antwort, wollte sie aber nicht aussprechen. Brachte sie nicht über die Lippen. Nicht einmal bei Fiona. Denn das, was in ihrem Leben passiert war, bevor sie Fiona kennengelernt hatte, war immer noch ein Teil von ihr. Die Burgmauern in ihrem Innern standen nach wie vor. Waren massiv und stark. Aber irgendwas musste sie sagen – oder tun –, um Fiona zu zeigen, was sie empfand. Was Fiona ihr bedeutete.

Also legte sie ihr die Hand in den Nacken, zog ihr Gesicht zu sich heran und presste die Lippen auf ihren Mund.

Fiona erwiderte den Kuss.

Es war wundervoll.

Und erst der Anfang. Danach waren sie nicht mehr aufzuhalten.

Die anderen merkten schnell, was zwischen ihnen lief. Es war nicht das erste Mal, dass so was im Heim vorkam. Aber so intensiv war es bislang noch bei keinem gewesen.

Michael wusste auch Bescheid, aber er wagte nicht, sich einzumischen oder ihrem Verhalten einen Riegel vorzuschieben, und er drohte auch nicht damit, sie zu melden, falls sie ihn nicht zuschauen ließen, so wie er es bei anderen gemacht hatte. Also wurden sie einfach in Ruhe gelassen. Sie lebten in ihrer eigenen Welt. Bevölkerungszahl: zwei.

Sie war noch nie so glücklich gewesen. Fionas Körper – und ihren Geist, ihre Seele – zu erforschen war so aufregend. Und Fiona empfand dasselbe, das spürte sie ganz genau.

Fiona blühte auf. Da war nach wie vor diese alte Verletzung, dieser Schmerz in ihrem Innern. Aber er rückte immer weiter in den Hintergrund, je mehr ihr gemeinsames Glück wuchs. Sie wurde immer schöner. Begann zu lächeln. Gewann an Selbstvertrauen. Und dafür liebte sie sie nur noch mehr.

Doch diese neue, selbstbewusste und schöne Fiona fiel auch anderen auf. Zum Beispiel einem der Jungs. Jack war ein arrogantes Großmaul. Ein Angeber. Sie hatte ihn nicht rangelassen, aber die anderen Mädchen im Heim hatte er fast alle flachgelegt. Und auch ein paar von außerhalb. Er dealte mit Drogen. Er zog abends durch die Clubs und hatte mit Gangs zu tun. So ein Typ war er. Und er stand auf Fiona.

Anfangs fand sie es einfach nur lustig, wie Jack mit Fiona flirtete. Die wollte nämlich nichts von ihm wissen. Sie riss Witze über ihn, machte ihn vor allen anderen lächerlich. Aber er ließ nicht locker. Und ganz langsam änderte Fiona ihre Meinung ihm gegenüber. Stück für Stück. Sie fing an, zurückzuflirten und ihn aufzuziehen, statt über ihn zu lachen. Das gefiel ihr nicht. Das gefiel ihr ganz und gar nicht.

Sie kochte innerlich vor Zorn. Noch nie hatte sie einen solchen Hass auf jemanden gehabt. Er war die Kehrseite ihrer Empfindungen für Fiona. Auf einmal war dieses heftige, nagende Gefühl in ihr nicht mehr schön. Da war nur noch blanker Hass. Doch sie wollte sich nicht so fühlen. Also stellte sie Fiona zur Rede.

Was hast du mit dem zu schaffen? Warum redest du so mit ihm?

Erst machte Fiona ein verdutztes Gesicht. Dann lächelte sie. Ach so, du meinst Jack. Das ist doch nur Spaß. Nichts Ernstes.

Ich mag das aber nicht. Ich mag es nicht, wenn du so mit ihm redest. Das bringt ihn nur auf die falschen Gedanken.

Was wären denn das für Gedanken?

Er will dich bumsen. Und dann glaubt er, dass du ihn ranlässt.

Fiona lächelte erneut. Na und? Vielleicht würd's mir ja Spaß machen. Wär doch möglich.

Sie konnte nicht fassen, was sie da hörte. Nicht aus dem Mund ihrer Fiona.

Ist mir egal, sagte sie. Du wirst es trotzdem nicht machen. Verstanden?

Und warum nicht?

Sie kam ihr ganz nahe. Ihr Atem vermischte sich mit Fionas. Weil du mir gehörst, Fiona. Mir.

Wieder ein Lächeln. Diesmal süffisant. Ich gehör nicht dir. Mal ganz ehrlich, das mit uns ist toll. Aber das ist doch nicht alles. Wenn Jack mich bumsen will, warum nicht? Du kannst das nicht verhindern.

Sie starrte Fiona an. Starrte in ihr immer noch lächelndes Gesicht. Und dabei wurde ihr etwas klar.

Sie hatte das Mädchen falsch eingeschätzt. Völlig falsch. Die Verletzung, die sie in ihr gesehen und wiedererkannt hatte, ging viel tiefer als gedacht. Da war etwas in ihr, an das niemand rankam. Etwas Krankes. Noch viel kränker als sie selbst.

Sich wich einen Schritt zurück. Erkannte, dass sie keinerlei Kontrolle mehr über Fiona hatte. Dass sie nie wirklich die Kontrolle über sie gehabt hatte. Die ganze Zeit, während sie Fiona gefickt hatte, hatte Fiona in Wahrheit sie gefickt.

Es kam ihr vor wie das Ende der Welt.

Und Fiona bumste wirklich mit Jack. Hinterher sagte sie, ihr hätte es Spaß gemacht, aber Jack nicht. Was immer sie mit ihm angestellt hatte, machte dem Jungen Angst. So eine Scheißangst, dass er danach nicht mehr so ein

Großmaul war. Aber Fiona war glücklich. Glücklicher als je zuvor, seit sie ins Heim gekommen war.

Sie hoffte verzweifelt, dass Fiona zu ihr zurückkommen würde. Dass alles wieder so werden würde wie vorher. Sie würde ihr verzeihen – natürlich würde sie ihr verzeihen. Wenn Fiona nur zu ihr zurückkäme.

Und das tat sie auch. Irgendwie.

Am selben Abend kroch sie zu ihr ins Bett. Sah sie an.

Was du mit den Mädchen machst, sagte sie. Dass du sie an die Männer verkaufst.

Sie wartete.

Ich glaube, ich mache da mit. Ich helfe dir.

Und weil sie Fiona unbedingt halten wollte, sagte sie ja.

Und lag die ganze Nacht wach.

VIERTER TEIL

Zeit der Hexe

25

»Guten Morgen, Süßer.«

Mühsam öffnete Phil die Augen. Er hatte keine Ahnung, wo er war und wieso ihm alles wehtat. Er blinzelte. Sah ein Paar große, geschminkte Augen in einem lächelnden Gesicht. Im ersten Moment wollte er zurücklächeln. Doch dann fiel ihm wieder ein, wo er sich befand und wer ihn da anlächelte, und ihm krampfte sich vor Ekel der Magen zusammen.

»Na? Freust du dich, mich zu sehen, mein Hübscher? Aber sicher freust du dich.«

Und sofort setzten Phils Kopfschmerzen wieder ein. Er fühlte sich wie zerschlagen, als hätte er keine Sekunde lang geschlafen. Oder sich zumindest nicht erholt.

Stückweise kam die Erinnerung zurück. Das Esszimmer, der Rollstuhl. Sein Fluchtversuch. Die Schmerzen, und dann … Schwärze.

Und jetzt lag er wieder hier.

»Wie bin ich …«

»Ich habe dich ins Bett gebracht, Dummerchen. Nach einem Abstecher zur Toilette.« Sie kicherte. »Das war interessant.« Auch diesmal trug sie wieder ein Kleidungsstück von Marina, einen Morgenmantel aus schwarzer Seide. Wenn sie sich bewegte, sah man deutlich, dass sie darunter nackt war – auch wenn Phil sein Bestes tat, den Blick abzuwenden.

»Dieser Unsinn gestern Abend …« Sie setzte sich neben ihn auf die Bettkante und nahm eine Tasse vom Nachttisch. Sie sah aus wie eine der Tassen aus dem Service, das sie zu Hause hatten. Marina hatte es angeschafft. Dieses Detail beunruhigte ihn. Er versuchte die Sache nüchtern zu betrachten – schließlich konnte jeder solche Tassen kaufen, wenn er nur wusste, wo man sie bekam. Aber das dumpfe Gefühl blieb.

Und es war stärker, als er sich einzugestehen bereit war.

»Trink das«, forderte sie ihn auf und hob die Tasse an seine Lippen.

Rasch warf er einen Blick zum Nachttisch. Die zwei Kapseln lagen noch dort.

Sie bemerkte es. Lächelte. »Noch nicht«, sagte sie. »Du bist noch nicht bereit.«

Er wollte etwas sagen, wollte protestieren, doch sie gab ihm keine Gelegenheit dazu.

Stattdessen presste sie die Tasse an seine Lippen und kippte sie, sodass ihm nichts anderes übrigblieb, als zu trinken. Tee, schmeckte er zwischen einzelnen erzwungenen Schlucken heraus. Warm.

Als er alles ausgetrunken hatte, stellte sie die Tasse zurück auf den Nachttisch. Dann sah sie ihn erneut an und lächelte. Sie hatte etwas Verspieltes, ja, geradezu Neckisches an sich.

»Was soll ich nur mit dir machen, hm?«

Phil versuchte sich an einem Achselzucken und einem matten Lächeln. »Mich gehen lassen?«

Zorn blitzte in ihren Augen auf, doch diesmal gelang es ihr, ihn zu zügeln. Sie wartete, bis er abgeklungen war, dann lächelte sie wieder.

»Aber wohin denn, Schatz? Das hier ist jetzt dein Zuhause. Hier. Bei mir.«

Sie stand auf, ohne den Blick von ihm abzuwenden. Stützte sich mit einem Knie auf der Matratze ab und begann dann langsam den Gürtel ihres seidenen Morgenmantels aufzuknoten. Dabei leckte sie sich mit der Zungenspitze über die Lippen, und ein genüssliches Grinsen breitete sich auf ihren Zügen aus. Ihr Mund leuchtete rot wie eine offene frische Wunde.

Phils Herzschlag beschleunigte sich. Das konnte nicht wahr sein. Nein. Nein.

»Ich habe dir für gestern Abend verziehen. Weil ...« Ein übertriebenes Schulterzucken. »So macht man das eben, wenn man verheiratet ist, nicht wahr? Darum geht es doch in einer Ehe: Man schließt Kompromisse. Wenn ich mich über jedes Wort, das du sagst, aufregen würde, wo kämen wir da hin?«

Sie schien auf eine Antwort zu warten. Doch Phil hatte kaum gehört, was sie sagte. Es war, als hätte sein Verstand ausgesetzt. Selbst nach allem, was sie ihm angetan hatte, trotz all der körperlichen und seelischen Qualen, die sie ihm zugefügt hatte, konnte er nicht glauben, was gleich passieren würde. Nicht hier. Nicht jetzt. Nicht *ihm*. Nein, doch nicht ihm ...

»Aber ganz im Ernst: Tu das ja nie wieder. Das nächste Mal bin ich vielleicht nicht mehr so nachsichtig.«

Sie hatte inzwischen den Knoten gelöst und öffnete den Morgenmantel. Betont verführerisch zog sie den Gürtel langsam aus den Schlaufen. Ließ ihn fallen.

»Damit hätte ich dich ans Bett fesseln können«, kicherte sie. »Wenn du nicht schon gefesselt wärst.«

Phil zerrte an seinen Lederriemen. Sie gaben keinen Zentimeter nach.

»Bitte tun Sie das nicht. Bitte …«

Sie beugte sich über ihn, legte ihm sanft einen Finger auf die Lippen.

»Schhh«, wisperte sie. »Nicht sprechen. Sag jetzt nichts.«

Sie ließ den Morgenmantel von den Schultern auf den Boden gleiten. Dann kniete sie sich mit gespreizten Beinen neben Phil auf das Bett. Präsentierte ihm voller Stolz ihren Körper. Und die ganze Zeit über sah sie ihn an und lächelte.

Phils Herz hämmerte wie rasend. Er wusste nicht, was er tun sollte. Er *konnte* nichts tun.

Und dann spürte er etwas. Sein Körper fing an, ihn im Stich zu lassen. Er bekam eine Erektion.

Sie sah es und lachte auf.

»Das ging ja schnell. Aber ich habe ja auch gleich mehrere von diesen kleinen blauen Pillen in deinem Tee aufgelöst, insofern wundert mich das nicht. Aber nur für den Fall der Fälle …«

Sie fasste über ihn hinweg zum Nachttisch. Phil kniff die Augen zusammen. Hielt sie fest geschlossen, als sich kurz darauf ihre Hände an ihm zu schaffen machten. Wenig später spürte er eine seltsame Enge um seine Genitalien.

»So. Damit sollte er schön steif bleiben. Jetzt haben wir alle Zeit der Welt.«

Er sah an sich herab. Sie hatte ein kleines Gummiband an der Wurzel seines Glieds befestigt. Er ließ sich zurück in die Kissen fallen. Er konnte nicht begreifen, was geschah. Wie er es aushalten sollte.

»Bitte …« Seine Stimme war so schwach, dass er nicht wusste, ob er das Wort überhaupt laut ausgesprochen hatte.

Sie strich mit den Händen über ihren nackten Körper, hob ihm ihre Brüste wie zur Begutachtung entgegen. Er drehte den Kopf weg.

»Na, zierst du dich? Hast du etwa Migräne?« Erneut kicherte sie. »Das wäre doch eigentlich mein Text.«

Sie schlug die Decke zurück, schlüpfte neben ihm ins Bett. Drängte sich an ihn.

»So«, sagte sie, »ist das nicht schön gemütlich? Mann und Frau gönnen sich einen langen Vormittag im Bett. Keine Kinder – Josephina ist bei ihrer Oma. Keine Arbeit, weil heute Samstag ist. Wir können also ganz entspannt unsere Zweisamkeit genießen.« Sie begann ihn am ganzen Körper zu streicheln.

»Einfach nur genießen ...«

Er hatte das Gefühl, kurz vor einem Herzinfarkt zu stehen. Er konnte nichts tun. Noch nie in seinem ganzen Leben hatte er sich so ausgeliefert gefühlt.

Sie hörte auf ihn zu streicheln und sah ihm tief in die Augen.

»Es geht um die Dunkelheit, Phil. Die Dunkelheit in deinem Innern. Ich muss dir zeigen, wer du bist. Du musst dein wahres Ich erkennen. Erst dann wirst du auch begreifen, wer ich bin. Es wirklich begreifen. Und wenn du es begriffen hast, wirst du mich lieben. Du wirst mich lieben, wie du noch nie zuvor einen Menschen geliebt hast. Aber zuerst musst du dich öffnen. Die Dunkelheit erforschen. Sie willkommen heißen. Ich bin für dich da. Ich werde bei jedem Schritt an deiner Seite sein. Dir dein wahres Selbst zeigen. Du musst keine Angst haben ...«

Phil schrie und wehrte sich, riss an seinen Fesseln, versuchte verzweifelt ihren streichelnden Händen, der Nähe ihres Körpers zu entkommen. Doch vergebens.

Langsam schob sie ein Bein über ihn, setzte sich rittlings auf ihn. Sah auf ihn herab und lächelte erneut.

»Ich liebe dich, Phil. Ich liebe dich so sehr.«

Mit diesen Worten nahm sie ihn in sich auf.

26

Imani vermutete, dass die morgendlichen Briefings überall im Land gleich abliefen. Die Räumlichkeiten und Gesichter mochten sich unterscheiden, aber die Typen waren immer ähnlich – auch wenn es in diesem Fall weniger waren, als sie es von großen Ermittlungen kannte. Die Zielsetzung war auf jeden Fall immer dieselbe: vorankommen. Den Fall zum Abschluss bringen. Den Schuldigen seiner gerechten Strafe zuführen.

Sie hockte sich auf die Kante von Matthews' Schreibtisch, wobei sie achtgab, dass er noch an ihr vorbeischauen konnte. Sie hatte das Gefühl, sich gut ins Team integriert zu haben. Oder wenigstens kein allzu großer Fremdkörper mehr zu sein. Das war erfreulich, zumal man in diesem Teil des Landes dunkelhäutige Gesichter nicht unbedingt gewohnt war – jedenfalls nicht auf dieser Seite des Gesetzes.

Sie hatte sich ein Zimmer in einem Bed and Breakfast in der Nähe der Maldon Road genommen. Das war ihr lieber gewesen als eins der anonymen Budget-Hotels, mit denen sie sich normalerweise begnügt hätte. Sie war gut ausgeruht. Am Abend zuvor war sie so müde gewesen, dass sie, kaum im Bett, sofort eingeschlafen war.

Das Aufwachen dagegen war deutlich weniger angenehm

gewesen. Vom Klingeln ihres Handyweckers aus dem Schlaf gerissen, hatte sie sich zunächst panisch im Zimmer umgeschaut. Ihr Herz klopfte wie wild, ihr Magen krampfte sich zusammen. Im ersten Moment glaubte sie sich wieder in der Gewalt des Verrückten, der sie ermorden wollte. Ein paar tiefe Atemzüge und einige Minuten später wusste sie, wo sie war, und es ging ihr besser. Jedenfalls einigermaßen. Wirklich hinter sich lassen würde sie das Erlebte vermutlich nie. Und doch äußerte sie diese Ängste niemals laut, nicht einmal in den Gesprächen mit der Psychologin, zu der man sie geschickt hatte. Manchmal hatte sie den Eindruck, dass das Trauma in ihr so festsaß, dass es nur eine Frage der Zeit war, bis es wieder an die Oberfläche kam. Sie konnte nur hoffen, dass es nicht allzu schlimm wurde, wenn es schließlich passierte. Denn es *würde* passieren, das war unvermeidlich.

Die Gespräche im Raum verstummten, als Beresford aufstand und sich an das Team wandte.

»Guten Morgen, alle miteinander. Kommen wir gleich zur Sache.«

Alle drehten sich zu ihm um. Imani stutzte. Seine Augen sahen entzündet aus. Sie waren gerötet und geschwollen, und beim Blinzeln verzog er jedes Mal das Gesicht. Auch wenn er sich bewegte, schien ihm das Schmerzen zu bereiten.

Er lächelte. Schien ihre Gedanken gelesen zu haben.

»Ich entschuldige mich für mein Erscheinungsbild«, sagte er. »Hatte gestern Abend eine Auseinandersetzung mit einer Dose Wespenspray. Wenn Sie finden, ich sehe schlimm aus, dann sollten Sie mal die Wespe sehen.«

Höfliches Gelächter. Imani schmunzelte, um zu signalisieren, dass sie seine Erklärung glaubte, auch wenn sie in ihren Ohren einstudiert klang.

»Aber weiter im Text«, sagte Beresford und deutete auf Imani. »Was haben Sie und DC Matthews gestern von der nächsten Angehörigen des Opfers in Erfahrung bringen können?«

Imani sah Matthews an, der den Blick erwiderte und ihr mit einer Handbewegung den Vortritt ließ. Imani wusste seine Höflichkeit zu schätzen.

Sie erhob sich und schlug ihr Notizbuch auf.

»Wir waren bei der Ehefrau von Jason Lansdowne, dem zweiten Opfer aus dem Lagerhaus, und haben ihr die Nachricht vom Tod ihres Mannes überbracht. Erwartungsgemäß hat sie es schwer aufgenommen. Sie hat uns erzählt, dass er oft weg war, deshalb hatte sie bei seinem Verschwinden auch zunächst keinen Verdacht geschöpft.«

»Er hat für eine Firma gearbeitet, die großformatige Siebdrucke für Veranstaltungen herstellt«, ergänzte Matthews. Imani wusste zunächst nicht, ob er sie unterstützen wollte oder ob es ihm missfiel, dass sie allein im Rampenlicht stand. »Er war beruflich viel unterwegs.«

»Den Andeutungen der Witwe nach«, klinkte sich nun wieder Imani ein, die plötzlich einen gewissen Konkurrenzdruck verspürte, »war er kein Kind von Traurigkeit. Er hatte wohl viele Affären. Scheint seine Ehefrau nicht sehr respektvoll behandelt zu haben.«

Beresford nickte. »Also keine wirklich neuen Erkenntnisse.« Er lächelte und nickte noch einmal. »Danke, DS Oliver.«

Imani schaute irritiert. Sie war noch gar nicht fertig. »Entschuldigen Sie, Sir, aber damit lässt sich doch durchaus arbeiten.«

Beresford verschränkte die Arme vor der Brust. »Und wie, zum Beispiel?«

»Na ja, wir könnten mit seinen Kollegen sprechen. Vielleicht kennt jemand einige von den Frauen, mit denen er was hatte. Dann hätten wir ein paar Namen oder sogar eine Personenbeschreibung. Wir könnten auch eine Liste der Orte zusammenstellen, wo er sich in der letzten Zeit aufgehalten hat, und prüfen, ob jemand ihn vor der Tat in der Nähe des Lagerhauses gesehen hat.« Sie verstummte, als sie merkte, dass alle sie anstarrten – alle außer Matthews, der mit irgendetwas auf seinem Schreibtisch beschäftigt war. »Also ... jedenfalls würde ich es so machen.«

Beresfords Lächeln war so künstlich wie die Sonnenbräune der Kandidaten bei *Strictly Come Dancing*. »Vielen Dank, DS Oliver, für Ihren Beitrag. Wir sind Ihnen sehr verbunden.« Dann kehrte er ihr den Rücken zu. »Gut. Weiter im Text ...«

Das Briefing nahm seinen Lauf. Je länger es andauerte, desto größer wurde Imanis Unbehagen. Sie stellte fest, dass Beresford zwar viel redete, aber wenn man das Gesagte auf den Inhalt reduzierte – darauf, was tatsächlich erreicht worden war und wie die Ermittlungen nun weitergehen sollten –, so kam unter dem Strich nicht viel heraus.

Irgendwann war das Briefing vorbei. Sie wandte sich an Matthews. »Also, was machen wir heute?«

Matthews zuckte mit den Schultern. Er starrte immer noch auf seinen Schreibtisch. »Weiter wie bisher.«

Imani sah sich um. Sie wollte sichergehen, dass niemand mithörte. Dann beugte sie sich zu ihm herunter. »Was halten Sie eigentlich von Beresford?« Sie sprach leise und schmunzelte dabei, um etwaigen Beobachtern den Eindruck zu vermitteln, dass sie ihm lediglich einen Witz erzählte. »Jetzt mal ganz ehrlich.«

Matthews hob den Kopf. Sah sie mit argwöhnischer, leicht verdatterter Miene an. »Wie meinen Sie das? Er ist der leitende Ermittler.«

»Ja, das ist mir klar. Aber irgendwie kommt es mir so vor, als würde er gar nichts machen.«

Matthews gab keine Antwort. Imani hatte das Gefühl, fortfahren zu müssen. »Ich habe ihm so viele potenzielle Anhaltspunkte genannt – alles, was wir gestern rausgefunden haben. Er hat sich kein bisschen dafür interessiert.«

»Wir können sie doch allein weiterverfolgen.«

»Ja, das können wir, Simon, und das werden wir auch. Aber ist es bei einem Fall – egal, bei welchem, nicht nur bei diesem – nicht üblich, dass der Ermittlungsleiter jede sich bietende Spur aufgreift? Wie soll man denn sonst Fortschritte machen?«

Matthews wandte den Blick ab. Als er ihr antwortete, war er kaum zu verstehen, so leise murmelte er: »Der Boss wird schon wissen, was er tut.«

Imani baute sich vor ihm auf, wild entschlossen, ihn zu zwingen, ihr in die Augen zu sehen. »Ist das Ihre ehrliche Meinung?«

Er sah sich nervös um, als befürchte er, die anderen im Raum würden ihrem Gespräch lauschen. Doch soweit Imani erkennen konnte, achtete niemand auf sie. Die meisten Kollegen waren in ihre Arbeit vertieft.

»Im Ernst«, fuhr sie fort. »Ich habe mir gestern die Akten angeschaut. Was ist mit den Autopsien der Leichen? Verzögern sich, hat Beresford behauptet. Wieso? Hat da mal jemand nachgehakt?«

»DS Beresford. Er meinte, in der Rechtsmedizin wären sie immer noch mit der Arbeit im Rückstand.«

»Dasselbe gilt für das kriminaltechnische Labor. Wie lange dauert es denn, bis die Berichte hier auf dem Tisch landen? Werden die per Brieftaube versandt? Und was war mit seinen Augen los? Wespenspray?«

Matthews schwieg.

Imani schlug einen etwas weniger aggressiven Ton an. »Tut mir leid. Vielleicht übertreibe ich ein bisschen. Ich will auch nicht überheblich klingen, so als käme ich aus der großen Stadt und als wären wir daran gewöhnt, dass uns alles auf dem Silbertablett serviert wird. Ich ... na ja, ich sage es nur ungern, aber er scheint ein wenig inkompetent.« Sie hob die Schultern. »Entschuldigen Sie. Ich weiß, dass er Ihr Boss ist. Ihr Kollege.«

Abermals sah Matthews sich im Raum um, dann blickte er wieder auf seinen Schreibtisch. Er schien einen inneren Kampf auszufechten. Nach einer Weile hob er den Kopf. Fing Imanis Blick ein.

»Lassen Sie uns rausgehen. Irgendwo einen Kaffee trinken.«

27

Am Abend zuvor hatten Marina und Anni geredet. Und geredet und geredet und geredet. Irgendwann waren sie eingeschlafen. Die Ereignisse der letzten vierundzwanzig Stunden hatten bei Marina ihren Tribut gefordert.

Jetzt schlug sie die Augen auf, schüttelte den Kopf und erkannte dann, wo sie war: im Gästezimmer von Annis Wohnung in Colchester. Sofort warf sie die Decke zurück, stand auf und zog sich ihre alten Sachen an, ehe sie das Zimmer verließ.

Sie betrachtete den Schmutz und die Risse im Rock und dachte an den Überfall. Ein Schauer durchlief sie.

»Was machst du hier?«

Das war das Erste, was sie zu Anni gesagt hatte, so verblüfft war sie, ihre alte Freundin in Chelmsford zu sehen.

»Ich bin dir gefolgt«, lautete Annis Antwort.

Marina dachte einige Sekunden lang nach. Annis Erklärung verwirrte sie. »Aber du wusstest doch gar nicht, wo ich bin.«

Anni zuckte mit den Achseln. »War nicht weiter schwer, das rauszufinden. Ich wusste, dass du Hilfe brauchst, und bin deiner Spur gefolgt. Ich hab mal bei der Polizei gearbeitet, schon vergessen?«

Erleichtert fielen sie einander in die Arme. Marina hielt Anni ganz fest. Und plötzlich kam alles, was ihr in den letzten Tagen widerfahren war, wieder hoch, und sie fing an zu weinen.

»Hey, hey«, sagte Anni beruhigend. »Nicht hier. Lass uns erst mal verschwinden.«

Sie schauten sich nach Marinas Angreifer um, doch der war nirgends zu sehen.

»Macht nichts«, meinte Anni. »Dem werden morgen so richtig die Augen wehtun. Besser als nichts.«

»Du hättest ihn verfolgen sollen, statt mir zu helfen.«

Anni stemmte die Hände in die Hüften und tat gekränkt. »Das ist also der Dank dafür, dass ich die Jungfrau in Nöten gerettet habe.«

Marina schaffte es zu lächeln. »Ach, halt bloß die Klappe.«

Sie machten sich auf den Weg zu Anni nach Colchester. Während der Fahrt redeten sie weiter.

»Tut mir leid«, sagte Anni, sobald sie auf der A12 waren.

»Was tut dir leid?«

»Du hast mich um Hilfe gebeten, und ich hab abgelehnt. Das war falsch von mir.« Sie blickte angestrengt geradeaus.

»Nein, es war falsch von mir, dich zu fragen. Einfach anzurufen und von dir zu erwarten, dass du für mich alles stehen- und liegenlässt. Das war falsch und egoistisch. Erst recht nach allem, was du durchgemacht hast.«

»Trotzdem bin ich jetzt hier, oder nicht?«

»Ja, aber …«

»Also. Dann lass es gut sein.«

Die nächsten Meilen legten sie schweigend zurück. Irgendwann ergriff Anni erneut das Wort.

»Es spielt ohnehin keine Rolle, weißt du?«

»Was spielt keine Rolle?«

»Wie lange wir uns nicht gesehen haben. Wie lange es her ist, dass wir miteinander gesprochen haben. Das zählt alles nicht. Freunde – echte Freunde – können einfach da weitermachen, wo sie aufgehört haben. So sollte es jedenfalls sein – egal, wie lange es her ist oder was man in der Zwischenzeit erlebt hat. Also, was ich damit sagen will, ist: Ich bin jetzt für dich da.«

Marina nickte. »Danke.«

Anni versuchte sich an einem Lächeln, auch wenn Marina wusste, dass sie damit nur ihre wahren Gefühle überspielte. »Ich hab *dir* zu danken«, sagte Anni. »Wurde höchste Zeit, dass ich mal wieder aus dem Haus komme.«

Marina konnte in ihrem Schlafzimmer frischen Kaffee riechen. Sie ging dem Duft nach.

Anni war in der Küche. Ihre Wohnung war offen, geradlinig, hell und modern eingerichtet – das genaue Gegenteil von Marinas und Phils Haus mit seinen runden Formen, satten Farben und alten Möbeln. Sie selbst bezeichneten den Stil gerne als »Vintage«. Anni hingegen nannte ihn liebevoll »Hippie-Kacke«.

»Du bist ja wach«, stellte Anni fest. »Ich wollte dich eigentlich ausschlafen lassen.«

»Wie spät ist es denn?«

»Kurz vor halb zehn.«

»Was? Dann sollten wir sofort los. Warum hast du mich nicht geweckt?«

»Weil du müde warst und den Schlaf bitter nötig hattest. Sonst wärst du heute zu nichts zu gebrauchen gewesen.«

Marina ließ sich aufs Sofa fallen. Obwohl es nur aus Ecken

und Kanten zu bestehen schien, war es erstaunlich bequem. »Musst du heute nicht arbeiten?«

»Das Studio kommt auch mal ein paar Tage ohne mich aus. Dann müssen sich die Leute ihre Pfunde eben alleine wegtrainieren.«

Marina schmunzelte und nahm den Kaffee, den Anni ihr anbot. »Danke«, sagte sie.

»Du kannst aufhören, dich ständig bei mir zu bedanken.«

»Ich meinte den Kaffee.«

»Na, dann.«

Marina holte ihr Handy heraus, um zu schauen, ob sie Nachrichten bekommen hatte. Sie hegte immer noch die leise Hoffnung, Phil könne zwischenzeitlich vielleicht freigelassen worden und nach Hause gekommen sein. Und hätte bei ihr angerufen.

Keine Nachricht von ihm, dafür gleich mehrere von Cotter. Sie hörte sie ab. Inhaltlich waren sie praktisch alle gleich: Cotter teilte ihr mit, wie wütend sie auf Marina sei, weil diese einfach losgezogen sei, ohne ihr mitzuteilen, was sie vorhatte. Wenn sie konkreten Hinweisen nachgehen wollte, hätte sie diese zuvor mit dem Team besprechen sollen, statt die Sache in die eigene Hand zu nehmen. Damit sei niemandem gedient, am allerwenigsten Phil. Nur in der letzten Nachricht, die einige Zeit später hinterlassen worden war, schlug sie wieder versöhnliche Töne an. »Melden Sie sich einfach bei mir. Bitte.«

Anni sah sie an. »Cotter?«

»M-hm. Sie will, dass ich mich bei ihr melde.«

»Das solltest du auch tun.«

Marina betrachtete nachdenklich ihr Handy. »Nachher vielleicht.«

Sie hatte Anni alles erzählt, was sie tags zuvor in Erfahrung gebracht hatte: von dem Kinderheim, in dem Fiona Welch gelebt hatte, dem anderen Mädchen und Michael Prosser.

»Glaubst du, er war es, der dich angegriffen hat?«, wollte Anni wissen.

»Das dachte ich anfangs, aber inzwischen bin ich mir da nicht mehr so sicher. Der Mann, der mich gepackt hat, roch anders als Prosser – und glaub mir, nachdem ich allein mit ihm in seiner Wohnung war, weiß ich, wie er riecht. Das vergisst man nicht so schnell. Und dann ist da noch die Sache mit dem Pfefferspray. Prosser hat nur noch ein Auge. Ich glaube nicht, dass er so schnell hätte fliehen können.«

»Wer war es dann?«

»Keine Ahnung. Die einzige Erklärung, die mir momentan dazu einfällt, ist, dass ich auf der richtigen Spur war und jemand mich daran hindern wollte, weitere Fragen zu stellen.«

Anni nickte.

Marina trank ihren Kaffee aus und stand auf. »Also. Was machen wir heute?«

Anni sah sie an. »Erst mal sorgen wir dafür, dass du unter die Dusche kommst. Dann beschaffen wir dir was Frisches zum Anziehen. Dann rufst du Josephina und Cotter an. Und *dann* beginnen wir mit unseren Nachforschungen.«

»Können wir nicht zuerst –«

»Nein. Die Reihenfolge wird strikt eingehalten. Du siehst aus wie eine der wilden Frauen von Wongo.«

»Wie wer?«

»Vergiss es. Geh einfach duschen.«

Marina sah ihre alte Freundin an. Egal, was sie sagte, egal, mit wem sie redete, ihre Gedanken wurden nur von einem einzigen Bild, einem einzigen Wort beherrscht: *Phil. Du musst Phil finden.* Alles andere zählte nicht.

»Pass auf«, sagte Anni, als hätte sie erraten, was ihre Freundin gerade dachte. »Ich weiß, dass du am liebsten auf der Stelle loslegen würdest. Aber glaub mir, es ist besser, wenn wir es so machen, wie ich es gesagt hab.«

»Und wo fahren wir dann hin? Zu Franks?«

»Franks hat sich mir gegenüber wirklich korrekt verhalten. Er wollte nicht, dass ich gehe, hatte aber Verständnis für meine Entscheidung. Ich bin mir ziemlich sicher, dass er uns helfen würde, und bestimmt leitet er die Ermittlungen. Ich glaube allerdings nicht, dass ich einfach bei ihm vorbeischneien und ihm sagen kann, er soll sämtliche Infos rausrücken, weil wir zwei jetzt unsere eigene Ermittlung starten.«

»Ja, du hast recht. Hast du sonst noch Freunde im Team?«

»Nein, da sind mittlerweile fast alle neu. Du gehst jetzt duschen, und ich mache derweil ein paar Anrufe.«

Marina rührte sich nicht vom Fleck.

»Na los, ab mit dir. Wir verschwenden Zeit.«

»He, Anni.«

»Ja?«

»Danke. Ich bin wirklich ... wirklich ...«

Anni hielt den Kopf gesenkt und blickte mit unergründlicher Miene in ihren Kaffee.

»Die Dusche wartet.«

28

Michael Prosser hatte von seinem Fenster aus alles beobachtet.

Diese neugierige Psychologenschlampe, die erst einen auf nett gemacht hatte, weil sie was von ihm wollte, und dann aggressiv geworden war, als er nicht mitgespielt hatte. Sie hatte ihn beleidigt. Gift und Galle gespuckt. Oh ja, er hatte genau gesehen, was passiert war. Unten in der Gasse.

Anfangs hatte er die Polizei rufen wollen. Das war sein allererster Impuls gewesen. Sein Körper reagierte automatisch. Sein Magen machte einen Satz, er hatte nach dem Telefon greifen wollen. Aber dann hielt er inne. Beziehungsweise: Etwas ließ ihn innehalten. Er blieb, wo er war, und schaute weiter zu. Sah, wie der Mann die Frau mit einem Messer bedrohte. Er konnte nicht hören, was er zu ihr sagte, aber es muss etwas sehr Unangenehmes gewesen sein. *Gut*, dachte er bei sich, und seine spröden Lippen verzogen sich zu einem Lächeln. *Jetzt kriegt das Miststück, was es verdient hat.*

Doch im nächsten Moment war da auf einmal ein ganz seltsames Gefühl. Als würde ihm ein rostiges Schwert in den Leib gebohrt. Es rührte an Stellen in seinem Innern, die er lange nicht mehr gespürt hatte. Seit Jahren. Er musste feststellen, dass seine Hand erneut in Richtung Telefon strebte.

Auch diesmal gebot er sich Einhalt. *Nein. Lass es bleiben.* Nur dass der Grund jetzt nicht mehr derselbe war. Es ging nicht länger darum, dass er sich so über die Schlampe geärgert hatte, sondern um etwas anderes: Er hatte Angst. Er wusste nicht wovor, zumindest nicht genau. Aber das Gefühl an sich reichte. Seine letzten Begegnungen mit der Polizei waren alles andere als erfreulich verlaufen, und er hatte keinen Anlass zu glauben, dass es diesmal anders sein würde. Sie würden ihn fragen, was er am Fenster gemacht hatte. Wieso er die Frau beobachtet hatte. Ob er sie kannte und wenn ja, woher.

Und dann würde er ihnen sagen müssen, dass sie bei ihm gewesen war. Dass sie mit ihm geredet und ihm Fragen gestellt hatte. Daraufhin würden sie wissen wollen, was für Fragen das gewesen waren, und er würde lügen müssen. Und dann würden sie in seiner Vergangenheit graben und alles über ihn herausfinden. Was er getan hatte. Was ihm passiert war. Und dann würden sie sich womöglich gar nicht mehr für das interessieren, was er gesehen hatte, sondern ihre Ermittlungen stattdessen auf ihn konzentrieren. Das durfte er auf keinen Fall riskieren. Also rührte er das Telefon nicht an.

Und tat alles, um die Gefühle in seinem Innern zu verdrängen.

Aber er schaute trotzdem weiter zu. Und dann geschah etwas vollkommen Unerwartetes. Ein zierliches Ninja-Mädchen mit Kleidung so dunkel wie ihre Hautfarbe tauchte plötzlich aus dem Nichts auf und stürzte sich auf den Angreifer. Sie sprühte ihm etwas in die Augen, woraufhin er laut schreiend die Flucht ergriff.

Als er jetzt daran dachte, musste er erneut lächeln. Aber diesmal war es kein schadenfrohes Lächeln. Er lächelte, weil er das Gefühl hatte, dass der Gerechtigkeit Genüge getan worden war. Und da war auch noch das Aufflackern eines anderen Gefühls, das er lange nicht mehr gehabt hatte. So lange, dass er es inzwischen gar nicht mehr benennen konnte – es nicht zu benennen *wagte*. Er sah noch, wie die beiden Frauen Arm in Arm davongingen, nachdem der Angreifer das Weite gesucht hatte.

Das reichte ihm.

Danach versuchte er sich wieder auf sein eigenes Leben zu konzentrieren – das, was er so Leben nannte. Doch vergebens, er war von einer inneren Unruhe erfasst. Der Abend hatte ihn aufgerüttelt, und zwar in mehr als nur einer Weise. Er wollte lieber nicht darüber nachdenken.

Es hatte nicht nur mit dem Besuch der Psychologin zu tun. Oder mit den Fragen, die sie ihm gestellt hatte. Nein, da war noch mehr. Er hatte den Angreifer gesehen. Und wiedererkannt. Oh ja. Einen Typen wie den vergaß man nicht so schnell – und erst recht nicht, wozu er fähig war. Deshalb konnte Prosser sich auch denken, weshalb er die Psychologin zum Schweigen hatte bringen wollen.

Nach dem Vorfall hatte er sich vom Fenster ferngehalten. Er war ins Grübeln gekommen.

Wenn *er* es war, der die Frau attackiert hatte, bedeutete das, dass er wusste, dass sie bei ihm gewesen war. Und das konnte er nur wissen, wenn er zuvor Prossers Wohnung beobachtet hatte. Und wenn er die Wohnung beobachtet und bei der Frau nicht das erreicht hatte, was er wollte, dann konnte man sich an zehn Fingern ausrechnen, wem er als Nächstes einen Besuch abstatten würde.

Ihm, Michael Prosser. Ganz klar.

Die Lage musste wirklich ernst sein.

Todernst.

Also saß Michael Prosser in seiner Wohnung. Er hatte versucht, das Chaos der Gefühle mit Whisky zu betäuben, aber es war nur eine Billigmarke aus dem Supermarkt, die im Mund brannte, statt zu schmecken. Na ja, selbst das war besser, als seine Gedanken und Gefühle zuzulassen.

Unwillkürlich ging seine Hand zu seiner Wange, betastete die hässlichen roten Krater auf seiner Haut. Eine Erinnerung. Und zugleich eine Warnung.

Jetzt fiel ihm wieder ein, was dieses andere Gefühl gewesen war. Er kannte es noch, auch wenn es ihm schwerfiel, es zuzugeben. Schuld.

Doch im Augenblick gestattete er sich nur eine einzige Empfindung – eine, die er nicht nur benennen konnte, sondern die er auch gar nicht erst zu unterdrücken versuchte.

Angst.

29

»Also, ich muss schon sagen, Simon – darf ich Sie Simon nennen?«

Matthews nickte.

»Simon – ich hätte im Leben nicht damit gerechnet, dass Sie mit mir in so ein Café gehen.« Imani grinste. »Sie oder sonst irgendein Polizist.«

Matthews wirkte ein wenig verlegen und murmelte etwas über gängige Klischees. Imani sah sich um.

Das Daisy Cup Flower Café am Sir Isaac's Walk in Colchester schien ein Dauerlächeln im Gesicht zu haben – falls man von einem Café so etwas sagen konnte. Auf der einen Seite war ein Blumenladen in die Räumlichkeiten integriert. Im Café selbst dominierten heller Dielenboden, farbenfrohe Sessel und bunt lackierte Holzmöbel. Der Tresen sowie eine Wand waren mit Kunstrasen bespannt. Man hatte alte Paletten weiß angestrichen und zu einer Sofabank zusammengebaut, die sich über die Länge des gesamten Raumes erstreckte. Alles wirkte einladend und gemütlich, alternativ und ein bisschen verrückt.

Umso kurioser war es, dass nun zwei Polizisten in malvenfarbenen Sesseln an einem niedrigen Tischchen etwas abseits von den anderen Gästen saßen.

Bislang hatte Matthews geschwiegen. Imani war gespannt zu hören, was er ihr Wichtiges mitzuteilen hatte, und fragte sich, ob er womöglich ihren Verdacht bestätigen würde.

»Wenigstens sieht uns hier keiner vom Revier«, meinte Imani.

»Das war die Idee dahinter.«

Imani nippte an ihrem Flat White. Genau das richtige Mischungsverhältnis von süßer Milch und starkem Kaffee. Lecker.

»Sind Sie häufiger hier?« Es war nicht als Witz gemeint, sondern als ernsthafte Frage.

»Wenn wir am Wochenende shoppen gehen, machen Hannah und ich oft hier Pause. Das Ambiente ist einfach nett.«

Sein Tonfall hatte etwas Abwehrendes und zugleich Entschuldigendes. Imani bohrte nicht weiter nach. Bestimmt hatte Matthews das Gefühl, für einen Tag genug von seinem Privatleben preisgegeben zu haben.

»Also«, begann sie und beugte sich vor. »Worüber wollten Sie mit mir reden?«

Er blickte verstohlen um sich wie ein schlechter Spion in einem noch schlechteren Spionagefilm. Eine Antwort gab er ihr nicht. Sie glaubte zu ahnen, was er sagen, oder genauer, über wen er gewisse Zweifel äußern wollte. Einen Mann wie ihn – einen regeltreuen Fußsoldaten – kostete das sicher große Überwindung. Selbst wenn es um das übergeordnete Wohl ging.

Sie beschloss, ihm einen kleinen Schubs zu geben. »Es ist wegen Beresford, oder?«

Er sah in seine Kaffeetasse. Nickte.

»Hat es damit zu tun, wie er die Ermittlungen führt?«

Wieder nickte Matthews seinem Kaffee zu. Dann seufzte er. Die Worte wollten ihm nicht über die Lippen.

»Also«, sagte Imani, die erkannt hatte, dass sie den Anfang würde machen müssen. »Ich finde nicht, dass er die Ermittlungen besonders effektiv leitet. Sehen Sie das auch so?«

»Ja«, gestand er. Er stieß das Wort aus, als wäre ihm damit eine zentnerschwere Last von den Schultern genommen worden.

»Seine Reaktion auf das, was Sie ihm vorgelegt haben, oder auf die Arbeit, die wir gestern geleistet haben ... Es schien einfach, als würde er sich überhaupt keine Gedanken darüber machen, was als Nächstes passieren soll. Als wolle er nicht, dass die Ermittlungen vorankommen. Ist er immer so?«

»Nein«, sagte Matthews, der endlich die Sprache wiedergefunden hatte. »Normalerweise macht er seine Sache wirklich gut. Er ist auf Zack, trifft kluge Entscheidungen, hat einen guten Riecher. Normalerweise geht er immer allen Hinweisen nach. Nur dieses Mal nicht – warum auch immer. Es ist, als ob er ...« Wieder ein Seufzer. »Ach, ich weiß auch nicht. Es ist mir unangenehm, so über ihn zu reden. Ich habe dabei das Gefühl, ich würde ihm in den Rücken fallen. Und nicht nur das.« Er beugte sich noch dichter zu Imani. »Das hier läuft all meinen Überzeugungen zuwider, so viel vorweg. Mein Job steht auf dem Spiel. Ich habe eine Beförderung in Aussicht. Höherer Dienstgrad, bessere Pension, alles.«

»Ich weiß, was Sie meinen. Mir würde es genauso gehen, wenn er mein Boss wäre. Ich würde mir total illoyal vorkommen.« Sie sah ihm in die Augen. »Aber mein Boss ist verschwunden, und wir müssen ihn finden. Und ich muss ganz ehrlich sagen, dass ich alles andere als zufrieden bin. Nicht mit Ihnen. Mit Beresford.«

Wieder ein zustimmendes Nicken von Matthews.

»Ich meine«, fuhr Imani fort, »für keins der Opfer liegt bislang ein Obduktionsbericht vor. Was ist die Entschuldigung dafür?«

»Arbeitsrückstand, hat der Boss gesagt, das wissen Sie doch.

Der Fall wurde noch nicht hochgestuft, da kann sich so was schon mal hinziehen.«

Imani traute ihren Ohren nicht. »Soll das ein Witz sein? Drei Morde, alle Opfer hatten eine Karte mit demselben Namen in der Tasche, und der Fall bekommt nicht die oberste Prioritätsstufe? Und dann wird die Person, dessen Name auf diesen Karten stand, auch noch entführt? *Und* er ist Polizist? Nein. Das kaufe ich ihm nicht ab. Nicht eine Sekunde lang. Bei so einen Fall müssten normalerweise alle zur Verfügung stehenden Ressourcen mobilisiert werden.«

Matthews reagierte abwehrend. »Vielleicht haben wir einfach nicht so viele Möglichkeiten wie Sie in den West Midlands. Vielleicht müssen wir mit weniger auskommen.« Sein Tonfall war unerwartet hitzig.

Imani nahm sich zurück. Sie wusste, dass er in einer schwierigen Lage war, und beschloss, in versöhnlicherem Ton fortzufahren. »Entschuldigen Sie, so war das nicht gemeint. Es tut mir leid, falls es bei Ihnen falsch angekommen ist. Ich wollte damit nur sagen, dass Beresford die Ermittlungen auf eine Art und Weise führt, die nicht besonders ergebnisorientiert zu sein scheint. Das ist alles. Als wäre er nicht richtig bei der Sache. Als würde er den Augenmerk nicht auf die wirklich wichtigen Dinge legen.«

Weil Matthews nichts entgegnete, fuhr sie fort: »Und ich glaube, Sie haben denselben Eindruck gewonnen, Simon. Sonst wären Sie nicht mit mir hierhergekommen, damit wir uns ungestört unterhalten können. Hab ich recht?«

Wieder ein Seufzer. »Das ist … Ich mag es einfach nicht, einen Vorgesetzten anzuschwärzen. Erst recht nicht einen, den ich respektiere und bewundere und mit dem ich noch zusammenarbeiten muss, wenn Sie längst wieder in Birmingham sind. Das ist schwierig für mich. Das müssen Sie doch verstehen.«

»Das tue ich auch, Simon, ehrlich. Und wie gesagt: Wenn er mein Boss wäre, würde es mir genauso gehen. Aber ich finde auch, dass ich in meinem Job gut genug bin, um solche Bedenken äußern zu dürfen. Vor allem, wenn die Ermittlung gefährdet ist. Wenn Menschenleben auf dem Spiel stehen.«

Wieder ein Nicken. Nicht weil Matthews seine Niederlage eingestand, sondern um zu signalisieren, dass er ihre Argumentation nachvollziehen konnte.

»Und was sollen wir Ihrer Meinung nach jetzt tun?«, wollte er wissen.

Imani sah sich um. Es wäre verlockend gewesen, einfach im Café sitzen zu bleiben. Noch einen Milchkaffee zu trinken, vielleicht ein Schokoteilchen zu essen. Ein bisschen auszuspannen. Alle Sorgen und Bedenken beiseite zu schieben und darauf zu vertrauen, dass irgendwie schon alles gut würde. Aber das konnte sie nicht. Sie war noch nie vor einer Herausforderung weggerannt, ganz egal, wie es am Ende ausgegangen war. Als Kind war sie eine der Klügsten in ihrer Klasse gewesen. In einem Bezirk wie Aston hatte sie es daher nicht leicht gehabt, Anschluss zu finden – jedenfalls nicht unter ihren Klassenkameraden. Wenn sie Freunde wollte, musste sie ihren Körper genauso trainieren wie ihren Verstand. Weil nämlich alle glaubten, dass die Streberin ein leichtes Opfer abgab, und sie fest entschlossen war, ihnen das Gegenteil zu beweisen. Das gelang ihr am Ende auch. Zwar brachte es ihr aufgeschürfte Fingerknöchel, geprellte Rippen und das eine oder andere Veilchen ein, aber irgendwann hatte sie sich Respekt verschafft. Ihr Vater hatte ihr immer gesagt, dass man für das kämpfen müsse, woran man glaube. Dieser Maxime war sie ihr Leben lang treu geblieben.

Sie sah Matthews an. Der wartete immer noch auf eine Antwort.

»Was würden Sie tun, Simon? Wenn Sie das Gefühl hätten, dass eine Ermittlung nicht richtig läuft? Wenn Sie das Gefühl hätten, dass gewisse Standards einfach nicht eingehalten werden?«

Er zuckte mit den Schultern. »Dafür sorgen, dass sie eingehalten werden.«

»Genau dasselbe würde ich auch tun.« Sie erhob sich und verabschiedete sich schweren Herzens von dem Gedanken an eine zweite Tasse Kaffee.

»Also dann«, sagte sie. »Wo geht's hier zum Leichenschauhaus?«

30

»Malcolm?«

Malcolm Turvey wandte sich um und stellte die Teetasse, die er an die Lippen gesetzt hatte, zurück auf den Unterteller. Es überraschte ihn, dass jemand laut seinen Namen gesagt hatte, erst recht in einer Teestube, wo die Gäste allesamt älteren Semesters waren und sich stets nur leise murmelnd unterhielten.

Er sah eine zierliche Frau mit dunkler Haut und blonden Stachelhaaren, die von einer etwas größeren Frau begleitet wurde. Letztere war eine außergewöhnliche Erscheinung: bronzener Teint, schwarze Locken, ein markantes, leicht südländisch aussehendes Gesicht und eine Figur, bei der ihr praktisch alles stand – sogar die Kombination aus Jeans und Kapuzenpullover, die sie gegenwärtig trug.

Im nächsten Augenblick schämte er sich für seine Gedanken. So dachte man nicht von einer Frau. Hatten ein Leben inmitten von Büchern und sein *Guardian*-Abo ihn denn gar nichts gelehrt?

Die Teestube war eine von mehreren am Sir Isaac's Walk in Colchester, ein altes Gebäude mit Holzbalken, altmodischem Geschirr und einer ebenso altmodischen Speisekarte. Ein Ort, an dem Rentner in beigefarbenen Jacken gerne zu Mittag aßen.

Die kleine blonde Frau erkannte er auf Anhieb wieder. Er

winkte ihr zu und erhob sich gleichzeitig von seinem Platz. Besann sich auf seine guten Manieren.

»DS Hepburn«, sagte er, allerdings war er dabei deutlich leiser als kurz zuvor Anni. »Bitte, setzen Sie sich doch zu mir.«

Er schob seine zahlreichen Ordner, Notizblöcke und Bücher in der Mitte des Tischs zu einem Stapel zusammen und ließ diesen dann in einer riesigen Umhängetasche verschwinden, die er neben sich auf den Boden stellte.

»Ich ... ich bereite gerade eine neue Führung vor.« Er lächelte. »So komme ich wenigstens nicht auf dumme Gedanken.«

Die beiden Frauen nahmen Platz. Sahen ihn an. Ihm fiel auf, dass Annis Blick ungewohnt lange auf ihm ruhte. *Sie kann eben nicht aus ihrer Haut*, dachte er. Im nächsten Moment wünschte er sich, er hätte am Morgen doch noch den Pickel an seiner Nase ausgedrückt.

»Nun, es ist mir eine Ehre. Was kann ich für eine der hervorragendsten Damen in Blau tun?«

»*Ehemalige* Dame in Blau«, korrigierte Anni ihn. »Ich hab bei der Polizei aufgehört.«

»Oh.« Das hatte er nicht gewusst. Von Ms Hepburn begrüßt zu werden statt von DS Hepburn fühlte sich irgendwie nicht mehr ganz so aufregend an. Er war ein wenig enttäuscht.

Nicht dass er ein Polizei-Groupie gewesen wäre, Gott bewahre. Niemals. Er hegte auch keine ungesunde Leidenschaft für Verbrechen, Kriminelle und Polizisten im Allgemeinen. Nein. Von »ungesund« konnte keine Rede sein. *Den Zivilisationsgrad einer Gesellschaft erkennt man daran, wie sie mit ihren Verbrechern umgeht*, pflegte er zu sagen. Und immerhin sammelte er keine Trophäen, so wie gewisse andere Leute, die er kannte. Jedenfalls nicht viele. Vergleichsweise.

»Also ... was verschafft mir denn nun das Vergnügen?« Er versuchte die attraktive dunkelhaarige Frau nicht allzu schamlos anzuschauen. Sie sollte sich in seiner Gesellschaft nicht unwohl fühlen, daher begnügte er sich mit dem einen oder anderen verstohlenen Blick in ihre Richtung.

»Es geht um die Arbeit, Malcolm. Vielleicht können Sie mir helfen.«

Malcolm versuchte sich ein Grinsen zu verkneifen. *Mir. Helfen.* Hätte er gewusst, dass ihm heute so etwas passieren würde, hätte er sich wenigstens ein frisches Hemd angezogen. Oder wenigstens eins, das annähernd sauber war.

»Alles. Alles, was Sie wollen. Ich stehe ganz zu Ihrer Verfügung.«

Anni deutete auf die andere Frau. »Ach so, das hier ist übrigens eine Freundin von mir: Marina Esposito.«

Marina nickte zum Gruß.

Malcolm erstarrte. Hatte er richtig gehört? »Marina Esposito? *Die* Marina Esposito?«

»Also ... ja, ich denke schon.«

Er sah Anni an. Strahlte über das ganze Gesicht. »Oh, danke, danke Ihnen vielmals. Dafür, dass Sie ...« Er streckte die Hand aus, zog sie dann zurück und wischte sich den Rest Himbeermarmelade an seiner Khakihose ab, ehe er sie Marina erneut entgegenstreckte. »Ich bin ein großer – *großer* – Bewunderer Ihrer Person. Bitte ...«

Er nahm ihre Hand und schüttelte sie. Sah ihr dabei die ganze Zeit in die Augen und hörte gar nicht mehr auf zu strahlen.

Irgendwann versuchte Marina ihre Hand aus seinem Griff zu befreien. Beschämt ließ er los. »Entschuldigen Sie, entschuldigen

Sie. Es ist nur …« Er seufzte tief. »Ich habe schon so viel von Ihnen gehört.«

Er bemerkte, wie Marina und Anni daraufhin einen Blick wechselten, konnte jedoch nicht ergründen, was er zu bedeuten hatte.

»So, Malcolm. Wir brauchen Ihre Hilfe.«

»Ja. Gewiss doch. Alles, was Sie wünschen. Wobei kann ich Sie unterstützen?«

»Wie läuft es mit der Stadtführung?«

Malcolm stand der Mund offen. Die Stadtführung? *Darüber* wollten sie mit ihm sprechen? »Also. Ja. Die läuft soweit … gut. Wirklich, ja. Nach allem, was kürzlich passiert ist, sogar sehr gut. Ich biete sie jetzt zweimal die Woche an. Man muss Heu machen, solange die Sonne scheint, sage ich immer.«

»Schön. Ich möchte, dass Sie mir – und Marina – schildern, was Sie bei Ihrer Führung entdeckt haben. Und zwar so detailliert wie möglich.«

»Nun …« Er setzte sich bequemer zurecht und wollte zu seinem üblichen Vortrag ansetzen.

»Nur die Fakten, wenn's geht. Danke.« Anni musste schmunzeln. »Wir sind nicht Ihre Kunden.«

»Ja, sicher, Sie haben völlig recht. Nun. Ich bin mit meinen Zuhörern die üblichen Orte abgelaufen, habe ihnen die Hintergründe der einzelnen Fälle erläutert und so weiter. Irgendwann kamen wir zu dem alten Dock-Transit-Gebäude. Ich hatte extra bei der Firma angerufen, der die Halle gehört, damit sie die Tür für uns aufsperren. Das hatte man aber versäumt, deshalb musste einer meiner Zuhörer sie gewaltsam öffnen.« Er lachte. »Sagen Sie das bloß nicht dem Arbeitsschutz.«

Die beiden Frauen lächelten höflich.

Malcolm fuhr fort. »Wir sind dann alle reingegangen. Das Licht funktionierte nicht – wieder Mal, obwohl man mir das Gegenteil zugesichert hatte. Also musste ich improvisieren. Zum Glück hatte ich eine Taschenlampe dabei. Ich habe von dem Fall erzählt.« Er machte eine Pause. »Und dann haben wir die Leiche entdeckt.«

»Sie hing einfach so da?«

Er nickte. Schluckte vor lauter Aufregung.

»Ja. Am Gerüst.«

Marina runzelte die Stirn. »Das ist ein ziemlich hohes Gerüst. Muss ein langes Seil gewesen sein.«

»Und ob.« Er nickte, begierig, mit seiner Geschichte fortzufahren und ihnen seine Beobachtungen mitzuteilen.

»Sah es so aus, als hinge sie schon länger dort?«, fragte Anni.

Malcolm legte nachdenklich die Stirn in Falten. »Falls Sie meinen, ob es Anzeichen auf Verwesung gab – eigentlich nicht. Er sah einfach wie ein ganz normaler Mann aus.«

Anni lehnte sich vor. »Haben Sie sonst noch jemanden gesehen oder gehört?«

Malcolm schüttelte den Kopf. »Wie gesagt, wir waren gerade erst reingekommen. Ich war kurz davor, den Teil der Führung abzuschließen.«

»Beim Näherkommen sind Ihnen keine Schatten oder Gestalten aufgefallen?« Diese Frage kam von Marina.

Malcolm errötete, als er sie ansah. Marina Esposito stellte ihm eine Frage … *ihm!*

»Malcolm?«, sagte Anni. »Hören Sie noch zu?«

»Ja. Entschuldigung. Natürlich. Tut mir leid.«

Er schloss die Augen. Dachte an den Abend zurück. Ließ sich alles noch einmal durch den Kopf gehen. Der bullige Kerl mit der

Spielerfrau. Die Kids, die an den Displays ihrer Smartphones klebten. Er rief sich alles noch einmal genau vor Augen. War da etwas zu erkennen? Das …

»Ja.«

Er öffnete die Augen. Anni und Marina sahen ihn erwartungsvoll an.

»Ich … weiß es nicht.« Er wandte sich ab, weil ihre Blicke ihm unangenehm wurden.

Marina beugte sich nach vorn. »Was meinen Sie damit, Sie wissen es nicht?«

»Na ja …« Er konnte es nicht sagen. Nicht jetzt, nicht an diesem Ort. Nicht einmal gegenüber Marina Esposito. »Vielleicht war da irgendwo ein Mann. Es war dunkel, ich konnte es nicht genau erkennen.«

»Ein Mann? War er groß? Klein? Dick, dünn?«

Die Fragen prasselten nur so auf Malcolm ein. Er überlegte angestrengt. Versuchte ihre Fragen zu beantworten, ohne ihnen zu verraten, was er wirklich glaubte … »Also … groß, würde ich sagen. Kräftig.«

»Haben Sie das auch der Polizei erzählt?«, fragte Marina.

»Äh. Nein.«

»Wieso nicht?«

»Nun ja, ich, also … keine Ahnung. Vielleicht habe ich ihn ja auch gar nicht gesehen. Ich bin mir eben unsicher.«

Erneut wechselten Anni und Marina einen Blick. Auch diesmal vermochte Malcolm ihn nicht zu deuten. Nur dass er anders war als der erste, das sah er.

»Und was ist seit dem fraglichen Abend alles passiert? Bei den Ermittlungen, meine ich?«

Malcolm sah sie verdutzt an. »Woher soll ich das denn wissen?«

Anni schmunzelte. »Ach, tun Sie doch nicht so, Malcolm. Ich kenne Sie. Sie haben den Fall doch sicher genauestens verfolgt. Es ist ja schon aufregend genug, dass es in Colchester passiert ist – aber dass Sie auch noch eine der Leichen finden? So eine Chance lassen Sie sich doch nicht entgehen. Also, was hat sich seitdem getan?«

Malcolm schwankte zwischen Stolz und Empörung. Aber da Anni Hepburn zu ihm gekommen war, weil sie Informationen brauchte – und sogar Marina Esposito mitgebracht hatte –, entschied er sich schließlich dafür, stolz zu sein. Stolz und geschmeichelt.

»Nun ja«, sagte er und beugte sich verschwörerisch über den Tisch. »Nichts.«

Anni runzelte die Stirn. »Nichts? Wie, nichts?«

»Nichts. Sie treten auf der Stelle. Es gibt keinerlei Hinweise, die Ermittlungen kommen einfach nicht voran.«

»Wer hat die Leitung?«

»DS Beresford.«

Marina sah Anni an. »Kennst du den?«

»Entfernt. Er hatte gerade angefangen, als ich ausgeschieden bin. Ziemlich von sich eingenommen. So ein selbsternanntes Alpha-Männchen. Du kennst den Typ ja.«

Marina nickte.

»Und die Ermittlungen stecken fest?«

»Keine Obduktionsergebnisse? Spurenanalyse? Nichts dergleichen?«

Malcolm schloss abermals die Augen. Er wollte unbedingt helfen. Wollte den entscheidenden Hinweis liefern. Das fehlende

Puzzleteil, das den Fall lösen würde. Er, Malcolm, wäre dann ein Held, der ein abscheuliches Verbrechen aufgeklärt hatte. Er würde berühmt werden. Er –

»Malcolm?«

Er schlug die Augen auf.

»Sie waren schon wieder in Gedanken.«

»Oh. Tut mir leid. Nein. Nein, sonst fällt mir nichts dazu ein.«

»Na, dann haben Sie vielen Dank, Malcolm. Sie waren uns eine große Hilfe. Für den Fall, dass Sie sich doch noch an etwas erinnern ...«

»... habe ich Ihre Nummer.«

Anni nickte. Ihre Miene war unergründlich.

Die zwei Frauen standen auf, um sich zu verabschieden.

»Vielen Dank für Ihre Zeit«, sagte Anni.

»Ja, danke«, echote Marina.

»Ach.«

Auch Malcolm erhob sich von seinem Platz. Sie sahen ihn fragend an.

Er wandte sich an Marina und setzte sein, wie er hoffte, gewinnendstes Lächeln auf.

»Dürfte ich ... dürfte ich vielleicht ein Autogramm von Ihnen haben?«

Ein schmaler Grat

Es würde nie wieder so sein wie früher. Das war ihr klar, selbst als sie zu Fiona ja sagte. Sie sagte ja zu allem. Ja. Immer nur ja. Und je öfter sie ja sagte, je verzweifelter sie sich an Fiona klammerte, desto schwächer wurde sie innerlich. Als hätte Fiona sie mit einer tödlichen Krankheit infiziert. Eine Heldin aus einem alten Schauerroman, die vor lauter Liebe dahinsiechte und schließlich starb.

Denn das war es. Liebe. Keine Schwärmerei, keine Phase. Nichts dergleichen. Sondern echte Liebe. Die Festungsmauern, die sie all die Jahre lang sorgsam und mit großem Aufwand aufrechterhalten hatte, waren überwunden worden.

Doch obwohl sie das alles wusste, war sie machtlos. Sie konnte nichts dagegen tun.

Fiona hatte sie in der Hand. Sie konnte mit ihr machen, was sie wollte.

Sie versuchte sich einzureden, dass zwischen ihnen eine gleichberechtigte Partnerschaft bestand. Dass Fiona und sie die Mädchen gemeinsam auswählten, dass sie gemeinsam entschieden, welche sie aus der Menge herausgreifen und wie sie sie auf ihren Job vorbereiten wollten. Wann sie sie das erste Mal losschickten. Fiona hatte ein gutes Händchen. Sie lag immer richtig. Die Mädchen, die sie aussuchte, waren immer die kaputtesten, die traurigsten, aber zugleich auch die willigsten. Fiona sah das auf den ersten Blick. Sie besaß ein einzigartiges Talent dafür, aus dem Leid anderer Menschen Geld zu machen.

Und Fiona verführte die Mädchen auf eine Weise, wie sie es niemals getan hatte. Nicht nur sexuell – obwohl auch das eine Rolle spielte und eine erstaunlich einfühlsame und effektive Waffe in Fionas Arsenal darstellte, wenigstens zu Anfang – sondern auch auf andere Weise. Auf eine sanfte Weise – was am Ende für die Mädchen natürlich umso grausamer war. Sie brachte es fertig, dass sie sich schön und begehrt fühlten. Wichtig. Einzigartig – wahrscheinlich das erste und zugleich letzte Mal in ihrem Leben.

Warum gibst du dir so viel Mühe?, wollte sie irgendwann mal von Fiona wissen. Das ist doch alles gar nicht nötig. Sie glaubte die Antwort zu kennen, noch ehe Fiona sie geäußert hatte. Die wahre Antwort.

Dann kann ich sie, wenn's drauf ankommt, besser kontrollieren, erklärte Fiona ihr. Dann machen sie weniger Ärger, und alles läuft viel reibungsloser ab.

Ich, hatte Fiona gesagt. Nicht mehr Wir. Die Zeiten waren vorbei.

Aber die wahre Antwort war eine andere: Fiona machte es schlichtweg Spaß, die Mädchen so tief fallen zu sehen. Sie genoss es, wenn die Hoffnung in ihren Augen erlosch, und es erregte sie zu wissen, dass sie dafür verantwortlich war. Sie liebte es, andere zu manipulieren. Ihre menschlichen Marionetten.

Und irgendwie konnte sie das sogar nachvollziehen. Sie selbst hatte es auch genossen, als sie noch das Sagen gehabt hatte. Aber Fiona genoss es noch viel mehr. Sie geilte sich regelrecht daran auf, wenn die Traurigkeit der Mädchen einem winzigen Hoffnungsschimmer Platz machte, der dann brutal erstickt wurde, sodass sie am Ende noch zehnmal kaputter waren als vorher. Dabei blühte Fiona förmlich auf.

Als sie noch das Sagen gehabt hatte. Ja, genau das hatte sie gedacht.

Denn sie wusste, was geschehen war. Sie war nicht dumm, und irgendwann ließ es sich sowieso nicht mehr leugnen: Fiona hatte ihr das Heft aus der Hand genommen. Sicher, sie ließ sie noch mitmachen, aber eher aus Bequemlichkeit, nicht weil Fiona sie wirklich dabeihaben wollte oder – und das tat am meisten weh – ihre Hilfe brauchte.

Nein, Fiona brauchte sie nicht mehr. Nachdem sie das erkannt hatte, hätte sie einfach gehen sollen. Die Finger von ihr lassen. Sich um ihr eigenes Leben kümmern. Aber sie konnte nicht. Sie war süchtig nach Fiona, und diese Sucht war stärker und allumfassender als die nach jeder Droge. Sie liebte sie, begehrte sie. Fiona war ihr Ein und Alles.

Sie wusste nicht, was tun. Zum ersten Mal seit Langem war sie vollkommen hilflos. Sie überlegte, ob sie sich an Michael wenden und ihm alles erzählen sollte. Aber sie tat es nicht. Denn was hätte er schon machen können? Er bekam seinen Anteil, der größer geworden war, seit Fiona den Laden übernommen hatte. Dafür stellte er sich blind und vertuschte, wenn es sein musste, die Sache gegenüber den Behörden. Er würde ihr nicht helfen. Er profitierte ja davon, wie die Dinge liefen.

In der Schule nahmen sie gerade König Lear durch. Ein König, der kein König mehr war, aber immer noch wie einer behandelt werden wollte. Oh, sie wusste genau, wie sich das anfühlte. Aber sie wusste auch, dass sie nicht dasselbe Schicksal ereilen würde wie König Lear. Zumindest hoffte sie das.

Nachts, wenn Fiona schlief oder es irgendwo mit jemandem trieb, spürte sie tief in sich hinein. Versuchte den harten, wütenden Kern zu finden, den sie all die Jahre lang dort genährt hatte. Versuchte ihre Festungsmauern wieder hochzuziehen. Stein auf Stein, schlaflose Nacht für schlaflose Nacht, eine todunglückliche Träne nach der anderen. Sie versuchte es mit aller Kraft, und wenn der Morgen kam, hoffte sie, dass die Mauern stark genug wären, um den Tag zu überdauern.

So war es immer. Und am Ende eines jeden Tages stand sie wieder vor einer Ruine.

Nicht mehr lange, und sie würden das Heim verlassen. Für immer.

Die Vorstellung zu gehen, Fiona zu verlieren, verursachte ihr noch schlimmere Qualen als das Zusammensein mit ihr. Also versuchte sie mit ihr zu reden. Sie davon zu überzeugen, dass sie immer noch ein Paar waren. Ihren Schulabschluss hatten sie in der Tasche, vor ihnen lag der Sommer. Was danach kommen würde, daran wagte sie kaum zu denken.

Auf welche Uni willst du eigentlich gehen?, fragte sie Fiona eines Tages, als sie in der Nähe des neuen Baumarktes auf einer Wiese lagen. Die Sonne brannte vom Himmel, sie hatten Hasch und Wodka, und alles hätte perfekt sein können. Sie versuchte sich einzureden, dass es perfekt war.

Weißt du doch. Portsmouth. Da bieten sie die Fächer an, die mich interessieren.

Aber was, wenn du deine erste Wahl nicht kriegst? Was machst du dann?

Fiona sah sie an und lächelte, als sähe sie etwas an ihr, das außer ihr niemand kannte. Von dem schüchternen, gebrochenen Mädchen, das sie vor all den Jahren kennengelernt und in das sie sich verliebt hatte, war nichts mehr geblieben. Die Fiona, die jetzt neben ihr lag, war ein komplett anderer Mensch. Aber immer noch unglaublich begehrenswert.

Ich krieg meine erste Wahl. Die Zuversicht in ihrem Ton war unerschütterlich.

Sie stützte sich auf einen Ellbogen und sah Fiona lächelnd an. Ihr Lächeln war ganz anders als Fionas kurz zuvor. Ihr schwirrte der Kopf vom Gras und vom Alkohol. Die Sonne sah aus, als würde sie gleich aus dem Himmel tropfen und Wärme und Wohlgefühl über sie ausgießen. Warum gehen wir nicht zusammen?

Wie meinst du das?

Nach Portsmouth. Ich könnte doch auch nach Portsmouth gehen.

Warum denn?

Sie verstand nicht. Wie konnte Fiona überhaupt so etwas fragen?

Damit … damit wir zusammen sein können.

Ach so.

Sie wartete.

Und? Was ist?

Geh hin, wohin du willst. Ich geh jedenfalls nach Portsmouth.

Sie legte sich wieder hin. Starrte in den Himmel. Die Sonne war ein aufgeplatztes faules Ei dicht über dem Horizont.

Das war er. Der Moment, in dem sich alles zuspitzte. Der Moment, in dem etwas in ihr zerriss.

Sie setzte sich auf und sah auf Fiona herunter.

Du willst mich nicht mehr, gib's zu.

Fiona würdigte sie kaum eines Blickes. Dich wollen? Was meinst du damit, dich wollen?«

So wie ich dich will.

Fiona stöhnte. Die Dinge ändern sich, sagte sie. Die Menschen ändern sich. Wir sind nicht mehr dieselben wie früher. Ich hab das verstanden, du musst das auch verstehen.

Es war eher geseufzt als gesprochen. Ein unwichtiger Nebengedanke.

Hör zu, fuhr Fiona fort. Wir sind jetzt hier, wir beide zusammen. Lass uns doch einfach das genießen, was wir haben. Alles geht irgendwann zu Ende. Alles, was lebt, stirbt irgendwann. Man muss das Leben genießen.

Sie nickte. Klammerte sich an diesen winzigen Funken Hoffnung. Diesen kleinen Splitter Liebe. Ließ sich zurück ins Gras sinken, krallte die Finger so fest es ging in die sich drehende Erde und hoffte, dass sie niemals herunterfallen würde.

Nach diesem Gespräch hatte sie geglaubt, Fiona würde den Sommer mit ihr verbringen. Aber schon wieder irrte sie sich. Denn Fiona legte sich einen Freund zu.

Er hieß Sean. Ein Junge aus Chelmsford, groß, dunkelblond, gutaussehend. Er schien Fiona treu ergeben zu sein.

Fiona nutzte jede Gelegenheit, sich vor ihr mit ihm zu zeigen. Sie küsste ihn in aller Öffentlichkeit, ließ sich demonstrativ von ihm befummeln und provozierte sie immer wieder mit einem Lächeln, einem kokett schiefgelegten Kopf, halb geöffneten Lippen oder einem erregten Aufstöhnen.

Wie sie Fiona dafür hasste.

Denn genau das war es: Hass. Es tat so gut, es endlich zuzugeben.

Und diese Erkenntnis veränderte etwas in ihr, und zwar von einer Sekunde zur nächsten. Sie war nach wie vor vollkommen auf Fiona fixiert, allerdings jetzt auf eine andere Weise. Denn sie wusste genau, was Fiona mit Sean bezweckte. Sie wollte sie eifersüchtig machen. Sie verletzen. Und sie wusste auch, was sie dagegen unternehmen musste: Sie musste Fiona wehtun. Sehr, sehr wehtun. Sie musste sich Fiona austreiben. Dafür sorgen, dass sie ihr nie wieder etwas antun konnte.

Der schmale Grat zwischen Liebe und Hass. Sie war bereit, ihn zu überschreiten.

31

Die Musik, die durch die geschlossenen Türen drang, war düster und beatlastig zugleich. Imani fragte sich, wie so eine Kombination überhaupt möglich war. Traurige Klänge von Gitarre, Viola und Klavier schwebten über einem stampfenden Rhythmus. Gekrönt wurde das Ganze von einer tiefen, rauen Gesangsstimme, die, zwischen wütend und melancholisch schwankend, gut zu einem alttestamentarischen Propheten gepasst hätte. Der Umstand, dass von Mord und Sterben gesungen wurde, tat sein Übriges. Eigentlich hätte Imani die Musik nicht gefallen dürfen. Eigentlich hätte sie sie scheußlich finden müssen. Doch das Gegenteil war der Fall.

Sie öffnete die Türen. Ein Mann in OP-Kleidung beugte sich gerade über eine auf einem Sektionstisch liegende Leiche. Er war lang und dürr, hatte eine Glatze und sah aus wie ein Kadaver, den man wieder zum Leben erweckt hatte. Imani konnte sich denken, wer das war. Phil und Marina hatten ihn gelegentlich erwähnt. Nick Lines.

»Dr. Lines?«, sagte sie von der Tür her.

Überrascht hob der Mann den Kopf und sah sie über den Rand seiner Brillengläser hinweg an. Sein Blick war nicht gerade warmherzig. Matthews zuckte leicht zusammen und ging hinter Imani in Deckung.

»Ja?«

»DS Oliver«, sagte sie laut, um sich angesichts der Musik Gehör zu verschaffen. »Könnten wir kurz mit Ihnen sprechen?«

Er wirkte verärgert, weil er in seiner Arbeit gestört worden war, und schien kurz davor, ihre Frage zu verneinen. Imani spielte das aus, wovon sie hoffte, dass es ein Trumpf war.

»Ich arbeite am Fall Phil Brennan.«

Es war, als risse nach einem besonders heftigen Regenguss der Himmel auf. »Treten Sie näher.« Er deutete auf Matthews. »Sie da kommen mir irgendwie bekannt vor.«

Matthews nickte. »Detective Constable Matthews. Ich habe –«

»Stimmt, ich erinnere mich. Ja.« Lines wandte sich an Imani. »Und wer waren Sie noch gleich?«

»DS Oliver.«

»Sie sind nicht von hier, DS Oliver.«

»Nein. West Midlands.«

Nick Lines zog eine Augenbraue hoch, verließ seinen Platz am Sektionstisch und stellte die Musik ab. »Nichts lässt die Zeit so im Flug vergehen wie eine Todesballade der Willard Grant Conspiracy«, sagte er. »Womit kann ich Ihnen dienen?«

Es war kalt im Raum und roch nach Tod, Verwesung und Desinfektionsmittel.

Imani hatte festgestellt, dass die meisten Ermittler Leichenschauhäuser hassten. Bei ihr war das nicht der Fall. Auf sie übten Leichenschauhäuser seit jeher eine starke Faszination aus. Ein Leichenschauhaus war wie ein Schlachtbetrieb, nur mit Akademikern. Na ja, ihr Vater hatte immer schon behauptet, sie sei nicht ganz normal.

»Es geht um den Fall Phil Brennan.«

»Sie meinen die drei Leichen?«

»Na ja, inzwischen hat sich die Sache ausgeweitet.«

Nick Lines starrte sie an, seine Stirn noch immer gerunzelt. Er wartete auf eine Erklärung.

»Phil Brennan ist verschwunden«, teilte sie ihm mit.

»Verschwunden?«

»Auf dem Weg hierher. Er sollte die Ermittlungen unterstützen. Er ist in Birmingham losgefahren, aber nie in Colchester angekommen.«

»Aha.« Wieder ein Stirnrunzeln. »Und jetzt denken Sie, ich weiß, wo er ist?«

»Wissen Sie es denn?«

»Nein.«

»Dachte ich mir. Nein, wir würden einfach nur gerne mit Ihnen über die Autopsien der drei männlichen Leichen sprechen.«

»Was ist mit denen?«

»Ich weiß, dass Sie sehr viel zu tun haben«, begann sie und deutete auf den Sektionstisch, »aber jetzt, da DI Brennan vermisst wird, brauchen wir jede Hilfe, die wir kriegen können.«

»Das kann ich mir vorstellen.« Nick verschränkte die Arme vor der Brust und reckte den Kopf nach vorn. »Und was soll ich Ihrer Meinung nach da tun können?«

Imani zuckte mit den Achseln. »Die Autopsien vorziehen.« Sie sah ihn mit ernster Miene an. »Bitte.«

Sein Blick war hart und unnachgiebig. Matthews hatte sie unterwegs bereits vorgewarnt. Lines könne Dummköpfe nicht ausstehen und kaum ertragen. Strenggenommen könne er niemanden ausstehen. *Kein Problem*, hatte sie gedacht. Sie hatte auch nicht gerade ein Herz für Idioten.

Sie hielt seinem Blick stand. Irgendwann ging Lines zu seinem Schreibtisch, setzte sich und machte sich an seinem Rechner zu schaffen. Offenbar suchte er etwas. Als er es gefunden hatte, winkte er sie zu sich.

»Hier. Drei Autopsieberichte, die Sie sich gerne anschauen können.«

Jetzt war Imani diejenige, die die Stirn runzelte. »Sie haben die Autopsien schon durchgeführt?«

Er nickte.

»Sie waren die ganze Zeit fertig?«

»Ich weiß beim besten Willen nicht, was Sie meinen. Ich habe diese Berichte hier an DS Beresford geschickt, sobald ich sie geschrieben hatte. Sie hatten bei mir oberste Priorität.«

Er wies zu dem Tisch mit der halb sezierten Leiche darauf. »Zum Glück hatte ich an dem Tag nicht viel zu tun. Das da ist ein Krankenhaustod, eine Obduktion ist gesetzlich vorgeschrieben.«

Imani und Matthews sahen sich an. Oder wenigsten versuchte Imani, Matthews anzusehen. Der allerdings wich ihren Blicken aus.

»DS Beresford hat behauptet, sie nicht bekommen zu haben. Angeblich hätten Sie noch Arbeitsrückstände aufzuholen.«

Nick Lines war sichtlich erbost. Seine Professionalität wurde infrage gestellt, und das gefiel ihm gar nicht. »Keine Ahnung, wie Sie darauf kommen. Ich habe sie so schnell wie möglich geschickt. Er hatte sie innerhalb von zwölf Stunden auf seinem Schreibtisch. Ich habe Überstunden gemacht, um sie fertigzustellen. Und ich werde diese Überstunden auch in Rechnung stellen«, fügte er empört hinzu.

Imani sah ihren Verdacht bestätigt. Das war unangenehm,

allerdings hatte sie jetzt keine Zeit, darüber nachzudenken. Es standen dringlichere Aufgaben an.

»Dürfte ich sie mir bitte ansehen?«

»Tun Sie sich keinen Zwang an.«

Sie ging um Lines' Schreibtisch herum und stellte sich hinter ihn, sodass sie ihm über die Schulter schauen konnte. Matthews schloss sich ihr widerspruchslos an.

»Erklären Sie mir das Wichtigste.«

Nick Lines konnte kaum ein Lächeln unterdrücken. »Polizisten sind wirklich überall gleich«, meinte er, ehe er auf den Monitor deutete. »Alle drei Leichen wurden am Hals hängend aufgefunden. Insofern wäre der erste Gedanke natürlich Tod durch Strangulation.«

»Aber?«

»*Aber* ich wusste es besser. Leichenflecken, Körpertemperatur, ganz zu schweigen von den Unterblutungen der Bindehaut waren eindeutige Hinweise darauf, dass die Todesursache eine andere war. Die Leichen waren mit Absicht so platziert worden, um den Eindruck des Erhängens zu erwecken.«

»Irgendeine Theorie, wer sie dort hingehängt haben könnte?«

»Aber natürlich. Schließlich sind wir hier auch für Hellseherei zuständig.«

»Ich meine die körperlichen Attribute des Täters. Konnten Sie darauf irgendwelche Rückschlüsse ziehen? Groß? Stark? Mann oder Frau?«

»Ja. Alles«, sagte Lines kopfschüttelnd.

»Was ich eigentlich meinte: Wiesen die Leichen Verletzungen auf, die uns einen Anhaltspunkt auf Größe oder Körperbau der Person geben könnten, die sie dort hingehängt hat?«

»Nicht wirklich. Die Leichen hatten praktisch keine Verletzungen. Nur die ganz normalen Verschleißerscheinungen.«

»Sonst noch was?«

»Geduld, bitte. Dazu komme ich gleich.« Er klickte mit der Maus, und ein neues Bild erschien auf dem Monitor. Darauf waren drei verschiedene Nacken zu sehen. »Sehen Sie etwas?«

Imani beugte sich dichter zum Bildschirm und starrte mit zusammengekniffenen Augen auf die Stelle, auf die Lines deutete.

»Was soll ich da sehen?«

»Na, hier«, sagte er irritiert. »Sehen Sie? Einstichstellen.«

Imani kniff immer noch die Augen zusammen. »Woran kann man das erkennen?«

»Alle drei Leichen hatten sie an derselben Stelle. Nicht *annähernd* an derselben Stelle, sondern *exakt* an derselben Stelle. Ein winziger Einstich.« Er sah zu ihr auf und lächelte. »Die hätte nicht jeder gefunden. Aber ich bin eben nicht jeder.«

So langsam wurde dieser ausgemergelte, leichenblasse Egomane Imani sympathisch. »Aha.«

»Was mich zu meiner nächsten Entdeckung führt. Den Opfern wurde irgendein Gift injiziert. Ein Opiat, soweit ich es deduzieren konnte. Ich habe Spuren zur Analyse ins Labor geschickt.

»Was sollte dieses Gift bewirken?«

»Eine Lähmung. Das, zusammen mit dem Loch in der Haut, bei dem ich davon ausgehe, dass es von einer Akupunkturnadel stammt, ist die Todesursache.«

»Gift?«

»Zusammen mit der Nadel. Sie muss in einem der Hauptnerven am Rückgrat gesteckt haben. Ein erfahrener Akupunkteur könnte eine Person allein mit der Nadel sofort paralysieren. Das Gift hat den Effekt verstärkt. Die Männer sind qualvoll erstickt.«

Imani richtete sich auf und grübelte über das nach, was Nick Lines gesagt hatte.

Eine Stimme von der Tür her riss sie aus ihren düsteren Gedanken.

»Sie haben es immer noch drauf, Nick.«

Alle drei hoben die Köpfe. Im Türrahmen standen Marina und Anni.

32

Michael Prosser hatte den ganzen Tag mit Nichtstun verbracht. Er war selten aus seinem Sessel aufgestanden, und das auch nur, um Tee zu kochen, sich Zigaretten zu holen oder auf die Toilette zu gehen. Ja, er hatte sich überlegt, was er tun würde, wie er es tun würde und wann. Doch irgendwie hatte es zum Handeln nicht gereicht. Also hatte er einfach nur dagesessen und vor sich hin gestiert, während das stumpfsinnige Geplapper des Fernsehers seine Gedanken übertönte. Zum Glück.

Denn er fürchtete sich. Sehr. Zweifel und Angst hatten ihn fest im Griff.

Sie war es. Das stand für ihn fest. Sie steckte dahinter. Er sagte sich, dass es seine Pflicht war, sie aufzuhalten. Es wenigstens zu versuchen. Aber, kam gleich darauf das Gegenargument, was konnte er schon tun? Und vor allem: warum *sollte* er etwas tun? Seine Hände wanderten an sein Gesicht. Strichen über die raue Kraterlandschaft, wo früher straffe, lebendige Haut gewesen war. Auch das ging auf ihr Konto. Sie hatte ihm alles genommen. Was kümmerte es ihn, wenn sie jetzt einem anderem alles nahm?

Zuerst hatte er sie gar nicht wiedererkannt. Wenigstens hatte er sich das in jener Nacht eingeredet. In der Nacht, die er jahrelang wieder und wieder in seinem Kopf hatte Revue passieren lassen. Er hatte sich gefragt, ob er etwas hätte anders machen können – etwas, das den Lauf der darauffolgenden Ereignisse verändert hätte. Am Ende war er zu dem Schluss gekommen, dass er sie gar nicht erst hätte ansprechen dürfen. Aber wenn er es nicht getan hätte, wäre da immer dieses nagende Gefühl des Zweifels geblieben. War sie es wirklich? Bot sie ihm wirklich ... *das* an? Ihm? Er *musste* es wissen. Er konnte einfach nicht nein sagen. Auf gar keinen Fall.

Seitdem hatte er jeden Tag für seinen Fehler bezahlt.

Es war schon einige Jahre her. Ein Abend in einer Bar im Stadtzentrum von Chelmsford, in der Nähe der Brücke auf der anderen Seite des Flusses. Ein bisschen schicker als das Yates, aber dieselbe Klientel. Und genau so mochte Michael es. Sie kamen in Gruppen und waren innerhalb kürzester Zeit betrunken. Drei Alkopops für einen Zehner. Dann waren sie leichte Beute. Man musste nur an der Bar stehen und ihnen eine Weile zusehen. Mit ein paar Leuten quatschen, den Anschein erwecken, als gehöre man dazu. Sie beobachten. Ein Löwe, der eine Herde Gazellen im Visier hat – das war immer seine Assoziation gewesen. Such dir nicht die Stärkste oder Hübscheste aus, die alle Blicke auf sich zieht. Nein. Nimm eine, die verletzlich wirkt. Die vielleicht von jemandem nach Hause gebracht werden will, den sie den ganzen Abend hindurch immer wieder gesehen hat und der ihr deshalb vertraut vorkommt. Er ist ein Freund vom Barkeeper, hat sich die ganze Zeit mit ihm unterhalten, oder nicht? So jemand kann doch nicht gefährlich sein, oder?

So hatte er seine Samstagabende verbracht. Zuschauen. Beobachten. Eine Außenseiterin aufs Korn nehmen – oder zwei, auch das war schon vorgekommen, wenngleich nicht sehr oft – und einen auf guter Kumpel machen. Von da an ... Bingo. Sex für lau.

Man musste nicht mal Geld investieren, um sie abzufüllen. Das hatte schon jemand anders erledigt.

Genauso war es auch an diesem einen Samstagabend, als er sie nach langer Zeit wiedertraf.

Er merkte sofort, dass etwas an ihr anders war. Er wusste nur nicht, was es war. Sie war allein. Ließ alle Männer, die sie ansprachen, abblitzen. Und es waren viele Männer. Trotzdem hatte sie etwas, das ihn magisch anzog. Er konnte nicht genau sagen, was es war – abgesehen vom Offensichtlichen –, aber irgendetwas passte einfach. Er spürte eine richtige Verbindung zu ihr, als würden sie sich schon lange kennen.

Aber das war unmöglich. Er hatte diese junge Frau noch nie zuvor in seinem Leben gesehen.

Wie sehr er sich doch irrte.

Also sprach er sie an. Fragte sie, ob er ihr einen Drink spendieren könne. Spulte seine üblichen Sprüche ab, die eigentlich immer nur bei Mädchen zogen, die betrunken und leicht zu beeindrucken waren. Doch so unglaublich es auch schien, sie ging darauf ein. Das hätte ihn eigentlich misstrauisch machen sollen, doch er schlug alle Vorsicht in den Wind und machte weiter.

Eins führte zum anderen. Es ging alles ziemlich schnell, wenn er sich recht erinnerte, und nur wenig später fand er sich mit ihr in ihrem Hotelzimmer wieder.

»Ich bin hier in der Nähe aufgewachsen«, erzählte sie ihm, »und jetzt geschäftlich in der Gegend unterwegs. Bei der Gelegenheit wollte ich ein paar der alten Sehenswürdigkeiten abklappern.«

Das war ihm nur recht. Ein guter Fick – denn ihr perfekter Körper und ihr schmutziges Lächeln waren eindeutige Hinweise darauf, dass es gut werden würde –, und am nächsten Morgen wäre sie über alle Berge. Was wollte man mehr?

Sie war dominant, das war das Erste, was ihm an ihr auffiel. Ihn störte das nicht. Wenn sie die ganze Arbeit machen wollte, während er einfach nur dalag – bitte schön. Er würde sich nicht beschweren.

Sie zog ihn aus, befahl ihm, sich hinzulegen, stellte sich ans Fußende des Betts und fing an, sich langsam zu entkleiden. Dabei sah sie ihm die ganze Zeit über in die Augen. Er konnte den Blick kaum von ihr losreißen. Ein Traum wurde wahr.

»Warte kurz«, sagte sie, bevor sie sich das Kleid auszog. »Ich will schließlich nicht, dass du wegrennst, wenn du mich nackt siehst.«

»Keine Chance.«

»Trotzdem ...«

Mit einer schnellen, geübten Bewegung packte sie seine Arme, bog sie über seinen Kopf und band seine Handgelenke zusammen.

»He, was –«

»Schh«, sagte sie und fesselte ihn ans Kopfteil des Betts, ehe sie rasch seine Beine spreizte und mit seinen Füßen ebenso verfuhr. Dann stellte sie sich wieder vor ihm ans Fußende des Betts und betrachtete ihn. »Ich hoffe, das macht dir nichts aus«, sagte sie und grinste aufreizend.

»Nein, im Gegenteil ...« Noch weniger Arbeit für ihn, Großartig.

»Hätte ich auch nicht anders erwartet, Michael.«

Sie streifte sich das Kleid ab und stand nun splitternackt vor ihm.

Ihm lief das Wasser im Mund zusammen. Sie war um Längen

besser als das, was er sonst abschleppte. Eine ganz andere Liga. Fast so heiß wie ein Model –

»Moment mal ... Wie hast du mich genannt?«

»Michael.«

Er runzelte die Stirn. »Aber ich ...« Er hatte ihr einen falschen Namen genannt, dessen war er ganz sicher. Das machte er immer. »Ich bin ...«

»Du bist Michael, ganz egal, was du mir erzählt hast.« Jetzt war ihr Lächeln nicht mehr aufreizend.

Er sah sie an. Musterte sie zum ersten Mal wirklich genau. Plötzlich hatte er den Eindruck, als würde sein Herz von einer rostigen Kette eingeschnürt. Er kannte sie.

»Du bist es.«

»Hallo noch mal.«

Er schloss die Augen, wünschte sie weit weg. Vergebens. »Oh mein Gott ...«

»Tja, das kann man wohl sagen. Also.« Sie trat auf ihn zu. »Ich bin erwachsen geworden, Michael. Stehst du immer noch auf mich?«

»Nein, nein. Das ... das geht so nicht.«

Sie blieb stehen und zog in gespieltem Erstaunen die Augenbrauen hoch. »Warum denn nicht? Bin ich zu alt für dich? Mochtest du mich nur, als ich jünger war?«

»Hör auf, hör ... hör einfach auf damit.«

»Wieso?« Sie streckte die Hand aus. Streichelte sein nacktes Bein.

»Bitte, lass ... lass mich einfach gehen. Jetzt gleich. Bind mich los, und ich ... ich vergesse, was hier passiert ist. Ich vergesse, dass wir uns je getroffen haben.«

»Aber wir *haben* uns getroffen, Michael. Und jetzt sind wir hier.« Ihre Hand war oben an seinem Oberschenkel angelangt.

Er konnte nicht sprechen. Konnte nicht glauben, dass etwas, das er so sehr gewollt hatte, sich plötzlich ins genaue Gegenteil verkehrt hatte.

»Ich habe ja vorhin gesagt, dass ich in der Stadt bin, um ein paar alte Sehenswürdigkeiten abzuklappern. Du bist definitiv eine davon.«

Er konnte kaum noch atmen. »Ich weiß ... ich weiß, was du getan hast.«

Sie zuckte mit den Achseln. »Schon klar. Aber das interessiert mich nicht. Ich war sehr beschäftigt, seit wir uns das letzte Mal gesehen haben. Man könnte sagen, ich habe mein Hobby zum Beruf gemacht. Bis jetzt ist es sehr einträglich.« Sie wackelte verführerisch mit einem Finger. »Du, Michael, warst der Eine, der davongekommen ist. Deinetwegen bin ich zurückgekommen. Du bist mein unerledigtes Geschäft.«

Panische Furcht ergriff ihn, als ihm klarwurde, was sie meinte. Was sie mit ihm vorhatte.

»Bitte, nein, bitte ...«

»Bettelst du mich etwa an? Ernsthaft? Sieht dir gar nicht ähnlich ...«

Ihre Hand wanderte langsam in Richtung seines Glieds.

Er schloss die Augen.

»Das willst du doch schon seit Jahren, gib's zu. Seit Jahren bist du scharf auf mich. Hier. Jetzt. So. Nur dass in deinen Phantasien vermutlich ich diejenige bin, die ans Bett gefesselt ist. In deinen Phantasien lebst du deine Machtgeilheit an mir aus.«

Keine Antwort.

»Michael – und das ist jetzt eine ernstgemeinte Frage: Wie

kann es sein, dass du als Pädophiler so lange die Aufsicht über Kinder hattest?«

Endlich fand er seine Stimme wieder. Oder wenigstens einen kläglichen Teil davon. »Ich ... ich bin ... ich bin nicht pädophil.«

Ein spöttisches Stirnrunzeln. »Du fickst gern Kinder. Du siehst gern Kindern beim Ficken zu. Du hast sogar Geld genommen, wenn Kinder an andere Pädophile vermittelt wurden, damit die sie ficken konnten.« Sie rang hörbar um Beherrschung. »Ich würde sagen, dass macht dich zu einem Pädophilen.«

»Ich habe nicht ... ich habe nie was mit Kindern gehabt. Nie.«

»Nie?« Sie starrte ihn an. Irgendwann lenkte er ein. Blinzelte.

»Ich ... ja, ich mag meine, meine Sexualpartner gern etwas jünger. Das gebe ich zu.«

»Jünger?« Ein harsches Auflachen. »Das ist eine vornehme Untertreibung.«

Er spürte Zorn in sich aufwallen. »Ach ja? Und wer gibt dir das Recht, hier den Moralapostel zu spielen? Wer gibt dir das Recht, mich zu verurteilen? Weißt du, was?« Er versuchte zu gestikulieren, was ihm aufgrund der Fesseln nicht gelang. »Du bist eine scheißverdammte Heuchlerin, genau wie all die anderen.«

»Ach, wirklich?« Sie richtete sich auf. »Das musst du mir jetzt aber mal erklären. Ich bin schon sehr gespannt.«

»Hörst du Musik? Rockmusik? Die waren doch alle so – jeder Einzelne. Vierzehnjährige Groupies. Die Neunzehnjährigen waren denen schon zu alt. Und weißt du, wer die Mädchen dazu angehalten hat? Ihre Mütter. Ja, genau, ihre eigenen Mütter. Sie wollten, dass ihre Töchter es mit Rockstars trieben. Und was ist mit den ganzen Boulevardblättern? Auf einer Seite gießen sie ihren Hass über Kinderschänder aus, auf der nächsten zeigen sie Fotos von Zwölfjährigen in Bikinis und lassen sich darüber aus, dass sie körperlich so weit entwickelt sind. Und erinnerst du dich daran, dass eins dieser Blätter sogar einen Countdown gestartet hat, wann Charlotte Church endlich sechzehn wird, damit der Sex mit ihr legal ist? Weißt du das noch? Nein. Das glaub ich gern. Aber *ich* weiß es noch. Insofern: Ja, ich mag jüngere Frauen. Na und? Was ist schon dabei?«

Sie sah ihn schweigend an. Ihr Gesicht war wie versteinert und gab nichts preis. Er rührte sich nicht, wagte kaum zu atmen.

Irgendwann trat sie zu ihm und löste seine Fesseln.

»Steh auf«, befahl sie. »Geh.«

Er starrte sie an. »Was? Du bist ...«

Sie fuhr zu ihm herum, und in ihren Augen loderte ein wildes Feuer. »Geh einfach ...«

Das ließ er sich nicht zweimal sagen. Er wusste, dass er noch einmal mit einem blauen Auge davongekommen war.

Dachte er zumindest.

Wochenlang war alles ruhig. Er hörte nichts mehr von ihr, sah sie auch nicht wieder. Langsam begann er aufzuatmen. Er hatte tatsächlich noch einmal Glück gehabt. Und er hatte seine Lektion gelernt. So einen Fehler würde er nicht noch einmal machen. Er blieb samstagsabends zu Hause. Nun ja, wenigstens die ersten Wochen. Dann zog es ihn doch wieder in die Bars. Aber er war jetzt vorsichtiger. Hielt sich immer streng ans Drehbuch. Lebte sein altes Leben weiter. Vergaß sie irgendwann.

Noch ein Fehler.

Eines Abends klingelte es an seiner Tür. *Ungewöhnlich*, dachte er noch, ging aber trotzdem hin, um zu öffnen.

Er hatte nicht mal Gelegenheit zu sehen, wer es war.

»Kinderficker!«, brüllte jemand, und im nächsten Moment

brannte sein Gesicht wie Feuer. Es waren Schmerzen, wie er sie noch nie zuvor erfahren hatte.

Säureangriff.

Er verlor seinen Job, sein Haus, alles. Es hatte sich herumgesprochen, dass er ein Pädophiler war – er, der Leiter eines Kinderheims. Ehemalige Heimbewohner sagten gegen ihn aus. Sehr viele. In der Boulevardpresse wurde er zum Hassobjekt Nummer eins. Und irgendwann musste er mit seinem entstellten Gesicht in die schäbige kleine Wohnung umziehen, in der er jetzt lebte, von seinen Nachbarn geächtet und wie ein Aussätziger behandelt. Sie wussten, wer er war. Sie wussten, *was* er war.

Und er wusste, wer hinter all dem steckte. Oh ja. Sie hatte ihre Rache doch noch bekommen.

Nun saß er in seinem Sessel und wagte nicht, sich zu rühren. Wagte kaum nachzudenken. Sie war wieder da.

Und vielleicht wurde es Zeit, dass jemand sich ihr in den Weg stellte.

33

Simon Matthews kam sich vor wie ein Gast auf der falschen Party. Als wäre die Ermittlung, für die er sich im Besitz einer exklusiven Einladung gewähnt hatte, auf einmal zu einer Veranstaltung mutiert, bei der jeder mitmischen durfte.

Marina Esposito und Anni Hepburn waren zu ihnen gestoßen. Anni Hepburn kannte er bereits – zumindest vom Hörensagen. Sie hatte früher in seiner Abteilung gearbeitet, aber dann war ihr Fremd gestorben, und das hatte sie aus der Bahn geworfen. So erzählte man es sich wenigstens auf dem Revier. Sie hatte allen anderen die Schuld am Tod ihres Freundes gegeben und schließlich gekündigt. Tatsächlich hatte er diesem Umstand seinen Posten zu verdanken. Insofern hielt sich sein Bedauern über ihr Ausscheiden in Grenzen.

Dagegen schien sich Nick Lines' Laune seit der Ankunft der beiden erheblich verbessert zu haben. Obwohl auch das bei Lines relativ war. Trotzdem fiel Matthews der Unterschied ins Auge.

Die Vorstellungsrunde war vorüber. Imani hatte die Rolle der Gastgeberin übernommen und war nun der Mittelpunkt, um den sich alles drehte.

Als er mit Hepburn bekanntgemacht worden war, hatte Matthews gespürt, wie ihm von ihr ein gewisser Widerwille oder Argwohn entgegenschlug. Vermutlich hatte es damit zu tun, wo er arbeitete. Insgeheim war er froh, dass er nicht ihr Kollege war.

Lines erläuterte den beiden Neuankömmlingen, was er herausgefunden hatte, und deutete auf die entsprechenden Passagen im Obduktionsbericht.

»Das war also bei allen drei Opfern gleich?«, fragte Marina.

Lines nickte. »Genau gleich. Nachdem ich bei einer Leiche die Einstichstelle entdeckt hatte, habe ich sofort die anderen beiden überprüft. Bei der ersten war es noch recht schwer zu finden gewesen, aber bei Nummer zwei und drei wusste ich ja bereits, wonach ich suchen musste.«

»Wurden ähnliche Einstichstellen noch bei weiteren Leichen gefunden?«, wollte Anni wissen.

Nick Lines schüttelte den Kopf. »Davon ist mir nichts bekannt. Wenigstens nicht hier in der näheren Umgebung und nicht im Zusammenhang mit diesem Fall. Bei mir waren es nur diese drei.«

Marina setzte sich. Matthews konnte nicht umhin zu bemerken, wie müde und abgespannt sie aussah. Er empfand Mitleid mit ihr; schließlich war es ihr Ehemann, nach dem sie suchten.

Doch gleich darauf kam ihm ein ganz anderer Gedanke: Was machte sie eigentlich hier? Wieso mischte sie sich in die Ermittlungen ein, noch dazu zusammen mit einer ehemaligen Polizistin?

Marina schaute lächelnd zu ihm hoch. Fast war es, als hätte sie seine Gedanken gelesen. Wahrscheinlich lag es an seinem verwirrten Gesichtsausdruck.

»DC Matthews, Sie wundern sich bestimmt, was Anni und ich hier machen?«

Er versuchte es mit einem Schulterzucken abzutun. »Ja, die

Frage ist mir schon in den Sinn gekommen.« Das schien ihm die diplomatischste Antwort zu sein.

»Das glaube ich wohl. Wir sind gewissermaßen ein weiterer Arm der Ermittlungen. Gehen anderen Hinweisen nach.«

»Wir nähern uns der Sache aus einer anderen Richtung, wenn man so will«, ergänzte Anni.

»Aber Sie sind trotz allem Zivilisten«, sagte Matthews. »Sie haben hier keinerlei Befugnisse.«

Er merkte, wie sich auf diese Feststellung hin alle im Raum ihm zuwandten und ihn ansahen. Es war kein angenehmes Gefühl.

»Wenn wir ganz korrekt sein wollen, Detective Constable, dann ist das hier mein Arbeitsplatz, und ich könnte dasselbe über Sie alle sagen«, stellte Nick Lines schmunzelnd klar.

Gedämpftes Gelächter. Es war nicht böse gemeint, aber Matthews wurmte es trotzdem. Er hatte das Gefühl, als hätten sich die anderen gegen ihn verschworen. Als machten sie sich wegen seiner vergleichsweise geringen Berufserfahrung über ihn lustig. Er fühlte sich ausgegrenzt, weil er sie nicht schon seit Jahren kannte – er kannte sie *überhaupt* nicht. Er gab sich Mühe, nicht rot zu werden. Ohne Erfolg.

»Alles, was ich damit zum Ausdruck bringen wollte«, sagte er beim Versuch, sich zu behaupten, »ist, dass es sich hierbei um eine offizielle polizeiliche Ermittlung handelt, die ausschließlich von professionellen Ermittlern geführt werden sollte.«

»Dann halten Sie also nichts davon, dass wir unsere Ressourcen bündeln?«, fragte Anni.

»Wieso? Was haben Sie denn herausgefunden?«

Anni lächelte. »Dann halten Sie doch was davon.«

Er gab keine Antwort. Nur seine Wangen brannten noch heißer.

»Also, eigentlich«, schob Anni hinterher, »sollten *wir* doch *Ihnen* die Fragen stellen. Wie wir gehört haben, tritt Ihre Abteilung bei den Ermittlungen auf der Stelle. Woran liegt das?«

Matthews wechselte einen argwöhnischen Blick mit Imani. »Ich denke, wir können es ihnen sagen«, meinte diese.

Matthews war noch nicht ganz überzeugt.

Imani lächelte. »Ich vertraue den beiden. Ich kenne Anni, und mit Marina habe ich auch schon zusammengearbeitet. Wir können sie bedenkenlos einweihen.«

Matthews sah zwischen den Frauen hin und her. *Wenn Sie Informationen teilen wollen*, sagte seine Miene, *dann ohne mich.*

Imani wandte sich an Anni und Marina. »Wir treten auf der Stelle, weil es keine ausreichenden Spuren gibt. Gestern ist es uns immerhin gelungen, eins der Opfer zu identifizieren. Das haben wir Simon zu verdanken.« Sie wies auf Matthews. Er wusste die Geste zu schätzen. Imani bemühte sich, ihn mit einzubeziehen. Er suchte in ihrem Gesicht nach Anzeichen von Herablassung, fand aber keine.

Imani fuhr fort: »Allerdings wissen wir immer noch nicht, was genau dazu geführt hat, dass er zum Opfer wurde. Das müssen wir noch rausfinden. Und von der Todesursache haben wir auch eben erst erfahren, kurz bevor ihr gekommen seid. Soweit der Stand der Dinge.«

Anni runzelte die Stirn. »Und warum haben Sie noch nichts vorzuweisen? Eigentlich müsste der Fall doch höchste Priorität haben.«

»Es scheint, als ob Beresford – das ist der DS, der die Ermittlungen leitet – keine allzu große Eile an den Tag legt, den Fall voranzubringen.«

»Ist das derselbe Beresford, der Phil aus Birmingham abholen sollte?« Marina kannte die Antwort auf die Frage bereits, wollte aber ganz sichergehen.

»Genau der«, sagte Imani. »Obwohl er leugnet, jemals dort gewesen zu sein. Angeblich ist sein Wagen in der Werkstatt.«

»Haben Sie das denn überprüft?«, wollte Marina wissen.

Das war dann doch zu viel für Matthews. »Entschuldigung, aber stellen Sie hier gerade die Integrität unseres Ermittlungsleiters in Frage?«

Aller Augen wandten sich ihm zu. Keiner sagte etwas. Durch das Schweigen fühlte er sich genötigt, seinen kleinen Ausbruch zu rechtfertigen.

»Ich meinte ... was genau wollen Sie denn damit andeuten? Dass er in die Sache verwickelt ist? Dass er ... keine Ahnung ... absichtlich die Ermittlungen sabotiert?«

»Ich weiß auch nicht genau«, sagte Marina leise, während sie langsam aufstand. »Hat es sich denn so angehört?«

Matthews verkniff sich eine Erwiderung. Entschied sich stattdessen für ein Kopfschütteln. »Ja, ich habe das mit dem Wagen überprüft. Ich habe in der Werkstatt angerufen. DCI Franks hatte mich darum gebeten. Ich habe mit dem Besitzer telefoniert, und er hat DS Beresfords Aussage bestätigt.«

Imani starrte ihn an, genau wie alle anderen. »Aber irgendwas scheint bei den Ermittlungen falsch zu laufen, das steht außer Frage. Hinweisen wurde nicht nachgegangen; gewisse Fakten wurden, sagen wir mal, heruntergespielt. Und alles deutet auf DS Beresford als Ursache hin.«

»Oder auf DCI Franks«, warf Anni ein.

»Ich glaube nicht, dass Franks absichtlich die Ermittlungen behindern würde«, widersprach Marina. »Und inkompetent ist er auch nicht. Nein, man mag ihm vieles vorwerfen, aber im Grunde seines Herzens ist er einer von den Guten.«

»Im allertiefsten Grunde«, murmelte Anni halblaut.

»Und was heißt das jetzt für uns?«, wollte Imani wissen.

»Dass es jede Menge zu tun gibt.« Anni überlegte kurz. »Jemand sollte den Obduktionsergebnissen nachgehen und rausfinden, ob es in der Datenbank – und zwar national, nicht nur regional – noch weitere ähnliche Todesfälle gibt. Und wir müssen Informationen in Bezug auf Fiona Welchs Hintergrund und ihre Kindheit austauschen – alles, was wir bislang rausgefunden haben. Außerdem finde ich, wir sollten uns Michael Prosser noch mal vorknöpfen. Und diesem DS Beresford genauer auf den Zahn fühlen. Wir müssen wissen, ob seine Geschichte mit dem Auto wirklich stimmt.«

»Ich übernehme das mit der Datenbanksuche«, sagte Matthews, der bereits auf dem Weg zur Tür war.

»Okay, gut«, sagte Imani. »Wir treffen uns dann später auf dem Revier.«

Matthews hatte die Nase voll. Jetzt nahmen sie schon Befehle von jemandem entgegen, der nicht mal bei der Polizei arbeitete. Sie jobbte in einem Fitnessstudio, verdammt noch mal. In einem *Fitnessstudio*. Und jetzt stand sie hier und kommandierte alle herum. Das hatte bei ihm das Fass zum Überlaufen gebracht.

Er würde dahinterkommen, was bei dieser Ermittlung falsch lief. Aber, sagte er sich, als er endlich wieder draußen an der frischen Luft stand, *er würde es so tun, wie er es für richtig hielt.*

34

Phil starrte an die Zimmerdecke. Oder jedenfalls nach oben in die Dunkelheit – dorthin, wo die Zimmerdecke sein musste. Er hatte wieder geschlafen. Vielleicht war er auch bewusstlos gewesen. Er wusste nicht, wie viel Uhr oder welcher Tag es war. Ja, er hätte kaum noch sagen können, wer er selber war und ob er träumte oder wachte. Doch selbst wenn alles nur ein Albtraum war, dann war er so unwirklich, dass er schon wieder mehr als wirklich erschien.

Gedanken wirbelten in seinem Kopf wild durcheinander, doch keiner nahm richtig Gestalt an. Immer wieder musste er daran denken, was passiert war, und jedes Mal traf ihn die Erinnerung mit der vernichtenden Wucht einer Abrissbirne. Ein treffender Vergleich. Eine Abrissbirne für seine Seele.

Sie hatte ihn vergewaltigt. *Vergewaltigt.*

Davor hätte er so etwas für ausgeschlossen gehalten, sowohl physisch als auch psychisch. Sicher, es gab Fälle. Rein theoretisch war es nicht unmöglich, das hatte er gewusst. Aber dass es ihm passieren würde, daran hätte er nicht einmal im Traum gedacht. Das Ganze war so weit von seiner Lebenswirklichkeit und seiner Logik entfernt, dass er es sich niemals auch nur ansatzweise hätte vorstellen können.

Niemals.

Jetzt musste er es sich auch nicht mehr vorstellen. Es war passiert.

Er stöhnte. Die Erinnerung lastete auf ihm wie ein tonnenschweres Gewicht. Er wollte wegrennen, schreien, sich gegen die Wände werfen, nur um zu sehen, ob er noch etwas empfand. Stattdessen war er gezwungen, still zu liegen, wehrlos und gefesselt, während seine Gedanken einen Marathon durch die Hölle liefen. Wenn er sich wenigstens ganz klein hätte zusammenkauern können. Den Kopf unter den Armen verstecken, die Welt und alles Schlimme einfach aussperren. Die Augen schließen, nichts mehr wahrnehmen.

Wieder und wieder krampfte sich sein Magen zusammen, und die Galle kam ihm hoch, als wolle sein Körper die grauenhaften Erinnerungen ausstoßen. Er war hilflos. *Vollkommen hilflos.*

Die Tür ging auf. Eine Hand erschien im Spalt, tastete an der Wand entlang und betätigte den Lichtschalter. Phil blinzelte gegen die plötzliche Helligkeit an. Er kniff die Augen zu, bis sie sich allmählich umgewöhnt hatten, erst dann öffnete er sie wieder.

»Was …«

Das Zimmer hatte sich verändert. Es war nicht mehr sein Schlafzimmer – jedenfalls nicht das in ihrem Haus in Moseley. Ungläubig sah er sich um. Die Umgebung wirkte vertraut, doch er konnte sie nicht richtig einordnen. Wie eine Erinnerung, die zugleich ein Fremdkörper in seinem Kopf war.

Als Nächstes fiel sein Blick auf die Frau, die eingetreten war. Sie sah nicht länger wie Marina aus. Ihre Haare waren jetzt kürzer und heller, ihre Kleidung konservativer und nicht mehr ganz so ausgefallen. Auch ihre Körperhaltung hatte sich stark verändert.

Das Einzige, was gleich geblieben war, war ihr Lächeln. Dieser fast hämische Wahnsinn ließ sich einfach nicht verbergen.

»Guten Morgen, Phil. Gut geschlafen?«

Er starrte sie mit offenem Mund an. Versuchte, ihre plötzliche Verwandlung zu begreifen. Nein ... nein ...

Sie hielt inne, sah ihn an. »Was ist denn nur los mir dir, Phil? Du wirkst ja ganz durcheinander. Erkennst du deine eigene Mutter nicht?«

»Meine ... was? Meine Mutter?«

Sie schüttelte den Kopf, als könne sie nicht glauben, was er da sagte. Dann lachte sie. »Schläfst du etwa noch?« Sie trat zu ihm. Setzte sich auf die Bettkante. Nahm seine Hand. »Ja. Deine Mutter Eileen. Erkennst du mich denn nicht?«

Jetzt wurde Phil auch klar, weshalb ihm das Zimmer bekannt vorkam. Es sah aus wie sein altes Kinderzimmer bei Don und Eileen, kurz nachdem sie ihn bei sich aufgenommen hatten. Das erste Zimmer, das wirklich und wahrhaftig ihm gehört hatte. Doch als er einen Blick zum Nachttisch warf, wusste er, dass es nicht wirklich sein altes Zimmer war. Die zwei Kapseln lagen noch an ihrem Platz.

Er konnte den Anblick nicht länger ertragen – weder den des Zimmers noch den der Frau. Erneut schloss er ganz fest die Augen. Spürte, wie sie seine Hand streichelte.

»Warum?«, fragte er irgendwann mit einer Stimme, die genauso gebrochen war wie sein Körper und sein Geist. »Warum tun Sie mir das an?«

»Aber was meinst du denn, Phil?«, fragte sie betont unschuldig.

»Das hier. Das ... alles. Wieso? Was wollen Sie? Was wollen Sie von mir?« In den Winkeln seiner geschlossenen Augen bildeten sich Tränen.

»Was ich von dir will, Phil? Nichts. Im Gegenteil, ich möchte dir etwas geben.« Er spürte, wie sie näher rückte. »Dich.«

Er schlug die Augen wieder auf. Sie lag neben ihm auf dem Bett. Nein ... nein ... nicht schon wieder. »Bitte, nein ... Fassen Sie mich nicht an ...«

»Was soll das heißen?«, erwiderte sie, erneut die reinste Unschuld. »Ich weiß wirklich nicht, was du meinst. Ich tue doch gar nichts. Ich bin deine Mutter, Phil. Oder jedenfalls so gut wie.«

Ihre Worte lösten etwas in ihm aus, und seine Stimme wurde wieder kraftvoller. »Eileen *war* meine Mutter. Nicht meine leibliche, aber Familien sind mehr als nur Biologie.«

»Oh, da stimme ich dir hundertprozentig zu.«

»Sie sind nicht meine Mutter. Sie sind nicht Eileen.« Eine unbändige, ohnmächtige Wut ergriff von ihm Besitz. »Also hören Sie auf mit Ihren Spielchen und sagen Sie mir endlich, was Sie verdammt noch mal von mir wollen!« Die letzten Worte brüllte er aus vollem Hals.

Sie sah ihn an. Kein normaler Mensch konnte sich so lange das Blinzeln verkneifen wie sie. Dann erhob sie sich vom Bett. Ihr Gesicht war unbewegt wie Marmor. Er hielt den Atem an. Er wusste, wozu sie fähig war, das hatte sie zu Genüge unter Beweis gestellt. Es war unmöglich zu sagen, was sie als Nächstes tun, auf welche Weise sie ihn demütigen oder was für Schmerzen sie ihm zufügen würde. Und diese Unsicherheit machte ihm Angst. Todesangst.

Ihre Züge blieben ausdruckslos, während sie ihn unverwandt ansah. Irgendwann öffnete sie den Mund. Ihr Ton war ruhig und gemessen.

»Ich bin hier, um dir zu helfen, Phil. Alles ...«, sie beugte sich zu ihm herab und zischte ihm ins Gesicht, »*alles* was ich tue, tue ich ausschließlich zu deinem Wohl!«

Danach richtete sie sich wieder auf. »Dein Leben steckte in einer Sackgasse. Drohte in der Bedeutungslosigkeit zu versinken. Du hattest den falschen Weg eingeschlagen, Phil, den völlig falschen Weg. Warst irregeleitet, wenn man so will. Und das ist noch milde ausgedrückt. Du hast dich selbst belogen. Darüber, wer du warst, wer du *bist*. Und wer du eigentlich sein solltest. Oh ja, ich weiß, so was passiert schnell. Bestimmt warst du anfangs nicht so, so geht es den meisten. Aber du bist so geworden.« Sie lächelte. »Aber mach dir keine Sorgen. Ich bin hier, um alles wieder ins rechte Lot zu bringen.«

Vollkommen entgeistert starrte er sie an. War sie jetzt endgültig übergeschnappt? Oder lag es an ihm? In seinem Kopf drehte sich alles, seine Gedanken waren außer Kontrolle geraten. Er bekam keinen einzigen von ihnen zu fassen.

»Wie denn?«, fragte er irgendwann mit einer Stimme, die klang, als hätte sie Rost angesetzt. »Wie wollen Sie mich wieder ins rechte Lot bringen?«

»Wiedergeburt«, sagte sie mit leuchtenden Augen. »Ich werde dich zurück in den Schoß deiner Mutter führen und dir zeigen, wo du vom Weg abgekommen bist. Ich werde dir zeigen, wer du wirklich bist, Phil.«

»Ich weiß, wer ich bin.« Doch schon beim Sprechen merkte er, dass er seinen Worten nicht glaubte. Dass es eine Lüge war.

Auch ihr blieb es nicht verborgen. Sie lachte leise auf. »Bist du dir da auch ganz sicher, Phil? Das hörte sich nämlich gerade nicht so an.«

»Ich weiß, wer ich bin ...« Diesmal klang die Behauptung noch jämmerlicher. Er hauchte die Worte mehr, als dass er sie sprach.

Wieder lächelte sie. Diesmal war es ein mitleidiges, nachsichtiges Lächeln. »Es ist wirklich liebenswert, dass du so denkst. Aber mich überzeugst du damit leider nicht. Du überzeugst ja nicht mal dich selbst.« Abermals ließ sie sich auf der Bettkante nieder. »Ich bin deine Mutter, Phil.«

»Sie sind ... Sie sind nicht ... meine ...«

Sie bedeutete ihm zu schweigen. »Ich bin deine Mutter, Phil. Ich bin deine Frau, ich bin deine ...« Sie lächelte. »Nun, bis dahin werden wir uns noch ein klein wenig gedulden müssen. Ich bin alles für dich, Phil. Ich bin all das für dich, was du für mich bist. Ich gehe mit dir bis ganz an den Anfang zurück, und am Ende wirst du ein neuer Mann sein. Hand in Hand mit mir.«

»Ich ... Ich weiß nicht mal, wer Sie sind ...«

»Doch, das weißt du, Phil. Das weißt du.«

Ihr starrer Blick bohrte sich in seine Augen. Wahnsinn auf ihrer, Angst auf seiner Seite.

»Hast du manchmal Albträume, Phil? Ja?« Sie schien ernsthaft auf eine Antwort zu warten.

Also gab er ihr eine. »Ja. Jetzt gerade, zum Beispiel ...«

Sie schüttelte nur den Kopf. »Nein, Phil. Das hier ist alles real. Aber ich weiß, dass du Albträume hast. Darüber, wo du herkommst? Darüber, wer du bist?«

Noch immer blickte sie ihn mit ihren starren Augen an. Er erwiderte den Blick. Ihre Worte hatten ihn zutiefst erschreckt.

Da er keinen Ton von sich gab, suchte sie in seinen Augen nach einer Antwort. Und schien fündig zu werden. »Ja, nicht wahr? Du hast Albträume über deine Kindheit. Darüber, was dir angetan wurde. Darüber, wie es war, bevor du zu mir gekommen bist. Und zu Don, Gott hab ihn selig. All das Grauen, all die Angst und die Dunkelheit, die du damals in dir getragen hast – sie bescheren dir immer noch böse Träume, ist es nicht so?«

Er hatte keine andere Wahl. »Ja«, sagte er.

»Ich weiß. Ich weiß.« Sie stand auf. »Ich lasse dich jetzt eine Weile allein. Dann kannst du in Ruhe nachdenken. Aber bald komme ich zurück, und dann zeige ich dir eine Mutterliebe, wie du sie nie zuvor erfahren hast.« Sie stand da und blickte auf ihn herab wie die Hausmutter eines Internats auf einen kranken Schüler. »Ich werde dafür sorgen, dass deine Albträume für immer verschwinden. Du wirst schon sehen.«

Gleich darauf war sie fort.

Phil lag da und starrte auf die geschlossene Tür. Dachte über ihre Worte nach.

Und wusste nicht, ob sie ihn trösteten oder mit einer nie dagewesenen Furcht erfüllten.

Die Schlinge zieht sich zu

Sie grübelte. Sie plante. Sie fasste all ihre Gefühle für Fiona zusammen, bewahrte sie fest verschlossen in ihrem Innern auf und ließ sie nur heraus, wenn sie allein war. Wenn niemand sie beobachtete. In einem Heim kam das nicht oft vor. Sie machte lange Spaziergänge. Ging an einsame, verlassene Orte und schrie sich die Seele aus dem Leib, bis sie nicht mehr konnte.

Und grübelte. Und plante.

Ganz in der Nähe des Heims wurde eine neue Wohnsiedlung gebaut. Schachteln aus beigefarbenem Backstein, aufgereiht an gewundenen Straßen wie Schleifenbänder der Gleichförmigkeit. Noch waren die Häuser nicht fertig und überall standen Baugerüste herum. Noch sah man Wände aus nackten Gasbetonsteinen, aus deren Ritzen billiges Isoliermaterial hervorquoll. Die Baustelle wurde zum neuen Tummelplatz für die Heimkinder. Dort küssten sie sich, experimentierten mit Sex, rauchten und tranken, was immer sie in die Finger bekamen. Der Maschendrahtzaun und die Schilder, die vor bissigen Hunden warnten, schreckten niemanden ab.

Dort, beschloss sie, würde es passieren.

Anfangs wollte Fiona nicht mitkommen. Das ist doch was für Kleinkinder, sagte sie abfällig. Was sollen wir denn da? Fiona betrachtete die Neubausiedlung mit einer Art herablassender Belustigung. Hatte wieder ihr überlegenes Grinsen im Gesicht.

Aber sie blieb hartnäckig.

Komm schon, Fiona, wir sollten da mal hingehen. Das wird bestimmt lustig. Immer und immer wieder fragte sie. So lange, bis Fiona irgendwann mürbe geworden war und einwilligte.

Grübeln und Planen. Alles für diesen einen Moment.

Sie schlüpften durch den Zaun und schlichen die noch nicht geteerten Straßen entlang. Die Straßenlaternen in der Ferne zeichneten lange Schatten in die Dunkelheit. Fiona lachte die ganze Zeit und sagte: Kannst du dir vorstellen, wie es wäre, hier zu wohnen? Was für ein blöder Langweiler muss man sein, um sich hier ein Haus zu kaufen?

Sie antwortete nicht. Ein Teil von ihr hätte sehr gerne in einem dieser Häuser gewohnt. Sie waren klein, ja, aber gemütlich. Und sicher. Man konnte die Tür hinter sich abschließen, und die Welt musste draußen bleiben. Trotzdem lachte sie zusammen mit Fiona und stimmte ihr zu.

Hier rein, sagte sie und deutete auf ein halbfertiges Haus. Es hatte eine erste Etage, aber das Dach war noch nicht gedeckt. Über ihnen erstreckte sich der klare Sommerhimmel.

Fiona sah nach oben. Wie romantisch, meinte sie verächtlich. Und? Warum wolltest du unbedingt mit mir hierherkommen? Willst du mir wieder mal deine ewige Liebe schwören?

Fiona ließ sich auf den nackten, staubigen Holzbohlen nieder, sah zu ihr hoch und wartete auf eine Antwort. Ihre Frage war eine klare Kampfansage.

Ich hasse dich, dachte sie. Ich habe noch nie in meinem ganzen Leben einen Menschen so sehr gehasst wie dich. Noch nie. Nicht mal die Mörder meiner Eltern. Ich hasse dich.

Nur dich.

Doch das alles behielt sie für sich. Stattdessen lächelte sie bloß und kniete sich neben Fiona.

Ich wollte, dass du mit mir hierherkommst, weil …

Sie kramte in ihrer Tasche. Rutschte näher an Fiona heran.

Ich wollte …

Ihre Körper waren einander ganz nah, wie die zweier Liebenden, die sich jeden Moment umarmen würden.

Ich …

Im nächsten Augenblick ging sie auf Fiona los. Schlang die Kordel aus fest geflochtener Seide, die sie auf dem Markt gekauft hatte, um Fionas Hals. Sie überkreuzte die Enden und zog mit aller Kraft daran, so wie sie es in Filmen gesehen hatte.

Sie sagte dabei kein Wort. Starrte Fiona einfach nur an. Der ganze Hass, den sie für sie empfand, floss in ihre Hände, ihre Handgelenke. Mit vor Anstrengung weißen Knöcheln und Fingern zog sie so fest sie konnte.

Und dann hörte sie auf.

Fiona hatte überhaupt nicht reagiert. Sie hatte sich nicht einmal an den Hals gegriffen, sondern vollkommen regungslos dagesessen, während sie stranguliert wurde. Und ihre Augen. Dieser Blick. Ruhig. Total ruhig. Und ihr Gesicht. Sie hatte immer noch dieses Lächeln im Gesicht. Ihr selbstzufriedenes überlegenes Lächeln.

Na los, sagte Fiona. Wenn du's machen willst, dann mach's doch.

Und dann passierte etwas, womit sie am allerwenigsten gerechnet hätte.

Fiona fing an zu lachen.

Danach konnte sie nicht mehr weitermachen. Sie ließ die Hände sinken, die Kordel lockerte sich. Sie rückte von Fiona ab und sah sie an.

Fiona lächelte. Deshalb hast du mich hierhergebracht?

Sie antwortete nicht. Brachte keinen Ton heraus.

Fiona stand auf. Auch sie sagte nichts. Ging einfach die Treppe hinunter und aus dem Haus.

Sie sah ihr nach. Fühlte alle möglichen Dinge, die sie nicht einmal ansatzweise benennen konnte. Nur ein Gefühl, das stärker war als die anderen, erkannte sie: Liebe. Nach allem, was geschehen war, liebte sie Fiona immer noch.

Danach versuchte sie Fiona aus dem Weg zu gehen. Sie schämte sich. Nicht weil sie versuchte hatte, sie umzubringen. Sondern weil es ihr nicht gelungen war. Und weil Fiona deshalb wieder einmal den Sieg davongetragen hatte.

Doch schon bald gewann der Hass wieder die Oberhand. Zu sehen, wie Fiona weiterlebte, als wäre nichts geschehen, wie sie redete und lachte und ihren Spaß hatte, vollkommen unberührt – das war schier unerträglich.

Also fing sie von Neuem an zu grübeln und zu planen. Sie liebte Fiona so sehr, dass sie sie umbringen musste. Oder ihr wenigstens wehtun. Und nach einer Weile glaubte sie den richtigen Weg dafür gefunden zu haben.

Sean. Fiona war immer noch mit Sean zusammen. Der große, gutaussehende Junge war fast ständig an ihrer Seite. Und er schien sie wirklich glücklich zu machen. Soweit Fiona überhaupt zum Glücklichsein fähig war.

Er war die Lösung. Der Weg zu Fiona führte über ihn.

Sie versuchte Sean zu verführen. Lockte auch ihn in die Neubausiedlung, in das Haus ohne Dach. Komm mal mit, Sean, ich muss dir etwas zeigen.

Dieses Etwas war sie selbst.

Anfangs war Sean auch gar nicht abgeneigt. Sie machte den ersten Schritt. Küsste ihn, streichelte ihn, und als er sich darauf einließ, schaltete sie einen Gang höher. Nimm mich, Sean. Ich bin viel besser als Fiona. Nimm lieber mich …

Ja, ertönte da plötzlich eine Stimme. Nimm sie. Schau mal, was du von ihr hältst, Sean.

Sie hielten inne, schauten zur Treppe. Dort stand Fiona und lächelte.

Sie sah zu Sean. Rechnete damit, dass er sich ertappt fühlen und irgendeine Entschuldigung stammeln würde. Ein Funken Hoffnung glomm in ihr auf.

Doch Sean reagierte ganz anders. Er lächelte ebenfalls. Dann lachte er sogar. Er stand auf und ging zu Fiona.

Hast du echt geglaubt, es wäre so einfach?, fragte die. Hast du im Ernst gedacht, Sean würde sich mit dir einlassen? Obwohl ich das hier mit ihm machen kann?

Fiona legte los. Sie machte Sean richtig heiß.

Schau einfach zu, sagte Fiona. Bleib da sitzen und schau zu. Pass auf, was er mit mir anstellt. Was du nicht kannst. Was du nie konntest.

Also schaute sie zu. Und es war schwer zu sagen, wen von ihnen dreien sie in diesem Augenblick am meisten verabscheute.

Sie musste mehr tun. Noch schlauer sein. Abermals kapselte sie sich ab. Versuchte den kalten, harten Kern in ihrem Innern zum Leben zu erwecken. Wieder so zu werden, wie sie gewesen war, bevor Fiona ihr jegliche Kraft ausgesaugt hatte. Das Mädchen zu sein, das vor Fionas Ankunft das Heim fest unter ihrer Kontrolle gehabt hatte. Das Schmerzen, Wut und Trauer in anderen nährte, damit sie selbst davon verschont blieb. Dieses Mädchen war es, das Fiona durch Sean wehtun würde.

Also beobachtete sie die beiden. Sie ließ sich nicht von ihrem Zorn überwältigen, wenn sie sie zusammen sah, sondern sammelte lediglich Informationen über sie. Ihr Material. Sie studierte ihren Tagesablauf. Schmiedete Pläne. Diesmal würde sie alles richtig machen. Kein Raum für Fehler. Kein Raum für eine weitere Demütigung. Diesmal würde sie nicht versagen.

Die Liebe würde ihr nicht länger im Weg stehen. Denn inzwischen war da nur noch Hass. Purer, glühender, auf ein einziges Ziel fixierter Hass.

Diesmal würde sie als Siegerin vom Platz gehen.

35

Imani hielt sich an die Anweisungen des Navis. Während der Fahrt musste sie die ganze Zeit an die Frage denken, die Anni ihr kurz vor dem Abschied gestellt hatte.

»Sind Sie sicher, dass er sauber ist, dieser junge Matthews?«

»Ja«, hatte sie geantwortet. »Warum sollte er nicht sauber sein?«

Anni hatte sie vielsagend angesehen. »Sie haben von Beresford gesprochen – dass wir ihn überprüfen und nachhaken sollten, ob seine Version der Ereignisse stimmt. Wäre das nicht ein Interessenkonflikt? Könnte doch sein, dass er seinem Boss davon erzählt.«

»Das ist doch ein ganz normales Vorgehen.«

»Mag sein, aber Beresford ist immer noch sein Boss.«

»Wir haben uns unterhalten, bevor wir hergekommen sind. Er ist in Ordnung. Er steht auf unserer Seite.«

Anni war deutlich weniger zuversichtlich gewesen. »Hoffen wir's mal.«

Mehr hatten sie nicht gesagt. Die drei Frauen hatten sich von Nick Lines verabschiedet und waren dann auseinandergegangen. Sie wollten in Kontakt bleiben und später Informationen austauschen.

Jetzt kurvte Imani auf der Suche nach der Werkstatt von Roger Prentice durch Colchester. Das Gewirr aus Einbahnstraßen machte es ihr nicht gerade leicht. In Sachen hinterhältiger Verkehrsführung konnte Colchester es allemal mit Birmingham aufnehmen. Sie war dreimal an derselben Stelle der alten römischen Stadtmauer vorbeigekommen, ehe sie den richtigen Abzweig gefunden hatte. Diesmal nahm sie im Kreisverkehr eine Ausfahrt früher und fand sich endlich auf der Straße Richtung New Town wieder. Sie hatte keine Ahnung, warum dieser Teil der Stadt so hieß. Er schien komplett aus Backstein-Reihenhäusern zu bestehen, als hätte es sie in eine alte Folge von *Coronation Street* verschlagen. Das Navi leitete sie durch Straßen, die, auf beiden Seiten mit Autos zugeparkt, kaum für vierrädrige Fahrzeuge geeignet waren, über schwer einsehbare Kreuzungen und enge, gewundene Sträßchen entlang. Von den Häusern glich keins dem anderen. Einige verfügten über Anbauten oder waren von ihren mehr oder weniger stolzen Besitzern unter Einsatz mehr oder weniger großer Geldmittel renoviert worden, andere bröckelten vor sich hin, wieder andere beherbergten Studenten-WGs.

Und dann war sie endlich am Ziel angekommen.

Man hätte die Werkstatt leicht übersehen können. Zwischen zwei Häuserreihen befand sich ein schmales, zwei Stockwerke hohes Tor. Dahinter tat sich ein schlauchartiger, aber überraschend langer Raum auf, der genügend Platz für mehrere Rampen und Arbeitsbühnen bot. Zurzeit wurde an drei Autos geschraubt.

Imani parkte auf der gegenüberliegenden Straßenseite, schloss ihren Wagen ab und überquerte die Fahrbahn.

»Hi«, wandte sie sich an einen schlanken, gepflegten grauhaarigen Mann mit Brille und grauem Overall. »Mr Prentice?«

»Ja?«

Wenn man von Schmiere und Arbeitskluft einmal absah, hatte er eher den bedächtigen Habitus eines Buchhalters.

»Ich bin Detective Sergeant Oliver«, sagte sie und zeigte ihren Dienstausweis vor. »Könnten wir uns kurz unterhalten?«

Prentice wurde sogleich argwöhnisch. Seine klugen Augen hinter den Brillengläsern verengten sich zu Schlitzen. »Worüber denn?«

»Es ist nichts Schlimmes, keine Sorge. Sie sind nicht in Schwierigkeiten. Ich wollte mich nur wegen eines Wagens erkundigen, den Sie zur Reparatur hier hatten.«

Bei diesen Worten schlug Prentice' Argwohn in Gereiztheit um. »Ein Wagen?«

»Ja.« Sie ließ den Blick durch die Werkstatt schweifen. Entdeckte eine hölzerne Treppe, die zu einem Büro unter dem Dach hinaufführte. »Sollen wir hochgehen, oder möchten Sie sich lieber hier unten unterhalten?«

Überlass ihm die Entscheidung, dachte sie sich. *Wenn er glaubt, die Wahl zu haben, stimmt ihn das vielleicht kooperativer.*

»Wir können ruhig hierbleiben«, sagte er. »Solange ich nichts nachschlagen muss.«

»Es geht um ein Fahrzeug, das Sie irgendwann Anfang der Woche zur Reparatur hier hatten. Möglicherweise gestern. Ein Vauxhall Insignia, zugelassen auf einen gewissen David Beresford.«

»Dave Beresford?«, fragte Prentice erstaunt. »Das ist doch ein Kollege von Ihnen.«

»Stimmt. Ich muss nur überprüfen, ob sein Wagen eine Panne hatte und er ihn diese Woche in Ihre Werkstatt gebracht hat.«

Wieder ein misstrauischer Blick. »Warum fragen Sie ihn das nicht selbst? Sie arbeiten doch mit ihm, oder nicht?« Dann huschte etwas anderes über seine Züge. Angst. »Kann ich noch mal Ihren Ausweis sehen?«

Sie tat ihm den Gefallen.

»West Midlands. Sie sind ja gar nicht von hier.«

»Ja, das ist richtig. Aber ich arbeite zusammen mit der Polizei von Essex an einem Fall. Es geht um das Verschwinden eines unserer Ermittler. Könnten Sie mir also bitte sagen, ob DS Beresfords Fahrzeug diese Woche bei Ihnen in der Werkstatt stand und was mit ihm nicht in Ordnung war?«

Roger Prentice schien ein Mann zu sein, der grundsätzlich nichts Unüberlegtes tat oder sagte. Er wägte seine Worte gründlich ab, ehe er Antwort gab. »Bevor ich was sage, will ich nur kurz erwähnen, dass Dave Beresford ein guter Kunde von mir ist. Er hat mich auch schon anderen Leuten weiterempfohlen. Vor einigen Jahren hatte ich ein paar Probleme – nichts Gravierendes –, und er hat mir da rausgeholfen. Ich zähle ihn zu meinen Freunden. Wenn er in Schwierigkeiten steckt, finde ich, dass ich ein Anrecht habe, darüber Bescheid zu wissen.«

Jetzt war Imani diejenige, die lange über eine Antwort nachdenken musste. Sie überlegte, ob sie ihm alles sagen sollte oder nur so viel, um die gewünschte Auskunft zu bekommen. *Sei kreativ*, dachte sie.

»Sein Fahrzeug war möglicherweise in eine Entführung verwickelt. Was nicht bedeuten soll, dass DS Beresford persönlich in irgendeiner Weise damit zu tun hatte. Ich muss einfach nur wissen, ob sein Wagen, aus welchem Grund auch immer, diese Woche bei Ihnen in der Werkstatt war. Könnten Sie mir das bitte sagen?«

Sein fester Blick ruhte auf ihr, doch er schwieg. Imani fragte sich, was wohl die »paar Probleme« gewesen waren, die er erwähnt hatte. Angesichts seiner ordentlichen Erscheinung waren finanzielle Schwierigkeiten ihr erster Gedanke. Vielleicht Unstimmigkeiten in der Buchführung. Aber es konnte auch etwas ganz anderes gewesen sein. Sein adrettes Äußeres konnte täuschen. Alkohol? Spielschulden? Eigentlich tat es auch gar nichts zur Sache, sie war einfach nur neugierig. In jedem Fall mussten die Probleme schwerwiegend gewesen sein, sonst hätte sich die Polizei nicht eingeschaltet. Aber so schwerwiegend, dass Prentice bereit wäre, für einen Detective, dem er noch einen Gefallen schuldete, zu lügen? Schwer zu sagen. Vermutlich würde sie es gleich erfahren.

»Ich hab deswegen schon einen Anruf bekommen, von einem Ihrer Kollegen. Junger Typ, der Stimme nach.«

»Ja, ich arbeite mit ihm zusammen.«

»Aha«, sagte Prentice, der auch diesmal seine Worte sehr gründlich abzuwägen schien. »Und wenn ich jetzt DS Beresford anrufe, wird er mir dann sagen, dass ich Ihnen Auskunft geben soll? Zum zweiten Mal?«

Allmählich verlor sie die Geduld mit dem Mann. Es war Zeit, ihn daran zu erinnern, wer vor ihm stand. »Ich weiß es nicht, Mr Prentice. Ich weiß nur, dass ich mir notfalls einen Beschluss besorgen kann, der Sie dazu verpflichtet, uns Ihre Bücher auszuhändigen. Natürlich will ich das nicht. Das würde eine Menge Arbeit und Aufwand bedeuten. Und wie gesagt, ich ermittle in einer Entführung. Sicher können Sie nachvollziehen, dass bei solchen Fällen Zeit der wichtigste Faktor ist.« Das alles brachte Imani in besonnenem Ton und mit einem Lächeln vor. Eine beachtliche Leistung, wie sie fand.

»Gut. Von mir aus. Versteh schon.« Prentice nickte. Dann seufzte er.

Jetzt mach schon, dachte sie.

»Nein«, sagte er schließlich.

»Was, nein?«

»Nein, DS Beresfords Wagen war diese Woche nicht bei mir in der Werkstatt. Ich hab letzten März die Abgasuntersuchung für ihn gemacht, seitdem war er nicht mehr hier. Natürlich hab ich ihn in der Zwischenzeit hin und wieder mal privat gesehen, aber nicht als Kunden in meiner Werkstatt.«

»Hat er Sie angerufen und Ihnen gesagt, Sie sollen sagen, dass sein Wagen hier war, obwohl das nicht der Wahrheit entspricht? Ist das der Grund, weshalb Sie zuvor etwas anderes behauptet haben?«

Prentice fiel es sichtlich schwer, diese Frage zu beantworten.

»Dazu ... möchte ich lieber nichts sagen. Nicht ohne Rechtsbeistand.« Er blickte ihr in die Augen, und einmal mehr spiegelte sich Furcht auf seinen Zügen. »Brauche ich einen Rechtsbeistand?«

»Das bezweifle ich, Mr Prentice. Solange Sie mir jetzt die Wahrheit gesagt haben.«

Er nickte nachdrücklicher, als nötig gewesen wäre. »Das hab ich. Er ist ein Freund, aber ...« Er zuckte mit den Schultern. »Irgendwann ist eine Schuld auch mal abgegolten.«

Sie nickte, äußerte nochmals ihr Verständnis für seine Lage, und ging dann zurück zu ihrem Wagen.

Sie wusste nicht recht, ob das Gefühl in ihrem Innern Euphorie war oder Unbehagen.

36

»Na, das ist aber eine Überraschung«, sagte Malcolm Turvey. »Eine schöne, natürlich«, fügte er hastig hinzu, sollten daran irgendwelche Zweifel bestehen.

Anni Hepburn lächelte. Wie es aussah. bekam er nicht oft Besuch, schon gar nicht von Frauen. Sein Haus lag in New Town – in demselben Gewirr enger Straßen, in dem Imani sich gegenwärtig zurechtzufinden versuchte. Es war keins der Häuser mit Anbau. Stattdessen erweckte es den Eindruck, als würde es nur dann gestrichen und geputzt, wenn es sich absolut nicht mehr vermeiden ließ. Seine vorrangige Aufgabe – eine Behausung zu sein – erfüllte es ohne jeden überflüssigen Schnickschnack. Das lag nicht etwa daran, dass der Besitzer mit der Instandhaltung überfordert gewesen wäre – obwohl die beiden Körbe mit den abgestorbenen Pflanzen, die rechts und links der Haustür hingen, zu diesem Schluss hätten verleiten können. Nein, er hatte schlichtweg andere, ungleich wichtigere Dinge im Kopf. Es war das Haus eines Menschen, der das geistige Leben dem materiellen vorzog, und das entschuldigte natürlich so einiges.

Anni lächelte weiter. Sie hoffte darauf, von Malcolm hereingebeten zu werden, auch wenn sie sich ein wenig davor fürchtete, wie es wohl im Innern des Hauses aussehen mochte.

Malcolm schien ganz ähnliche Gedanken zu hegen. »War da … Kann ich noch etwas für Sie tun?« Er sah sich um. Hoffte, seine Nachbarn würden diese hübsche junge Frau auf seiner Türschwelle bemerkten – und dabei nicht denken, dass sie gekommen war, um ihn zu verhaften.

»Ich brauche Ihre Hilfe, Malcolm. Können wir uns drinnen unterhalten?«

»Ja. Sicher. Natürlich. Gewiss doch.« Er machte Platz und bat sie herein. »Bitte.«

Sie trat ein. Er schloss die Tür hinter ihr.

Das Haus war klein. Von der Eingangstür gelangte man direkt ins Wohnzimmer. Das Erste, was ihr auffiel, war die Düsternis. Die Vorhänge waren zugezogen und hielten das allmählich schwindende Tageslicht fern. Der Staub in den Falten des Vorhangstoffs legte die Vermutung nahe, dass sie schon lange nicht mehr geöffnet worden waren.

Die Möbel waren nicht gerade typisch für ein Wohnzimmer. Die Regale in den Ecken quollen über vor Büchern. An einer Wand standen zwei alte metallene Aktenschränke, daneben ein durchgesessenes Sofa. In der Fensternische befand sich ein Fernsehapparat, das Glas übersät mit fettigen Fingerabdrücken, und vor dem zugemauerten Kamin standen ein Schreibtisch sowie ein Stuhl mit einem abgewetzten fleckigen Sitzkissen darauf. Auf dem Schreibtisch stand ein schwarzer, kompliziert aussehender Computer. *Wenn das hier sein Wohnzimmer ist,* dachte Anni, *möchte ich nicht wissen, wie das Schlafzimmer aussieht.*

Sie erschauerte. Hoffte, dass Malcolm es nicht gesehen hatte.

»Tee?«, fragte er. »Oder Kaffee?«

»Was immer am wenigsten Umstände macht.«

Er zögerte mit verdattertem Gesichtsausdruck.

»Tee«, entschied sie und lächelte.

Er verschwand in der Küche. Sobald der Wasserkocher gefüllt und eingeschaltet war, kehrte er ins Wohnzimmer zurück.

»Entschuldigen Sie. Wahrscheinlich finden Sie es nicht sehr gemütlich hier«, sagte er.

»Kein Problem.« Sie hockte sich auf die Sofakante und deutete auf die Aktenschränke. »Ihre Arbeit?«

»Ah«, sagte er, und seine Augen begannen zu leuchten. »Ja. Meine *eigentliche* Arbeit. Nun ja, was *ich* als meine eigentliche Arbeit betrachte, Sie wissen schon – nicht wie mein alter Job in der Bibliothek. Sondern *richtige* Arbeit.«

»Und worin besteht die genau? Sie recherchieren Kriminalfälle?«

»Ganz richtig.« Er ließ sich auf dem hölzernen Stuhl nieder und drehte sich zu ihr hin.

Er sieht nicht wirklich gesund aus, dachte sie unwillkürlich. Sein graues Haar war ungekämmt, sein Gesicht stark gerötet – vielleicht Alkohol, ungesunde Ernährung oder eine Kombination aus beidem. Einen Bierbauch hatte er noch dazu. Sein Pullover und die khakifarbene Hose, die er trug, hatten schon länger keine Waschmaschine von innen gesehen.

»Meine Arbeit«, wiederholte er. »Ein vollständiger Katalog sämtlicher in der näheren Umgebung verübten größeren Verbrechen. Aus diesem Jahrhundert sowie dem größten Teil des letzten. Alles genauestens dokumentiert, von der Entdeckung über das Ermittlungsgeschehen bis hin zum Gerichtsprozess – wobei es in einigen Fällen leider gar nicht erst dazu kam – und der verhängten Strafe. Ich habe sogar versucht herauszufinden, was aus den Tätern geworden ist, nachdem sie aus der Haft entlassen wurden. Ein überaus faszinierendes Gebiet. Wirklich. Ich sage ja immer …« Er schien sich warmgeredet zu haben und kam langsam in Fahrt: »Ich sage immer, man kann die kulturelle und soziale Temperatur einer Gesellschaft nicht nur an den Verbrechen messen, die begangen werden, sondern auch daran, wie sie mit diesen Verbrechen umgeht beziehungsweise sie bestraft.«

»Ich stimme Ihnen vollkommen zu. Und das Verbrechen, in dem ich –«

»Das ist der Wasserkocher.«

Sie wartete, während er in der Küche werkelte. Als er zurückkam, hatte er zwei Becher, die trotz energischen Auswaschens ihre braune Patina im Innern nicht losgeworden waren, eine geöffnete Plastikflasche mit Milch sowie eine Teekanne dabei, die ein Bild von Prinz Charles und Prinzessin Diana zierte.

»Bitte schön«, sagte er und schenkte ihr ein.

Anni gab sich Mühe, ein dankbares Gesicht zu machen. Sie nippte an ihrem Tee, meinte, er sei noch zu heiß, und stellte ihn neben sich auf den Fußboden.

»Also, was kann ich denn nun für Sie tun?«

Er wirkte beinahe zu begierig, fand sie. Nichtsdestotrotz fuhr sie fort.

»Fiona Welch. Die falsche.«

»Dachte ich es mir doch«, sagte er mit einem Nicken. »Dachte ich es mir doch.«

»Es geht um ihre Opfer. Ich bin sicher, Sie sind mit sämtlichen Details vertraut.«

Er sprang auf, wobei er fast seinen Tee umgestoßen hätte, und ging zum Computer. Er bewegte die Maus, um das Gerät zum Leben zu erwecken.

»Ich habe sie direkt hier. Heutzutage macht man das ja alles digital«, sagte er mit einem Anflug von Traurigkeit in der Stimme. »Ich persönlich ziehe den guten, alten Aktenschrank vor.«

»Es geht nichts über bewährte Methoden«, pflichtete Anni ihm bei, weil sie glaubte, dass er das von ihr erwartete.

»Recht haben Sie. Was möchten Sie gerne wissen?«

»Eigentlich alles. Wer sie waren, wie sie Fiona Welch kennengelernt haben – alles.«

Stirnrunzelnd wandte er sich zu ihr um. »Ist Ihnen das nicht bekannt?«

»Sicher, aber als ich bei der Polizei aufgehört habe, durfte ich die Fallakten natürlich nicht mitnehmen.«

»Nein«, antwortete er und wandte sich wieder dem Rechner zu. »Wohl nicht.«

Er scrollte durch diverse Dokumente. »Da haben wir es«, verkündete er irgendwann. Wieder sah er zu ihr hin. »Sie trinken Ihren Tee ja gar nicht.«

»Immer noch zu heiß. Was haben Sie gefunden?«

»Also.« Er las vom Bildschirm ab. »Erstes Opfer. Michael Duncan. Student, hat abends in einer Bar hinter der Theke gejobbt.«

»Welche Bar war das?«, wollte sie wissen.

»The Castle, unten in der High Street. Liegt neben dem Schloss, ob Sie's glauben oder nicht.« Er las weiter. »Hatte eine Freundin, fing aber irgendwann an, sie optisch zu verändern. Auf seinen Wunsch hin hat sie sich die Haare lang wachsen lassen und sie dunkelbraun beziehungsweise schwarz gefärbt. Er hat sie auch bei Monsoon neu eingekleidet.«

»Vom Gehalt eines Barkeepers?«

»Noch dazu war er Student, vergessen Sie das nicht. Aber nein, wenn ich mich recht entsinne, hat sich später herausgestellt, dass die Frau, die sich als Fiona Welch ausgab, alles für ihn bezahlt hatte.«

»Seltsam.«

»Ja. Und das war erst der Anfang. Anscheinend hat er irgendwann von seiner Freundin verlangt, dass sie sich Marina nennt.«

»Ach ja, jetzt fällt es mir wieder ein.« Sie nickte. Erinnerungen kamen zurück – auch an Mickey. Das war der letzte Fall gewesen, an dem sie vor seinem Tod zusammen gearbeitet hatten.

Bevor diese Frau ihn umgebracht hatte.

Sie gab sich einen Ruck. Versuchte sich ganz auf Malcolms Informationen zu konzentrieren. Professionell zu bleiben.

»Und sobald sie alles getan hatte, was er von ihr wollte, hat er sie getötet.«

»Wie?«

»Erwürgt.«

»Aha. Und der Nächste?«

»Dasselbe. Alles war exakt gleich. Glyn McDonald, Student, hatte eine Freundin, die sich auf sein Drängen hin optisch veränderte und die er fortan Marina nannte. Er hat auch in einer Bar im Zentrum gearbeitet. Im Purple Dog. Kennen Sie die?«

»Ja. Wie hat die Frau diese Männer denn kennengelernt? In den Bars?«

»Schwer zu sagen. Jedenfalls haben sie alle verschiedene Fächer studiert. Der dritte, Tom Houston, passt genau ins Schema, nur dass er nicht in einer Bar, sondern ihn einem Coffeeshop gejobbt hat.«

»Aber auch in der Gastronomie. Sie hätte also als Gast den Kontakt zu ihnen herstellen können.«

»In den beiden Bars und in dem Café hat man seinerzeit alle Mitarbeiter befragt. Keiner konnte sich daran erinnern, die Frau, die später festgenommen wurde und sich als Fiona Welch ausgab, je gesehen zu haben. Aber möglicherweise hat sie ja ihr Aussehen verändert.«

»Wenn ich mich recht erinnere, haben die drei Studenten alles zugegeben?«

»Ganz richtig. Und nicht nur das: Sie waren richtiggehend stolz darauf. Sie haben sich gefreut, ihre Taten gestehen zu können. Behaupteten, sie hätten es für *sie* getan. Alle drei.«

»Danach war es relativ leicht, ihr auf die Spur zu kommen, nicht wahr?«

»Als hätte sie nur darauf gewartet, gefasst zu werden. Endlich Aufmerksamkeit zu bekommen.« Malcolm wurde schüchtern. »Und zwar von Marina Esposito. Und Sie haben sie dann verhaftet.«

»Ja, das haben wir. Sie hat quasi auf uns gewartet. Wir wussten nicht, was wir mit ihr machen sollten, deshalb kam sie zunächst mal in eine geschlossene psychiatrische Klinik.« Anni seufzte. »Und dann ist uns alles um die Ohren geflogen.«

Malcolm nickte stumm.

Anni blickte hoch, eisern entschlossen, nicht die Fassung zu verlieren. Jedenfalls nicht vor Malcolm. Doch ein anderer Teil von ihr sehnte sich danach, genau das zu tun. Einfach loszulassen. Sollte er ruhig Zeuge ihrer Wut, ihrer Schmerzen, ihrer Trauer werden. Sollte er sehen, dass Verbrechen reale Konsequenzen hatten. Dass man sie eben nicht fein säuberlich in einen Aktenschrank sperren konnte. Dass es keine spannenden Geschichten oder moralischen Lehrstücke waren, sondern es dabei um echte Menschen ging, die einen echten Preis bezahlten.

Doch sie beherrschte sich. Schluckte ihre Gefühle herunter. Besann sich auf ihre Aufgabe.

»Und wo sind sie jetzt, diese drei Männer?«

»Im Gefängnis. Ich glaube nicht, dass einer von denen bald wieder auf freien Fuß kommt. Bislang hat keiner der drei Reue gezeigt. Sie haben allenfalls bedauert, dass sie diese Frau nie wiedersehen würden.«

»Sie muss sie ja regelrecht in der Hand gehabt haben«, meinte Anni.

Malcolm nickte zustimmend.

»Haben Sie Fotos von ihnen?«

»Aber sicher.«

Es folgten einige Mausklicks, und kurz darauf sprang der Drucker an. Er sammelte die ausgedruckten Bilder ein und reichte sie ihr.

»Chronologisch geordnet. Michael Duncan, Glyn McDonald, Tom Houston. Bitte sehr.«

Anni studierte die Bilder. Die jungen Männer sahen anders aus als gedacht. Sie hatte erwartet, dass sie Phil Brennan ähnlicher waren, und gewisse Übereinstimmungen waren auch erkennbar, allerdings in erster Linie untereinander: Alle drei Männer sahen jemandem ähnlich, nur war dieser Jemand nicht Phil.

Sie erhob sich. »Ich werde Ihre Zeit jetzt nicht länger in Anspruch nehmen. Danke, Malcolm. Ich weiß Ihre Hilfe wirklich zu schätzen.«

Malcolm errötete.

»Oh. Vielen Dank. Jederzeit, jederzeit. Ich helfe immer gern. Wirklich jederzeit.«

Mit einem routinierten Lächeln wandte sie sich zur Tür.

»Oh«, meinte er, als sie bereits einen Fuß über die Schwelle gesetzt hatte. »Sie haben Ihren Tee ja gar nicht ausgetrunken.«

»Ein andermal«, sagte sie.

Als sie im Laufschritt zu ihrem Wagen eilte, fiel ihr ein, dass sie Malcolm eine Frage nicht gestellt hatte: Was hatte er ihnen bei ihrem Gespräch in der Teestube verschwiegen?

Der Erste

Sean. Über ihn würde sie Fiona kriegen. Sean. Und sie würde es anders anfangen als beim letzten Mal. Nicht blind vor Liebe und gefühlsgesteuert. Nein. Diesmal würde sie eiskalt sein. Berechnend. So wie früher bei den Mädchen. Bevor Fiona aufgekreuzt war.

Fiona. Sobald sie auch nur an den Namen ihrer Ex-Geliebten dachte, packte sie der Zorn.

Aber sie unterdrückte ihn. Kanalisierte ihn. Sie musste lernen, ihn sich zunutze zu machen, statt sich davon beherrschen zu lassen.

Also konzentrierte sie sich ganz auf Sean. Sean. Sean. Er war alles, woran sie noch dachte. Wo er wohnte und mit wem. Wie alt er war. Wie seine Freunde hießen, wo er arbeitete. Sie studierte ihn. Analysierte ihn, bis sie ein vollständiges Dossier über ihn zusammengestellt hatte.

Er war neunzehn, lebte mit seinem geschiedenen Vater in einem kleinen ehemaligen Sozialbau nahe Moulsham. Er arbeitete als Gärtner für die Stadt, stand aber kurz davor, wegen Etatkürzungen entlassen zu werden. Die meisten seiner Freunde waren alte Schulkameraden. Keiner von ihnen hatte eine akademische Laufbahn eingeschlagen, und alle waren in der Gegend geblieben. Sie gingen regelmäßig zusammen einen trinken, normalerweise freitagabends. Die Samstagabende verbrachte er meistens mit Fiona.

Das war also Sean. Sein ganzes Leben. Sie musste nur einen Weg finden, wie sie am besten an ihn herankam. Sie würde ihm etwas antun, damit Fiona begriff, dass mit ihr nicht zu spaßen war. Sie würde ihn ihr wegnehmen. Wie auch immer. Fiona würde sich noch wundern. Sie würde sie da treffen, wo es richtig wehtat.

Mehr Planung. Mehr Grübelei. Google wurde zu ihrem besten Freund.

Dann, irgendwann, hatte sie eine Möglichkeit gefunden.

Sie begann mit den Vorbereitungen. Lächelte Fiona an, war nett zu ihr. Zeigte ihr, dass ihr vorheriges Verhalten sie nicht kratzte. Dass sie endgültig über sie hinweg war und ihr keine Träne nachweinte. Fiona reagierte darauf, indem sie ihr die kalte Schulter zeigte. Das dachte sie anfangs. Nach einer Weile jedoch wurde ihr klar, dass Fiona eigentlich bloß so tat. In Wahrheit – im Zusammenhang mit Fiona immer ein schwieriges Wort – war sie verletzt, sogar wütend, weil sie keine Kontrolle mehr über sie hatte und nichts dagegen machen konnte. Mit Sean anzugeben zog nicht mehr. Öffentliche Zuneigungsbekundungen wurden ignoriert. Angebereien wurden mit einem Achselzucken quittiert. Selbst als Fiona sie mit der Aussage provozierte, dass sie definitiv nicht mit ihr zusammen zur Uni gehen würde, blieb sie gleichgültig. Sie wusste genau, dass Fiona sich maßlos darüber ärgerte. Aber sie wusste auch, dass Fiona ihren Ärger niemals offen zeigen würde. Während Fiona also innerlich brodelte, lachte sie sich ins Fäustchen.

Dann rief sie sich ins Gedächtnis, dass sie ruhig bleiben musste. Beherrscht. Kalt. Für Schadenfreude wäre später noch genug Gelegenheit.

Erst einmal musste sie an Sean herankommen.

Und das erwies sich als unerwartet leicht.

Sie freundete sich mit den anderen Kids im Heim an, vor allem mit denjenigen, die im Sommer ausziehen würden. Sie fingen an, abends gemeinsam auszugehen, zogen durch die Bars und Clubs im Stadtzentrum. Sean und Fiona waren auch oft dort. Sean hatte Drogen ausprobiert und war auf den Geschmack gekommen. Zuerst natürlich Gras. Das rauchten alle, das war nichts Besonderes. Irgendwann beschloss er, dass er etwas Stärkeres, Intensiveres brauchte. Ecstasy war der logische nächste Schritt. Und seine Stammdealer konnten es liefern – zusammen mit Coke, Molly und was immer das Herz sonst noch begehrte.

Perfekt, dachte sie.

Sean arbeitete, und Fiona hatte sich durch ihren Job als Zuhälterin etwas zusammengespart, insofern war Geld für die beiden kein Problem. Aber sie hatte auch Geld. Sie freundete sich mit dem Dealer an. Fragte ihn, ob sie von ihm auch etwas ganz Spezielles bekommen könne. Rohypnol.

Anfangs lachte der Dealer sie aus.

Was willst du denn damit?

Ich hab da so was vor. Was ganz Besonderes. Sie lächelte beim Sprechen und hoffte, dass ihn das heißmachen oder wenigstens sein Interesse wecken würde. Allerdings zog ihre Masche nicht so richtig.

Dafür könnte ich in den Knast wandern, ist dir das klar? Bei so was kann ich richtig Ärger kriegen. Pillen, Skunk und Gras, das ist eine Sache. Aber K.O.-Tropfen sind ein anderes Kaliber. Wenn ich weiß, wie du das Zeug verwenden willst, kann man mich am Ende bei einer Vergewaltigung wegen Mittäterschaft drankriegen oder so was.

Klar, sagte sie. Aber du weißt es ja nicht. Du hast keine Ahnung, wie ich es verwenden will. Für wen oder was ich es brauche.

Er musterte sie. Sie wusste, dass sie ihm ein bisschen unheimlich war. Gut. Aber zugleich faszinierte sie ihn auch. Noch besser. Irgendwann lenkte er ein und besorgte ihr, was sie haben wollte.

Jetzt musste sie es Sean nur noch unterjubeln. Auf die richtige Gelegenheit warten.

Und die kam schneller als gedacht.

Eines Abends waren sie alle im Club. Sean hatte jede Menge Spaß, lachte und scherzte mit seinen Freunden. Alle tranken Bier. Sie war auch dabei. Man nahm sie nicht länger als Bedrohung oder auch nur als Störfaktor wahr.

Es war fast schon zu einfach.

Sie kontrollierte den Inhalt ihrer Handtasche. Messer. Klebeband. K.O.-Tropfen. Alles da.

Nicht dass sie vorhatte, ihn umzubringen. Nein. Natürlich nicht. Das wäre dumm gewesen. Dumm und gefährlich. Es hätte auf sie zurückfallen und ihr jede Menge Ärger einhandeln können. Wozu das riskieren? Alle würden glauben, dass sie neidisch auf Fiona war – neidisch genug, um ihren Freund umzubringen. Und den Eindruck wollte sie nicht erwecken.

Nein. Sie würde ihm wehtun, mehr nicht. Ihm Angst einjagen. Ihn vielleicht ein bisschen aufschlitzen. Oder es ihm zumindest androhen. Dafür sorgen, dass er sich ausgeliefert fühlte. Allein. Sie würde ihm die Hoffnung nehmen. Ihm so viel Angst machen, dass er Fiona sitzenließ. Ja. Mehr würde sie nicht tun. Das wäre schon genug. Und wenn Fiona sie dann fragte, ob sie Sean gesehen oder von ihm gehört habe, würde sie ihr alles erzählen.

Ich hab ihm gesagt, dass er sich verpissen soll. Dass du ohne ihn besser dran bist. Ich hab ihm gesagt, dass du in Wahrheit auf mich scharf bist. Danach würde sie ihr die kalte Schulter zeigen, so wie Fiona ihr die kalte Schulter gezeigt hatte.

Genau. Ein perfekter Plan.

Nur dass die Dinge nicht wie geplant liefen.

Ihn von der Gruppe zu trennen war nicht weiter schwer. Sie sprach ihn einfach an, lachte ein bisschen mit ihm, sagte ihm, dass ihr der ganze Mist leidtue, den sie mit Fiona abgezogen hatte. Fiona und Sean würden ja so gut zusammen passen. Und Sean, der Trottel, kaufte ihr alles ab. Willigte sogar ein, als sie anbot, ihm einen Drink zu spendieren, um zu beweisen, dass zwischen ihnen alles vergeben und vergessen war.

Das war sein Fehler. Es war ein Kinderspiel, das Rohypnol in sein Glas zu schütten. Danach musste sie es ihm nur noch geben und abwarten, dass er es austrank. Perfekt. Keine große Herausforderung. Dann musste sie ihn noch irgendwie nach draußen schmuggeln, an Fiona vorbei – wo auch immer die gerade steckte.

Das war der Moment, in dem alles aus dem Ruder lief.

Sean wurde auf einmal schwindlig, er konnte nicht mehr gerade stehen. So weit, so gut. Damit hatte sie noch gerechnet. Sie versuchte ihn wegzuschaffen, raus aus dem Club. Eigentlich hatte sie vorgehabt, ihn zum Taxistand zu bringen und dann mit ihm zur Neubausiedlung zu fahren, wo sie die beiden anderen mitgebrachten Gegenstände an ihm ausprobieren wollte. Doch so weit kam sie gar nicht, weil Sean zusammenbrach, noch bevor sie den Club verlassen hatten.

Irgendetwas stimmte mit ihm nicht. Das war ihr sofort klar. Er hätte nicht so heftig auf das Zeug reagieren dürfen. Und auch nicht so schnell. Aber was hätte sie tun sollen? Er kippte plötzlich einfach um, vor aller Augen.

Die Türsteher kamen angerannt, weil sie dachten, er wäre betrunken. Doch sie merkten schnell, dass das nicht der Fall war.

Was hat er eingeworfen?, fragte der größte der beiden Türsteher.

Sie stellte sich dumm, behauptete, sie hätte keine Ahnung. Sie hätte nicht gesehen, dass er irgendwas genommen hätte. Er hätte den ganzen Abend nur Bier getrunken, mehr nicht. Dabei riss sie die Augen weit auf. Die Unschuld in Person.

Aus dem Augenwinkel beobachtete sie, wie auch Fiona mit besorgter Miene angerannt kam. Sie war sprachlos: Es war das erste Mal, dass sie bei Fiona tiefe Gefühle wahrnahm.

Als Fiona bei Sean war, fiel sie neben ihm auf die Knie und schrie nach einem Krankenwagen. Hob dann den Kopf.

In dem Moment ließ sie die Maske der Unschuld fallen. Ein Lächeln erschien in ihrem Gesicht. Bösartig. Herausfordernd. Aber vor allem: triumphierend.

Fiona mochte dieses Lächeln nicht. Ganz und gar nicht.

Sean starb zwei Tage später. Ein allergischer Schock, stand im offiziellen

Bericht, hervorgerufen durch eine illegale Substanz, die er im Club eingenommen hatte.

Sie wurde von der Polizei verhört, spielte wieder die großäugige Unschuld. Es funktionierte. Man schloss sie als Verdächtige aus. Danach nahm sich die Polizei Fiona vor. Seans Tod musste ihr wirklich zugesetzt haben, denn sie vergaß sogar zu schauspielern. Auf einmal zeigte die Polizei großes Interesse an Fiona. Sehr großes Interesse. Besser hätte es gar nicht kommen können.

Irgendwann ließen sie Fiona wieder laufen. Die Drogen, die Sean umgebracht hatten, stammten nicht von ihr. Von wem sie stammten, fand man nicht heraus. Und da er die Substanz, worum auch immer es sich handelte, scheinbar freiwillig genommen hatte, konnte die Polizei nicht viel mehr tun. Ein tragischer Unfall. Akte geschlossen.

Allmählich wurde es Zeit, dem Heim Lebwohl zu sagen. Fiona machte einen Bogen um sie. Wenn sie sich doch einmal begegneten, sah sie ihr nicht in die Augen, sondern wandte beschämt und ängstlich den Blick ab.

An ihrem allerletzten Tag sprach sie Fiona an. Lauerte ihr im Flur auf, wo sie nicht entwischen konnte.

Ich wollte dir nur viel Glück auf der Uni wünschen.

Fiona murmelte ein Dankeschön und versuchte sich an ihr vorbeizuschieben.

Muss hart sein ohne Sean. Echt tragisch, die Sache. Ich wette, das fühlt sich richtig, richtig mies an, oder?

Fiona gab keine Antwort. Unternahm einen zweiten Versuch, von ihr wegzukommen.

Irgendjemand, fügte sie hinzu und trat ganz dicht an sie heran, muss ihn ja echt gehasst haben, sonst hätte er ihm doch niemals dieses Zeug gegeben, wenn doch bekannt war, dass er davon sterben kann.

Sie wusste nicht, wie Fiona ihre Worte auffassen würde.

Fiona hob abrupt den Kopf und starrte sie an.

Von dieser Reaktion ermutigt, redete sie weiter. Wenn die Polizei nur wüsste, wer so einen Hass auf ihn hatte – oder auf seine Freundin. Vielleicht hat derjenige ihm das ja auch nur angetan, damit sie leidet.

Sie lächelte.

Fiona, die sie immer noch wie versteinert anblickte, begriff.

Und floh.

Es war das letzte Mal, dass sie sie sah.

Jedenfalls lebendig.

37

Marina hatte sich eine Ecke des Art Café gegenüber der Bibliothek am Trinity Square in Colchester als provisorisches Büro eingerichtet.

Sie konnte sich noch gut an das Café erinnern. Als sie noch in Colchester gewohnt hatten und sie an der Universität gelehrt hatte, war sie hin und wieder hergekommen. Sie hatte sich an freien Nachmittagen mit anderen Dozenten hier getroffen, um bei Kaffee und Kuchen die Probleme der Welt zu wälzen – oder wenigstens die Probleme ihrer Fakultät. Manchmal hatte sie im Shop des Cafés auch ein paar handgefertigte Grußkarten oder ein besonderes Schmuckstück erstanden.

Heute allerdings versuchte sie, diese Erinnerungen zu verdrängen. Sie hätten sie nur abgelenkt.

Sie saß, diverse Unterlagen sowie ihren Laptop vor sich, allein an einem Tisch in der Ecke. Kaffee und Kuchen hatte sie zwar diesmal auch bestellt, aber sie schmeckten nicht so gut wie früher. Andererseits hätte ihr in ihrem aufgewühlten Zustand wohl nichts so richtig geschmeckt. Sie konnte froh sein, wenn sich ihre chaotischen Gefühle in etwas halbwegs Produktives verwandeln ließen.

Sämtliche Informationen, die sie über Fiona Welch zusammengetragen hatte, lagen griffbereit vor ihr auf dem Tisch. Sie hatte sogar per Internet Zugriff auf behördliche, der Öffentlichkeit normalerweise nicht zugängliche Akten. Damit hatte Anni ihr geholfen. Angeblich hatte sie mal einen Hacker festgenommen, der ihr im Austausch gegen Strafminderung gezeigt hatte, wie man den sicheren Zugang knacken konnte. Das war ein guter Handel gewesen.

Inzwischen hatte Marina sich ein recht umfassendes Bild davon gemacht, wann Fiona wo untergebracht gewesen war und für wie lange – wenigstens als Kind und Jugendliche. Nach dem Heim hatte sie zunächst an der Portsmouth University Psychologie studiert und schließlich in Colchester ihren Doktor gemacht. Wenig später war sie ums Leben gekommen.

Auch über Fionas familiäres Umfeld hatte sie etwas in Erfahrung gebracht. Es war die traurige, wenngleich klassische Geschichte von Missbrauch und zerrütteten Familienverhältnissen, unter denen das Kind wie so oft am meisten zu leiden hatte. Der alkoholkranke Vater war fast nie zu Hause gewesen, und die Mutter hatte ihren häufig wechselnden Freunden erlaubt, sich an Fiona zu vergehen. Irgendwann war dann das Jugendamt eingeschritten und hatte sie ins Heim gegeben. Dort war sie anscheinend unter den Einfluss eines anderen Mädchens geraten.

Marina spürte ein Kribbeln, wie immer, wenn sie wusste, dass sie eine entscheidende Entdeckung gemacht hatte. Sie wusste, wer dieses andere Mädchen gewesen war. Zumindest hatte sie einen sehr starken Verdacht.

Sie las weiter, um noch mehr Informationen über dieses andere Mädchen zu finden, wurde jedoch enttäuscht. In den Unterlagen tauchte weder ein Name noch ein Geburtsort auf. Nichts.

Marina lehnte sich zurück und starrte nachdenklich auf ihren Monitor. Wieso? Wie konnte es sein, dass es keinerlei Informationen über dieses andere Mädchen gab?

An Informationen über Fiona Welch herrschte kein Mangel, und dasselbe galt für die anderen Kinder im Heim. Warum also stand nirgendwo etwas über das Mädchen? Dieser Umstand stachelte Marinas Neugier umso mehr an. Bestärkte sie in ihrem Verdacht, dass dieses Mädchen – inzwischen eine Frau – genau die Person war, nach der sie suchte. Sie musste nur noch herausfinden, *wer* sie war. Ein Name wäre da ein guter Anfang gewesen.

Doch bevor Marina sich wieder auf die Suche machen konnte, klingelte ihr Handy.

Sie holte es aus der Handtasche und warf einen Blick auf das Display. Unbekannte Nummer. Ein Schauer durchlief sie, ihr Herz setzte einen Schlag aus, und ihr Magen krampfte sich zusammen. Ihr erster Gedanke war: Phil. Oder seine Kidnapperin, die sich mit ihrer Tat brüsten und Marina provozieren wollte.

Ihr zweiter Gedanke: Die Polizei rief an, um ihr mitzuteilen, dass man seine Leiche gefunden hatte.

Beide Vorstellungen waren gleichermaßen schrecklich.

Aber rangehen musste sie, sie hatte keine Wahl.

»Marina Esposito.«

»Ja«, sagte jemand, und dann kam lange nichts mehr. Es war ein Mann, so viel war klar. Seine Stimme klang vage vertraut. Sie hatte sie vor gar nicht allzu langer Zeit gehört. Aber wo?

In jedem Fall war es nicht Phil. Und auch nicht seine Entführerin.

»Hallo?«, sagte sie und wartete.

Sie hörte einen Seufzer, der urplötzlich in einen Hustenanfall umschlug. Sie wartete, bis er vorbei war. Lauschte, was als Nächstes kommen würde.

»Hier ist Michael Prosser.«

Jetzt erkannte sie auch die Stimme wieder. Womit allerdings immer noch nicht die Frage beantwortet wäre, weshalb er anrief.

Im Gegenteil: Dass ausgerechnet Prosser sich bei ihr meldete, verwirrte sie nur umso mehr. Mit ihm hatte sie am allerwenigsten gerechnet.

»Michael, hallo«, sagte sie und hoffte, dass sie ruhig und freundlich klang. »Was kann ich für Sie tun?«

Es folgte ein Geräusch, von dem sie nicht genau wusste, ob es ein Lachen war. »Ich wette, mit meinem Anruf haben Sie nicht, was?«

»Das stimmt.«

»Nachdem Sie mich so beleidigt haben. Nach Ihrem üblen Abgang.«

Sie wartete. Sollte sie sich bei ihm entschuldigen? Im Grunde genommen hatte sie ja nur die Wahrheit gesagt. Aber vielleicht war eine Entschuldigung trotzdem angebracht – wenigstens für die Art, wie sie es gesagt hatte.

»Ja«, setzte sie an, verstummte aber sogleich wieder. Sie brachte es einfach nicht über die Lippen. »Also. Was gibt es denn, Michael?«

»Ich hab gesehen, was passiert ist, nachdem Sie gegangen waren.«

Abermals erschauerte sie.

»Und bevor Sie davon anfangen: Ich hatte nichts damit zu tun. Wenigstens nicht direkt.«

»Wie meinen Sie das?«

»Sie haben mir Fragen gestellt. Über sie.«

»Über wen?«

»Stellen Sie sich doch nicht dumm. Sie wissen genau, von wem ich rede. Von dieser Frau. Die Ihren Mann entführt hat.«

»Sie kennen sie? Wie ist ihr Name?«

Wieder ein Geräusch, das sie als Lachen interpretierte. »Immer mit der Ruhe. So einfach ist das nicht. Ist es ja nie, was?«

»Kann sein«, entgegnete sie geduldig. Hauptsache, er redete weiter. Sie wartete nur darauf, dass er eine Gegenleistung für seine Informationen fordern würde.

»Ich meine das, was Sie gestern Abend zu mir gesagt haben. Als was Sie mich bezeichnet haben. So einfach ist die Sache nicht. Nichts im Leben ist komplett schwarzweiß.«

»Wenn ich einen Fehler gemacht habe, entschuldige ich mich dafür.« Sie musste die Ruhe bewahren und durfte ihn nicht schon wieder gegen sich aufbringen, auch wenn es ihr schwerfiel.

»Oh, tausend Dank, Eure scheißverdammte Majestät«, sagte er mit vor Sarkasmus triefender Stimme. »Aber darum geht's mir gar nicht. Na ja, nicht nur. Wenn Sie verstehen, was ich meine.«

»Nicht wirklich, Michael«, sagte Marina, krampfhaft darum bemüht, ihre wachsende Gereiztheit zu verbergen. »Vielleicht können Sie es mir erklären.«

»Respekt. Ich hab nachgedacht, und ich bin zu dem Schluss gekommen, dass ich Respekt will.« Er holte tief Luft. Der Atem rasselte feucht in seiner Kehle, womöglich eine Folge jahrelangen Nikotinkonsums. »Als Anfang. Eigentlich wollte ich Sie gar nicht anrufen. Soll sich doch jemand anders darum kümmern. Sie, oder wer auch immer, ist mir egal. Eigentlich wollte ich es einfach ignorieren. Wollte nichts damit zu tun haben.«

Je länger sie ihm zuhörte, desto mehr drängte sich ihr die Vermutung auf, dass er es nicht gewohnt war, sich mit anderen

Menschen zu unterhalten. Die Jahre im selbstauferlegten Exil hatten ihn desozialisiert, sodass er nun kaum noch ein kohärentes Gespräch führen konnte. Dennoch hoffte sie, dass er fortfahren würde, solange sie ihn nur ermunterte. Wenn sie Glück hatte, würde er sogar irgendwann zum Punkt kommen.

»Und was hat Sie denn dazu gebracht, Ihre Meinung zu ändern?«, wollte sie von ihm wissen.

»Ich bin keiner von den Bösen. Bin ich nicht.«

Sie fragte sich, ob er mit sich selbst redete.

»Ich hab gesehen, was Ihnen passiert ist. Und ich weiß auch, wer das war.«

»Wer?«

»Das ist nicht die richtige Frage. Sie müssen nach dem Warum fragen.«

»Weil ich mit Ihnen über die Frau sprechen wollte, das haben Sie doch eben gerade selbst gesagt.«

»Richtig. Also. Respekt ist jetzt das Stichwort. Ich bin keiner von den Bösen.«

»Okay.«

»Dann behandeln Sie mich auch nicht so, verdammt noch mal. Ich versuche Ihnen zu helfen.«

»Und dafür bin ich Ihnen sehr, sehr dankbar. Aber wie genau wollen Sie mir denn helfen? Was kann ich tun?«

»Kommen Sie noch mal zu mir. In meine Wohnung.«

»Könnten wir uns nicht irgendwo anders treffen?«, schlug sie vor.

»Was ist denn das für eine Scheißidee?« Bitterkeit schwang in seiner Stimme mit.

Sie ließ das Thema fallen.

»Dann haben Sie mir also etwas zu sagen.«

»Ich kann ihnen *alles* sagen.«

»Und das ließe sich nicht am Telefon erledigen?«

»Wie dämlich sind Sie eigentlich? Natürlich nicht. Sie müssen herkommen und mir was mitbringen. Respekt. Wie ich gesagt hab.«

»Ich bringe auf jeden Fall Respekt mit, Michael. Sie haben mein Wort.«

»Ich will aber noch mehr.«

»Was denn noch?«

»Respekt ist nicht billig.«

Sie nickte ergeben. Damit hatte sie ja bereits gerechnet. »Wie viel?«

»Das entscheide ich, wenn Sie hier sind. Ich muss erst noch darüber nachdenken. Ich will, dass meine Version der Geschichte Gehör findet. Genau. Und ich will eine Entschädigung für den ganzen Mist, den ich durchmachen musste.«

»Gut. Ich bringe mein Scheckbuch mit. Um wie viel Uhr soll ich da sein?«

»Jetzt kommen Sie doch einfach her.«

Die Verbindung wurde getrennt. Marina starrte ihr Handy an. Meinte Prosser es wirklich ernst? War das hier der lang ersehnte Durchbruch? Oder wollte er sie in eine Falle locken, sich an ihr rächen, weil er sich schlecht behandelt fühlte? Sie konnte es nicht sagen.

So oder so: Es gab nur einen Weg, es herauszufinden.

38

Simon Matthews war von sich selbst überrascht.

Er war zurück zum Revier nach Queensway gefahren, hatte sich dort an seinen Schreibtisch gesetzt und an die Arbeit gemacht. Anfangs war er noch wütend gewesen, hatte sich über Imani Oliver und ihre Clique geärgert. Sich darüber aufgeregt, dass sie ihn einfach ausgegrenzt hatten. Doch dann war er ins Nachdenken gekommen. Falsch, sie hatten ihn nicht ausgegrenzt. Nicht wirklich. Vielmehr hatte er sich freiwillig für diese Aufgabe gemeldet, hatte sogar ausdrücklich darum gebeten. Je länger er nachdachte, desto mehr wurde ihm bewusst, dass niemand außer ihm die Aufgabe hatte übernehmen wollen. *Insofern*, argumentierte der logisch denkende Teil seines Gehirns, *hast du kein Recht, dich zu beklagen*.

Trotzdem ...

Eine Sache beschäftigte ihn nachhaltig: Die anderen hatten sich begrüßt wie alte Freunde, nur er war außen vor geblieben, weil er keine gemeinsame Vergangenheit mit ihnen hatte. Jedenfalls war es ihm so vorgekommen. Wenn er ehrlich war, wurmte ihn das am meisten: dass sie alle etwas teilten, von dem er keine Ahnung hatte. Und dieses Gefühl ebnete den Weg für alle möglichen anderen Gedanken.

Denn auf dem Revier, unter seinen Kollegen, ging es ihm ähnlich. Er war erst seit Kurzem dabei, und obwohl er sich bereits den Respekt und die Anerkennung der anderen erworben hatte, war er noch nicht wirklich in der Gruppe angekommen. Das verletzte ihn mehr, als er sich eingestehen wollte.

Wenn er ehrlich war, hoffte er darauf, beide Gruppen mit seiner Arbeit beeindrucken zu können.

Er selbst war von seinen Ergebnissen schon jetzt positiv überrascht.

Er hatte die Suchparameter in die Datenbank eingegeben und zunächst nur auf County-Ebene gesucht. Zwei Treffer. Der erste Tote war Gast in einem Holiday Inn außerhalb von Colchester gewesen. Der Fall lag sieben Jahre zurück. Eine viertägige Konferenz von Kaminfachhändlern. *Wie kann man nur so was Langweiliges machen?*, dachte er bei sich – ehe ihm einfiel, dass er am Computer saß und Daten in eine Suchmaske eintippte. Aber wenigstens machte er Fortschritte. Andrew Murray, achtundvierzig Jahre alt, verheiratet, war zuletzt in einer Bar gesehen worden, wo er sich mit einigen Leuten unterhalten hatte. Er hatte zu Abend gegessen (Steak) und reichlich getrunken (Bier, Wein, Whisky). Zunächst hatte alles auf einen Herzinfarkt hingedeutet, doch dann hatte seine Frau Zweifel an der Todesursache angemeldet. Er spiele Tennis, hatte sie berichtet. Und Golf. Er achte auf seine Fitness, trainiere sogar für einen Triathlon. *Typischer Fall von Midlifecrisis*, dachte Simon Matthews. *Ein Mann, der sich mit der Möglichkeit seines eigenen Todes konfrontiert sieht.* Aber er konnte froh sein, denn die beharrliche Ehefrau hatte bewirkt, dass eine zweite Obduktion durchgeführt wurde, in deren Verlauf man eine Einstichstelle an der Wirbelsäule des Mannes entdeckte. Und nicht nur das: Andrew Murray hatte unmittelbar vor seinem Tod einen großen Geldbetrag von seinem Konto abgehoben und ihn auf ein zweites, ebenfalls auf seinen Namen laufendes Konto überwiesen, das noch am selben Abend leergeräumt und aufgelöst worden war.

So wurde aus dem Todes- ein Mordfall. Sämtliche Konferenzteilnehmer, die die Polizei ausfindig machen konnte, wurden befragt. Alle sagten übereinstimmend aus, dass Murray sich am Abend vor seinem Tod in der Bar mit vielen Leuten unterhalten habe. Niemand sei besonders aufgefallen. Einige Leute meinten sich zu erinnern, wie er mit einer jüngeren Frau geflirtet habe, doch es schien nichts Ernstes gewesen zu sein. Die Polizei versuchte, die Frau aufzuspüren, jedoch ohne Erfolg. Man ging davon aus, dass es sich bei ihr um eine Teilnehmerin der Konferenz der Kaminfachhändler handelte.

Offiziell war die Akte noch offen. Doch mittlerweile war der Fall sieben Jahre alt. Es gab keinerlei Hinweise mehr, sämtliche Spuren waren kalt.

Matthews suchte weiter. Der nächste Treffer war ein fünf Jahre alter Todesfall in Southend-on-Sea. Diesmal handelte es sich nicht um einen Konferenzteilnehmer, sondern um einen allein reisenden Mann, der ein Zimmer in einem Hotel am Meer gebucht hatte. Graeme Parker, geschieden, war für ein paar Tage nach Essex gereist, um Zeit mit seinen Kindern zu verbringen, ehe seine Exfrau mit ihnen nach Kanada auswanderte. Er wurde zuletzt in einer Bar gesehen, wo er erfolglos versucht hatte, etwas zu essen zu bestellen, nachdem die Küche schon geschlossen hatte. Danach war er anscheinend mit einem weiblichen Gast ins Gespräch gekommen, und die beiden hatten die Bar gemeinsam verlassen. Am nächsten Morgen fand man ihn tot in seinem Zimmer.

Auch diesmal hatte die Polizei versucht, die unbekannte Frau ausfindig zu machen – und auch diesmal gelang es ihr nicht. Auf den Überwachungsbändern war sie nirgends zu sehen, und in den Buchungsunterlagen des Hotels fand sich kein Hinweis darauf, dass eine Frau, auf die ihre Personenbeschreibung passte, während des fraglichen Zeitraums ein Zimmer im Hotel bewohnt hatte. Überhaupt gab es mit der Personenbeschreibung ein Problem. Keine zwei Zeugen waren sich bezüglich ihres Aussehens einig. Für den einen war sie jung, für den anderen mehr oder weniger jung gewesen. Mal hübsch, mal eher unscheinbar. Irgendwie unauffällig gekleidet. Wirklich erinnern konnte sich niemand an sie.

Doch die Faktenlage reichte aus, um eine Obduktion zu rechtfertigen, bei der eine Einstichstelle an der Wirbelsäule festgestellt wurde. Darüber hinaus konnte die Toxikologie einen Stoff im Blut des Mannes nachweisen, der allerdings nur noch in winzigen Mengen vorhanden war. Rohypnol oder ein Rohypnol-Derivat. Und auch diesmal war unmittelbar vor seinem Tod eine große Summe von einem Konto auf ein anderes geflossen. Man folgte der Spur des Geldes, doch sie führte in eine Sackgasse. Der Name auf sämtlichen Bankunterlagen lautete Graeme Parker. Und genau wie beim vorangegangenen Fall war auch diesmal das zweite Konto vollständig leergeräumt worden.

Matthews lehnte sich zurück. Er konnte seine Aufregung kaum zügeln. Das war es, was er an seinem Beruf am meisten liebte. Nicht die Verfolgungsjagden, das Festsetzen von Straftätern, bei denen man unauffällig noch mal die Fäuste sprechen ließ, ehe man sie abführte. Nicht der Adrenalinrausch, die körperlichen Aspekte. Nein. Ihn reizte die Jagd nach Informationen; er liebte es, wenn sich einzelne Teile langsam zu einem Ganzen fügten und das Netz aus Informationen immer enger und enger wurde, je näher man zum Kern des Ganzen vordrang. Er liebte es, einem Verbrecher auf die Schliche zu kommen, der sich für genial und deshalb unangreifbar gehalten hatte. Das war sein Adrenalinkick. Der Grund, weshalb er zur Polizei gegangen war.

Als Nächstes beschloss er, die Suche auf andere Countys auszuweiten. Er grenzte sie auf einen Zeitraum von sieben Jahren ein.

Und wurde fündig. Ein weiterer Fall in Kent. Diesmal ...

»Na? Spaß bei der Arbeit?«

Matthews fuhr zusammen, dann hob er den Kopf. DS Beresford stand neben ihm und sah ihm über die Schulter. Er lachte.

»Habe ich Sie etwa bei was ertappt, DC Matthews? Sie sind ja vor Schreck fast vom Stuhl gefallen.«

Einige Kollegen fielen in sein Gelächter mit ein. Matthews wusste nicht, ob sie mit ihm oder über ihn lachten. Ihm stieg die Röte ins Gesicht.

»Entschuldigung, Sir, ich habe nur gerade ...«

Beresford schaute auf Matthews' Monitor. »Was ist denn das?«

»Wir waren bei Nick Lines, Sir«, antwortete Matthews – so berauscht von seiner Entdeckung, dass er nicht nachdachte. »Er hat uns die Autopsieberichte der drei getöteten Männer gegeben.«

Dann verstummte er jäh, als ihm einfiel, was Nick Lines ihnen gesagt hatte: dass er Beresford die Berichte sofort nach Fertigstellung geschickt hatte. Beresford hingegen hatte behauptet, sie nie erhalten zu haben. Er versuchte, sich auf seinen Monitor zu konzentrieren, merkte aber, dass sein Boss ihn scharf beobachtete.

»Ach, tatsächlich?«, sagte Beresford betont jovial. »Und wessen Idee war das?«

»Die von DS Oliver, Sir.«

Beresford nickte. Seine Miene war unergründlich.

Matthews fühlte sich genötigt, die Umstände genauer zu

erläutern. »Sie haben gesagt, ich soll sie besonders zuvorkommend behandeln, Sir. Ich habe nur getan, worum Sie mich gebeten haben.«

Beresford sah ihn an. Zwang sich zu einem Lächeln. »Sehr gut, DC Matthews.« Dann deutete er auf den Monitor. »Und das da?«

Matthews berichtete ihm von den Einstichwunden, die bei allen drei Leichen festgestellt worden waren, und dass er daraufhin beschlossen habe, nach ähnlichen Fällen zu suchen.

»Bis jetzt sind es schon drei. Dabei habe ich gerade erst angefangen.«

»Gute Ermittlungsarbeit, DC Matthews. Wirklich ausgezeichnet.« Beresfords Lächeln wirkte wie eingefroren. Er sah sich im Büro um, als wolle er sichergehen, dass niemand mithörte, ehe er sich zu ihm herabbeugte.

»Wie geht es denn unserer Bekannten aus dem Norden?«

Matthews sah ihn verdattert an. »Sir?«

»DS Oliver. Norden, West Midlands, wie auch immer. Wie kommen Sie mit ihr klar?«

»Gut, Sir.«

Beresford nickte. Beugte sich noch tiefer zu ihm herunter. »Ich möchte Sie daran erinnern, Simon, dass DS Oliver nur für eine gewisse Zeit hier ist. Sie wird bald wieder weg sein – aber Sie bleiben. Und ich auch. Verstehen Sie, was ich meine?«

Beresford sah Matthews in die Augen. Sein Blick bohrte sich förmlich in ihn hinein. Matthew blinzelte und zuckte leicht zurück. Oh ja, er wusste, worauf sein Vorgesetzter anspielte. Er wollte Matthews daran erinnern, wer sein Chef war. Aber nicht nur das ...

»Also. Macht sie irgendwas, worüber ich Bescheid wissen sollte?

»Ich …« Matthews deutete auf seinen Bildschirm. »Das hier, Sir. Dasselbe, woran ich gerade arbeite.«

»Gut. Sonst noch was?«

Matthews gab keine Antwort. Es war klar, was Beresford von ihm verlangte: Er sollte eine Kollegin anschwärzen. Aber Imani hatte ihm versichert, dass es nichts mit Illoyalität zu tun hatte, wenn sie einige Schwachstellen von Beresfords Handhabung der Ermittlung untersuchte. Es ging einzig und allein darum, den Fall zu lösen. Resultate zu erzielen. Und dabei spielte die Hierarchie letztendlich keine Rolle.

Andererseits …

… war da noch die Erinnerung daran, wie ausgeschlossen er sich bei Imani und ihren Freunden gefühlt hatte. Ja, er hatte eine logische Erklärung dafür gefunden. Hier auf dem Revier fühlte er sich auch ausgeschlossen.

Aber …

»DC Matthews? Haben Sie mir sonst noch etwas mitzuteilen?«

Matthews starrte auf seinen Monitor.

»Wenn ein Kollege von auswärts sich in meine Ermittlungen einklinkt und eine wichtige Entdeckung macht, wüsste ich gerne darüber Bescheid. Mehr noch: Ich habe ein *Recht*, darüber Bescheid zu wissen. Sehen Sie das nicht auch so?«

Matthews nickte.

»Also, bitte. Es gibt da noch etwas, was Sie mir sagen wollen, nicht wahr? Was ist es? Gefällt ihr nicht, wie ich die Ermittlung angehe? Denken Sie daran, DC Matthews, was ich vorhin gesagt habe: DS Oliver wird irgendwann wieder weg sein, aber Sie sind dann noch hier. Und ich auch.«

Wieder nickte Matthews.

»Also?«

Matthews sah sich um. Keiner lauschte ihrem Gespräch, keiner beobachtete sie. Oder sie waren alle verdammt gut darin, es zu verbergen.

»Sie ist …«, sagte er leise mit unsicherer Stimme, »nicht zufrieden damit, wie Sie die Ermittlung leiten.«

»Verstehe. Geht das auch genauer?«

»Sie ist der Ansicht … Sie hat den Verdacht, dass Sie womöglich Informationen zurückhalten. Wie zum Beispiel die Autopsieberichte.«

»Aha. Sonst noch was?«

»Ich … ich weiß nicht, Sir.«

»Kommen Sie, DC Matthews …« Beresfords Stimme hatte einen drohenden Unterton angenommen.

»Ich weiß es wirklich nicht. Sie … Mehr hat sie mir nicht gesagt. Es gibt noch andere Personen, die mit ihr an der Sache arbeiten. Anni Hepburn, die früher hier gearbeitet hat. Und Marina Esposito, Phil Brennans Frau.«

»Ich weiß, wer sie ist. Und? Was sagen diese Leute?«

»Ich … keine Ahnung. Ich bin zurück aufs Revier gefahren, um an der Sache hier weiterzuarbeiten.«

»Und wo sind die anderen jetzt?«

»Ich weiß es nicht.«

Beresford funkelte ihn an.

»Ganz ehrlich, Sir. Ich weiß es nicht.«

Beresford legte seine riesige Pranke auf Matthews' Schulter und drückte zu. Dann richtete er sich auf. »Gut gemacht, DC Matthews. Sie haben das Richtige getan. Loyalität ist selten geworden heutzutage. Sie kann gar nicht hoch genug eingeschätzt werden. Sogar bei uns. Und Sie haben gerade Loyalität bewiesen. Gut gemacht, mein Junge.«

Matthews nickte. Er hörte erst auf zu nicken, als Beresford gegangen war. Danach versuchte er weiterzuarbeiten. Doch er konnte sich nicht mehr richtig konzentrieren.

39

Phil träumte. So musste es sein. Das war die einzige Erklärung. Er kannte den Traum von früher, allerdings hatte die Vertrautheit nichts Tröstliches. Ein Teil seines Verstandes wusste bereits, wie er enden würde. Und sosehr er es sich auch wünschte, er hatte nicht die Macht, etwas daran zu ändern. Der Traum war wie ein außer Kontrolle geratener Zug, der immer weiter raste, ohne dass es eine Möglichkeit gab, ihn zu stoppen oder umzuleiten. Der so lange weiterrasen würde, bis er irgendwann entgleiste oder mit einem anderen Zug zusammenstieß.

Er war wieder ein Junge. Ein kleiner Junge. Er war allein. Und er hatte Angst. Überall um ihn herum waren Schatten. Die Traumlogik sagte ihm, dass diese Schatten echt und symbolisch zugleich waren. Er hatte irgendetwas vor, wollte etwas ganz Bestimmtes tun. Irgendwohin gehen. Oder sich zum Gehen bereit machen. Er wartete darauf, dass die Schatten sich auflösten, damit er es endlich tun konnte. Damit der kleine Junge aus der Dunkelheit ins Licht treten konnte.

Der kleine Phil zog sich an. Die Sachen waren neu und ungewohnt. Sie kratzten anders auf der Haut als seine alten Sachen. Aber sie waren auch weich. So weich waren seine alten Sachen nie gewesen. Und sie passten ihm. Es waren Kleider nur für ihn, nicht die abgelegten, geänderten oder geflickten Sachen von jemand anderem. Sondern seine eigenen.

In der Dunkelheit, in den Schatten sah er zwei lächelnde Gesichter. Ihr Lächeln sollte ihn trösten, aber dahinter nahm er noch etwas anderes war. Eine Anspannung, Besorgnis. Angst. Ja, man konnte es auch einfach Angst nennen. Das beinhaltete alles.

Je älter er wurde, desto häufiger träumte er diesen Traum. Und je öfter er ihn träumte, desto klarer wurde er. Angst. Darum drehte sich alles: um Angst. Und um Liebe.

Anfangs hatten die lächelnden Gesichter auch etwas zu ihm gesagt, aber im Laufe der Jahrzehnte waren die Worte verloren gegangen. Jetzt sah er nur noch, wie sich ihre Lippen bewegten, und spürte die Emotionen hinter den Worten. Zwei. Immer zwei Gesichter. Und immer dieselben tröstenden Worte.

Doch diesmal war etwas anders als sonst. Da war noch jemand. Hinter den beiden Gesichtern. Man konnte die Person nicht deutlich erkennen. Sie war klein. Ein Mädchen.

Sie bewegte ebenfalls die Lippen. Hauchte zwei Worte ...

Sein Herz zog sich zusammen. Wenn er doch nur endlich aufwachen würde.

Er schlief weiter.

Gleich kommt es, dachte er im Traum, und die altbekannte Panik ergriff von ihm Besitz. *Das, was meinen Eltern passiert ist. Und ...*

Der dritten Person. Immer noch nicht klar zu erkennen.

Er schloss die Augen, hoffte, endlich aufzuwachen. Hoffte inständig, der Traum würde nur dieses eine Mal anders ausgehen. *Wach auf*, beschwor er sich wieder und wieder.

Vergebens.

Die zwei Gesichter lächelten immer noch. So hatte er sie in

Erinnerung. Aus seinen Träumen. Und nur aus seinen Träumen. Seine wahren Eltern. Kurz bevor sie ermordet wurden.

Und seine jüngere Schwester.

Hinter ihnen Lärm. Die Verfolger hatten sie entdeckt.

Schreie. Lautere Schreie. Mehr Lärm. Und dann ...

Jetzt kommt es.

Alles wurde rot.

Und Phil wachte schreiend auf.

»Was ist denn los, mein Liebling? Hast du schlecht geträumt?«

Jemand streichelte sein Gesicht, dann wurde sein Kopf an einen Busen gedrückt. Eileen.

Nein. Nicht Eileen. Aber sie sah ihr so ähnlich, dass er es gerne geglaubt hätte. Er wollte – er *brauchte* – Trost. Sehnte sich verzweifelt nach jemandem, der seine bösen Träume bannte. Der ihm sagte, dass alles gut werden würde.

Phil nickte.

Sie umarmte ihn noch fester. Er ließ es geschehen. Er brauchte Nähe. Und sie war da. Er würde ihre Lügen glauben. Nur für kurze Zeit. Das sagte er sich zumindest. Nur für ein paar Sekunden. Ein paar sehr lange Sekunden.

»Schh, schh«, murmelte sie beruhigend und wiegte ihn sanft. Sagte ihm, dass alles in Ordnung sei und er keine Angst zu haben brauche.

Er glaubte es. Nur für ein paar Sekunden. Oder Minuten. Was spielte das schon für eine Rolle?

»Was war das für ein Albtraum?« Sie sprach absichtlich leise, damit er auch wirklich antwortete – nicht weil sie neugierig war, sondern um ihm die Chance zu geben, sich ihr zu öffnen.

»Derselbe wie immer.«

»Was heißt das?«

»Es ist immer derselbe Albtraum. Ich habe ihn oft. Ich träume von meinen ... Eltern. Meinen richtigen Eltern. Wir waren aus der Kommune geflohen, aber sie hatten uns irgendwie aufgespürt. Ich träume immer von den letzten Sekunden, bevor sie uns finden. Wie sie mich zum letzten Mal anlächeln.«

Sie hatte aufgehört, ihn zu wiegen, fing jedoch wieder an, als sie merkte, dass es ihm aufgefallen war.

»Verstehe. Und waren da nur deine ... Eltern?«

Phil antwortete nicht sofort.

»Phil? War da sonst noch jemand in deinem Traum?«

Woher wusste sie es? Wie um alles in der Welt konnte es sein, dass sie womöglich Bescheid wusste?

»Ja«, sagte er. Seine Stimme zitterte wie ein Haus ohne Fundament, das von einem einzigen starken Windstoß umgeweht werden konnte.

»Wer?«, fragte sie, auf einmal ganz aufgeregt. »Wer war sonst noch da?«

Hinter Phils geschlossenen Lidern liefen die Bilder des Traums ab.

Sie wartete auf eine Antwort.

»Meine ... Schwester ...«

Er spürte, wie sie sich versteifte. Ihre Hände packten ihn fester. Fingernägel gruben sich in sein nacktes Fleisch.

»Aua ...«

Sie merkte, was sie da tat, und wurde sofort wieder ganz sanft.

»Deine Schwester?«

Er nickte.

»Träumst du oft von ihr?«

Er schüttelte den Kopf. »Nur ... dieses eine Mal. Sonst nicht.

Selten. Meistens sind es nur meine Eltern. Und ihr Lächeln. Ihre Angst.«

»Aber diesmal war es anders. Warum wohl?«

»Ich weiß nicht.«

Sie drückte ihn wieder fester an sich und begann erneut, ihn zu wiegen.

»Das ist ein gutes Zeichen, Phil. Dass du von ihr geträumt hast. Ein sehr gutes Zeichen. Es bedeutet, dass dein früheres Leben langsam wieder hochkommt. Du fängst an, dich zu erinnern.«

»Ich kann ihn nie vergessen, diesen Albtraum. Diesmal ... war sie auch dabei.«

»Ich glaube, es hat noch mehr zu bedeuten. Ich glaube, dir ist ein mentaler Durchbruch gelungen. Und das ist einfach wunderbar, Phil. Wirklich.«

»Wieso?«, fragte er, ernsthaft verwirrt. Ihre Worte waren wie ein leise plätschernder Bach.

»Weil du jetzt den nächsten Schritt machen kannst. Das habe ich dir doch erklärt, nicht wahr? Die Dunkelheit in dir – sie muss rauskommen, an die Oberfläche steigen.«

»Nein ... Schuldgefühle ... Trauer ... Wut ... Trauer ... Das ist alles ...«

Tränen liefen ihm über das Gesicht. Er konnte sie nicht wegwischen.

Die ganze Zeit tröstete und wiegte sie ihn. Irgendwann spürte er, wie sie die Arme bewegte.

»Na, komm. Ich weiß, was du jetzt brauchst.«

Sie nestelte an ihrem Oberteil herum, und der Stoff an seiner Wange, inzwischen von seinen Tränen durchnässt, war auf einmal nicht mehr da. Sein Gesicht berührte ihre nackte Haut.

»Das ist es, was du willst, nicht wahr? Danach geht es dir besser …« Sie nahm sein Gesicht und führte es zu ihrer Brust, seinen Mund an ihre Brustwarze. Phil tat so, als leiste er Widerstand.

Erneut beruhigte sie ihn mit leisen »Schh«-Lauten und streichelte dabei seine Wange. Ihr Griff wurde stärker, sie hielt seinen Kopf fest. »Na, komm, Phil. Ich weiß, was gut für dich ist. Deine Mutter weiß, was du brauchst. Du hast einen ganz schlimmen Traum gehabt. Du musst dich davon erholen. Ich kann dir dabei helfen, dazu bin ich doch da.« Sie schenkte ihm ein kleines Lächeln. »Wenn du mir nicht vertrauen kannst, wem dann?«

Phil sagte nichts. Er nahm ihre nackte Brustwarze in den Mund und begann zu saugen.

40

Imani saß zum zweiten Mal an diesem Tag im Daisy Cup Flower Café, diesmal allerdings allein.

Sie brauchte einen Ort zum Nachdenken. Einen Ort, an dem sie das, was sie über Beresford herausgefunden hatte, in Ruhe verarbeiten konnte. Sie musste sich überlegen, wie sie jetzt vorgehen sollten – und dafür war das Café nicht der schlechteste Ort. Dazu kam, dass sie sich in Colchester kaum auskannte. Also saß sie nun hier und starrte in ihre Aufzeichnungen, während sie vom Personal hinter dem Tresen nervös beäugt wurde. Sie war der letzte Gast. Sie wollten endlich Feierabend machen.

Sie hatte versucht, bei Anni anzurufen, sie jedoch nicht erreicht. Bei Marina war es dasselbe. Auch sie hatte Nachrichten von den beiden auf der Mailbox. Sie schienen aneinander vorbeitelefoniert zu haben. Und da sie nicht wusste, wann und wo sie sich wieder treffen würden, um Informationen auszutauschen, hatte sie beschlossen, so lange ins Café zu gehen.

Draußen war die Dämmerung angebrochen, und der Tag ging allmählich in den Abend über. Pendler eilten vorbei, die ersten Läden machten zu. Das letzte Tageslicht und der Schein der Lampen kämpften vergeblich gegen die immer dichter werdende Dunkelheit an. Die ganze Stadt wirkte müde, so als wolle sie sich für einige Stunden zurückziehen und ausruhen, so wie kleinere Städte es zu tun pflegten, bevor der Abend eine andere Art von Bewohnern hervorlockte. Oder vielleicht waren es auch dieselben Bewohner, nur dass sie sich umgezogen hatten.

Imani vermied bewusst jeden Blickkontakt mit den Cafémitarbeitern. Nicht nur, dass sie in Ruhe arbeiten wollte – sie wusste außerdem nicht, wohin. Abgesehen von dem leeren Pensionszimmer in einer fremden Stadt.

Sie ging nicht gern alleine aus. In Birmingham hatte sie Freunde, ein paar wenigstens, mit denen sie sich hin und wieder auf Drinks, zum Abendessen, fürs Kino, zu Geburtstagspartys oder einfach zum Reden verabredete, wenn sie einander länger nicht gesehen hatten.

Aber inzwischen hatten alle ihre Freundinnen einen Partner. Die meisten waren in einer festen Beziehung, viele waren sogar schon verheiratet und hatten Kinder. Nur sie war als Einzige immer noch allein. Deswegen fiel es ihr zunehmend schwer, sich mit ihnen zu unterhalten. Nicht dass die anderen sie bewusst ausgeschlossen oder sie nicht mehr gemocht hätten, nein. Sie hatten inzwischen einfach nur andere Gesprächsthemen. Sahen sich nur noch als Hälfte eines Paares – nicht bewusst, einfach aus Gewohnheit heraus. Oder als Mutter. Sie kam sich dann immer als die Verweigerin vor, als die alte Jungfer unter den anderen.

Ihre Versuche, sich an den Gesprächen zu beteiligen, kamen ihr immer bemüht und hölzern vor. Während die anderen sich mit Begeisterung darüber austauschten, was der süße Josh oder die kleine Hildie wieder Niedliches angestellt hatten, von dem Skiurlaub schwärmten, den Damien gebucht hatte, oder irgendeinen Büroskandal zum Besten gaben, in den Leute verwickelt waren, die sie nicht kannte und die sie auch nicht interessierten, saß sie meistens stumm daneben. Sie wusste nicht, was sie sagen sollte, hatte zu ihren Gesprächen absolut nichts beizutragen.

Umgekehrt war es genauso. Wenn ihre Freundinnen sich nach ihrem Leben und ihrer Arbeit erkundigten, wusste sie nie, was sie ihnen erzählen sollte.

Was ich heute so gemacht hab? Ach, na ja, erst musste ich mit ansehen, wie mein Partner erschossen wurde, und dann wurde ich verschleppt, nackt ausgezogen, körperlich misshandelt und an ein rostiges altes Bettgestell gefesselt, weil ein Psychopath mich ermorden wollte. Das wäre sicher richtig gut angekommen.

Wenn sie jetzt anriefen, um sich mit ihr zu treffen, redete sie sich immer heraus, dass sie zu viel zu tun hatte.

Imani beobachtete die Passanten draußen auf der Straße. Wie anderen Singles stach auch ihr besonders ins Auge, wie viele Pärchen es auf der Welt gab. Und sie brauchte sie nicht lange zu beobachten, um zu sagen, in welcher Phase ihrer Beziehung sie sich gerade befanden – eine spezielle Fähigkeit, die sie vermutlich durch ihre Arbeit bei der Polizei erworben hatte. Das Paar da hinten, zum Beispiel. Beide Mitte dreißig. Er Handwerker, sie höchstwahrscheinlich Verkäuferin. Sie waren schon lange zusammen und mussten nicht mehr Händchen halten, um sich der Gegenwart des anderen zu vergewissern. Sie waren auf dem Heimweg, vielleicht wollten sie sich unterwegs noch etwas zum Abendessen holen. Oder das Pärchen dort drüben. Die waren schon etwas älter – wenigstens der Mann. Er trug viel zu jugendliche Klamotten, aber er und seine Frau hielten sich an den Händen und lachten die ganze Zeit. Er rieb die Nase an ihrem Hals. Sie kicherte. Zweite Ehe oder Midlifecrisis – eins von beiden. Oder die beiden da hinten. Jung, schätzungsweise Anfang zwanzig. Er hatte besitzergreifend den Arm um sie gelegt, als hätte er Angst, sie würde sonst weglaufen oder einen eigenständigen Gedanken entwickeln. Er benahm sich so, wie er es vermutlich aus Filmen kannte. Ihre Miene war nachsichtig. *Sie denkt sich sicher ihren Teil.*

Imani seufzte. Senkte den Blick in ihre nahezu leere Tasse. Sie fühlte sich einsam. Und es fiel ihr schwer, sich das einzugestehen.

Nicht nur jetzt in diesem Moment, weil sie gerade aus dem Fenster sah und draußen so viele Pärchen unterwegs waren. Sondern immer und überall. Marina und Phil zum Beispiel. Sie hatte noch nie zwei Menschen getroffen, die einander so sehr liebten. Aber es war noch mehr als Liebe – die beiden harmonierten auf vollkommene Weise miteinander. *Das perfekte Paar*, dachte sie. *Aber kein bisschen kitschig, auch wenn es so klingt.* Sie waren perfekt, weil sie so viel Schreckliches erlebt hatten und trotzdem fest zusammenhielten. Sie wussten, dass sie füreinander bestimmt waren. Das war es, was sie als Paar so einzigartig machte.

Oder Anni und ihr Mickey. Sie hatte die beiden kaum gekannt, trotzdem war es ein Riesenschock für sie gewesen, als sie gehört hatte, dass er gestorben war. Und man konnte Anni ansehen, dass sie noch längst nicht darüber hinweg war. Wer weiß – vielleicht würde sie nie darüber hinwegkommen.

Und sie selbst? Sie wurde hin und wieder angesprochen, schließlich war sie eine attraktive Frau. Aber meistens waren es Kollegen, noch dazu oft verheiratete. Und sie lehnte es ab, mit Polizisten auszugehen. Aus Prinzip.

DS Ari Patel war eine Ausnahme gewesen. Zwischen ihnen war zwar nichts passiert, aber sie war relativ sicher, dass etwas hätte passieren *können*, wenn er nicht erschossen worden wäre. Das machte ihr immer noch schwer zu schaffen.

Insofern verstand sie gut, wie Anni sich fühlte. Dazu kam, dass sie immer noch nicht verarbeitet hatte, wie knapp sie selbst dem Tod entronnen war. Trotz der Therapie, die sie gemacht hatte, würde das Erlebte sie wahrscheinlich nie ganz loslassen.

Vielleicht sollte ich mir eine Katze anschaffen, überlegte sie. *Dann ist wenigstens jemand da, der mich begrüßt, wenn ich abends nach Hause komme. Ein Tier, um das ich mich kümmern kann.* Nein, dachte sie dann. *Damit würde ich endgültig das Klischee der alten Jungfer bedienen.* Wenn sie erst mal eine Katze hatte, würde sie früher oder später sicher eine zweite haben wollen. Und dann noch eine. Und dann würde sie sich langsam in eine dieser einsamen, schrulligen Katzenladys verwandeln. Sie würde mutterseelenallein sterben und erst gefunden werden, wenn die Polizei nach einigen Wochen die Tür aufbrach, weil die Nachbarn sich über den seltsamen Geruch beschwert hatten, der aus ihrer Wohnung kam. Und sie würde dann mit von ihren ausgehungerten Miezen halb zerfressenem Gesicht in der Küche liegen. Nein, danke.

Der Kaffee war ausgetrunken. Sie musste sich entscheiden, was sie tun sollte.

An allem war nur ihr Vater schuld. *Arbeite hart* – klar, das konnte sie nachvollziehen. *Lass dich von niemandem unterkriegen.* Sicher. Auch diesen Rat hatte sie befolgt. *Sorg dafür, dass du einen guten Job bekommst, das gibt dir Selbstbewusstsein.* Check. Wenn sie ihren Beruf nicht gehabt hätte, wäre ihr Leben wirklich vollends öde gewesen. Er wolle stolz auf seine Tochter sein können, hatte er gesagt. Und das konnte er. Hoffte sie wenigstens. *Aber es hat mich einsam gemacht*, hätte sie ihm gerne gesagt.

Sie hob den Kopf, registrierte die Miene der Kellnerin. Sie musste den letzten Satz laut ausgesprochen haben.

Sie schob ihre Unterlagen zusammen und stand auf.

Im selben Moment klingelte ihr Handy.

Die Nummer war ihr unbekannt, aber das hatte nichts zu bedeuten.

»Detective Sergeant Oliver.«

»Hallo?«, meldete sich eine zögerliche Stimme, die ihr bekannt vorkam. Sie wusste nur nicht, woher.

»Ja. Was kann ich für Sie tun?«

»Hier ist Roger Prentice. Aus der Werkstatt.«

»Ach ja, Mr Prentice. Schön, von Ihnen zu hören.«

»Es ... also, es geht um ...«

Sie wartete. Ein Schauer durchrieselte sie. Sein Tonfall verriet, dass es wichtig sein musste.

»Ja?«, sagte sie schließlich, um ihn zum Weiterreden zu ermuntern.

»Sie müssen noch mal in die Werkstatt kommen. Jetzt. Gleich heute Abend«, stieß er hervor.

»Warum denn, Mr Prentice?«

»Weil ich ...« Er machte eine Pause. Sie dachte schon, er hätte aufgelegt, aber dann fuhr er fort: »Ich habe ... was rausgefunden. Über Dave Beresford. Und seinen Wagen. Ich habe da was entdeckt.«

»Können Sie mir das nicht am Telefon sagen?«

»Nein«, entgegnete er schnell. »Nein, das geht nicht. Sie glauben gar nicht, was ich entdeckt habe.«

Sie unterdrückte ein Lächeln. Bestimmt war ihm nicht bewusst, dass er geklungen hatte wie jemand auf einer billigen Clickbait-Website.

»Jetzt sofort?«

»Ja. Bitte. So schnell es geht.«

Er legte auf.

Sie rief bei Matthews an, um ihn zu bitten, sie zu begleiten. Er ging nicht ran. Sie steckte das Handy weg und nahm Kurs auf die Tür des Cafés.

Das Kribbeln, das sie kurz zuvor gespürt hatte, war wieder da, und diesmal war es noch stärker.

41

Marina parkte den Wagen an derselben Stelle wie beim letzten Mal.

Nervös blickte sie um sich. Dort war die Gasse. Seit dem letzten Mal schienen noch ein oder zwei Straßenlaternen mehr den Geist aufgegeben zu haben. Die Dunkelheit wirkte noch tiefer, noch raumgreifender. Oder war das nur ihre Einbildung?

Sie schloss kurz die Augen, öffnete sie dann wieder. Versuchte, die Sachlage nüchtern zu betrachten: Im Grunde war diese Gasse auch nicht unheimlicher als der Mann, dem sie gleich einen Besuch abstatten würde. Und diesmal würde ihr doch sicher niemand dort auflauern. Oder?

Sie sah sich nach einem anderen Zugang zu Michael Prossers Wohnung um, fand aber keinen. Sie würde also tatsächlich die Gasse nehmen müssen.

Allerdings war sie diesmal bewaffnet. Sie schaute in ihrer Tasche nach. Panikalarm. Pfefferspray. Würde das ein zweites Mal funktionieren? Doch was blieb ihr anderes übrig? Aber sie hatte auch noch etwas anderes dabei. Sie tastete unter dem Fahrersitz. Dort lag die große, schwere Taschenlampe. Ein Modell, wie es von Polizisten in den USA benutzt wurde. Phil hatte ihr geraten, für den Notfall stets eine dabei zu haben. Sie war keine Waffe im juristischen Sinne, da sie einen genau spezifizierten Nutzen hatte, aber sie war massiv genug, um gehörigen Schaden anzurichten.

Sie stieg aus, schloss ihren Wagen ab und wandte sich der Gasse zu.

Die Taschenlampe in der einen, das Pfefferspray in der anderen Hand, ging sie los. Die ganze Zeit blickte sie wachsam um sich und lauschte auf das kleinste Geräusch.

Als sie die Gasse unbeschadet hinter sich gelassen hatte, atmete sie erleichtert auf und schlug den Weg zu Michael Prossers Wohnung ein.

Das Haus sah auch heute nicht besser aus als beim letzten Mal. Dasselbe Treppenhaus, derselbe Müll, dieselben Graffiti. Sie ließ Pfefferspray und Taschenlampe in ihrer Handtasche verschwinden und klopfte an Prossers Tür.

Und wartete. Irgendwann hörte sie, wie sich hinter der Tür etwas bewegte.

»Wer ist da?«

»Marina Esposito. Sie haben mich angerufen.«

Eine Pause, dann wurde geöffnet.

»Kommen Sie rein.«

Sie trat ein. Ging den Flur entlang ins Wohnzimmer. Dort angekommen, sah sie sich um. Der Raum war, sofern das überhaupt möglich war, noch schmutziger als bei ihrem letzten Besuch. Ein säuerlicher Geruch hing in der Luft, und der Aschenbecher sah aus, als hätte er einen Rauchwettbewerb gegen sich selbst ausgetragen und gewonnen.

»Setzen Sie sich«, sagte Prosser, trat hinter ihr ins Zimmer und schloss die Tür.

Er macht die Tür zu, durchfuhr es sie. *Ist das nun ein schlechtes Zeichen?*

Sie setzte sich ganz vorn aufs Sofa, auf die Kante. Prosser selbst blieb direkt vor der Tür stehen. Sein eines Auge zuckte durch den Raum, sah überall hin, nur nicht zu ihr. Er wirkte fahrig und unruhig, als brodele etwas in ihm, das unbedingt herauswollte.

Irgendwas stimmt nicht mit ihm, dachte Marina, und ein kleiner Angstschauer durchrieselte sie. Sie fragte sich, ob sie es im Notfall vor ihm zur Tür schaffen würde.

»Also gut, Michael. Ich bin jetzt hier«, sagte sie, um einen ruhigen, neutralen Tonfall bemüht. Sie wollte ihm das Reden überlassen. Das Angebot sollte von ihm kommen.

Keine Reaktion. Stattdessen wippte er auf den Füßen vor und zurück und summte leise vor sich hin.

»Michael? Ich bin hier. Worüber wollten Sie mit mir sprechen?«

»Respekt ...« Seine Stimme war kaum lauter als ein Flüstern. Ein hartes, trockenes, gebrochenes Flüstern.

»Respekt. In Ordnung. Vielleicht ist unser erstes Treffen nicht sehr glücklich verlaufen. Dafür entschuldige ich mich. Aber wir sollten das hinter uns lassen und nach vorne schauen.«

Er schnaubte. Es hätte auch ein Lachen oder ein Husten sein können. »Es hinter uns lassen. Nach vorne schauen ...«

Das Wippen wurde stärker, und er ballte reflexartig immer wieder die Fäuste.

»Sie reden wie eine ... wie eine ... Sozialarbeiterin. Eine Bewährungshelferin.«

»Vielleicht wie eine Psychologin, Michael«, sagte sie. Sie wollte ihm Kontra geben, jedoch ohne ihn zu reizen. Er wirkte ziemlich labil. »Und Sie müssen ja wissen, wie Sozialarbeiter reden. Schließlich waren Sie selbst mal einer.«

Er starrte sie an. Mit seinem roten, wutblitzenden Auge sah er aus wie ein zorniger Zyklop. »Ja … und man sieht ja, wo mich das hingeführt hat …«

Bring ihn nicht noch weiter gegen dich auf, ermahnte Marina sich im Stillen. »Michael, bitte. Sie haben mich angerufen und mich gebeten, herzukommen. Sie sagten, Sie hätten Informationen für mich, und dass diese Informationen etwas kosten würden. Dass der Respekt, den sie wollen, seinen Preis hat. Nun: Ich bin hier und bereit, diesen Preis zu zahlen. Also lassen Sie uns reden, sonst muss ich zu dem Schluss kommen, dass Sie in Wahrheit gar keine Informationen haben, und wieder gehen.«

Sein Blick fand ihr Gesicht. Schweratmend fixierte er sie. Er klang wie ein Stier, der nur darauf wartete, anzugreifen.

Irgendwann öffnete er den Mund.

»Das ist ungerecht. Wissen Sie das? Ungerecht.«

Sie erwiderte nichts. Wartete nur darauf, dass er fortfuhr.

»Was mir passiert ist. Absolut ungerecht.«

Auch diesmal schwieg sie. Sie hätte ohnehin nicht gewusst, was sie sagen, wie sie sich vernünftig mit ihm unterhalten sollte. Also wartete sie ab, um ein Gespür dafür zu bekommen, worauf er hinauswollte. Vielleicht würde sie dann die richtigen Worte finden.

»Sie war schuld, nicht ich. Sie. Ich hab nur … ich … ich hab nichts getan. Das war alles sie.« Sein Blick huschte durchs Zimmer, als sähe er Gespenster.

»Wer denn, Michael?«

Wieder ein Schnauben. »Sie wollen bloß den Namen, stimmt's? Ich soll Ihnen den Namen sagen, und dann hauen Sie gleich wieder ab. Bezahlen mich wie eine Nutte. Der ganze

Scheiß, den Sie mir erzählt haben – das war nichts als dummes Gelaber. Alles gelogen.«

»Helfen Sie mir, Michael. Bitte. Erklären Sie mir, wovon Sie reden. Von wem.«

»Das wissen Sie doch ganz genau!«, brüllte er sie an.

Erschrocken fuhr Marina zusammen. Langsam bekam sie es mit der Angst zu tun.

»Keinen Respekt … nicht einen beschissenen Funken Respekt!«

Marina stand auf. »Das reicht mir jetzt, Michael.« Sie hoffte, dass sie fest und unerschrocken klang, auch wenn ihr innerlich nicht so zumute war. »Ich gehe.«

Sie machte einen Schritt auf die Tür zu.

Mit einer Geschwindigkeit, die sie ihm gar nicht zugetraut hätte, sprang er sie an.

»Sie gehen nirgendwohin!«

Er packte sie am Hals und drückte zu.

Marina merkte nur noch, wie das Zimmer um sie herum schwarz wurde.

42

Das letzte Tageslicht war der Dunkelheit gewichen, als Imani vor Prentice' Werkstatt in New Town anhielt. In der Werkstatt brannte kein Licht, das Doppeltor war geschlossen. Das verstärkte ihr ungutes Gefühl: Irgendwas stimmt hier nicht.

Trotzdem stieg sie aus und machte sich auf den Weg zum Eingang. Die ganze Zeit sah sie sich argwöhnisch um. Das Rolltor war geschlossen, ließ sich aber problemlos hochschieben. Ein gutes oder ein schlechtes Zeichen?

Schwer zu sagen. Sie war nervös, versuchte sich jedoch nichts anmerken zu lassen. *Du bist eine ausgebildete Polizistin*, ermahnte sie sich. Dann betrat sie nach einem letzten Blick auf die Straße die Werkstatt.

Hier war alles dunkel. Nur oben im Büro schien ein kleines Licht, wahrscheinlich von einer Schreibtischlampe.

»Mr Prentice?«

Keine Antwort.

Ihr Blick schweifte durch die Werkstatt. Allmählich gewöhnten sich ihre Augen an die Dunkelheit, und sie konnte einzelne Umrisse erkennen. Graue Formen vor grauem Hintergrund.

Unmittelbar vor ihr befand sich eine hydraulische Hebebühne mit einem Wagen darauf. Doch er stand seltsam schief, auf der einen Seite höher als auf der anderen. Imani drang weiter ins Innere der Werkstatt vor und stolperte dabei über zwei Reifen, die sie übersehen hatte.

»Mr Prentice?«, rief sie erneut.

Immer noch keine Antwort.

Okay, dachte sie. *Dreh einfach wieder um und verschwinde von hier. Hol dir Verstärkung. Irgendwas ist hier passiert.* Sie wusste nicht, was – aber sie wusste, dass es nichts Gutes sein konnte.

Sie machte einen Schritt rückwärts, rutschte aus und wäre um ein Haar hingefallen. Sie konnte sich gerade noch an einer Werkbank festhalten. Sie holte ihr iPhone heraus und schaltete die Taschenlampe ein. Richtete den Strahl nach unten.

Ihr Herz setzte einen Schlag aus. Die Substanz, in der sie ausgerutscht war und die sie zunächst für Öl gehalten hatte, war gar kein Öl. Sie war zwar genauso dickflüssig, aber klebriger, stückiger, und sie hatte eine andere Farbe. Blut.

Alles klar. Sie musste schnellstens hier weg.

Sie hätte sofort verschwinden sollen. Aber sie wollte sich noch ein letztes Mal umschauen. Vielleicht hatte Prentice sich verletzt und brauchte Hilfe. Unfälle kamen vor.

Sie ließ den Lichtstrahl durch den Raum wandern. Er streifte das, was die Schieflage des Autos auf der Hebebühne verursacht hatte. Unter den Reifen auf der einen Seite lag jemand. Sie konnte nicht viel erkennen, nur dass die Person den gleichen Overall trug, den Roger Prentice angehabt hatte.

»Oh Gott …«

Sie wich zurück und versuchte, nicht in die Blutlache zu treten. *Das ist ein Tatort*, schoss es ihr durch den Kopf. *Er darf nicht verunreinigt werden. Raus hier. Ruf Verstärkung.*

»Ich fürchte, Mr Prentice ist verhindert. Er hatte eine Verpflichtung, die sich nicht aufschieben ließ.« Ein Lachen, laut und hart. »Tut mir leid, ich konnte nicht widerstehen. Ich weiß, man sollte über so was keine Witze machen, aber ... Ach, was soll's?«

Sie blickte sich nach der Stimme um. Sie hatte schon beim ersten Wort gewusst, wer es war, auch wenn sie ihn nicht sehen konnte.

»Beresford.«

»Ja.« Er stand oben an der Treppe vor dem Eingang zum Büro. Seine Gestalt zeichnete sich vor dem schwachen Licht der Schreibtischlampe ab, was ihn größer und furchteinflößender erscheinen ließ, als er in Wirklichkeit war.

Das versuchte Imani sich wenigstens einzureden. Nicht dass es viel genützt hätte. Beresford war auch so schon groß und furchteinflößend genug. »Sie sind cleverer, als ich Ihnen zugetraut hätte, DS Oliver. Oder vielleicht einfach nur misstrauischer. Aber leider sind Sie auch dümmer.«

»Wieso?«

»Sie sind hierhergekommen, oder etwa nicht?«

Ihr Herz setzte einen Schlag aus. Ein Teil von ihr weigerte sich zu glauben, was hier gerade geschah. Beresford war Polizist. Hatte er allen Ernstes einen Werkstattbesitzer getötet?

»Waren Sie das?«, fragte sie und deutete auf Roger Prentice' Leiche.

»Ja, das war ich. Wäre wohl sinnlos, es jetzt noch abzustreiten. Er hätte besser den Mund halten sollen, so wie ich es ihm gesagt habe. Hätte das sagen sollen, was wir verabredet hatten.«

»Dass Ihr Wagen bei ihm in der Werkstatt war.«

»Ganz genau.« Er nickte, und der Lampenschein ließ seine Glatze aufblitzen. Er machte keine Anstalten, zu ihr nach unten zu kommen. »Weiß der Henker, was er sich dabei gedacht hat.«

»Also haben Sie ihn getötet.«

»Das war nicht meine Absicht. Aber wir haben uns unterhalten. Na ja, genau genommen haben wir uns gestritten. Er sagte, wenn es sein müsste, würde er es wieder tun.«

»Sie hatten ihn in der Hand. Sie haben ihm bei irgendeinem Problem geholfen?«

»Ja. Unser Roger ist ein ziemlicher Schwerenöter. Er mag sie gern jung, wenn man es so ausdrücken möchte. Hat vor ein paar Jahren deswegen mal Ärger bekommen. Ich habe das für ihn geregelt.«

»Er war pädophil? Und Sie haben ihn gedeckt?«

»Stichwort übergeordnetes Wohl. Er war ein nützlicher Kontakt. Ein guter Informant. Hat mir immer erzählt, was in seinem kleinen perversen Kosmos so abging. Und er war nicht so schlimm wie einige von den anderen. Hatte seine Triebe noch halbwegs im Griff. Und er hat mir so einiges gesteckt.« Er blickte auf die Leiche herunter. Seufzte. »Eigentlich eine Schande. Er hätte mir noch von Nutzen sein können. Aber ein Mann muss tun, was ein Mann tun muss, wie man so schön sagt.«

Imani stand ganz still da und versuchte, das alles zu begreifen. Es war, als wäre ihre Welt aus den Fugen geraten, als hätten sich die tektonischen Platten verschoben, sodass sie nun keinen festen Boden mehr unter den Füßen hatte. Sie versuchte sich zu konzentrieren. Drehte sich um, sah zum Tor. Es war immer noch geöffnet. Sie konnte es schaffen. Zu Matthews fahren, ihm alles sagen. Und Franks auch. Damit sie –

Matthews.

»Er hat es Ihnen gesagt, stimmt's?«

»Wer?«

»Simon Matthews. Er hat Ihnen gesagt, dass ich die Sache mit Ihrem Wagen überprüfen wollte.«

»Er ist ein braver Kerl, unser Simon. Er weiß, welche Hand ihn füttert.«

Erneut ging ihr Blick in Richtung Tor. Vorsichtig zog sie sich ein paar Schritte zurück.

»Warum?«

Beresford lachte. »Ach, ist das jetzt die Stelle, an der ich Ihnen meinen finsteren Plan offenbare?«

»Keine Ahnung. Haben Sie denn einen finsteren Plan?«

Beresford seufzte. »Ich bin hier nicht der Bösewicht. Ganz ehrlich. Ich bin ein verdammt guter Bulle. Bin nicht korrupt. Lasse mich nicht schmieren. Ich fasse Straftäter. Und ich bin verdammt gut darin.«

»Und warum haben Sie dann Roger Prentice umgebracht?«

Wieder ein Seufzer. »Das ist zu kompliziert, um es Ihnen zu erklären.«

»Und was ist mit Phil Brennan? Ich nehme an, Sie waren derjenige, der ihn entführt hat?«

»Ja, das war ich.«

»Und Sie versuchen schon die ganze Zeit, die Ermittlung zu sabotieren. *Ihre eigene* Ermittlung. Wieso machen Sie das?«

»Wie gesagt, das würden Sie nicht verstehen. Zu kompliziert.«

»Lassen Sie es doch auf einen Versuch ankommen.«

»Sie hat mein Kind. Und meine Frau.« Bei diesen Worten schimmerte ein Hauch von Angst durch seine Fassade der Kaltschnäuzigkeit.

»Wer? Dieselbe Person, die auch Phil Brennan in ihrer Gewalt hat?«

»Ja. Und ich muss ...« Wieder seufzte er. »Um seine Familie zu beschützen, tut man doch alles, oder nicht?«

»Aber das hier ist unnötig«, sagte Imani. »Wir sind doch alle auf derselben Seite. Wir haben schon so viel erreicht. Wenn wir alles, was wir bisher rausgefunden haben, gemeinsam auswerten, dann können wir sie finden. Und Sie bekommen Ihre Familie zurück.«

Ein harsches Auflachen. »Denken Sie, darüber habe ich nicht auch schon nachgedacht? Im Ernst? Das war das Allererste, woran ich gedacht habe. Und das Allererste, woran *sie* gedacht hat. Deshalb hat sie mir gesagt, wenn ich sie verhafte oder ihr in irgendeiner Weise in die Quere komme, sehe ich die beiden nie wieder. Sie hält sie an einem geheimen Ort gefangen. Wenn wir sie hochnehmen, sterben sie.«

»Vielleicht blufft sie nur.«

»Haben Sie Kinder? Einen Partner?« Mittlerweile schrie er fast.

»Nein. Nein, habe ich nicht.«

»Dann können Sie das auch nicht nachvollziehen. Wenn Sie welche hätten, würden Sie so was nie sagen.«

»Hören Sie«, sagte Imani. Sie ließ das Tor links liegen und begann langsam die Treppe hinaufzusteigen. »Geben Sie einfach auf. Wir können Phil finden und diese Person festnehmen. Wir finden auch Ihre Frau und Ihr Kind. Gemeinsam können wir es schaffen. Weil wir ein Team sind. Wir halten zusammen. So arbeiten wir einfach.«

Wieder ein Lachen von Beresford, diesmal noch härter.

Sie ging ihm weiter entgegen, bis sie irgendwann neben ihm auf der Treppe stand. Dicke Schweißtropfen rannen seinen glänzenden Schädel hinab. Seine Augen waren weit aufgerissen wie die eines Kaninchens vor der Schlange, das nicht wusste, wohin es fliehen sollte. Immer wieder zuckte er. Er wirkte völlig verzweifelt.

»Kommen Sie«, sagte sie und streckte die Hand nach ihm aus. »Wir kriegen das schon wieder hin. Wir können –«

Im nächsten Augenblick blieb ihr die Luft weg, als Beresford sie packte, hochhob und über das Treppengeländer warf.

Sie stürzte in die Tiefe. Sie konnte nichts mehr denken, nichts mehr tun. Kurz bevor sie unten auf dem harten Beton aufschlug, traf ihr Kopf mit solcher Wucht auf die Kante einer eisernen Werkbank, dass ihr Genick brach und der Kopf fast vom Rumpf abgetrennt wurde. Imani Oliver war tot.

FÜNFTER TEIL

Gib Gas

Nach dem Ersten

Nach Sean fiel ihr das Töten leichter. Nicht dass sie es gleich wieder getan hätte. Sie wartete eine Weile.

Zur Universität ging sie nicht. Sie wollte nicht mit Fiona zusammen sein – sie konnte es einfach nicht mehr. Das mit ihr war zerbrochen, ein für alle Mal vorbei. Und nach längerem Nachdenken hatte sie festgestellt, dass es auch keinen anderen Ort gab, an den es sie zog. Kein Fach, das sie gerne studiert hätte. Also kehrte sie dem Heim den Rücken. Eines Tages ging sie einfach und schaute nicht zurück.

Anfangs blieb sie noch in Chelmsford. Sie hing nicht an der Stadt, aber hier kannte sie immerhin noch ein paar Leute, vor allem aus den Gangs, denen sie früher die Mädchen zugeführt hatte. Sie sagte einem der Jungs, Leon, dass sie einen Platz zum Schlafen brauchte. Er besorgte ihr ein WG-Zimmer in einer der schäbigeren Gegenden der Stadt. Sie kannte das Haus. Früher hatte sie die Mädchen hin und wieder für Partys hergebracht. Es war nicht gerade das, was sie sich erträumt hatte.

Aber für den Anfang war es ganz okay. Was ihr gefiel, waren die Partys und der freie Zugang zu Pillen, Koks, Alkohol und Gras. Und wenn sie Sex wollte, um auf andere Gedanken zu kommen, war immer jemand verfügbar – männlich, weiblich, worauf sie gerade Lust hatte. Allerdings hatte sie von diesem Lebensstil ziemlich schnell genug. Sie hatte jahrelang im Heim gelebt und alles mit anderen teilen müssen. Hatte nie wirklich einen Platz ganz für sich allein gehabt, und jetzt sehnte sie sich nach etwas Eigenem. Außerdem war ihr die ganze Szene langsam über. So jung, dachte sie mit einem Lächeln, und schon so verbraucht.

Aber da war auch noch etwas anderes: Es war abzusehen, dass dieses Leben sie auf kurz oder lang auffressen würde. Alk und Pillen und Sex. Alles im Übermaß. Mehr als je zuvor. Vor allem Sex.

Und sie vögelte die Mädchen und Jungs nicht nur – sie tat ihnen weh. Sie konnte nur zum Orgasmus kommen, wenn sie weinten. Und das passte einigen der Männer in der Gang gar nicht. Nicht weil sie ihre Praktiken zu brutal fanden – das war ihnen scheißegal. Aber sie beschädigte ihre Ware.

Und das durfte nicht sein.

Manchmal, wenn sie eins der Mädchen so lange schlug, bis es blutüberströmt und heulend in der Ecke irgendeines versifften Zimmers kauerte, wenn sie dabei schrie und tobte, dann hatte sie eine Art außerkörperliche Erfahrung. Sie blickte auf sich selbst herab und beobachtete sich dabei, wie sie ihr hilfloses Opfer traktierte. Sie sah ihr eigenes Gesicht. Es hatte jede Spur von Menschlichkeit verloren. Sie war nur noch ein Tier, das vor Wut und Schmerzen heulte und mit den Zähnen knirschte.

Ihre Festungsmauern lagen in Trümmern. Drogen und Alkohol hatten sie geschliffen. Sex war für sie der einzige Weg, irgendwie damit umzugehen, und selbst der reichte nicht mehr. Er brachte sie nicht runter, sondern machte sie nur immer wilder, immer verzweifelter. Die Highs wurden seltener, das Gefühl der Ruhe, das danach kam, immer kürzer. Sie musste sich etwas einfallen lassen.

Also tauchte sie eine Zeitlang ab. Floh irgendwohin, wo sie ihren Frieden hatte und in Ruhe nachdenken konnte. Sie hatte Geld, wenigstens ein bisschen. Erspartes von ihrem Job als Zuhälterin. Aber ewig würde es nicht reichen, das war ihr klar. Musste es auch nicht. Nur so lange, bis sie entschieden hatte, was sie als Nächstes machen wollte.

Sie stieg in Hotels ab und meditierte. Im Heim hatte man die Kinder ermutigt, es auszuprobieren. Es war sogar extra eine Lehrerin gekommen, die versucht hatte, es ihnen beizubringen. Das kann euch helfen, mit einigem besser klarzukommen, hatte sie erklärt. An Tagen, wenn euch mal alles über den Kopf wächst.

Die meisten hatten bloß gelacht und rumgealbert. Aber sie hatte der Lehrerin zugehört. Hatte fleißig geübt. Natürlich nur wenn sie allein war. Wenn keiner sie sah. Und es funktionierte wirklich.

Jetzt saß sie in einem Hotelzimmer, schaute in sich hinein und baute Stein für Stein ihre Mauern wieder auf. Sagte sich, dass Fiona sie nicht mehr kümmerte. Dass es ihr egal war, was sie Sean angetan hatte. All das lag in der Vergangenheit. Sie war jetzt ein neuer Mensch.

Als sie sich diesen Dingen zum ersten Mal stellte, als sie zum ersten Mal wirklich tief in sich hineinblickte, öffnete sie hinterher die Augen und stellte fest, dass ihr Gesicht tränenüberströmt war. Sie hatte um ihre verlorene Liebe geweint. Sie hatte geweint, weil sie den Tod eines Menschen verschuldet hatte. Doch als sie aus ihrer meditativen Trance auftauchte, hatte sie nichts von alldem mitgenommen. Ganz im Gegenteil: Sie fühlte sich befreit, ausgeglichen, sogar glücklich – zum ersten Mal seit Jahren, vielleicht zum ersten Mal überhaupt. Sie spürte inneren Frieden. Alles Belastende war von ihr abgefallen. Endlich konnte sie in die Zukunft blicken.

Ihr Weg offenbarte sich ihr eher durch Zufall.

Obwohl sie nicht studierte, wollte sie lernen. Schließlich hatte man ihr auf der Schule nicht nur eine überdurchschnittliche Intelligenz attestiert, sondern auch erkannt, dass sie sich bei fehlender geistiger Stimulation schnell langweilen würde.

Also las sie. Sie verschlang alles, was ihr unter die Finger kam. Saugte das Wissen förmlich in sich auf.

Es geschah eines Abends in einem Holiday Inn irgendwo im Norden. Wo genau sie sich befand, wusste sie gar nicht, und es spielte auch keine Rolle. Hauptsache anonym. Das war das Wichtigste.

Sie saß alleine in der Bar, las ein Buch, trank und wehrte die Avancen der örtlichen Aufreißer ab. Nicht weil sie sich für jemand Besonderen aufheben wollte – es gab unter ihnen einfach niemanden, mit dem sie gern geschlafen hätte. Sie waren ihr alle viel zu durchschnittlich. Außerdem wollte sie keinen Mann mit auf ihr Zimmer nehmen. Obwohl es nur eine temporäre, gemietete Bleibe war, betrachtete sie es trotzdem als ihren ganz privaten Raum, und sie wollte nicht, dass ein Fremder dort eindrang.

Sie hatte ihren Gin Tonic so gut wie ausgetrunken und wollte gerade nach oben ins Bett gehen, als ein paar Leute die Bar betraten. Anfangs konnte sie die Neuankömmlinge nicht einordnen. Es waren größtenteils Männer und Frauen mittleren Alters. Alle trugen Abendgarderobe und waren betrunken oder zumindest angeheitert. Wie es schien, hatten sie irgendwo gefeiert und wollten nun nicht, dass der Spaß schon ein Ende hatte. Aber das Überraschendste war, dass sie alle Masken trugen. Einige waren schlicht schwarz und bedeckten nur den Bereich um die Augen wie die Maske von Batmans Sidekick Robin, andere waren aufwändig gestaltete Kreationen.

Sie war fasziniert. Jetzt wollte sie nicht mehr ins Bett. Sie wollte wissen, wo diese Leute gewesen waren.

Sie ging zum Tresen. Dort herrschte ein großes Gedränge. Alle riefen durcheinander, um möglichst schnell ihre Bestellung loszuwerden. Trotzdem gelang es ihr, sich nach vorne durchzuschieben. Ein angetrunkener Mann mittleren Alters würde einer hübschen jungen Frau immer Platz machen. Und manchmal würde er ihr sogar einen Drink spendieren.

Den übernehme ich, ertönte dann auch wenig später eine Stimme neben ihr.

Sie drehte sich um. Der Mann war groß und nicht mehr ganz schlank, aber man sah ihm an, dass er früher attraktiv gewesen war – und sich ganz offensichtlich immer noch für attraktiv hielt. Sie hatte ihn gesehen, als er zusammen mit den anderen hereingekommen war. Einige der Frauen in seiner Umgebung schienen seine Selbsteinschätzung zu teilen. Dementsprechend war es kein Zufall, dass sie jetzt neben ihm stand.

Einen Gin Tonic, bitte, sagte sie und tat nicht einmal so, als würde sie sich zieren. Für solche albernen Manöver hatte sie keine Zeit.

Er reichte ihr den Drink. Sie bedankte sich und trank einen Schluck, wobei sie darauf achtete, dass er sah, wie sie an ihrem Strohhalm saugte.

Was hat das zu bedeuten?, fragte sie ihn. Die Masken?

Willst du auch eine?, fragte er, holte eine Maske aus seiner Jackentasche und hielt sie ihr hin.

Man sollte immer einen Ersatz dabei haben, meinte er.

Sie lächelte und ließ zu, dass er ihr die Maske anlegte. Sie hatte ein Satinband, mit dem man sie am Hinterkopf schließen konnte. Als er fertig war, trat er einen Schritt zurück und begutachtete sein Werk.

Wunderschön.

Aber welchen Zweck haben sie?, fragte sie erneut.

Er grinste. Wir waren auf einer ganz besonderen Party. Hast du den Film Eyes Wide Shut gesehen?

Hatte sie nicht.

Na ja. In die Richtung geht es jedenfalls.

Du meinst eine Sexparty?

Jetzt hast du es.

Sie musterte seine Begleiter. Und warum seid ihr dann hierhergekommen?

Wir sind hier untergebracht. Die meisten von uns jedenfalls. Wir hatten Spaß auf der Party, und wenn wir noch weitermachen wollen, können wir das hier im Hotel tun.

Könnte morgen am Frühstückstisch ein bisschen peinlich werden.

Er lachte, als wäre das das Lustigste, was er den ganzen Abend über gehört hatte.

Sie lächelte. Und?, sagte sie. Willst du denn, dass der Spaß weitergeht?

Ja, das wollte er. Und ob er es wollte.

So einfach war das.

Zu dem Zeitpunkt wusste sie noch nicht, dass sie ihn umbringen würde. Eigentlich hatte sie bloß vor, ihn zu vögeln. Vielleicht würde sie ihn auch fesseln und seine Brieftasche leeren. Aber dann führte eins zum anderen …

Er war ein erstaunlich guter Liebhaber. Er wusste, wie er ihr Lust bereiten konnte. Die meisten ihrer Männer hatten das nicht gewusst. Der Sex mit ihm gefiel ihr. Zeitweise ging sie ganz darin auf – und das war gefährlich. Sie hatte sich geschworen, niemals wieder die Kontrolle zu verlieren. Das durfte sie um keinen Preis zulassen. Auch nicht im Bett mit diesem Mann. Egal, wie viel Spaß sie hatte. Und – so musste sie verwundert feststellen – sie hatte richtig viel Spaß.

Aber alles Schöne hat auch irgendwann ein Ende.

Sie waren in seinem Zimmer. Auf ihres hatte sie ihn trotz allem nicht mitnehmen wollen. Er war gut für eine aufregende Nacht ausgerüstet. Seine Tasche enthielt alle möglichen Spielzeuge, von denen sie die meisten gemeinsam ausprobierten. Irgendwann hatte sie ihn mit dem Gesicht nach unten ans Bett gefesselt und war bereit, den Strap-on-Dildo zu benutzen, den er ihr freundlicherweise zur Verfügung gestellt hatte.

Aber dann hielt sie inne.

Betrachtete seinen Rücken.

Während ihrer Studien hatte sie etwas Interessantes gelesen. Der Stich einer dünnen Messerklinge, eines Stilettos zum Beispiel, konnte einen Menschen lähmen, wenn man ihn nur an der richtigen Stelle der Wirbelsäule setzte. Sie hatte eine lange, eigens zu diesem Zweck gekaufte Hutnadel dabei und hatte zuvor bereits an einem anatomischen Modell geübt, das sie in einem Online-Shop für Medizinbedarf bestellt hatte. Für den Fall, dass es nicht auf Anhieb funktionierte, hatte sie ihm zusätzlich noch K.O.-Tropfen in den Drink geschüttet, deren Wirkung ihrer Schätzung nach bald einsetzen musste.

Sie stand vom Bett auf und ging zu ihrer Tasche.

Was machst du da?, wollte er wissen. Was lässt du mich so lange warten?

Es wird sich lohnen, beteuerte sie.

Sie fand die Nadel. Zählte seine Wirbel ab. Stach zu.

Au … hast du … Ich kann … Ich kann mich nicht mehr bewegen …

Seine Stimme wurde panisch. Was ist los? Was hast du mit mir gemacht?

Sie starrte ihn an, verblüfft, dass es gleich beim ersten Mal geklappt hatte. Das lange Üben hatte sich ausgezahlt. Sprachlos vor Staunen blickte sie auf ihn herab und lächelte.

Was ist passiert? Warum kann ich meine … Oh mein Gott, ich kann mich nicht mehr bewegen …

Er wurde immer hysterischer. Das war gefährlich.

Sie kniete sich neben ihn.

Ich will, dass du was für mich tust, flüsterte sie, den Mund ganz dicht an seinem Ohr. Ich will, dass du mir dein Geld gibst.

Was?

Gib mir dein Geld, dann lasse ich dich laufen.

Da fing er an zu schreien und sie wüst zu beschimpfen. Er warf ihr Ausdrücke an den Kopf, die er zuvor auch schon benutzt hatte – nur in einem gänzlich anderen Kontext.

Sie lächelte.

An deiner Stelle würde ich mich beeilen. Noch kann ich die Lähmung rückgängig machen. Aber nicht mehr lange.

Endlich drangen ihre Worte zu ihm durch, und er wurde ein wenig ruhiger. Danach musste sie nur noch ihr iPad rausholen, seine Passwörter eingeben und Geld von seinem Konto auf ihres überweisen. Nichts leichter als das.

Sie erhob sich. Merkte, dass sie immer noch den Strap-on trug. Nahm ihn ab. Betrachtete den Mann auf dem Bett.

Okay, sagte sie. Ich nehme sie jetzt raus.

Sie tat es. Aber es war bereits zu spät. Die Lähmung war zu weit fortgeschritten.

Atemstillstand.

Sie kehrte auf ihr Zimmer zurück und checkte am nächsten Morgen aus. Ohne Frühstück.

Als sie das Holiday Inn verließ, kam eine seltsame Ruhe über sie. Sie hatte am Abend zuvor eine Maske getragen, so wie alle anderen. Sie hatte das Hotelzimmer unter einem falschen Namen gebucht. Sie hatte bar bezahlt. Sicher, sie hatte ihre DNA im Hotelzimmer hinterlassen – na und? Sie war nicht aktenkundig. Das Einzige, was man eventuell bis zu ihr hätte zurückverfolgen können, war das Bankkonto. Aber das hatte sie noch am selben Abend leergeräumt und aufgelöst. Außerdem war sie sowieso nicht die offizielle Inhaberin gewesen. Es lief auf seinen Namen.

Sie lächelte.

Und sie ging weiter und hatte das Gefühl, dass soeben die nächste Phase ihres Lebens begonnen hatte.

43

Das morgendliche Briefing. In den seltenen Fällen, in denen er an einer großen Ermittlung wie dieser beteiligt war, freute sich Matthews in der Regel darauf. Die Briefings gaben ihm das Gefühl, Teil des Teams zu sein und einen wichtigen Beitrag zum Erfolg der Ermittlung zu leisten.

Nicht so heute. Heute fühlte er sich schrecklich.

Beresford war schon da, aber er wirkte irgendwie seltsam. Für gewöhnlich scherzte er immer mit den männlichen Kollegen – manchmal auch mit den weiblichen, wenngleich eher selten und nie in demselben Ton. Heute hingegen hielt er sich abseits. Während die anderen nacheinander eintrudelten, schüttelte er mit gesenktem Blick immer wieder den Kopf, als führe er eine Unterhaltung mit sich selbst oder mit jemandem, den nur er sehen und hören konnte.

Gespräche und Gelächter erfüllten den Raum, es duftete nach Kaffee, Panini und süßem Gebäck. Matthews musterte Beresford genauer. Seine Augen waren schon wieder gerötet, allerdings nicht so wie am Tag zuvor. Diesmal wirkte er eher übernächtigt. Normalerweise war er auch immer makellos gekleidet – oder wenn nicht makellos, so doch adrett, auf eine fast militärische

Weise ordentlich. Heute konnte davon keine Rede sein. Er sah aus, als hätte er in seinem Anzug geschlafen.

Matthews warf einen Blick in die Runde. Außer ihm schien niemand die Veränderung bemerkt zu haben. Und da war noch etwas. Imani fehlte.

Als Matthews am Abend zuvor nach Hause gekommen war, hatte er sich nicht entspannen können. In der Annahme, es hätte mit dem Fall zu tun, hatte seine Frau ihm ein Bad eingelassen und eine Tasse Tee gemacht. Und so dankbar er ihr auch für ihre Fürsorge gewesen war, die Wahrheit hatte er ihr nicht gestehen können: dass er sich schuldig fühlte. Und wenn er ganz ehrlich war, schämte er sich auch – für das, was er Beresford gesagt hatte. Dafür, dass er sich von ihm hatte manipulieren lassen.

Er hatte Imani sein Wort gegeben. Sie hatte ihm erklärt, sie wolle Beresfords Aussagen nachgehen, weil sie sein Verhalten als verdächtig empfunden habe. Und im Grunde seines Herzens war Matthews derselben Meinung. So leitete man keine Ermittlung. An Beresfords Stelle wäre er ganz anders vorgegangen. Anfangs hatte er noch versucht, sich einzureden, dass das bloß seine ganz private Sicht der Dinge sei und ihm überdies eine solche Anmaßung nicht zustehe. Aber als Imani dann mit genau denselben Bedenken zu ihm gekommen war, hatte er sich bestätigt gefühlt. Und was hatte er getan? Wie hatte er sich für ihr Vertrauen revanchiert? Indem er gleich bei der ersten Gelegenheit den Schwanz eingezogen hatte, um die eigene Haut zu retten. Er hatte vor Beresfords kaum verschleierten Drohungen klein beigegeben. Hatte sich von ihm einschüchtern lassen und sie zum Sündenbock gemacht.

Im Nachhinein hatte er versucht, sein Verhalten zu rechtfertigen. Hatte sich gesagt, dass er richtig gehandelt hatte. Man musste zusehen, wo man blieb, Beresford war im Recht. Doch kaum hatte er das gedacht, wusste er, dass es Unsinn war. Und je länger er darüber nachdachte, desto überzeugter war er davon.

Und jetzt fehlte Imani beim Briefing. Was hatte das zu bedeuten?

Erneut ging sein Blick zu Beresford. Der Mann sah völlig fertig aus.

Kurz darauf eröffnete er die Runde.

»Okay, danke für Ihre ... Ihre Aufmerksamkeit.« Beresford sah sich im Raum um, nahm jedoch zu niemandem Blickkontakt auf, als wisse er gar nicht, weshalb er eigentlich hier war. Er schloss kurz die Augen und schien sich einen innerlichen Ruck zu geben. Danach war er startklar.

»Gut. Wir haben, also ... Wie ist der Stand der Dinge heute? Wie weit sind wir gekommen?«

Er zeigte scheinbar wahllos auf einzelne Leute und bat sie, ihre Neuigkeiten vorzutragen. Doch es schien keine zu geben. Genau wie an den Tagen zuvor hatte sich rein gar nichts getan. Sie traten weiterhin auf der Stelle. Beresford nickte trotzdem, als wäre er mit den Antworten zufrieden.

Matthews wartete geduldig, bis er an die Reihe kam. Denn er *hatte* Fortschritte gemacht. Hatte möglicherweise zahlreiche weitere Opfer desselben Täters gefunden. Wenigstens glichen sich die Mordmethoden. Matthews war ein besonnener Mensch, er ließ sich nicht von wilden Phantasien leiten. Er hatte den ganzen Abend am Computer gesessen und in der zentralen Polizeidatenbank nach ähnlichen ungelösten Todesfällen gesucht. Anfangs war seine Zuversicht nicht besonders groß gewesen, zumal es sich um eine sehr ausgefallene Mordmethode handelte – doch das Ergebnis hatte ihn verblüfft. Zusätzlich zu den drei Fällen, die er gefunden hatte, bevor Beresford ihn für ihre kleine Unterredung beiseite genommen hatte, war er auf zwei weitere gestoßen, die ebenfalls ins Schema passten; dann gab es noch drei, bei denen er sich nicht ganz sicher war. Als Nächstes hatte er bei den betreffenden Polizeidienststellen angerufen und versucht, jemanden an den Apparat zu bekommen, der mit dem jeweiligen Fall zu tun gehabt hatte. Dann hatte er eine Zusammenfassung aller Fälle samt Chronologie erstellt.

Die Morde erstreckten sich über einen Zeitraum von fünf bis sechs Jahren. Ein Muster konnte er allerdings nicht feststellen, sosehr er sich auch bemühte. Es schien sich um vollkommen willkürliche Taten zu handeln. Auch die Zeitabstände waren sehr unregelmäßig. Einmal lagen zwei Monate zwischen einzelnen Morden, ein andermal waren es drei Jahre. Wenigstens galt das für die Fälle, die er bislang entdeckt hatte. Vielleicht gab es noch mehr, die nur darauf warteten, von ihm gefunden zu werden.

Obwohl Matthews ein vorsichtiger Mensch war, lag ihm der Begriff »Serienmörder« auf der Zunge. Doch noch wagte er nicht, ihn auszusprechen. Soweit er Bescheid wusste – zugegebenermaßen stammte sein Wissen diesbezüglich größtenteils aus Filmen und dem einen oder anderen Thriller -, folgten Serientäter immer einem bestimmten Schema. Sie töteten immer nach derselben Vorgehensweise, behielten Trophäen von ihren Opfern und ließen eine Art Visitenkarte am Tatort zurück. Abgesehen von der Mordmethode schien keiner dieser Punkte auf die vorliegenden Fälle zuzutreffen, aber wenn man die näheren Tatumstände betrachtete, waren die Ähnlichkeiten nicht zu leugnen. Jedes Opfer hatte sich am Vorabend seines Todes in einer Bar mit einer unbekannten Frau unterhalten. Die Augenzeugen waren sich nie einig, wie diese Frau ausgesehen hatte. Am darauffolgenden Morgen wurde das Opfer, normalerweise ein Mann mittleren Alters, dann tot in seinem Hotelzimmer aufgefunden. Jede Leiche offenbarte bei der Obduktion dasselbe Merkmal: ein winziges Loch an der Wirbelsäule, genau an der Stelle, wo ein Einstich eine Lähmung verursachte, aber so klein, dass der Leichenbeschauer, sofern er nicht von einem Tod durch Fremdeinwirkung ausging, es leicht übersehen konnte. Die finanziellen Unregelmäßigkeiten fielen – falls es überhaupt zu weiteren Ermittlungen kam – erst später auf. Jedes Mal fehlte auf dem Konto des Opfers ein großer Geldbetrag. Doch alle Versuche, der Spur des Geldes zu folgen, führten ins Nichts, und der Fall wurde als ungelöst zu den Akten gelegt. Ende der Geschichte.

Bis jetzt. Bis Matthews auf die Todesfälle gestoßen war und versuchte, einen Zusammenhang zwischen ihnen herzustellen.

Jetzt saß er im Briefing und wartete immer noch darauf, dass Beresford ihm endlich das Wort erteilte. Aber jedes Mal, wenn wieder jemand eine völlig inhaltsleere Zusammenfassung beendet hatte, vermied Beresford es demonstrativ, in seine Richtung zu schauen.

Irgendwann war das Briefing zu Ende, ohne dass Matthews über seine Ergebnisse hätte sprechen können. Da er das Gefühl hatte, keine Aufgabe zugewiesen bekommen zu haben, wartete er, bis die anderen an ihre Plätze zurückgekehrt waren, und ging dann zu Beresford, der an seinem Schreibtisch saß und auf seinen Monitor stierte, ohne wirklich etwas wahrzunehmen. Aus der Nähe fiel Matthews auf, wie übel sein Chef roch. Als würde er von innen heraus verwesen.

»Sir?«

Beresford blickte nicht auf. Matthews wartete.

»Sir«, sagte er noch einmal lauter.

Jetzt hatte Beresford keine Wahl mehr. Er musste den Kopf heben.

Matthews erschrak. Aus der Nähe war sein Chef kaum wiederzuerkennen. Das souveräne, selbstverliebte Alpha-Tier war verschwunden. An seine Stelle war ein gequältes, ja, verängstigtes Geschöpf getreten. Unwillkürlich musste Matthews an die frommen katholischen Mönche denken, die er einmal in einem Film gesehen hatte und die sich aus lauter Angst vor Gott permanent selbst kasteiten.

»Was wollen Sie?«, seufzte Beresford.

»Ich ... na ja, ich würde einfach gerne wissen, was ich heute machen soll, Sir.«

Beresford schüttelte den Kopf. Ein Lehrer, der keine Lust hat, sich mit einem ungeliebten Schüler auseinanderzusetzen. »Dasselbe, was Sie gestern auch gemacht haben. Machen Sie ... machen Sie einfach da weiter.«

»Das ist es ja gerade, Sir. Ich habe eine Liste weiterer Fälle erstellt, bei denen die Todesursache zu der unserer drei Leichen passt. Bis jetzt habe ich schon fünf gefunden – und noch weitere drei, bei denen ich mir nicht ganz sicher bin. Gott weiß, wie viele es insgesamt sind.«

Beresford reagierte nicht. Er tat so, als hätte er nichts gehört. Vielleicht wollte er auch nichts hören.

Matthews ließ nicht locker. »Dem sollte man doch nachgehen, oder? Ich meine ... Ich nehme das Wort wirklich nur ungern in den Mund, aber vielleicht haben wir es hier mit einem Serienmörder zu tun.«

Auch darauf kam keine Reaktion von Beresford.

»Das würde den Fall doch komplett umkrempeln, stimmt's?

Sollten wir nicht personelle Verstärkung für die Ermittlungen anfordern?«

Nichts.

»Sir, warum haben Sie mich im Briefing nicht gebeten, die anderen über meine Arbeitsergebnisse zu informieren? Ich bin der Einzige hier, der nennenswerte Fortschritte gemacht hat. Das sollten die anderen Kollegen doch erfahren, oder nicht?«

Irgendwann sah Beresford auf. Er starrte Matthews mehrere Sekunden lang an, ehe er, als wäre er unzufrieden mit dem, was er gesehen hatte, den Blick wieder abwandte.

»Machen Sie einfach da weiter, wo Sie gestern aufgehört haben, Matthews.«

»Aber Sir, ich –«

»Machen Sie da weiter, wo Sie gestern aufgehört haben. Das wäre dann alles.« Diesmal kam Beresfords Antwort als drohendes Knurren.

Matthews spürte Zorn in sich aufwallen. Vorgesetzter hin oder her, eine solche Behandlung würde er sich nicht gefallen lassen.

»Wo ist Imani?«, fragte er lauter und wütender, als er beabsichtigt hatte. Einige der Kollegen hoben die Köpfe.

Beresford ignorierte ihn.

»Ich habe gefragt, wo Imani ist.« Das Herz schlug Matthews bis zum Hals. Noch nie hatte er so mit einem ranghöheren Kollegen gesprochen. Er hätte es niemals zuvor gewagt.

»Weg«, sagte Beresford irgendwann.

»Weg wohin? Ist sie wieder nach Birmingham gefahren?«

»Ja. Genau.« Erneut blickte Beresford hoch. Diesmal flackerte reine Mordlust in seinen Augen. »Und jetzt zurück an die Arbeit.«

Matthews trollte sich an seinen Schreibtisch.

Doch an Arbeit war nicht mehr zu denken.

44

Anni sah Marina beim Schlafen zu.

Erschöpft von den Ereignissen des Abends, hatte sie sich, kaum in Annis Wohnung zurückgekehrt, auf dem Sofa zusammengerollt und war eingeschlafen. Anni hatte sie zugedeckt und in Ruhe gelassen. Jetzt saß sie, eine Tasse Kaffee in der Hand, neben ihrer Freundin und betrachtete sie. Sie hatte das Gefühl, über sie zu wachen. Als müsse sie aufpassen, dass sie nicht in weitere brenzlige Situationen geriet – was aber angesichts ihrer beider Bilanzen vermutlich ein Ding der Unmöglichkeit war.

Nachdem es Anni endlich gelungen war, sich von Malcolm und seinen neugierigen Fragen loszueisen, hatte sie festgestellt, dass Marina ihr zwischenzeitlich eine Nachricht auf die Mailbox gesprochen hatte. Darin teilte sie ihr mit, dass sie zu Michael Prosser unterwegs sei und Imani ebenfalls eine Nachricht gleichen Inhalts hinterlassen, bislang jedoch keine Rückmeldung bekommen habe.

Anni sprang sofort in ihren Wagen und fuhr los. Eigentlich hatte sie vorgehabt, für einige Stunden ins Fitnessstudio zu gehen – sie wollte das Training nicht schleifen lassen –, aber das kam jetzt wohl nicht mehr in Frage. Nicht nach dem, was Marina nach ihrem letzten Besuch bei Michael Prosser passiert war. *Das, was er weiß, muss ja wirklich wichtig für sie sein*, dachte sie bei sich. *Sonst würde sie es nicht riskieren, noch mal zu ihm zu gehen.*

Sie nahm die A12 nach Chelmsford. Sie bemühte sich, nicht die zulässige Höchstgeschwindigkeit zu überschreiten, was ihr allerdings nicht durchgängig gelang.

Das ist der Grund, weshalb ich die Arbeit bei der Polizei vermisse, sinnierte sie.

Sie parkte an der Straße vor Prossers Haus, sprintete durch die Gasse, über den Hof, die Treppe hinauf und hämmerte an seine Tür. Den Körper angespannt und betont langsam atmend, wartete sie, bereit, im Notfall sofort zuzuschlagen.

Die Tür wurde geöffnet, und Michael Prosser erschien im Türrahmen. Die Lampen im Flur warfen ihren schwachen Lichtschein auf sein entstelltes Gesicht.

»Oh. Sie müssen Anni sein. Oder Imani?«

»Anni.«

»Na dann. Kommen Sie rein.«

Er machte einen Schritt zur Seite. Als sie seine Wohnung betrat, sah sie, dass an der Seite seines Kopfes eine Art Kompresse klebte.

Sie ging ins Wohnzimmer. Dort saß Marina mit einer Tasse Tee in der Hand auf dem Sofa.

»Hi, Anni«, sagte sie und sah auf. »Das Wasser ist noch heiß, wenn du auch einen möchtest.«

»Ich … Nein, danke …«

Damit hatte sie nun wirklich nicht gerechnet.

Prosser kam dazu, ließ sich in den Sessel fallen und nahm seine eigene Teetasse in die Hand. Anni sah zwischen den beiden hin und her. Bemüht, sich ihre Verwirrung nicht anmerken zu lassen, setzte sie sich schließlich neben Marina aufs Sofa und warf ihr einen Blick zu, der bedeutete: *Na los, sag schon. Was ist passiert?*

Marina verstand die unausgesprochene Frage und erklärte: »Wir mussten erst mal an Michaels Einstellung arbeiten, ehe wir ein vernünftiges Gespräch führen konnten.«

Wie von selbst wanderte Annis Blick erneut zu der Kompresse an Prossers Kopf. Dann sah sie die schwere Taschenlampe auf Marinas Handtasche liegen. Den Rest konnte sie sich zusammenreimen.

Prosser hatte die Augen niedergeschlagen. »Ich hab … manchmal vergesse ich, wie man mit Leuten redet. Ich hab ziemlich viele …« Er stellte seine Tasse hin und ballte die Fäuste.

»Ich weiß«, sagte Marina. »Aber jetzt lassen Sie uns weitermachen.«

Anni erkannte Marinas berufsmäßige Psychologinnenstimme.

Prosser nickte. Sein Verhalten hatte beinahe etwas Schamhaftes.

Auf der Armlehne seines Sessels lag etwas, wie Anni jetzt bemerkte. Ein Scheck. Sie konnte nicht lesen, über welche Summe er ausgestellt war, aber sie kannte Marinas Unterschrift. Jetzt begriff sie auch, was Marina tat, warum sie sich Prosser gegenüber so verhielt. Sie hatte eine Investition getätigt, die sie nicht gefährden wollte.

»Also«, sagte Marina. »Sie hatten mir gerade von dem Kinderheim erzählt.«

»Ja«, sagte Prosser. »Na ja, Sie wissen ja, was … was man über mich sagt.«

Marina nickte schweigend. Sehr professionell, fand Anni. Sehr beherrscht.

»Es ging um das Mädchen«, fuhr sie fort. »Sie hatten das Mädchen erwähnt. Sie ist diejenige, die uns hier interessiert.«

»Richtig, ja.« Er nickte. Der Ausdruck in seinem entstellten Gesicht verriet Anni, dass er tief in die Vergangenheit abgetaucht war. Oder dass er gerade an etwas dachte, an dem er sie nicht teilhaben lassen wollte. Anni war das nur recht. Sofern es nicht unmittelbar im Zusammenhang mit ihren Ermittlungen stand, wollte sie es lieber gar nicht wissen.

»Da war Fiona Welch. Und das andere Mädchen. Unzertrennlich, die beiden. Haben zusammengehalten wie Pech und Schwefel.« Fast hätte er gelacht. »Das bringt es ziemlich gut auf den Punkt.«

»Inwiefern?«, hakte Marina nach.

»Weil sie die Hölle waren. Wenn neue Mädchen zu uns kamen, haben sie sich gleich die verletzlichsten geschnappt. Haben sich mit ihnen angefreundet und sie dann an die örtlichen Gangs verschachert, die sie zur Prostitution gezwungen haben.«

»Und warum haben Sie das nicht unterbunden?«, fragte Anni empört. Sie bemerkte den warnenden Blick, den Marina ihr zuwarf, weigerte sich jedoch, ihre Freundin anzusehen.

»Was hätte ich denn tun sollen?« Prosser zuckte mit den Schultern. »Das fand ja außerhalb des Heims statt, da hatte ich nichts zu melden. Ich hatte ... Ich war machtlos dagegen.«

»Also haben Sie einfach den Kopf in den Sand gesteckt. Haben zugelassen, dass diese beiden Mädchen andere Kinder, die unter Ihrer Obhut standen, systematisch ausgebeutet und missbraucht haben.«

Marina drehte sich zu ihr um. »Das hilft uns jetzt nicht weiter, Anni.« Dann richtete sie das Wort wieder an Prosser. »Entschuldigung, Michael. Bitte, fahren Sie fort.«

Anni wusste natürlich, was Marina mit diesem Schritt bezweckte. Sie hatte sich auf Prossers Seite geschlagen und Anni zu ihrer gemeinsamen Feindin erklärt. Eine kluge Taktik, die ihn dazu animieren sollte, sich ihr noch weiter zu öffnen. Es war kein schönes Gefühl, in diese Rolle gedrängt zu werden, aber sie hielt den Mund. Er sollte seine Geschichte so erzählen, wie er es für richtig hielt.

»Also, diese zwei Mädchen hatten im Heim praktisch das Heft in der Hand. Alle hatten Angst vor ihnen. Alle.«

»Das andere Mädchen? Wie hieß es?«

»Carol Woods.«

Marina und Anni tauschten einen Blick. Endlich etwas Konkretes. Ein Name. Damit konnten sie arbeiten. Vielleicht würde ihnen jetzt endlich der Durchbruch gelingen.

Doch Prossers nächste Bemerkung brachte sie unsanft auf den Boden der Tatsachen zurück.

»Wenigstens hat sie das behauptet.«

Marina runzelte die Stirn. »Wie genau ist das zu verstehen, Michael?«

»Das war der Name, den man uns genannt hat, als sie zu uns kam. Und sie hat auf ihn gehört. Wenigstens nach einer Weile. Es war, als müsste sie sich erst daran gewöhnen. Die anderen Kinder dachten anfangs, sie wäre taub. Nach einer Weile hat es dann aber funktioniert.«

Anni beugte sich nach vorn. »Und wie lautete ihr richtiger Name?«

Prosser machte eine hilflose Geste. »Keine Ahnung. Der wurde uns nie mitgeteilt.«

»Ist das so üblich?«, wollte Marina wissen.

»Kommt drauf an. Wenn Kinder ins Heim gegeben werden,

bekommen sie manchmal eine neue Identität – wenn sie missbraucht wurden, zum Beispiel, damit der Täter sie nicht aufspüren kann. Oder sie werden in einem anderen Teil des Landes untergebracht.«

»Aber die Heimleitung wird dann doch sicher über die Hintergründe in Kenntnis gesetzt?«

»Normalerweise schon. Aber nicht immer.«

»Doch hindert Sie das nicht daran, diesen Kindern die richtige Hilfe zukommen zu lassen?«

»Sicher. Aber in manchen Fällen ist es auch im Interesse der Kinder, wenn so wenig Menschen wie möglich über ihre Geschichte Bescheid wissen. Das macht es ihnen leichter, darüber hinwegzukommen.«

»Und Carol Woods war einer dieser Fälle.«

»Ja. Wahrscheinlich.«

Wieder ging ein Blick zwischen Marina und Anni hin und her. Anni sah die Hoffnungslosigkeit in Marinas Augen. Der Anhaltspunkt, auf den sie so verzweifelt gehofft hatte und der ihr viel Geld wert gewesen war, hatte sich vor ihren Augen in Wohlgefallen aufgelöst.

»Mit anderen Worten: Sie haben keine Ahnung, wer sie wirklich war«, fasste Marina es zusammen, unfähig, ihre Enttäuschung zu verbergen.

Prosser nickte. »Und selbst wenn das ihr richtiger Name war, wird sie ihn längst wieder geändert haben.«

»Das klingt ja so, als hätten Sie zwischenzeitlich Kontakt mit ihr gehabt«, meinte Anni.

Prosser hielt den Kopf gesenkt. »Nein. Nicht seit … nein.« Seine Stimme war immer leiser geworden.

Marina schwieg. Es gab nichts mehr zu fragen.

Anni sah ihre Freundin an. Sie spürte die Last, die Marina die ganzen letzten Tage mit sich herumgetragen hatte und die so erdrückend sein musste, dass sie sich außerstande sah, sich von ihr zu befreien.

»Also«, sagte Anni, wobei sie sich erneut nach vorn lehnte, »wenn Sie ihren wahren Namen nicht kennen – fällt Ihnen vielleicht jemand ein, der ihn kennen *könnte?*«

Prosser sah auf. »Na ja, Caitlin wahrscheinlich.«

»Caitlin?«, wiederholte Marina. Urplötzlich kam wieder Leben in sie. »Die jetzige Heimleiterin?«

»Ja, die.«

»Sie weiß, wie Carol Woods wirklich heißt? Sie kennt ihren richtigen Namen? Hat sie womöglich auch Fotos von ihr? Oder weiß, wo sie wohnt?«

»Da bin ich überfragt. Aber versuchen Sie es doch mal. Sie hat Zugang zu den Akten.«

»Komm«, sagte Anni und erhob sich. »Heute ist es dafür zu spät. Das machen wir morgen.«

Und jetzt saß Anni da und sah Marina beim Schlafen zu.

Marina wäre es bestimmt nicht recht gewesen, dass Anni sie nicht weckte. Sie hätte darauf bestanden, sich sofort wieder auf den Weg zu machen und weiter nach dieser Frau zu suchen. Doch Anni hielt es für besser, sie weiterschlafen zu lassen. Für das, was vor ihnen lag, würde Marina all ihre Kraft brauchen.

Ein bequemes Leben

Hätten die Boulevardblätter Wind von ihrem Tun bekommen, hätten sie es bestimmt als Mordserie bezeichnet. Oder noch schlimmer. Sie hätten auf ihre sensationslüsterne Art den Umstand ausgeschlachtet, dass sie eine Frau war. Hätten versucht, Fotos von ihr aufzutreiben und möglichst viel über ihren persönlichen Hintergrund in Erfahrung zu bringen. Hätten sich in reißerischen Schilderungen ihrer Verführungs- und Mordmethoden gegenseitig überboten. Sex sells, lautete ihre Devise. Und Sex und Tod zusammen verkauften sich noch besser.

Doch die Boulevardblätter würden niemals Wind von ihrem Tun bekommen. Nicht in einer Million Jahren. Sie war anders als alle anderen, und deshalb würde sie niemals gefasst werden. Serienmörder gingen der Polizei ins Netz, weil sie irgendwann nachlässig wurden. Weil sie sich für Genies hielten und das der Polizei auch unbedingt beweisen wollten. Früher oder später fingen sie an, schlampig zu werden und Fehler zu machen – ganz so, als wollten *sie gefasst werden. Irgendwann flogen sie auf. Es war praktisch unvermeidbar.*

Sie wusste alles darüber, hatte viel zu dem Thema gelesen. Und sie wusste auch, dass sie anders war. Sie hatte ungefähr so viel mit einem gewöhnlichen Serienmörder gemein wie mit einem Selbstmordattentäter.

Töten war schlichtweg ihre Art, Geld zu verdienen. Nicht mehr und nicht weniger. Sobald sie genug zum Leben hatte, machte sie eine Pause. So einfach war das. In gewisser Hinsicht war es wie ein ganz normaler Job. Nur dass sie so gut darin war, dass sie ihm nicht jeden Tag nachgehen musste.

Sie hatte ihre Fähigkeiten zu einer Kunstform erhoben. Aber das bedeutete keineswegs, dass sie von sich selbst eingenommen war. Selbstgefälligkeit war der Erzfeind der Kreativität, das hatte sie mal irgendwo gelesen. Und kreativ war sie auf jeden Fall.

Oberflächlich betrachtet, war der Ablauf simpel: Sie nahm sich ein Zimmer in einem Hotel und legte sich auf die Lauer. Hatte sie einen passenden Mann gefunden, ließ sie sich von ihm auf sein Zimmer mitnehmen, verführte ihn, lähmte ihn und räumte dann sein Bankkonto leer. Beziehungsweise hob eine Summe ab, die zwar ausreichend groß war, aber höchstwahrscheinlich nicht zurückverfolgt werden würde. Sie besaß mehrere Sparkonten, achtete aber strikt darauf, nicht gierig zu werden. Sie hatte ein festes Regelsystem, an das sie sich immer hielt.

Blickte man jedoch unter die Oberfläche, merkte man, dass die Sache in Wahrheit hochgradig komplex war. Sie plante, beobachtete ihr Opfer aus der Ferne. Erst wenn sie wirklich gut vorbereitet war, schlug sie zu. Konferenzen waren am besten. Oder andere geschäftliche Zusammenkünfte. Mittlerweile war sie geübt darin, einzuschätzen, welcher Mann aus einer Gruppe besonders angreifbar war. Das leichteste Ziel abgab. Durch jahrelanges Training hatte sie diese Fähigkeit immer weiter verfeinert. Aber das allein reichte noch nicht. Sie studierte ihr Opfer, seine Verhaltensweisen, seine Vorlieben und Abneigungen. Vor allem seinen Umgang mit dem weiblichen Geschlecht, das war das Allerwichtigste. Dann beobachtete sie, auf welchen Typ Frau er am ehesten ansprang, welcher ihn kaltließ, und passte ihre eigene Persönlichkeit und Erscheinung an diese Vorgaben an.

All das geschah innerhalb weniger Tage. Gab es niemanden, von dem sie dachte, ihn ködern zu können, ließ sie es bleiben. Dann zog sie in ein anderes Hotel und versuchte es dort aufs Neue. Sie hatte festgestellt, dass an verheirateten Männern mittleren Alters, die bereit waren, mit einer jungen Frau ins

Bett zu steigen, solange sie nicht fürchten mussten, entdeckt zu werden, kein Mangel herrschte.

Nachdem sie ihr Zielobjekt ausgewählt hatte, überlegte sie, wie sie sich ihm am besten nähern konnte. Dabei genügte es nicht immer, auf einem Barhocker zu sitzen und abzuwarten. Manchmal musste sie es auch schlauer anfangen. Sie tat, was getan werden musste. Mal improvisierte sie, mal hielt sie sich exakt an ein zuvor ausgearbeitetes Drehbuch. Aber immer behielt sie dabei ihr Ziel fest vor Augen.

Sie achtete stets darauf, während der Vorbereitungsphase nicht aufzufallen. Versuchte, in der Masse der Hotelgäste unterzutauchen. Darin war sie gut. Sie versteckte sich gewissermaßen vor aller Augen. Eine Technik, die bis zu den amerikanischen Ureinwohnern zurückreichte. Auch darüber hatte sie viel gelesen.

Und dann, irgendwann, schlug sie zu. Sie trennte den Mann von seiner Gruppe und setzte zum Todesstoß an – im wahrsten Sinne des Wortes. Von der Aussicht auf Sex verlockt, nahm er sie mit auf sein Zimmer. Dort fügte sie ihm die tödliche Wunde zu und eröffnete ihm, dass er gelähmt sei und sie ihm nur dann helfen würde, wenn er ihr zuvor eine große Summe Geld überwies. Jeder Mann tat es. Und jeder Mann starb.

Danach packte sie ihr iPad ein, wischte alle Oberflächen sauber, mit denen sie in Kontakt gekommen war, und vergewisserte sich, dass sie den Toten so wenig wie möglich berührt hatte. Sie kehrte auf ihr Zimmer zurück, legte ihre Verkleidung ab, ging ins Bett und checkte am nächsten Morgen aus.

Danach schlief sie immer wie ein Baby.

Mehr steckte eigentlich nicht dahinter. Das waren ihre ruhmreichen Jahre, wie sie es nannte. War sie einsam? Sehnte sie sich nach Gesellschaft, nach Zuspruch? Bisweilen. Vielleicht. Doch je länger sie dieses Leben führte, desto mehr scheute sie den Kontakt mit Menschen. Sie war eine attraktive Frau, und Verehrer gab es genügend. Männer wie Frauen. Doch sie wies alle zurück. Denn, so sagte sie sich, nichts verschaffte ihr denselben Kick wie die Arbeit.

Und was für ein Kick das war. Sicher, es war auch ein Job – aber wie trostlos war das Leben für diejenigen, die keinen Spaß an der Arbeit hatten? Es war ein Nervenkitzel, der mit jedem Schritt größer wurde. Erst die Aufregung der Männer, wenn sie merkten, dass diese junge Frau an ihnen interessiert war. Dann die Erkenntnis, dass sie allen Ernstes Sex mit ihr haben würden, und zwar ungestraft, ohne dass jemand davon erfahren würde. Dann, auf dem Weg zum Zimmer, die Nervosität, das Zögern oder irgendein Gestammel von wegen, sie würden ihre Frau aufrichtig lieben, aber … Sie hörte ihnen immer geduldig zu. Dann ihr erregtes Keuchen, während sie sich auszog. Den Teil mochte sie besonders gern, beinahe am liebsten. Wenn die Männer ihren nackten Körper anstarrten, ihn mit ihren Blicken verschlangen, sie in ehrfürchtigem Staunen betrachteten, wurde sie jedes Mal von einem unbeschreiblichen Machtgefühl durchströmt. In diesen Momenten fühlte sie sich so lebendig, als bestünde ihr Körper aus reiner Elektrizität. Unsterblicher, schöner, leuchtender Elektrizität.

Und dann das Töten. Der absolute Höhepunkt. Nicht weil sie unbedingt wollte, dass die Männer starben, sondern weil es eine Steigerung dieses Machtgefühls, dieser Elektrizität war. Sie traf die Entscheidung über Leben und Tod.

Und die Männer wussten es. Was konnte es Besseres geben?

Dann das lange, genüssliche Warten, während sie starben. Sie beobachtete sie gebannt. Sah zu, wie ganz allmählich das Leben aus ihnen wich. Wenn es schließlich so weit war, konnten sie schon nicht mehr sprechen, weil die Lähmung ihres Körpers zu weit fortgeschritten war. Deshalb konnte sie ihnen auch keine Fragen mehr stellen, obwohl sie es gerne getan hätte. Was sahen sie? Was empfanden sie? Was war auf der anderen Seite? Diese Gedanken faszinierten sie. Sie hätte sich ganz darin verlieren können, wenn sie es zugelassen hätte.

Und dann kam der Tod. Das war jedes Mal ein unvergleichlicher Augenblick.

In einem Moment war da noch ein lebendiger Mensch. Und im nächsten: nichts mehr. Nur noch totes Fleisch.

Wahnsinn. Und sie fragte sich: Wohin war die Energie verschwunden? Was gab es zu sehen? In gewisser Weise beneidete sie die Männer. Sie durften eine Erfahrung machen, an der sie nicht teilhaben konnte. Wenigstens noch nicht.

So sah es also aus, ihr bequemes Leben. Sie besaß auch ein festes Zuhause, ein Eigenheim, das sie gekauft hatte, in dem sie aber nur selten wohnte. Kaum war sie dort, wurde sie ruhelos und wollte wieder los. Dorthin zog sie sich nur dann zurück, wenn sie gar nicht mehr wusste, wohin.

Aber es konnte nicht ewig so weitergehen, dessen war sie sich bewusst. Sie wurde älter, irgendwann würde ihre Attraktivität nachlassen. Oder sie fing an, sich zu langweilen. Und wenn sie sich langweilte, würde sie womöglich selbstgefällig werden.

Noch wusste sie sich dagegen zu schützen, aber trotzdem: Irgendwann wäre dieses Leben zu Ende. Am besten, sie machte hier und jetzt das Beste daraus, solange sie noch Spaß an der Sache hatte. Man sollte bekanntlich aufhören, wenn es am Schönsten war. Die Zukunft würde sich schon finden.

Soweit der Plan. Kurz darauf zog sie zurück nach Essex.

Aus Sentimentalität? Oder war es Schicksal? Schwer zu sagen. Was immer der Grund war, irgendwann hatte es sie nach Colchester, in die Nähe ihrer alten Heimat verschlagen – wenn man es denn als solche bezeichnen konnte. Sie wusste nicht recht, wie ihr dabei zumute war. Sie hatte mit einem Gefühlschaos gerechnet, doch das war ausgeblieben. Stattdessen erschien ihr alles vertraut und fremd zugleich. Als besuche sie Orte, von denen ihr ein alter Freund erzählt hatte.

Als sie eines Tages den Fernseher einschaltete, liefen gerade die Nachrichten.

Fiona Welch war tot.

Sie war sich nicht sicher, was sie dabei empfand. Fassungslosigkeit?

Schock? Vermutlich. Und doch war das nichts im Vergleich zu dem, was darauf folgte. Denn wenig später kam der Detective zu Wort, der die Ermittlungen gegen Fiona geleitet und sie zur Strecke gebracht hatte.

Sean. Wiederauferstanden von den Toten.

45

»Na, wiederauferstanden von den Toten?«

Phil schlug die Augen auf. Über ihm schwebte das Gesicht einer Frau. Es kam ihm bekannt vor. Auf wunderbare Art vertraut. Er lächelte.

»Eileen?«

»Ganz recht, Phil. Ich bin es, Eileen.«

Er blinzelte. Hoffnung stieg in ihm auf. Die letzten Tage waren nichts als ein schrecklicher Albtraum gewesen. So lebendig, dass er das Gefühl hatte, alles wirklich berührt, gefühlt und erlebt zu haben. Doch das Gesicht sagte ihm, dass all das jetzt hinter ihm lag. Dass er zu Hause war. Sicher und geborgen.

Er blinzelte abermals. Eileens Züge verschwammen vor seinen Augen, dann begannen sie sich zu verändern. Das Vertraute verschwand und wurde zu etwas Fremdem, jedoch nicht gänzlich Unbekanntem. Er schnappte nach Luft. Dann sah er genauer hin – und mit einem verzweifelten Aufstöhnen, das bis in die Tiefen seiner Seele widerhallte, erkannte er, wen er wirklich vor sich hatte und wo er sich – immer noch – befand.

Er hatte also doch nicht geträumt. Es war alles real. Wenn dies hier ein Albtraum war, dann war es ein Wachtraum.

»Du hast lange geschlafen. Aber ich dachte, es ist besser, dich nicht zu wecken. Du warst gestern Abend so müde. Und aufgewühlt.« Sie setzte sich neben ihn und streichelte ihm über das Haar. »Aber ich konnte dich trösten, nicht wahr?«

Phil schloss die Augen, als die Erinnerungen ihn übermannten. Das Gefühl ihres Körpers, sein Mund an ihrer Brust ...

Eine Woge der Wut und Scham stieg in ihm auf. Ein Schmerz, der ihn innerlich zu zerreißen drohte. Und noch viele andere Gefühle, die er nicht auf Anhieb benennen konnte. Die ihn lähmten, ihn daran hinderten, irgendetwas zu *tun*. Er hätte aus dem Bett springen und sie anbrüllen sollen. Ihr ins Gesicht schreien, was er wirklich von ihr hielt. Sich Gedanken über seine Flucht machen. Aber irgendetwas hielt ihn davon ab. Er versuchte zu ergründen, was es war. Und erkannte schließlich: Ihm fehlte schlichtweg die Kraft dazu. Der Wille. Ja, er hatte nicht einmal Lust, sich zu bewegen.

Und zu dieser Erkenntnis kam eine zweite: Er wusste gar nicht mehr, was er noch denken und fühlen, wie er sich verhalten sollte. Er wusste nicht mehr, was er tat. Richtig und falsch, gut und böse, Ordnung und Chaos, all das gab es nicht mehr. Es war ihm entglitten.

Resignation. Das war das vorherrschende Gefühl. Es überlagerte alles andere, hatte ihn wie ein Zug in voller Fahrt erwischt. Er wollte nur noch die Augen schließen, damit alles um ihn herum verschwand. Alles loslassen. Für immer und ewig.

Dies hier war jetzt seine Welt. Dies hier war sein Richtig und sein Falsch.

Was immer sie sagte.

»Willst du etwa noch weiterschlafen?«, erklang ihre irritierend fröhliche Stimme an seinem Ohr. »Dafür ist jetzt aber keine Zeit. Das kannst du später noch zur Genüge tun.« Sie lachte. »Zur

Genüge. Aber nicht jetzt. Jetzt musst du wach sein und dich fertig machen. Heute ist ein großer Tag.«

Mühsam versuchte Phil sich hinzusetzen. Das Zimmer kam ihm heller vor, als wäre es tatsächlich Morgen. Aber was wusste er schon? Genauso gut hätte es mitten in der Nacht sein können. Tag und Nacht, hell und dunkel, ja, die Zeit an sich hatte keinerlei Bedeutung mehr für ihn. Er war einfach nur hier. Jetzt.

Seine Hände waren noch immer an den Bettrahmen gefesselt, sodass er sich nicht aufrichten konnte.

»W... Warum ist heute ein großer Tag?«

»Weil das eben so ist. Und deshalb gibt es jede Menge zu tun. Wir müssen uns vorbereiten.«

Sie stand auf und ging durchs Zimmer. Betrachtete einzelne Gegenstände, als wolle sie sie abstauben oder von der Stelle rücken. Natürlich gab es nichts, was man hätte von der Stelle rücken können. Alles war zweidimensional, sie konnte also höchstens so tun, als ob. Und genau das tat sie nun auch, wobei sie lächelnd vor sich hin summte – so wie es ihrer Meinung nach vermutlich eine Mutter gemacht hätte.

Das grelle Licht der Deckenlampe betonte den künstlichen Charakter des Zimmers. Die Wände erschienen Phil noch flacher als zuvor, die Fototapeten noch unechter und lebloser. Doch für ihn spielte die Illusion keine Rolle mehr. Nichts spielte noch eine Rolle. Diese Dinge hatten sie längst hinter sich gelassen.

Nach einer Weile setzte sie sich, noch immer mit einem seligen Lächeln im Gesicht, wieder zu ihm aufs Bett. Ihr Blick huschte kurz zu den zwei Kapseln auf dem Nachttisch, und ihr Lächeln wurde breiter. Dann sah sie Phil an.

»Hast du Hunger, mein Schatz? Möchtest du was zum Frühstück?«

Darüber musste Phil erst einmal nachdenken. Hatte er Hunger? Wann hatte er zuletzt gegessen? Was sagte ihm sein Körper?

»Ich ... ich weiß nicht ...«

Sie lachte über seine Verwirrung. »Ihr Jungs ... Natürlich hast du Hunger. Ihr habt doch immer Hunger. Ich gehe und mache dir was zu essen. Was sagst du zu einem Speck-Sandwich?«

Ja, was sagte er dazu?

»Ich mache dir ein Speck-Sandwich.« Sie lachte glucksend. »Ausnahmsweise darfst du es sogar im Bett essen. Wie gesagt, heute ist ein ganz besonderer Tag. Pass nur auf, dass du nicht krümelst, und kleckere ja keine Soße auf die Bettdecke. Aber das hast du alles schon tausendmal gehört, nicht wahr? Bestimmt gehe ich dir mit meinem ständigen Genörgel auf die Nerven.«

Erneut strich sie ihm über das Haar. Streichelte ihn und sah ihm dabei in die Augen. Nach einer Weile bewegten sich ihre Finger von seinen Haaren zu seinem Gesicht. Sie lächelte die ganze Zeit. Ihr Atem beschleunigte sich ein wenig. Phil war sich ihrer Brüste bewusst, die sich prall und schwer unter ihrer Bluse abzeichneten. Die den Stoff spannten und sich mit jedem ihrer Atemzüge hoben und senkten.

Er bekam eine Erektion.

Ihre andere Hand glitt über die Bettdecke nach unten. Fand seinen Schritt. Beugte sich dichter über ihn, den Mund an seinem Ohr.

»Du bist ein ganz ungezogener Junge, Phil Brennan, wirklich. Du kannst von Glück sagen, dass ich eine verständnisvolle Mutter bin. Andererseits ...« Ihre Lippen berührten jetzt sein Ohr, und er spürte ihren warmen Atem auf der Haut. Ihre eine Hand lag an seinem Gesicht, wo sie seine verblasste Narbe streichelte, mit der anderen hielt sie seine immer größer werdende Erektion umfasst.

»... wollen doch alle Jungs ihre Mutter ficken, nicht wahr? So ganz tief in ihrem Innern?«

Sie ließ ihre Hände, wo sie waren. Ihre Lippen streiften seine Wange. »Du bist da keine Ausnahme ...«

Er schloss die Augen. Sie nannte ihn immer noch Phil Brennan, dabei hatte er schon längst nicht mehr das Gefühl, diese Person zu sein. Er trug noch denselben Namen, war aber jemand ganz anders. Er wusste nicht, wer – oder was.

Doch, er wusste es sehr wohl: Er war, was immer sie ihm sagte.

Langsam nahm sie die Hände weg, und er öffnete die Augen. Sie richtete sich auf. Sie lächelte immer noch, aber es sah jetzt anders aus. Es war nicht mehr das geduldige und liebevolle Lächeln einer Mutter, die ihr Kind mit ihrer fast zwanghaften Liebe erdrückt. Es war das Lächeln einer vollkommen anderen Person. Es war hart, genau wie ihr Blick. Und es sagte vor allem eins: *Ich habe gewonnen.*

Sie erhob sich. Strich sich vor dem Spiegel an der Wand die Kleider glatt, als wäre er echt.

»Also«, sagte sie. »Ich mache dir jetzt dein Sandwich. Und dann muss ich für eine Weile weg.«

Phil versuchte den dumpfen Nebel in seinem Kopf zu vertreiben. »Wieso?«

»Ein paar Erledigungen machen. Leute treffen und so weiter. Ich bin bald wieder da.«

Erneut sah sie ihn an. Diesmal war ihr Lächeln unmöglich zu deuten.

»Und dann wird sich alles ändern.«

Phil runzelte die Stirn. »Inwiefern? Wie denn?«

»Weißt du noch, wie ich dir gesagt habe, dass du lernen musst, die Dunkelheit in dir zu akzeptieren, Phil? Dass du durch diese Dunkelheit hindurchgehen, sie dir zu eigen machen musst, um dann ins Licht treten zu können?«

Er schwieg. Versuchte sich zu entsinnen, wann sie etwas Derartiges zu ihm gesagt hatte. Es schien sehr lange her zu sein.

»Genau das werden wir bald tun. Du musst in die letzte Phase eintreten. Den Schritt in die letzte Dunkelheit wagen. Und dann ... Oh, das wird so aufregend!«

»Was?«

»Du wirst ins Licht treten. Es wird dein ganzes Leben verändern. Glaub mir, es wird eine unglaubliche Erfahrung für dich werden.«

»Wieso denn?«

»Du wirst jemanden treffen, Phil. Einen ganz, ganz besonderen Menschen. Du wirst so glücklich sein, und ihr zwei werdet den Rest der Ewigkeit miteinander verbringen ...«

46

Matthews starrte auf den Bildschirm, doch die Worte und Bilder verschwammen vor seinen Augen, als würden sie jeden Moment aus dem Monitor auf seinen Schreibtisch fließen. Er rieb sich die Augen. Es war zwecklos. Er konnte sich nicht konzentrieren.

Imani. Er dachte die ganze Zeit nur an sie. An DS Imani Oliver. Daran, wie er ihr in den Rücken gefallen war. Daran, was er ihr damit vielleicht angetan hatte.

Er hatte mehrmals versucht, sie auf dem Handy zu erreichen. Nichts. Keine Antwort. Jedes Mal war sofort die Mailbox angesprungen. Anfangs hatte er noch gedacht, dass sie wahrscheinlich auf dem Rückweg nach Birmingham war. Vielleicht saß sie im Auto und konnte deshalb nicht abnehmen. Doch schon während er dies dachte, wusste er, dass er sich in die Tasche log. Welcher Polizist ging nicht ans Handy, ob er nun Auto fuhr oder nicht? Jeder Kollege, den er kannte – auch er selbst – stöpselte sein Handy gleich nach dem Einsteigen in die Freisprechvorrichtung, um immer erreichbar zu sein.

Nein.

Irgendetwas musste vorgefallen sein. Sie hätte es niemals einfach klingeln lassen. Zumal er tags zuvor selbst miterlebt hatte, wie sehr sie sich auf ihr Handy verließ. Sie war ständig mit Anni Hepburn und Marina Esposito in Kontakt gewesen.

Es musste einen anderen Grund geben.

Er ließ sich ihre Unterhaltungen vom Vortag noch einmal durch den Kopf gehen, versuchte, einen Hinweis darauf zu finden, wo sie sein könnte. Am Ende landete er immer wieder an demselben Punkt: Sie traute Beresford nicht über den Weg. Sie hatte ihn genauer unter die Lupe nehmen wollen, angefangen mit seiner Aussage über seinen vermeintlich defekten Wagen.

Sie hatte den Verdacht geäußert, dass dieser zum fraglichen Zeitpunkt eben nicht in der Werkstatt gewesen war. Und Matthews hatte ihr geglaubt, zumal er von Beresford nichts darüber gehört hatte, dass sein Wagen nicht ansprang und er sich daher ein Fahrzeug aus dem polizeieigenen Fuhrpark hatte ausborgen müssen. Nichts dergleichen. Dadurch wurde sein ungutes Gefühl nur noch verstärkt.

Er wusste, welche Werkstatt Beresford angeblich mit der Reparatur beauftragt hatte. Imani hatte es ihm gesagt. Also hatte er, nachdem er sich unauffällig vergewissert hatte, dass niemand in Hörweite war, in der Werkstatt angerufen. Mehrmals. Auch dort war immer nur der Anrufbeantworter angesprungen.

Nun wurde er immer nervöser. Zum Teil waren auch seine Gewissensbisse schuld daran, das wusste er. Trotzdem regte sich in ihm die Befürchtung, dass etwas Schlimmes passiert sein könnte. Womöglich sogar etwas sehr Schlimmes.

Er sah sich im Büro um. Von Beresford fehlte jede Spur. Er hatte vor einiger Zeit einen Anruf bekommen und war kurz darauf verschwunden. Auch das war sonderbar gewesen. Wer auch immer es gewesen war, musste Beresford sehr aufgewühlt haben. Matthews hatte ihn beim Telefonieren beobachtet. Er war mit jeder Sekunde blasser geworden. Nach Ende des Telefonats hatte er sich umgesehen und dann fluchtartig das Büro verlassen.

Matthews erhob sich und ging, ohne jemandem Bescheid zu sagen.

Die Adresse der Autowerkstatt war nicht schwer zu finden, nur nach der Werkstatt selbst musste man sich aufgrund ihrer Größe schon etwas genauer umsehen. Sie lag am Ende einer Hausreihe in New Town und sah aus wie ein zweigeschossiger Schuppen. Vorne hing ein kleines Schild über einem großen metallenen Rolltor, das heruntergelassen war.

Matthews parkte gegenüber, überquerte die Straße und rüttelte am Tor. Abgeschlossen.

Er sah sich um, dann bückte er sich, um das Schloss zu inspizieren. Ein Vorhängeschloss hing zwischen Tor und einem im Boden einbetonierten Ring. *Aha*, dachte er, kehrte zu seinem Wagen zurück, öffnete den Kofferraum und holte ein Montiereisen heraus.

Nachdem er sich erneut umgeschaut hatte, machte er sich an die Arbeit. Unter beträchtlicher Anstrengung gelang es ihm, den Ring zu zerschlagen und das Schloss freizubekommen.

Als er sich danach wieder aufrichtete, schwindelte ihm. Übelkeit stieg in ihm hoch, und seine Arme zitterten. Er lehnte sich gegen die Wand, ließ die Arme locker hängen und atmete einige Male tief durch. So sehr hatte er sich seit Ewigkeiten nicht mehr verausgabt – vielleicht noch nie. Doch als er den zerschlagenen Ring betrachtete, empfand er auch eine gewisse Befriedigung. Das war genau die Art von Leistung, mit der seine Kollegen sich gerne brüsteten. Normalerweise fühlte er sich bei solchen Gesprächen immer ausgeschlossen. Er grinste. Wenn sie ihn jetzt sehen könnten …

Sein Hemd war so durchgeschwitzt, dass sogar das Sakko innen feucht war. Er lockerte seine Krawatte, ein für Simon Matthews geradezu unerhörtes Vorkommnis. Wie es aussah, betrat er an diesem Tag in gleich mehrerer Hinsicht Neuland.

Er wischte sich mit dem Handrücken den Schweiß von der Stirn, ehe er abermals Ausschau hielt, ob ihn womöglich jemand beobachtet hatte. Dem schien nicht so. *Tja*, dachte er. *Muss an der Gegend liegen.*

Er bückte sich und zog das Tor auf.

Betrat die Werkstatt.

Von draußen fiel Licht herein, aber als er an der Wand einen Schalter sah, streckte er die Hand danach aus und betätigte ihn. An der Decke ging eine Leuchtröhre an. Er drehte sich zum Tor und zog es wieder herunter.

Als er sich danach wieder in den Raum wandte, blieb er wie angewurzelt stehen.

Auf einer Hebebühne stand ein Auto, allerdings in deutlicher Schieflage. Matthews ging darauf zu, um herauszufinden, was der Grund dafür war. Er bückte sich und erblickte unter den Rädern einen Körper, der in einem mit geronnenem Blut und Öl verschmierten Monteursoverall steckte, die Beine hingen über den Rand der Bühne.

»Oh Gott ... oh mein Gott ...«

Mit wild klopfendem Herzen wich er zurück. Erneut schwappte Übelkeit in ihm hoch.

Er fuhr herum, wollte sich am Geländer der Holztreppe festhalten.

Da sah er sie.

Jemand hatte sie grob und achtlos unter den Treppenabsatz geschoben, sie einfach in den kleinen Hohlraum hineingequetscht. Er erkannte die Jeans, die sie am Vortag getragen hatte, und ihre Stiefel. Er tastete in seiner Hosentasche nach dem Handy und schaltete mit zitternden Fingern die Taschenlampe ein. Ihre Augen waren geschlossen. Ihr Kopf war in einem unnatürlichen Winkel abgeknickt, Schulter und Oberkörper seltsam gegeneinander verdreht.

Er taumelte zurück.

Er zitterte so heftig, dass ihm war, als würde er sich auflösen, und sein Herz klopfte so hart, als wolle es ihm aus dem Brustkorb springen.

»Scheiße ... Scheiße ... Scheiße ... oh Gott ... Scheiße ...«

Er hob die Hand ans Gesicht, rieb sich die Augen. Es half alles nichts.

Er wirbelte herum, um zu sehen, welche Schrecken ihn sonst noch in der Dunkelheit erwarteten. Doch da war nichts. Er fuchtelte hilflos mit den Armen.

»Oh Gott ... oh Gott ... ach du Scheiße ...«

Er merkte, wie die Knie unter ihm nachzugeben drohten und seine Übelkeit immer stärker wurde. Wusste, dass er jeden Augenblick zusammenklappen würde. Er suchte Halt am Rolltor. Der laute Knall, als er sich kraftlos dagegen sinken ließ, hallte durch die Werkstatt. Er schloss die Augen, versuchte wieder Herr seines Körpers zu werden.

»Scheiße ... Scheiße ...«

Ihm schossen Tränen in die Augen. Tränen der Scham, der Wut, der Schuld. Tränen des Selbsthasses. Er hatte das getan. Dies hier war seinetwegen passiert.

Nein. Nein. Nicht jetzt. Später, aber nicht jetzt.

Er kämpfte mit aller Macht gegen die Tränen an. Sie durften nicht fließen. Es dauerte mehrere Sekunden – oder vielleicht auch

Minuten, er wusste nicht genau, wie lange er so am Tor stand -, aber irgendwann hatte er sich wieder gefangen. Er richtete seine Krawatte, zog das Sakko zurecht, knöpfte es zu und schob dann das Rolltor hoch. Er trat ins Freie. Ging über die Straße zu seinem Wagen, öffnete wieder den Kofferraum. Diesmal holte er eine Rolle Absperrband heraus. Er hatte es für Notfälle immer bei sich. Man tat gut daran, vorbereitet sein.

Benutzt hatte er es noch nie.

Bis heute.

Er zog das Werkstatttor herunter und versuchte es notdürftig zu sichern. Sobald das getan war, wickelte er das Plastikband ab und spannte es zweimal quer über das Tor, sodass es aussah wie ein riesiges X.

Dann tätigte er mit mühsam beherrschter Stimme einen Anruf.

Nachdem auch das erledigt war, steckte er sein Handy weg und richtete sich erneut das Sakko.

Erst dann erbrach er sich auf dem Gehsteig.

Detektivarbeit

Detective Inspector Phil Brennan. So wurde er im Fernsehen genannt. Aber sie war klug genug, nicht alles zu glauben, was im Fernsehen gesagt wurde. Sie kannte seinen wahren Namen. Sean.

Der Name, unter dem sie ihn getötet hatte.

Sie verfolgte die Nachrichten, wartete begierig auf das nächste Update. Dann ging sie ins Internet und besuchte jede Nachrichtenwebsite, die sie finden konnte. Sie las alles, schaute sich alles an. Das Ergebnis blieb dasselbe.

Fiona Welch war tot.

Sie ließ sich in ihren Sessel sinken. Versuchte die Neuigkeit zu verdauen. Sie würde es nicht verkraften, davon war sie überzeugt. Absolut überzeugt. Alles, was sie die Jahre über tief in sich vergraben hatte, all die unterdrückten Gefühle, die Wut, die Schuld und die Angst, all das würde jeden Augenblick aus ihr hervorbrechen.

Nur dass es nie geschah.

Sie empfand Schock. Unglauben. Sie konnte nicht fassen, was sie sah und hörte, wenigstens anfangs nicht. Doch als die Realität dessen, was geschehen war, allmählich zu ihr durchdrang, wurde ihr klar, dass die befürchtete Gefühlsexplosion ausbleiben würde. Sie wartete auf das Chaos der Emotionen, aber es kam nicht. Nach all der Zeit war da keine Trauer, kein Bedauern mehr. Keine Wut über Fionas Manipulationen und ihren späteren Verrat. Nur … eine eigenartige Leere.

Mehr konnte sie – oder ihr Unterbewusstsein – nicht zulassen. Schließlich war ihr, so wie sie die letzten Jahre über gelebt hatte, der Tod alles andere als fremd. Deshalb war sie auch nicht überrascht, als sie erfuhr, was Fiona Welch getan hatte und wie sie gestorben war. Sie hatte versucht, eine wissenschaftliche These über die psychische Anfälligkeit des Menschen zu beweisen, und hatte zu diesem Zweck Mord und Manipulation eingesetzt. Der Umstand, dass sie in den Tod gestürzt war – oder gestoßen wurde, in diesem Punkt blieben die Medien vage –, kam ihr irgendwie passend vor. Sie konnte selbst nicht genau erklären, warum.

Fionas Taten hatten mit ihren praktisch nichts gemein. Sie war eher eine klassische Serienmörderin gewesen, ganz egal, in wie viele akademische Phrasen sie ihr Tun verpackt hatte.

Wie langweilig, dachte sie. Was für eine Enttäuschung.

Aber Sean … Das war etwas ganz anderes.

Die Tage vergingen, und noch immer verfolgte sie wie gebannt die Nachrichten. Was Fiona anging, ließ ihre Aufmerksamkeit allmählich nach. Sie war tot und begraben. Es hatte keinen Sinn, noch weitere Gedanken auf sie zu verschwenden. Der Detective hingegen … Über ihn wollte sie alles wissen.

Detective Inspector Brennan arbeitete in der Abteilung für Kapitalverbrechen der Polizei von Essex. Mit anderen Worten: im Morddezernat. Er war mit einer forensischen Psychologin namens Marina Esposito verheiratet, die bis vor Kurzem an der Essex University gelehrt hatte. Er galt als eher unorthodox. Das hatte ihr schon sein äußeres Erscheinungsbild verraten. Selbst wenn sie in Zivil unterwegs waren, trugen die meisten Polizisten eine Art Uniform, den Anzug. Nicht so Phil Brennan. Sie hatte ein Fernsehinterview mit ihm gesehen. Er hatte eine Tweedjacke mit Weste und Karohemd angehabt, dazu eine Krawatte, was ihr beinahe wie ein selbstauferlegter Akt der Buße vorkam. An seiner Wange hatte ein großes Pflaster geklebt – eine Verletzung, so hatte er während des Interviews erklärt, die ihm Fiona Welch zugefügt hatte, als sie ihn verschleppt hatte.

Als sie das hörte, durchrieselte sie ein Schauer der Erregung. Sie musste unbedingt mehr über diesen Mann erfahren. Nicht nur mehr – alles. Sie beschloss, vorerst in Colchester zu bleiben. Sie hatte ohnehin mit dem Gedanken gespielt, sich dauerhaft niederzulassen, und ihr Haus war ungünstig gelegen. Warum also nicht Colchester? Sie mietete eine Wohnung am Fluss, in demselben Block, in dem eins von Fionas Opfern gelebt hatte. Sie hatte gehofft, dieselbe Wohnung zu bekommen, glaubte aber nicht, dass sie so viel Glück gehabt hatte. Allerdings war die Miete recht niedrig, insofern war die Vorstellung zumindest nicht ganz abwegig.

Sie ging in die öffentliche Bücherei und durchforstete dort das Zeitungsarchiv, um alles über Phil Brennan herauszufinden. Bei einem dieser Besuche merkte sie, dass sie die Aufmerksamkeit eines Mannes erregt hatte. Normalerweise war ihr so etwas verhasst, und sie hätte den Betreffenden deutlich – unter Umständen mit tödlichem Ausgang – zurückgewiesen. Doch diesmal tat sie es nicht. Er war Bibliothekar und schien alles in allem relativ harmlos zu sein.

Entschuldigen Sie, dass ich Sie störe, sagte er eines Tages, nachdem sie gerade einige alte Seiten aus der Colchester Gazette kopiert hatte. Mir ist aufgefallen, dass Sie sich für Kriminalfälle interessieren.

Sie wandte sich um, bereit zu ... was eigentlich? Sie wusste es nicht, aber als sie sich den Mann genauer ansah – er wirkte klein, ungefährlich und vor allem: einsam –, gab sie ihm bereitwillig Antwort.

Ja, das stimmt.

Sind Sie vielleicht Journalistin?

Nein, ich interessiere mich einfach privat dafür. Verbrechen sind ... eine Art Hobby von mir.

Bei diesen Worten begannen seine Augen zu leuchten. Sie begriff sofort, warum. Er war ein Enthusiast und glaubte, eine verwandte Seele gefunden zu haben. Sie lächelte in sich hinein. Wenn er wüsste, mit wem er sich gerade unterhielt ...

Ich beschäftige mich zurzeit mit aktuellen Fällen, in denen Phil Brennan ermittelt hat.

Wirklich? Dann ist heute Ihr Glückstag, sagte er.

Sie sah ihn fragend an.

Ich bin leidenschaftlicher Sammler und habe, wenn ich das so sagen darf, ein recht umfassendes Archiv an Materialien über verschiedenste Kriminalfälle angelegt. Allesamt aus der Region, versteht sich. Ich bin gewissermaßen eine Art Historiker.

Interessant.

Selbstverständlich wäre es mir ein Vergnügen, mein Wissen mit einer Gleichgesinnten zu teilen.

Sie setzte ein Lächeln auf. Das wäre mir ein ebenso großes Vergnügen.

So begann eine ziemlich ungewöhnliche Freundschaft. Malcolm hatte nicht übertrieben. Sein Haus glich einem Privatarchiv. Sie konnte über seine Sorgfalt und Genauigkeit nur staunen.

Er gewährte ihr uneingeschränkten Zugang zu sämtlichen Unterlagen. Als Erstes suchte sie logischerweise nach Informationen über sich selbst, wurde jedoch nicht fündig. Jedenfalls nicht direkt. Sie entdeckte lediglich einige Artikel, in denen von ungeklärten Todesfällen mehrerer Männer mittleren Alters in Hotels berichtet wurde. Beim Lesen verspürte sie wieder dieses altvertraute Machtgefühl. Niemand wusste, was sich in den Hotelzimmern tatsächlich abgespielt hatte. Nun ja, zwei Personen schon. Aber jeweils eine von ihnen war tot.

Doch ihr Hauptinteresse galt nach wie vor Phil Brennan. Über ihn hatte Malcolm reichlich Material, und sie stürzte sich voller Elan in die Arbeit.

Allerdings fiel ihr bald noch etwas anderes auf, während sie bei ihm zu Hause saß und seine Akten studierte: Er war dabei, sich in sie zu verlieben. Er sagte zwar nichts, aber sie merkte es trotzdem. Auf einmal sah er gepflegter aus. Wechselte seine Kleider häufiger und achtete mehr auf seine Körperhygiene. Er räumte sogar das Haus auf, bevor sie kam, und kaufte teure Kekse, die er ihr dann zum Tee anbot. Sie versuchte sein Verhalten auszublenden, doch auf Dauer war das unmöglich.

Das stellte sie vor eine Wahl: Entweder sie machte sich aus dem Staub, ehe er versuchte, sie besser kennenzulernen, und ihre unscheinbare Fassade womöglich durchschaute – oder sie vögelte ihn.

Sie entschied sich für Letzteres.

Das war die schnelle und zielführende Lösung. Und Malcolm war so unglaublich dankbar. Das war eine völlig neue Erfahrung für sie: Es war das erste Mal, dass sie einen Mann nicht verführt hatte, um ihm sein Geld oder sein Leben zu nehmen. Es war ein Arrangement, von dem beide profitierten: Sie gab ihm, was er wollte, und im Gegenzug bekam sie, was sie brauchte. Nicht mehr und nicht weniger. Und wenn die Sache mit dem Sex erst mal abgehakt war, konnte sie sich wieder ihrer eigentlichen Arbeit widmen: alles über Phil Brennan herauszufinden.

Doch sie hatte die Rechnung ohne Malcolm gemacht. Entgegen ihrer Erwartung gab er sich mit bloßem Sex nicht zufrieden. Im Gegenteil: Sie spürte, dass er mehr von ihr wollte. Dass er sich einbildete, sie hätten eine Beziehung. Er fing schon an, Fragen zu stellen: über ihr Leben, ihre Kindheit, ihre Familie. Bis in alle Ewigkeit würde sie ihn nicht hinhalten können – erst recht nicht, weil er über beträchtliche investigative Fähigkeiten verfügte. Früher oder später würde er garantiert versuchen, auf eigene Faust etwas über sie in Erfahrung zu bringen. Und wie sie ihn kannte, würde ihm das auch gelingen.

Also beschloss sie, wieder einmal abzutauchen. Es wurde Zeit, ihre Rolle zu Grabe zu tragen.

Und genau das tat sie auch. Von einem Tag auf den anderen verschwand sie aus seinem Leben – und empfand nichts dabei.

Malcolm ging es höchstwahrscheinlich anders. Bestimmt hatte sie ihm das Herz gebrochen. Schuldgefühle hatte sie deswegen nicht. Im Grunde konnte er sich sogar glücklich schätzen: Sie hätte ihm ungleich Schlimmeres antun können. Außerdem hatte sie inzwischen alle Informationen zu Phil Brennan, die sie brauchte. Jetzt musste sie nur noch entscheiden, was sie damit anfing. Und dahinterkommen, warum sie derart von ihm besessen war. Warum sie diese seltsame Verbindung zu ihm spürte. Die Ähnlichkeit zu Sean konnte nicht alles sein. Es musste noch mehr dahinterstecken.

Einige Monate später fand sie heraus, was es war.

47

»Kommen Sie rein«, rief Michael Prosser. »Es ist offen.«

Wieder hatte er den ganzen Tag in seinem Sessel gesessen. War nicht ein einziges Mal aufgestanden. Hatte viel nachgedacht.

Nachgedacht. Und sein Schicksal akzeptiert.

Nachdem Marina und Anni gegangen waren, hatte er einen Anruf getätigt. Sein Herz war schwer gewesen, doch irgendwann hatte er eingesehen, dass ihm keine andere Wahl blieb.

Er wusste, was kommen würde. War darauf vorbereitet. Mit dem Anruf hatte er etwas in Gang gesetzt. Er konnte sich nur nicht recht entscheiden, ob es etwas zum Guten hin war oder nicht.

Alles in allem, sagte er sich nach einigem Überlegen, *wahrscheinlich schon.*

Respekt. Was für ein Schwachsinn. Lächerlich. Respekt. Darauf konnte er lange warten. Ihm würde niemals Respekt entgegengebracht werden, weder jetzt noch später. Dafür war einfach zu viel passiert – und für das meiste trug er selbst die Verantwortung. Die Besuche der beiden Frauen in den letzten Tagen hatten ihm nur noch deutlicher vor Augen geführt, wie erbärmlich das alles war. Wie erbärmlich *er* war. Sie hatten ihm ein für alle Mal gezeigt, wie weit er sich von dem entfernt hatte, was er eigentlich wollte. Wie tief er gesunken war. Respekt. *Dass ich nicht lache.*

Hoffnung bringt einen um. Er wusste nicht mehr, wo er die Redensart gehört hatte, aber sie passte ziemlich gut auf seine Situation. Die beiden Frauen – vor allem Marina Esposito – hatten Hoffnung in ihm geweckt. Und das wiederum hatte ihn dazu verleitet, den Anruf zu machen. In dessen unmittelbarer Folge nun dieser Besuch vor seiner Tür stand.

Ja, man konnte sagen, dass die Redensart den Nagel wirklich auf den Kopf traf.

»Michael Prosser?«

Erstaunt wandte er sich um. Es war nicht die Stimme, mit der er gerechnet hatte. Es war die Stimme eines Mannes.

»Wer zum Henker sind Sie denn?«

Der Mann trat ins Wohnzimmer. Prosser musterte ihn. Groß, kräftig gebaut, kahlrasierter Schädel. Gut gekleidet. Oder wenigstens hochwertig. Sein Anzug sah aus, als hätte er darin geschlafen. An Wangen und Kopf sprossen Haarstoppeln, die ihm das Aussehen eines wütender Pfirsichs verliehen. Seine Augen waren blutunterlaufen.

Prosser erkannte den Besucher wieder. Es war derselbe Mann, der Marina Esposito in der Gasse angegriffen hatte.

»Möchten Sie meinen Namen wissen?«, fragt der Mann. »Würde Ihnen das die Sache erleichtern?«

»Setzen Sie sich«, sagte Prosser und deutete auf das Sofa. »Darauf kommt es jetzt auch nicht mehr an.«

Der Mann setzte sich. Prosser fiel auf, dass er Handschuhe trug. Latexhandschuhe. Aber das war keine große Überraschung.

»Ich kenne Sie«, sagte Prosser. »Von neulich Abend. Und aus

dem Heim. Ich erinnere mich an Sie. Ich weiß, dass Sie sich auch an mich erinnern.«

Sein Besucher schien sich unbehaglich zu fühlen. »Aha.«

»Sie hat Sie geschickt, stimmt's?«

Der Mann nickte. »Ja.«

»Na, dann. Mehr müssen wir einander wohl nicht sagen.«

»Hören Sie«, sagte der Mann. »Ich möchte einfach nur, dass Sie wissen ... Ich ...«

Prosser wartete. Sein Besucher erweckte den Eindruck eines Mannes, der es zwar gewohnt war, seine Meinung zu äußern, aber nicht über seine Gefühle zu reden.

»Ich ... Wenn ich die Wahl hätte, würde ich das bestimmt nicht machen.«

»Wahl?«

»Es ist wegen meinem Sohn. Sie hat meinen Sohn. Deswegen muss ich es tun. Und meine Frau.« Ein tiefer Seufzer. »Die hat sie auch.«

»Verstehe. Wenn Sie nicht tun, was sie verlangt, sehen Sie die beiden nicht lebend wieder.«

»Ja.« Er sah auf und blickte Prosser unverwandt an, als hätte dieser seine Gedanken lesen können. »Das ... stimmt. Genauso ist es.«

»Warum gehen Sie nicht zur Polizei?«

Der Besucher sprang vom Sofa auf. Er sah aus, als würde er jeden Moment vor Wut explodieren. »Ich *bin* die Polizei, verdammte Scheiße noch mal!«, brach es aus ihm hervor.

Prosser erschrak über den plötzlichen Ausbruch, hatte jedoch nicht das Gefühl, dass ihm von dem Mann Gefahr drohte. Er suchte lediglich nach einem Weg, seine Schuldgefühle, seinen Zorn und seine Ohnmacht abzureagieren.

Das konnte Prosser sehr gut nachvollziehen.

»Wie hat sie Sie geködert?«, fragte Prosser, nun ernsthaft interessiert. »Ich meine, ich kann es mir schon denken, aber ich würde es gerne hören.«

Der Besucher sagte nichts. Stand einfach nur da und stierte ins Leere.

»Hat sie Sie gevögelt? Sie verführt?«

Der Mann nickte. »Ja.« Er lachte ein bitteres Lachen, das rasch wieder erstarb. »Erbärmlich, was?«

Um ein Haar hätte Prosser gelächelt. Auch das kam ihm nur allzu vertraut vor.

Der Mann erzählte. »Zuerst hat sie gesagt, sie würde es meiner Frau sagen. Und meinem Sohn. Das wollte ich natürlich nicht, also hab ich versucht, sie irgendwie davon abzuhalten.«

»Gar nicht so leicht, was?«

Er schüttelte den Kopf.

»Ihnen war nicht klar, mit was für einer Person Sie es zu tun haben. Oder Sie haben es erst gemerkt, als es schon zu spät war.« Prosser hatte das Gefühl, als spräche er in Wahrheit über sich selbst. »Bei ihr ist man von Anfang an chancenlos.«

Der Besucher nickte. »Ja. Das hab ich auch festgestellt.«

»Auf die harte Tour«, warf Prosser ein. Ehe sein Besucher etwas erwidern konnte, fuhr er fort: »Ich vermute, es war nicht das erste Mal, dass Sie Ihre Frau betrogen haben.« Er stellte Fragen, persönliche Fragen – fast so, als arbeite er wieder in seinem alten Beruf. Sozialarbeit. Anderen Menschen helfen. Er schüttelte den Kopf. Ein letztes Hurra vor dem Ende.

Würde. Respekt.

Oder Selbstbetrug.

Oder was auch immer.

»Nein«, sagte der Besucher. »War es nicht. Ganz und gar nicht.« Er ging zum Fenster und versuchte durch die schmierige Scheibe nach draußen zu blicken. »Sie hat es rausgefunden. Meine Frau. Das mit den Seitensprüngen. Na ja, sie wusste nicht von allen. Aber von einem. Und dann dachte sie natürlich, wo einer ist, sind bestimmt noch andere. Ist ja irgendwie auch logisch, oder? Was hätte sie sonst denken sollen? Und sie hatte ja auch recht. Also hab ich ... Ich hab sie um Verzeihung gebeten. Hab sie angefleht, es noch mal mit mir zu versuchen.« Er wandte sich an Prosser. »Irgendwie hab ich das Gefühl, dass ich Ihnen das alles erzählen kann.«

»Das können Sie auch. Reden Sie ruhig weiter.«

»Danach war alles wieder gut. Wenigstens für eine Zeitlang. Und wir hatten ja auch noch Callum, unseren Sohn. Der hätte uns eigentlich Halt geben, uns als Paar wieder zusammenschweißen sollen.«

»Aber dann kam sie.«

Der Besucher nickte.

»Und sie war ... lassen Sie mich raten. Sie war die Art von Frau, nach der Sie sich, ohne es zu wissen, immer schon gesehnt hatten? Ganz zu schweigen davon, dass sie phänomenal im Bett war? Natürlich.«

Der Mann nickte. »Ja, ich ... ja.« Er schien darüber zu staunen, dass ein Fremder seine Gedanken so präzise zusammengefasst hatte.

Prosser nickte. »Das kann sie gut. Man könnte sogar sagen, darin ist sie einzigartig.«

Sein Besucher sah ihn an. Betrachtete ihn, als sähe er ihn zum ersten Mal. »Und was ist Ihre Geschichte?«

Prosser deutete auf sein entstelltes Gesicht. »Das hier. Das war sie. Mehr müssen Sie eigentlich nicht wissen.«

Wieder nickte der Mann.

Die beiden schwiegen. Irgendwann ergriff Prosser erneut das Wort.

»Und dann wollte sie, dass Sie etwas für sie erledigen. Und um sicherzugehen, dass Sie sich nicht weigern, hat sie Ihre Frau und Ihren Sohn in ihre Gewalt gebracht.«

»Ja.«

»Und sie hat Ihnen gesagt, dass Sie sie nur dann lebend wiedersehen, wenn Sie tun, was sie will.«

»Ja.«

»Und worum ging es? Sollten Sie ihr helfen? Für sie töten?«

Der Mann nickte mit gesenktem Kopf. »Und noch eine ganze Menge andere Sachen.«

»Und Sie glauben, dass Sie heute Ihre Familie zurückbekommen, wenn Sie das hier gleich erledigen.«

»Vielleicht nicht heute, vielleicht will sie noch mehr. Ich hoffe nicht. Ich will einfach ... ich will sie einfach nur wiedersehen.«

»Oh, Sie werden sie wiedersehen, ganz bestimmt sogar. Nur dass die beiden dann nicht mehr am Leben sein werden.«

Der Kopf des Besuchers schnellte ruckartig in die Höhe. Sein Gesicht war schmerzlich verzerrt, als hätte man ihm ein Messer in den Bauch gestoßen. »Was? Was zum Teufel reden Sie da?«

»Aller Wahrscheinlichkeit nach sind sie es schon jetzt nicht mehr.«

»Nein ...« Der Mann begann im Zimmer auf- und abzugehen, griff sich mit beiden Händen an den Kopf.

»Nein ... sagen Sie so was nicht ... nein ...«

»Es tut mir leid, aber die beiden sind längst tot.«

»Nein … nein …«

»Doch, das sind sie.« Prosser ließ sich zurücksinken. »Tja, es sieht wohl so aus, als hätten Sie das alles völlig umsonst getan, hm? Sie hätten eben doch die Polizei einschalten sollen.«

Der Mann baute sich vor Prosser auf. »Ich kann nicht glauben, dass … ich *kann* nicht … es geht nicht …«

Seine Wut schäumte über. Er packte Prosser an der Kehle und riss ihn aus dem Sessel. Drückte ihm die Luft ab.

»Na los …«, röchelte Prosser erstickt. »Machen Sie schon. Ich bin bereit. Deshalb … deshalb sind Sie ja wohl hergekommen …«

Im nächsten Moment fing der Mann an zu weinen. Seine Wut wurde von einem anderen, mächtigeren Gefühl verdrängt, und Tränen liefen ihm übers Gesicht.

»Es tut mir leid … Es tut mir so leid …«

Prosser war klar, dass diese Worte nicht ihm galten.

Er starrte den Mann an, versuchte krampfhaft, den Blickkontakt zu ihm aufrechtzuerhalten.

»Es tut mir leid, ich … oh Gott … Es tut mir so furchtbar leid …«

Prosser schloss die Augen. Hinter seinen Lidern wurden Sterne geboren. Galaxien explodierten. Er empfand keine Schmerzen mehr, keine Angst. Ein Gefühl tiefen Friedens überkam ihn.

»Es tut mir leid …«

Beresfords Worte gingen in hemmungslosem Schluchzen unter, als er Prossers leblosen Körper zu Boden gleiten ließ und gleich darauf neben ihm zusammenbrach wie eine Marionette, bei der die Schnüre durchgeschnitten worden waren.

Genau in dem Augenblick kamen DCI Franks und Marina Esposito in die Wohnung gestürzt. Wenige Sekunden zu spät.

Offenbarungen

Es begann mit einem Jungen in einem Käfig aus Knochen. Es endete damit, dass Phil Brennan erfuhr, wer er wirklich war und woher er kam.

Sie verschlang die Berichterstattung über Phils neuesten aufsehenerregenden Fall. Ja, sie nahm sogar ihre Affäre mit Malcolm, dem Bibliothekar, wieder auf, um ihre alte Informationsquelle anzuzapfen.

Und Informationen gab es in Hülle und Fülle. Die Ermittlungen brachten nicht nur ans Licht, wer der Junge war und wieso er im Keller eines leerstehenden Hauses in einem Käfig gesessen hatte, sie führten Phil auch auf die Spur seiner eigenen Vergangenheit. Längst begrabene Familiengeheimnisse wurden enthüllt, und er musste sich einer schmerzhaften und schockierenden Wahrheit stellen.

Phil Brennan war bei Pflegeeltern groß geworden, bei einem Ehepaar aus Colchester, das vor ihm bereits mehrere andere Kinder betreut hatte. Zwischen ihnen und Phil jedoch entstand ein ganz besonders enges Verhältnis, sodass sie ihn nach einiger Zeit sogar adoptierten und er fortan ihren Familiennamen trug. Phil bedankte sich dafür mit einer ähnlich bedeutsamen Geste, nämlich indem er beruflich in die Fußstapfen seines Adoptivvaters trat und zur Polizei ging. Don Brennan war zwischenzeitlich verstorben, seine Frau Eileen lebte noch. Irgendwann war sie zusammen mit Phil, Marina und deren gemeinsamer Tochter von Colchester nach Birmingham umgezogen – aber das lag zu dem Zeitpunkt, als er im Fall des Jungen im Knochenkäfig ermittelte, noch in ferner Zukunft.

Sie fand heraus, dass Phil Brennans leibliche Eltern Mitglieder einer sektenähnlichen Kommune namens »der Garten« gewesen waren, die auf einem Gehöft an der Grenze zwischen Essex und Suffolk gelebt hatte. Irgendwann war in ihnen der Wunsch gereift, den Garten zu verlassen. Sie waren ernüchtert vom gemeinschaftlichen Leben und entsetzt über die Zustände in der Kommune, in der systematischer Missbrauch an der Tagesordnung war. Es gelang ihnen, Kontakt zur Polizei aufzunehmen, die bereits gegen den Garten ermittelte, bislang jedoch nicht ausreichend Anklagepunkte zusammen hatte, um den Anführern den Prozess machen zu können. Phils Eltern, die innerhalb des Gartens eine privilegierte Stellung einnahmen, kamen den Ermittlern da gerade recht. Sie waren glaubwürdige Zeugen, und dank ihrer Aussage könnte die Staatsanwaltschaft endlich erfolgreich Anklage gegen die Führer des Gartens erheben und die Kommune schließen.

Doch dass Phils Eltern so viel über die Interna des Gartens wussten, bedeutete leider auch, dass man sie dort nicht einfach gehen ließ. Mit Unterstützung der Polizei gelang ihnen zwar schließlich die Flucht, doch die Anführer der Kommune, die ahnten, dass das Schicksal im Begriff war, sich gegen sie zu wenden, ließen nichts unversucht, um die Abtrünnigen zu finden und zum Schweigen zu bringen.

Die Familie war in ein sicheres Versteck der Polizei gebracht worden, doch einige Kultmitglieder waren hervorragend vernetzt, und der vermeintlich geheime Aufenthaltsort sickerte durch.

Dann kam der nächste Teil der Geschichte. Sie würde nie vergessen, wo sie gewesen war, als sie ihn gelesen hatte. Der Moment war für alle Zeit in ihr Gedächtnis eingebrannt. Sie saß in Malcolms Wohnung an seinem Computer, während er irgendwo im Hintergrund werkelte, Tee machte und die teuren Kekse anrichtete, die er ihr zuliebe immer noch kaufte.

Als sie weiterlas, überkam sie plötzlich ein Gefühl, als hätte sie ihren Körper, ja, sogar den Planeten Erde verlassen.

Es war die größte Offenbarung ihres Lebens.

Sie glaubte nicht an Gott oder an ein Leben nach dem Tod, und sie war ganz bestimmt nicht spirituell veranlagt. Aber dieses Erlebnis änderte ihre Haltung. Das konnte kein Zufall sein. Unmöglich. Das Universum – oder was auch immer es war – sagte ihr, was sie tun sollte. Es leitete sie, wies ihr den richtigen Weg. Sie hatte noch nie so viele, so starke Empfindungen auf einmal gehabt. Nichts – nicht einmal die Macht über all die Männer, die sie getötet hatte – kam diesem Gefühl auch nur annähernd gleich.

Denn Phil Brennans Familie wurde enttarnt. Seine Eltern wurden umgebracht.

Ihren Sohn und ihre Tochter jedoch ließen die Mörder am Leben.

Ihre Tochter.

Das war der Teil, den sie anfangs gar nicht zu glauben wagte. Kaum hatte sie ihn gelesen, kam ihr ein Bild in den Kopf: Sie lag auf dem Rücken und lachte, während die Kälte durch ihre Jacke drang.

Mach einen Schneeengel, sagte er und zeigte ihr, wie es ging.

Einen Schneeengel.

Ja.

Das war es. Da wusste sie es. Das war der Augenblick, der ihrem Leben eine vollkommen neue Richtung gab.

Ihre gesamte bisherige Existenz war auf einen einzigen Punkt hinausgelaufen. Alles, was sie jemals getan, durchgemacht oder geliebt hatte, hatte sie genau an diesen Ort geführt, wo sie in diesem Moment diesen Artikel las.

Ihre ganze Kindheit hindurch hatte sie gerätselt, wer sie war – wer sie wirklich war – und wo sie herkam. Sie hatte in einer Pflegefamilie gelebt, war von einer Adoptionsagentur zur nächsten weitergereicht worden, bis sie irgendwann im Heim gelandet war. Sie hatte Fiona kennengelernt und Sean getötet und ihre speziellen Fähigkeiten an unzähligen Opfern immer weiter perfektioniert. Und jetzt das.

Dass Fiona wieder in ihr Leben getreten war, hatte die Ereignisse nur beschleunigt. Auch wenn sie jetzt tot war. Nein, es war sogar besser, dass sie tot war. Denn wäre Fiona noch am Leben gewesen, hätte sie vielleicht nie das Bedürfnis gehabt, mehr über Phil Brennan herauszufinden.

Sie lächelte.

Und wieso hatte sie überhaupt erst angefangen, Nachforschungen über ihn anzustellen? Weil er Seans Doppelgänger war. Und das musste auch der Grund sein, weshalb sie damals eine so enge Verbindung zu Sean gespürt hatte. Natürlich hatte sie es zu dem Zeitpunkt nicht ahnen können, aber Sean war ihrem verschollenen Bruder wie aus dem Gesicht geschnitten gewesen. Deshalb hatte er auch sterben müssen.

Schlagartig ergab alles einen Sinn.

Malcolm sah sie ratlos an. Er hatte keine Ahnung, was mit ihr los war, warum sie sich auf einmal so komisch benahm und wie er darauf reagieren sollte. Aber das war ihr egal. Er existierte gar nicht mehr für sie. Von nun an konnte es nur noch einen einzigen Menschen für sie geben: Phil Brennan.

Sie las den Artikel ein zweites Mal, nur um ganz sicherzugehen, dass sie auch ja nichts falsch verstanden hatte.

Hatte sie nicht.

Sie verließ Malcolms Haus. Wollte zurück in ihre Wohnung. Unterwegs nahm sie ihre Umgebung kaum wahr.

Dies hier war der Moment, der ihr gesamtes Leben neu definierte. Was sie als Nächstes tun musste, war klar. Sie musste eine Wiedervereinigung mit ihrem Bruder herbeiführen. Mit ihrem lange verloren geglaubten Bruder.

Wie schön es war, das auszusprechen. Auf dem Nachhauseweg sagte sie es immer wieder vor sich hin, genoss das Gefühl der Wörter auf ihrer Zunge.

Wiedervereinigung. Ja – aber richtig. Sie konnte ihm nicht einfach einen Brief schreiben, in dem sie ihm auseinandersetzte, wer sie war und was sie verband. Schlimmstenfalls würde er sie dann als Verrückte abtun. Und einfach an seiner Haustür zu klingeln kam natürlich auch nicht infrage. Denn wie würde er darauf reagieren? Womöglich würde er sich höflich für die Information bedanken, sie aber gar nicht wiedersehen wollen. So abgewimmelt zu werden wäre unerträglich. Nein. Nicht nach allem, was sie durchgemacht hatte, um es bis hierher zu schaffen. Völlig ausgeschlossen.

Dann kam ihr ein anderer, noch entsetzlicherer Gedanke: Was, wenn sie sich trafen und sie ihm offenbarte, wer sie war, und er nichts mit ihr zu tun haben wollte? Was dann? Das wäre eine noch viel schlimmere Zurückweisung. Vernichtend. Eine Katastrophe. Nicht auszudenken.

Nein.

Sie musste sich Zeit lassen. Fingerspitzengefühl beweisen. Behutsam vorgehen. Sich zuvor genauestens informieren. Sie musste erreichen, dass er sie kennenlernen wollte. Dass er sich danach sehnte, endlich wieder mit ihr zusammen zu sein.

Für immer und ewig.

Es würde nicht einfach werden, so viel stand fest. Aber nichts, was sich lohnte, war jemals einfach. Diese Lektion hatte sie im Laufe ihres Lebens bereits gelernt. Es konnte Jahre dauern. Sie musste sorgsam planen. Jahre. Doch am Ende würde sie für ihre Mühen belohnt werden.

Denn am Ende würde er ihr gehören.

Sie lächelte. Oh ja. Er würde ihr gehören.

Für immer.

48

Malcolm Turvey saß an seinem angestammten Platz in seiner angestammten Teestube am Sir Isaac's Walk. In seiner Ecke war er fast vollständig hinter Balken und Mauerwerk verborgen. Seine Tasche stand neben ihm am Boden, auf dem Tisch türmten sich diverse Unterlagen und rangen mit Teekanne, Tasse und Unterteller um Platz.

Anni erspähte ihn, kaum dass sie die Teestube betreten hatte. Er hatte sie am Morgen angerufen und sie eindringlich, beinahe flehentlich gebeten, sich mit ihm zu treffen, und zwar so bald wie möglich.

Eigentlich hatte sie ihn mit einer Notlüge abwimmeln wollen. *Er will einfach nur das Gefühl haben, etwas zu den Ermittlungen beizutragen*, hatte sie sich gedacht. *Er möchte sich gebraucht fühlen.* Nur ein gewisser Unterton in seiner Stimme, den sie von ihm nicht kannte, hatte sie am Ende doch dazu bewogen, einem Treffen zuzustimmen.

Malcolm sah auf und winkte sie zu sich. Diesmal lächelte er nicht, machte keine großen Augen, zeigte keine freudige Erregung. Im Gegenteil, er war wirkte ernst, fast gedrückt. Sie erkannte ihn kaum wieder.

»Mir ist noch etwas eingefallen«, verkündete er, noch ehe sie Platz genommen hatte.

»Was denn?«

»Oder besser: jemand«, korrigierte er sich, bevor er den Blick abwandte, als koste ihn das Weitersprechen große Überwindung. »Und ich glaube, dieser Jemand könnte wichtig sein. Sogar sehr wichtig.«

»Also schön. Dann schießen Sie mal los.«

Zunächst einmal goss er sich eine frische Tasse Tee ein – eine Verlegenheitsgeste, damit seine Hände etwas zu tun hatten, mutmaßte Anni. »Wenn ich sage, dass es mir wieder eingefallen ist«, begann er daraufhin, »dann meine ich damit, dass ich es eigentlich die ganze Zeit wusste. Mir war bloß nicht klar, dass es wichtig ist. Oder wichtig sein könnte.«

Anni wartete. Als er sein Teeritual vollendet hatte, fuhr er fort.

»Da war eine Frau.« Er schaffte es nicht, Anni in die Augen zu sehen. Stattdessen heftete er den Blick auf die Tischplatte. »Sie kam früher oft in die Bibliothek. Regelmäßig, kann man sagen. Und sie interessierte sich für Kriminalfälle. Kriminalfälle aus der Gegend.«

»Wann war das?«

Er sah auf. »Das ist ja gerade das Interessante. Je länger ich über die Sache nachgedacht habe, desto stärker wurde meine Vermutung, dass sie wichtig sein könnte. Also habe ich in meinen Unterlagen nachgeschaut.«

»Und?«

»Soweit ich ihnen entnehmen konnte, und wenn mich meine Erinnerung nicht trügt, ist sie direkt nach Fiona Welchs Tod aufgetaucht. Ich glaube sogar, das war der erste Fall, für den sie sich interessiert hat.«

Jetzt war Anni ganz Ohr. »Und was haben Sie gemacht?«

»Ich habe ihr gezeigt, was wir so haben: Zeitungen, Internet, alle Ressourcen. Es war … ich habe mich einfach gefreut, jemanden zu treffen, mit dem ich …«, er deutete auf seine Tasche und die Unterlagen, » … meine Leidenschaft teilen konnte. Eine Gleichgesinnte. Und …« Erneut schlug er die Augen nieder.

»Was und? Sie haben sich in sie verliebt?«

»Mehr als das.« Malcolm wurde rot.

»Was denn, Sie …« Anni konnte sich ein Schmunzeln nicht verkneifen.

Malcolm nickte.

»Sie alter Schwerenöter, Sie.«

Malcolm wurde noch roter. Er schien nicht zu wissen, ob er grinsen oder sich schämen sollte. Erstaunlicherweise gelang ihm beides gleichzeitig.

»Wie auch immer«, sagte er und wischte die Sache mit einer Handbewegung beiseite. »Es hat nicht lange gedauert.«

»Wie kam's?«

Er zuckte mit den Achseln. »Eines Tages ist sie … einfach verschwunden. Genauso plötzlich, wie sie aufgetaucht war.«

»Und das war das Ende vom Lied?«

»Nicht ganz. Dazu komme ich gleich.« Wieder ein verlegener, beinahe schuldbewusster Blick. Als er fortfuhr, klang seine Stimme auf einmal traurig. »Sie hatte bekommen, was sie wollte, denke ich mal. Meine Akten.«

»Für welche Akten hat sie sich denn besonders interessiert?«, fragte Anni, auch wenn sie sich die Antwort bereits denken konnte.

»Anfangs für die über Fiona Welch. Dann für Phil Brennan.«

Anni nickte. Genau das hatte sie erwartet. Ein vertrautes Kribbeln durchlief sie. Was Malcolm zu sagen hatte, war wichtig. Unter Umständen konnte es sogar den Durchbruch bedeuten. »Wie hieß sie?«

»Diana.«

»Das war wohl nicht ihr richtiger Name.«

»Nein. Diana Monroe. Der Name war falsch. Ich habe ihn überprüft.«

»Und dann?«

»Wie gesagt, sie ist verschwunden, sobald sie hatte, was sie wollte. Aber dann kam ein paar Monate später der nächste Fall. Sie erinnern sich bestimmt, Sie haben ja daran mitgearbeitet. Der Junge in dem Käfig aus Knochen.«

»Oh ja. So was vergisst man nicht so schnell.«

Er nickte. »Auf einmal war sie wieder da. Sie nannte sich immer noch Diana. Strahlte übers ganze Gesicht und hat so getan, als wäre sie nur kurz zum Milchholen weg gewesen. Na ja, erst wollte ich nichts mehr mit ihr zu tun haben. Habe sie auf Abstand gehalten.« Er seufzte. »Das habe ich aber nicht lange durchgehalten.«

»Sie haben sich wieder mit ihr eingelassen?«

Abermals ein Nicken. »Sie schien genau zu wissen, welche Knöpfe sie bei mir drücken musste. Und da war ... ich weiß nicht, ich kann es nur schwer beschreiben. Sie hatte so etwas Wildes. Sie wollte ...« Er atmete tief durch und senkte dann wieder den Blick auf die Tischplatte. »Ich kann es nicht sagen.«

»Sprechen Sie es ruhig aus, Malcolm. Alles andere haben Sie mir ja auch schon gesagt.«

Er schüttelte den Kopf. »Sie wollte ... Sex. An Orten, wo Menschen ermordet worden waren.« Er vermochte Anni beim Sprechen nicht anzublicken.

Anni nickte. »Und Sie haben da mitgemacht?«

Er bejahte. »Wie gesagt, sie war so wild. Bei ihr fühlte man sich so lebendig, als würde man ... etwas Verbotenes tun? Sie wissen sicher, was ich meine.«

»Gut. Zurück zu dem Fall mit dem Knochenkäfig. Was genau wollte sie darüber wissen?«

»Auch diesmal ging es ihr um Phil. Aber nicht im Zusammenhang mit dem Fall, sondern um ihn als Privatperson. Seine Biographie, seine Familie.«

»Wieso?«

Er zuckte mit den Schultern. »Weiß der Himmel. Sie war geradezu besessen von ihm. Ich meine, wenn wir miteinander Sex hatten, Sie wissen schon ... an den Mordschauplätzen ... da hat sie ... Es klingt dumm, wenn ich es jetzt so sage, aber es kam einem vor, als würde sie ein Ritual vollziehen. Als wollte sie mit den Geistern der Toten in Kontakt treten oder so. Und sie hat immer ganz laut Phils Namen gerufen, wenn sie ... Sie wissen schon.« Er seufzte. »Deshalb habe ich mich schließlich auch von ihr getrennt. Ich konnte es nicht mehr ertragen, wie ich mich in ihrer Gegenwart gefühlt habe. Wie ich mich durch sie verändert hatte. Ich meine, der Sex war eine Sache. Aber ihr Verhalten dabei? Das konnte einem regelrecht Angst machen. Und es ist nicht schön, wenn die Frau beim Sex immer den Namen eines anderen ruft. Überhaupt nicht schön.«

»Wie sind Sie sie losgeworden?«

»Ich ... habe einfach so getan, als hätte ich eine andere Frau kennengelernt.«

»Das hat funktioniert?«

Er nickte. »Danach habe ich sie nie wiedergesehen.« Besorgt runzelte er die Stirn. »Na ja, jedenfalls bis vor Kurzem.«

Anni beugte sich nach vorn. »Bis vor Kurzem?«

»Bis zu dem Abend, als ich meine Stadtführung hatte und wir die Leiche im alten Dock-Transit-Gebäude entdeckt haben. Sie war unter den Zuhörern. Glaube ich wenigstens.«

»Sie haben sie nicht wiedererkannt?«

»Nicht richtig. Jedenfalls nicht gleich zu Anfang. Sie ist mir überhaupt erst wieder eingefallen, nachdem all das passiert war.«

»Hat sie sich denn irgendwie auffällig verhalten, oder weshalb haben Sie sich später wieder an sie erinnert?«

»Na ja, dazu muss ich vielleicht vorausschicken, dass die Führung ursprünglich ihre Idee war. ›Organisier doch einen Mörder-Spaziergang‹, hat sie mir vorgeschlagen. ›Damit lässt sich bestimmt eine hübsche Stange Geld verdienen.‹ Und als dann meine Stelle in der Bücherei gekürzt wurde, habe ich mich tatsächlich darangemacht, eine Tour auszuarbeiten. Ohne sie wäre ich gar nicht erst darauf gekommen.«

»Verstehe.«

»Ich denke mal ...« Wieder ein Achselzucken. »Vielleicht hatte ich unbewusst den Wunsch, dass sie sieht, was ich in der Zwischenzeit geleistet habe, damit sie zu mir zurückkommt. Ich weiß, das klingt erbärmlich, erst recht nach allem, was ich Ihnen gerade erzählt habe, aber ... ich mochte sie. Sehr sogar.«

»Das glaube ich Ihnen.«

»Wie gesagt. Erbärmlich.«

»Nein, Malcolm. Aber zurück zur Geschichte. Sie haben sie also gesehen?«

Er nickte. »Glaube ich zumindest. Sie sah ganz anders aus. Ich weiß auch nicht, irgendwie ... selbstbewusster. Sie trug keine Brille mehr, ihre Haare hatten eine andere Farbe, und sie wirkte größer.«

»Nach allem, was ich gehört habe, ist sie eine exzellente Verwandlungskünstlerin.«

»Ja.«

»Aber wodurch hat sie sich von der Gruppe abgehoben? Wieso ist sie Ihnen aufgefallen?«

»Nun ja … Zum einen hat sie sich gar nicht für die Leiche interessiert. Alle haben den Toten angestarrt, nur sie nicht. Sie hat die *anderen* angeschaut, hat genau beobachtet, wie sie reagieren. Und da war noch was.«

»Was?«

»Sie hat gelächelt.«

Anni lehnte sich zurück und schüttelte den Kopf. »Und das ist alles? Das heißt, wir haben keine Möglichkeit, sie zu finden?«

Der Anflug eines Lächelns huschte über Malcolms Züge. »Oh, das habe ich nicht gesagt …«

49

»Nein. Kommt überhaupt nicht infrage.« DCI Franks war es nicht gewohnt, dass seine Autorität angezweifelt wurde. Schon gar nicht von einer Frau.

Marina gab trotzdem nicht klein bei. Sie funkelte ihn an, ganz auf Konfrontationskurs. All die alten Wunden rissen wieder auf. Erinnerungen an Kämpfe, die sie mit ihm ausgefochten hatte, kamen in ihr hoch.

Matthews, der sie beobachtete, schwante, dass keiner der beiden so schnell nachgeben würde.

Nachdem er Imanis Leiche entdeckt und sich so weit von seinem Schrecken erholt hatte, dass er wieder halbwegs klar denken konnte, hatte er Franks angerufen und ihm alles berichtet.

Anfangs hatte Franks nicht glauben wollen, dass Beresford in die Sache verwickelt war. Doch Matthews hatte auf seine ruhige und besonnene Art ausreichend Zweifel in ihm geweckt, die ihn schließlich zum Einlenken bewogen hatten. Beresford trug sein Handy bei sich, konnte also geortet werden. Franks meinte, Matthews solle alles ihm überlassen, er werde das Notwendige in die Wege leiten.

Danach rief Matthews bei Anni an, deren Nummer Imani ihm am Vortag gegeben hatte. Keine Antwort. Als Nächstes versuchte er es bei Marina. Sie befand sich gerade auf der Fahrt nach Chelmsford, um sich dort mit jemandem zu treffen. Er brachte es nicht über sich, ihr am Telefon zu sagen, was passiert war. Stattdessen teilte er ihr lediglich mit, dass er sie sofort nach ihrer Rückkehr sprechen müsse.

Dann wartete er. Die Spurensicherung kam und machte sich an die Arbeit. Streifenpolizisten riegelten die Straße ab und begannen mit der Befragung der Nachbarschaft. Alles ging den für eine Mordermittlung gewohnten Gang.

Irgendwann meldete sich Franks zurück und sagte, Matthews solle auf schnellstem Wege zurück zum Revier nach Queensway kommen.

Dort angekommen, traf Matthews nicht nur auf Franks, sondern auch auf Marina. Beresford saß in einem Vernehmungsraum, und es gab noch eine weitere Leiche. Matthews war sprachlos vor Schock. Innerhalb der letzten Stunden war so viel passiert, dass er kaum noch folgen konnte.

Und jetzt hielt Franks in seinem Büro hinter geschlossenen Türen – was nicht hieß, dass man draußen nichts hören konnte – eine Besprechung ab.

»Gary«, setzte Marina an. Ihre Trauer über Imanis Tod war einem gerechten Zorn gewichen, und nun brannte sie darauf, Beresford diesen Zorn spüren zu lassen.

»Ich habe nein gesagt, und es ist dumm von Ihnen, mich überhaupt darum zu bitten.«

»Wieso?«

Er sah sie an, als hätte sie soeben die überflüssigste Frage aller Zeiten gestellt. »Wie bitte? Muss ich Ihnen das allen Ernstes buchstabieren?«

»Nein, natürlich nicht. Aber versuchen Sie doch mal, die Sache aus einer anderen Perspektive als Ihrer eigenen zu betrachten.« Man sah ihrer Miene an, dass sie drauf und dran gewesen war, »zur Abwechslung« hinzuzufügen. Sie hatte sich gerade noch rechtzeitig besonnen.

»Aus einer anderen Perspektive? Also schön. Wie wäre es mit der Perspektive der Staatsanwaltschaft? Wenn ich Sie da einfach reinspazieren lasse und –«

»Von reinspazieren kann keine Rede sein. Behandeln Sie mich nicht so von oben herab.«

»Wenn ich Ihnen erlaube, da reinzugehen« – er betonte das Wort *gehen* – »und Beresford zu verhören, würde ein guter Strafverteidiger – ach was, ein mittelmäßiger Strafverteidiger – Ihre Aussage vor Gericht innerhalb von Minuten in der Luft zerreißen. Sogar innerhalb von Sekunden.«

Marina starrte ihn an. Sie suchte nach einem guten Gegenargument, auch wenn sie im Grunde Ihres Herzens wusste, dass er sich im Recht wähnte.

Betonung auf *wähnte*.

»Hören Sie«, sagte Franks. »Sie wissen, was die Richtlinien in Fällen wie diesem vorschreiben. Die Vernehmung muss von jemandem geführt werden, der mit dem Fall nichts zu tun hat. Das gilt erst recht, wenn der Verdächtige ein Kollege ist.«

»Eben. Und wo wollen Sie diese Person hernehmen? Praktisch das komplette Revier ist in den Fall involviert. Und alle hier, genau wie viele auf anderen Wachen, kennen Beresford persönlich. Wer sollte denn da die Vernehmung leiten?«

»Ja, ich gebe zu, es ist eine schwierige Situation. Wir müssen –«

»Ganz genau«, fiel sie ihm ins Wort. »Also lassen Sie mich das übernehmen.«

»Nein. Das ist vollkommen ausgeschlossen.« Er zeigte mit dem Finger auf sie. »Sie sind persönlich betroffen. Es ist Ihr Mann, der entführt wurde, schon vergessen? Es ist Ihr Mann, den wir suchen.«

»Glauben Sie, daran müssen Sie mich erinnern? Wirklich? Ernsthaft?« Sie beugte sich nach vorn, bis er nicht mehr anders konnte, als ihr in die Augen zu schauen. »Sie haben recht. Es geht hier um *meinen* Mann. *Mein* Mann wird vermisst. Und das Schwein da drinnen kann mir sagen, wo er steckt.«

Franks schüttelte den Kopf. Machte eine Runde durch sein Büro, um ihrem bohrenden Blick zu entkommen. »Sehen Sie? Da haben Sie es doch. Sie bezeichnen ihn als Schwein. Glauben Sie wirklich, Sie sind in der Lage, eine gute Vernehmung zu leiten? Wenn die Emotionen schon jetzt so hochkochen?«

»Natürlich nicht, das habe ich doch nur hier gesagt – in diesem Raum. Im Vernehmungsraum bin ich absolut professionell. Das wissen Sie auch.«

»Ja«, räumte Franks ein. »Sie sind professionell. Und sehr gut in Ihrem Job. So, bitte, jetzt ist es raus. Ein Kompliment.«

»Danke sehr.«

»Aber Sie sind auch stur und halsstarrig. Und Sie stellen Ihr eigenes Bedürfnis nach Informationen über die gesamte Ermittlung.«

»Was?« Marina traute ihren Ohren nicht. »Mein Mann ist die Ermittlung …«

Erneut schüttelte Franks den Kopf. Atmete einmal tief durch. Versuchte sich ein schlagendes Argument einfallen zu lassen. »Sie gehören nicht mal zum Team«, sagte er schließlich. »Sie arbeiten schon lange nicht mehr hier. Sie sind Zivilistin.«

»Ja, das stimmt alles. Aber wie oft habe ich schon als *Zivilistin* in dem Raum da gesessen? Wie oft habe ich Verdächtige verhört und sie zum Reden gebracht? Wie oft?«

Darauf wusste Franks keine Erwiderung. Jedenfalls keine, mit der er nicht seine eigene Argumentation untergraben hätte.

»Dachte ich's mir. Aber Gary, genau darin bin ich gut. Falsch: Darin bin ich *herausragend*. Dafür bin ich ausgebildet. Wenn ich in die Verhörzelle gehe, lasse ich meine Gefühle draußen. Immer. Ich erledige einen Job. Und ich erledige ihn verdammt gut.«

Franks schwieg.

Marina, die spürte – oder vielmehr hoffte –, dass er langsam mürbe wurde, ließ nicht locker. »Bitte. Lassen Sie es mich wenigstens versuchen. Was haben Sie schon zu verlieren? Die Uhr tickt, und sonst ist niemand hier, der es machen könnte.«

Franks dachte nach. Es war, als hielte das Zimmer den Atem an.

»Mir gefällt Ihre Einstellung nicht. Sie halten sich nicht an Anweisungen. Haben keine Disziplin.«

Marina lachte auf. »Mag schon sein. Aber ich erziele Ergebnisse, oder etwa nicht?«

Franks seufzte und rieb sich mit seinen riesigen Pranken das Gesicht. »Also gut. Ihnen gebührt der erste Versuch.«

Marina atmete erleichtert auf. »Danke. Danke, Gary.«

»Aber ich sollte –«

»Sir.« Das war Matthews. Es war das erste Mal seit Ewigkeiten, dass er sich zu Wort meldete.

Die beiden anderen wandten erstaunt die Köpfe. Während

ihres Wortgefechts hatten sie ganz vergessen, dass auch er noch im Raum war.

»Dürfte ich mitgehen, Sir? Bitte?«

Franks runzelte ungläubig die Stirn. »Nicht Sie auch noch, Simon ...«

»Bitte, Sir.«

»Hören Sie, DC Matthews, ich weiß Ihr Angebot wirklich zu schätzen, aber wie ich gerade im Begriff war zu sagen: Als Vorgesetzter sollte ich Dr. Esposito ins Vernehmungszimmer begleiten.«

»Ja, Sir, ich weiß, aber ...« Matthews verstummte und sammelte sich, bevor er weitersprach. »Wie Marina sagte, das hier ist ein ungewöhnlicher Fall. Eine ungewöhnliche Situation. Und DS Beresford hat mich angelogen. Dadurch hat er mich zu einem Komplizen beim Verschwinden eines Kollegen und am Mord einer Kollegin gemacht. Das kann ich nicht einfach auf mir sitzenlassen, Sir. Ich will versuchen, ihn zu knacken.«

Franks musterte seinen DC. Er kannte Matthews als einen absolut zuverlässigen Menschen. Immer gründlich und gewissenhaft. Hielt sich streng an die Vorschrift, reichte immer vollständig und pünktlich seine Berichte ein. Allerdings hatte Franks noch nie dieses Feuer in seinen Augen gesehen. Diese Leidenschaft.

»Sir.«

Franks seufzte. »Ich muss echt mal meinen Kopf untersuchen lassen.« Er zeigte zur Tür. »Na los, gehen Sie, alle beide. Bevor ich es mir anders überlege.«

50

Anni kam es vor wie ein Déjà-vu.

Sie war unten am Fluss Colne beim alten Dock-Transit-Gebäude, in der Nähe des Feuerschiffs. Hier war sie Mickey zum ersten Mal begegnet. Hatte zugesehen, wie er sich übergeben musste, nachdem sie eine verstümmelte Leiche gefunden hatten.

Der Gute, dachte sie. Dann versuchte sie sich ihr Lächeln so schnell wie möglich zu verkneifen. Dies war weder die richtige Zeit noch der richtige Ort dafür.

Die Wohnung, zu der sie unterwegs waren, befand sich in einem modernen Wohnblock am Ufer, genau gegenüber des Gebäudes, wo Fiona Welch ums Leben gekommen war. Neben dem Feuerschiff, auf dem man eins ihrer Opfer aufgefunden hatte.

Das passt ja, dachte sie.

»Hier ist es also?«, fragte sie Malcolm, als sie das Gebäude betraten und auf den Fahrstuhl warteten.

Er nickte. »Die letzte bekannte Wohnadresse von Diana Monroe.«

Im vierten Stock stiegen sie aus. Anni blickte aus dem Fenster. »Tolle Aussicht«, sagte sie. »Wenn man Tatorte mag.«

Malcolm antwortete nicht.

»Wissen Sie, ob sie noch hier wohnt?«

»Keine Ahnung«, sagte Malcolm und zog einen Schlüssel aus seiner Tasche. »Aber wir werden es bald erfahren.« Er trat zur Tür und steckte den Schlüssel ins Schloss. Er passte.

»Hat sie Ihnen den gegeben?«

»Nicht direkt«, sagte er und warf Anni einen verschwörerischen Blick zu. Dann widmete er sich wieder dem Schloss.

»Moment mal. Sie haben heimlich eine Kopie ihres Wohnungsschlüssels anfertigen lassen?«

Er sah auf. »Mir ist durchaus bewusst, wie das klingt, aber es ist ganz anders, als Sie denken.«

Anni hob eine Augenbraue.

»Ehrlich.«

»Und zwar?«

»Sie ... hat einige meiner Akten mitgenommen. Zum Lesen, wie sie sagte. Sie wollte sie gründlich studieren. Und ich habe ihr vertraut, weil ich ...«

»Weil Sie zu dem Zeitpunkt nicht mit Ihrem Hirn gedacht haben.«

Er nickte und wurde rot. »So ähnlich, ja.«

Anni sah ihn an. Nicht zum ersten Mal wurde ihr bewusst, dass Malcolm irgendwie unheimlich war. Manchmal, wenn sie miteinander redeten, vergaß sie es, aber in solchen Situationen wie dieser wurde sie wieder daran erinnert. Er mied ihren Blick, offenbar schämte er sich für sein Geständnis. *Unheimlich, aber irgendwie auch liebenswert*, dachte sie.

Er stieß die Tür auf. »Nach Ihnen«, sagte er.

Anni spähte in den dunklen Wohnungsflur. Auf einmal war sie nervös.

Sie trat über die Schwelle.

51

Die Tür zum Vernehmungszimmer öffnete sich, und Marina und Matthews kamen herein. Sie nahmen sich jeder einen Stuhl und setzten sich gegenüber von Beresford an den Tisch. Beresford blickte nicht auf. Er saß ein Stück entfernt vom Tisch, die Beine lang ausgestreckt, die Füße an den Knöcheln überkreuzt, Arme vor der Brust verschränkt. Er erweckte den Eindruck, als hätte er geschlafen. Von den beiden Neuankömmlingen nahm er keine Notiz.

»Wo sollen wir bloß anfangen?«, sagte Marina.

Von Beresford kam keine Antwort.

»Nur fürs Protokoll«, fuhr sie fort. »Dies hier ist noch nicht die offizielle Vernehmung. Sie haben entschieden, dass Sie fürs Erste keinen Rechtsbeistand und auch nicht Ihren Vertreter der Polizeigewerkschaft zugegen haben wollen, ist das so korrekt?«

Beresford nickte kaum merklich.

»Nun denn«, sagte Marina mit munterer, geschäftsmäßiger Stimme. »Hier.« Sie griff in ihre Tasche und holte eine Akte heraus. Sie zog ein Foto aus der Akte und knallte es vor Beresford auf den Tisch. Der zuckte zusammen, blinzelte und versuchte gleich darauf, so zu tun, als hätte er es nicht getan.

»Michael Prosser. Tot.«

Sie nahm ein zweites Foto heraus, knallte es ebenfalls auf den Tisch.

»Imani Oliver. Eine von uns. Tot. In einer Autowerkstatt unter dem Treppenabsatz entsorgt.«

Ein drittes Foto. Erneut zuckte Beresford zusammen.

»Roger Prentice. Werkstattbesitzer. Tot. Habe ich jemanden ausgelassen?«

Beresford sah sie an. Sein Blick war hart, herausfordernd. Er lächelte. »Ich spiele dieses Spiel schon viel länger als Sie, Schätzchen. Um was aus mir rauszukriegen, müssen Sie sich schon ein bisschen mehr ins Zeug legen.«

Marina erwiderte nichts, sah ihn nur weiterhin scharf an.

Matthews lehnte sich nach vorn. Er war drauf und dran, etwas zu sagen. Marina stieß ihn unter dem Tisch mit dem Fuß an. Die Botschaft war eindeutig: *Nicht. Überlassen Sie das mir.*

Matthews zog sich wieder zurück.

Marinas Blick ruhte weiterhin auf Beresford. Der weiterhin grinste.

»Sie haben geweint, als Sie Michael Prosser getötet haben, wissen Sie das noch? Sie haben geweint, während Sie ihn erdrosselten. Hat es Sie traurig gemacht, ihn zu töten? Wollten Sie es nicht tun? Oder dachten Sie, niemand würde sehen, dass Sie heulen wie ein Baby?«

Beresfords Miene war anzusehen, dass Wut in ihm hochkam. Mühsam beherrschte er sich. Versuchte so entspannt wie möglich zu erscheinen.

»Da müssen Sie sich schon was Besseres einfallen lassen. Wie gesagt, ich mache so was wie das hier nicht zum ersten Mal. Ich kenne sämtliche Tricks. Einige hab ich sogar selbst erfunden.

Wenn Sie wollen, dass ich den Mund aufmache, müssen Sie mich wirklich überraschen.«

Marina lächelte flüchtig. »Wir werden sehen.«

»Ja, das werden wir.«

»Wissen Sie, eigentlich will ich nur die Antwort auf eine einzige Frage. Eine Frage, mehr nicht. Können Sie sich denken, wie diese Frage lautet?«

Beresford zuckte mit den Achseln.

»Ich will einfach nur wissen, wo mein Mann ist. Das ist alles. Die Leute, die Sie ermordet haben, interessieren mich überhaupt nicht. Es interessiert mich auch nicht, wie viele es waren. Sicher wird es während der eigentlichen Vernehmung zur Sprache kommen, das wird sich wohl kaum vermeiden lassen. Aber im Grunde reicht es mir, wenn Sie mir diese eine Frage beantworten: Wo ist mein Mann? Mehr will ich gar nicht. Und wenn ich den Raum verlasse, werde ich diese Antwort von Ihnen bekommen haben.«

Beresford lachte. »Dann zeigen Sie mal, was Sie drauf haben, Schätzchen.«

»Keine Sorge, genau das habe ich vor.«

Sie versuchte, sich siegesgewiss zu geben. Wenn ihr doch nur auch so zumute gewesen wäre.

52

Malcolm betrat dicht hinter Anni die Wohnung. Langsam und vorsichtig schlichen sie den Flur entlang. Sie wussten nicht, wer oder was möglicherweise auf sie lauerte.

Anni spitzte die Ohren, hörte aber nichts. Entweder es war jemand zu Hause, der sich außerordentlich gut zu verbergen verstand, oder die Wohnung war leer. In jedem Fall war es klüger, keine voreiligen Schlüsse zu ziehen.

Sie gelangte ins Wohnzimmer. Die Jalousien waren heruntergelassen. Nur wenig Licht drang durch die Ritzen zwischen den Lamellen, größtenteils lag der Raum im Dunkeln.

Anni blickte sich um. Das Zimmer war als offener Wohn-Essbereich konzipiert, mit Platz für einen Esstisch und einer Barküche an der hinteren Wand. Außer einem billigen hölzernen Klappstuhl und einem Tisch in der Mitte des Raums gab es keine Möbel.

»Spartanisch«, sagte sie. »Eine Minimalistin.«

Auf dem Tisch standen die leeren Plastikschalen mehrerer Mikrowellenmenüs herum. Lasagne, Spaghetti Bolognese. Die benutzten Gabeln lagen noch darin. *Das kann sich später die Spurensicherung vornehmen*, dachte sie.

»Fassen Sie nach Möglichkeit nichts an«, ermahnte sie Malcolm.

»Werde ich nicht. Ich weiß ja Bescheid.«

»Gut.« Erneut ließ sie den Blick durchs Zimmer wandern. »Hat sie Sie je hierher eingeladen? Zum Abendessen oder so?«

»Nein. Nie.«

»Kann ich verstehen.«

Sie schaute rasch in die übrigen Zimmer und sah hinter alle Türen. Sie wollte keine böse Überraschung erleben.

Nichts. Außer ihnen befand sich definitiv niemand in der Wohnung. Sie entspannte ein wenig.

Sie musste zugeben: Es fühlte sich gut an, wieder dabei zu sein. Sie hatte ihre Arbeit vermisst. Nicht das Formularausfüllen und das Berichteschreiben, das ganz sicher nicht. Aber dies hier: die Spurensuche. Das Ermitteln vor Ort. Dabei hatte sie sich früher immer so lebendig gefühlt. Und sie spürte diese Lebendigkeit auch jetzt wieder. Wenn nur Mickey da gewesen wäre, um es mit ihr zu erleben.

Sie schüttelte den Kopf, verbannte den Gedanken. Sie musste sich konzentrieren.

Das Schlafzimmer war ähnlich karg eingerichtet wie das Wohnzimmer. Eine Matratze auf dem Boden, ein Laken, eine Bettdecke, ein Kissen. Alles einfarbig weiß. Dazu ein billiger weißer Selbstbau-Kleiderschrank. Anni warf einen Blick hinein. Er hing voller Kleider. Verschiedene Farben, verschiedene Stile. Nichts ähnelte sich. Es war, als wären es Kostüme für vollkommen unterschiedliche Personen. Sie entdeckte auch Schminke und Perücken.

Die Wohnung wirkte seltsam hohl. Als hätte die Person, die hier schlief und aß, gar keinen eigenständigen Charakter. Als müsste sie erst diese Kleider anziehen, um überhaupt jemand zu sein und die Wohnung verlassen zu können.

»Das sollte sich Marina mal ansehen. Darüber könnte sie eine ganze Doktorarbeit schreiben.«

Malcolm rief aus dem Wohnzimmer: »Ich glaube, ich habe was gefunden!«

Anni ging zu ihm. Er stand an der Frühstücksbar vor einem Laptop und hatte einen Stapel Papiere in der Hand.

»Ein Hinweis?«, sagte er.

»Höchstwahrscheinlich. Hoffen wir es mal.« Sie betrachtete erst die Unterlagen, dann den Laptop. »Kennen Sie sich mit so was aus?«

Malcolm lächelte. »Ich würde sagen, das ist mein Spezialgebiet.«

Er klappte den Rechner auf und machte sich ans Werk.

53

»Also, warum haben Sie es getan?«

Marina sah Beresford unverwandt an. Der saß noch immer feixend da, aber weil er es nicht schaffte, ihrem Blick standzuhalten, und nicht wollte, dass sie es merkte, verdrehte er die Augen, starrte an die Decke und blinzelte dabei unauffällig. Sie merkte es trotzdem. Sie sah es ganz genau.

»Also, warum haben Sie es getan?«, wiederholte sie ihre Frage.

Er schwieg beharrlich.

Marina ließ nicht locker. »Ich sage Ihnen jetzt mal was, in Ordnung? Ich sage Ihnen, was Sie auf meine Frage antworten *würden*, okay?«

Keine Reaktion.

Marina spürte, dass Beresford mit seinem Dauergrinsen lediglich seine Angst kaschieren wollte. Wenigstens hoffte sie das. Als sie fortfuhr, äffte sie seinen Essex-Dialekt nach.

» ›Sie hat meine Frau und mein Kind.‹ Das ist es doch, was Sie antworten würden, oder? ›Sie hat meine Frau und mein Kind, sonst hätte ich das alles doch gar nicht gemacht.‹ Habe ich recht?«

Beresford zuckte mit den Achseln, aber sein Grinsen ließ ein wenig nach.

»Ja, ja. Bla bla. Frau und Kind. Ich bin tief beeindruckt. Das ist Ihre Ausrede. Damit rechtfertigen Sie Ihr Tun sich selbst und allen gegenüber, die es wagen sollten, Sie danach zu fragen oder gar Ihre Motive anzuzweifeln. Frau und Kind, alles klar. Das kriegt jeder zu hören, der von Ihnen verlangt, dass Sie Ihr Verhalten rechtfertigen. Frau und Kind. Sicher. Und Sie erwarten von uns, dass wir das einfach glauben, stimmt's? Frau und Kind. Sie erwarten, dass wir sagen: ›Oh, Sie Armer. Was Sie alles tun mussten, um Ihre Familie zu beschützen. Sie armer, armer Kerl.‹ Ist es nicht so?«

Beresford sagte nichts.

Marina lehnte sich über den Tisch. »Schwachsinn.«

Beresford gab sich Mühe, sein Erstaunen zu verbergen, doch es gelang ihm nicht.

»Ganz genau. Absoluter Schwachsinn. Ihre Frau und Ihr Kind sind nur die Ausrede für das, was Sie getan haben. Der wahre Grund sind nicht die beiden, habe ich recht? Oh nein. Und den möchte ich jetzt gerne von Ihnen erfahren – den wahren Grund. Warum haben Sie es *wirklich* gemacht?

»Lecken Sie mich am Arsch.«

Davon ließ Marina sich nicht beeindrucken. »Das ist doch ein ziemlich großer Schritt, oder? Sie, ein Polizist, der einen Eid geleistet hat, der Allgemeinheit zu dienen und das Gesetz aufrechtzuerhalten, werden von einem auf den anderen Tag zum Mehrfachmörder. Alles zum Wohle Ihrer Familie. Ziemlich krasser Sinneswandel, wie die Jugendlichen es heutzutage vielleicht ausdrücken würden.«

Beresford sah sich im Raum um. Ihm war sichtlich unwohl zumute.

»Ich meine – sicher wollten Sie Ihre Familie beschützen. Das kann ich zu hundert Prozent nachvollziehen. Welcher Ehemann, welcher Vater würde das nicht wollen? Absolut verständlich.« Sie nickte. »Und soll ich Ihnen noch was sagen? Ich war selber schon in einer ganz ähnlichen Lage wie Sie.«

Sie lehnte sich zurück. Wartete darauf, dass er nach dem Köder schnappen würde.

»Wahrscheinlich haben Sie ja Erkundigungen über mich eingezogen. Das vermute ich wenigstens. Und über meinen Mann – sobald Ihnen klar war, worauf Sie sich hier einlassen. Insofern wissen Sie es womöglich schon und werden es mir hoffentlich verzeihen, wenn ich Sie damit langweile. Simon kennt die Geschichte nämlich vielleicht noch nicht.«

Als Matthews seinen Namen hörte, horchte er auf.

»Vor ein paar Jahren wurde meine Tochter entführt. Das allein war schon schlimm genug – der größte Albtraum einer Mutter. Aber damit nicht genug. Denn diejenige, die meine Tochter in ihre Gewalt hatte, hat darüber hinaus auch noch meinen Mann und meine Schwiegermutter schwer verletzt und meinen Schwiegervater getötet. Meine Familie. Die Menschen, die ich auf der Welt am meisten liebe. Insofern kann ich verstehen, was Sie durchgemacht haben. Ich hätte alles – *alles* – getan, um meine Tochter wiederzubekommen. Nur eins nicht. Und wissen Sie, was das ist?«

Beresford versuchte vergeblich, gelangweilt zu wirken. »Sie werden's mir bestimmt gleich sagen.«

»Ja, das werde ich«, bestätigte Marina, ohne weiter darauf einzugehen, dass er zum ersten Mal direkt auf eine ihrer Aussagen reagiert hatte. »Mord. Ich hätte niemals einen Menschen ermordet. Obwohl ich es gewollt habe. Ganz ehrlich. Ich stand der Person gegenüber, die meine Tochter verschleppt hatte, und ich war kurz davor, sie zu töten. Gott, ich wollte es unbedingt, und ich habe auch keine Scheu, es zuzugeben. Das können Sie sicher nachvollziehen, oder?«

Beresford starrte sie wortlos an.

»Das war keine rhetorische Frage. Sie können gerne darauf antworten.«

»Ja.« Seine Stimme war nicht viel mehr als ein Krächzen.

»Natürlich. Das kann bestimmt so ziemlich jeder nachvollziehen. Sogar Simon.« Erneut beugte sie sich über den Tisch. Fing Beresfords Blick ein und hielt ihn fest.

»Aber das eine, woran ich nie gedacht habe – was ich nicht einmal in Erwägung gezogen habe –, war, jemanden zu töten, weil er mir im Weg stand. Und da gab es einige, glauben Sie mir. Oder fragen Sie DCI Franks, der wird es Ihnen bestätigen. Er war nämlich selbst einer von denen. Aber ich hätte niemals – nie im Leben – daran gedacht, einen von ihnen zu ermorden. Ihn einfach umzubringen. Und wissen Sie, warum?«

»Nein.«

»Nein.« Sie lachte freudlos und lehnte sich zurück. »Nein. Sie wissen es wirklich nicht, oder?« Sie verschränkte die Arme vor der Brust. Hoffentlich war ihm bewusst, was er soeben zugegeben hatte.

Besessen

Phil Brennan. Oh, Phil Brennan. Aber wie sollte sie ihn auf sich aufmerksam machen? Das war die alles entscheidende Frage. Nein, er sollte nicht nur auf sie aufmerksam werden. Das wäre nicht genug. Er musste ihr glauben. Musste glauben, was sie ihm zu sagen hatte. Alles. Restlos, ohne eine Spur des Zweifels. Und er musste wollen, was sie wollte. Eigentlich brauchte er sich nur in sie zu verlieben, dann könnten sie für immer glücklich sein.

Bis ans Ende ihrer Tage.

Bei diesem Gedanken musste sie unwillkürlich kichern. Das war ja, als wäre sie wieder in der Schule und versuchte bei einem Jungen zu landen. Nur dass sie so was in der Schule nie gemacht hatte. Jedenfalls nicht auf diese Weise.

Was also wäre der richtige Weg? Phil Brennan war ihr Bruder, aber ihre Gefühle für ihn waren ... mehr als das, was man normalerweise für einen Bruder empfand. Viel mehr. Unendlich viel mehr. Mittlerweile drehte sich ihre ganze Welt nur noch um ihn. Er war ihre Obsession, ihr Lebensmittelpunkt. Ihr Ein und Alles. Die Gefühle, die sie für ihn hegte, gingen viel tiefer als die zwischen Geschwistern.

Sie versuchte alles genau zu analysieren. Versuchte die Heftigkeit dieser wunderbaren Emotionen irgendwie in Worte zu fassen, während sie gleichzeitig darin schwelgte.

Er war der Mann, von dem sie fast ihr ganzes Leben lang getrennt gewesen war. All die Jahre über hatte sie nicht gewusst, wer sie war. Hatte allenfalls die vage Ahnung gehabt, dass noch ein Teil von ihr irgendwo da draußen sein musste. Ein Teil, der sie, wenn sie ihn fand, endlich vollständig machen würde. Deswegen hatte sie sich auch nie als ganzes Individuum gefühlt. Sie hatte immer das Gefühl gehabt, unvollständig zu sein. Leer. Nicht überzeugend. Und jetzt hatte sie ihn gefunden. Den Teil, der ihr die ganze Zeit gefehlt hatte.

Er musste es sein. Es bestand kein Zweifel. Wieso hätte das Universum sie sonst zu ihm geführt? Erst Sean, dann Phil. Und dann war sie auf Phils Lebensgeschichte gestoßen. Auf einmal hatte sich ihr die Wahrheit offenbart, und sie konnte an nichts anderes mehr denken als an ihn. Sie wusste, dass sie mit ihm zusammen sein musste, ganz und gar zusammen. Es war ihr unausweichliches Schicksal.

Sie begehrte ihn, sie sehnte sich nach ihm. Lag nachts allein in ihrem Bett und stellte sich vor, wie es wäre, wenn ihre Körper sich vereinigten. Total. Absolut. Wie ihre Seelen miteinander verschmolzen.

La petite mort.

La grande mort.

Ihr war klar, dass viele Menschen es nicht verstehen würden. Natürlich. Eine solch tiefe Liebe konnten normale Menschen gar nicht begreifen. Darauf war ihr Verstand nicht ausgerichtet. Aber sie beide waren anders, einzigartig, etwas ganz Besonderes. Die Liebe, die sie für ihn empfand, sprengte die Grenzen alberner bürgerlicher Moral. Alles, was sie nun tun musste, war, ihm diese Liebe zu zeigen. Sie musste ihm die Möglichkeit geben, sie am eigenen Leib zu erfahren. Dann würde auch er sie lieben lernen.

Sie musste irgendwie an ihn herankommen.

Sie musste einen Weg finden.

Und sie fand einen. Im Grunde war es so einfach, dass es sich – wieder einmal – nur um Vorsehung handeln konnte. Fiona Welchs Arbeit. Was wäre ein besserer Ansatzpunkt als das Werk ihrer alten Freundin, ihrer alten Geliebten?

Also studierte sie Fionas Taten, ihre Methoden, ihre Ideen. Dabei kam ihr der Gedanke zu einem Plan. Auch er war wie ein Geschenk des Schicksals, denn er war nahezu perfekt. Sie würde sich in Fiona verwandeln. Ihre Identität annehmen, ihr Werk weiterführen. Zu Ende bringen, was sie begonnen hatte. Nein, sie würde es sogar noch verfeinern. Ja. Damit würde sie garantiert seine Aufmerksamkeit erregen. Und dann würde er sie unmöglich ignorieren können.

Aber sie durfte nichts überstürzen. Die Sache erforderte sorgsame Planung. Sie würde Zeit brauchen. Und Geld. Zum Glück hatte sie von beidem mehr als genug. Vor allem Zeit. Zeit besaß sie im Überfluss. Sie konnte in aller Ruhe an ihrem Plan arbeiten.

Opfer zu finden war leicht. Fast schon zu leicht. Es herrschte kein Mangel an Freiwilligen. Im Gegenteil, sie standen praktisch Schlange.

Sie hatte einmal einem Hypnotiseur zugesehen. Aus der Nähe, backstage. Eines ihrer Opfer hatte in einem Theater gearbeitet und sie zu einer Show eingeladen. Sie war so neugierig gewesen, dass sie ihn lange genug am Leben gelassen hatte, um die Einladung anzunehmen. Und es war wirklich hochinteressant gewesen – auch wenn ihr Begleiter die Pause leider nicht überlebt hatte.

Der Hypnotiseur war wirklich faszinierend. Er wählte seine Versuchspersonen unter Freiwilligen aus dem Publikum aus, und das Interessante bei diesem Vorgang war nicht so sehr, wen er aussuchte, als vielmehr, wen er zurückwies – und aus welchen Gründen. Sie versuchte sich in ihn hineinzuversetzen. Er musste in den Zuschauern, die er ablehnte, irgendetwas gesehen haben, das ihm verriet, dass sie sich nicht würden hypnotisieren lassen. Dass es ihnen an einer gewissen Empfänglichkeit mangelte. Auf den ersten Blick war nicht erkennbar, nach welchem Kriterium er dabei vorging. Auf jeden Fall hatte es nichts mit Äußerlichkeiten zu tun, denn große, kräftige Menschen durften auf die Bühne, während er einige schmächtige ablehnte.

Es musste zwischen denen, die er auswählte, also irgendeine Gemeinsamkeit geben – eine grundsätzliche Bereitschaft, sich hypnotisieren zu lassen, eine Empfänglichkeit für seine Künste. Wie er es den Leuten ansah, konnte sie nicht sagen. Aber sie schwor sich, es herauszufinden.

Und es gelang ihr auch. Im Grunde genommen hatte sie es die ganze Zeit über gewusst. Ja, sie hatte dieses Wissen sogar selbst angewandt. Sie wählte ihre Opfer instinktiv nach derselben Methode aus. Sie konnte innerhalb eines Wimpernschlags erkennen, welcher Mann ein gutes Zielobjekt abgab. Und sie hatte sich noch nie geirrt.

Das galt insbesondere für ihre neuesten Opfer.

An die Namen der Männer konnte sie sich nicht mehr erinnern. Die vergaß sie sofort wieder. An ihre Augenfarbe, ja. Auch an ihren Geruch. Aber an ihre Namen? Nein. Namen waren unwichtig. Genau wie ihr eigener Name unwichtig war. Solange sie nur diese Empfänglichkeit bei ihnen spürte. Solange sie willens waren, sich von ihr beeinflussen zu lassen. Und sie kannte sich mit Männern aus, wusste, wie man sie am besten manipulierte. Sie wusste, wie man sie dazu brachte, sie zu lieben, zu ehren und vor allem: ihr bedingungslos zu gehorchen. Für sie zu töten. Ohne Reue. Und sie danach immer noch zu lieben, sie sogar umso heißer zu begehren.

Sie folgte Fionas Methodik aufs Genaueste. Es funktionierte. Die drei, die sie auswählte, ließen sich alle bereitwillig von ihr führen. Sie alle mordeten für sie. Ohne Bedenken, ohne auch nur einen Hauch von schlechtem Gewissen.

Aber davor taten sie noch etwas anderes. Etwas, von dem sie wusste, dass es Phils Aufmerksamkeit erregen würde. Sie formten ihre Freundinnen nach dem Abbild von Marina Esposito neu.

Ein deutlicheres Signal hätte sie ihm nicht senden können.

Irgendwann wurden die Männer verhaftet. Und die Spur führte zu ihr.

Beziehungsweise zu Fiona, wie sie sich zu diesem Zeitpunkt nannte. Und es war nicht nur der Name. Sie lebte wie Fiona, kleidete sich wie sie. Sie hatte sich angewöhnt, wie sie zu sprechen, zu gehen – einfach alles. Sie war Fiona. Fast hätte sie sich selbst für Fiona gehalten, so überzeugend spielte sie ihre Rolle. Wäre es nicht ihr erklärtes Ziel gewesen, Phil auf sich aufmerksam zu machen, hätte sie vielleicht auch weiterhin als Fiona gelebt. Ein Mysterium aus dem Grab.

Aber nein. Sie hatte eine klare Mission.

Sie wurde festgenommen, allerdings konnte man sie nicht wegen Mordes belangen, weil sie persönlich ja niemanden umgebracht hatte. Außerdem behauptete sie, jemand zu sein, der nachweislich tot war. Die Polizei wusste nicht, wie sie mit ihr verfahren sollte. Vor lauter Ratlosigkeit wies man sie schließlich in eine psychiatrische Klinik in Suffolk ein.

Und dort ging der Spaß erst richtig los.

54

Anni schaute Malcolm bei der Arbeit zu. Er saß auf dem Klappstuhl, hatte den Laptop vor sich stehen und die Papiere auf dem Tisch ausgebreitet.

»Wonach suchen Sie eigentlich?«, fragte sie.

»Das weiß ich, wenn ich es gefunden habe ...« Er sah nicht einmal hoch. Seine Lesebrille war ihm bis auf die Nasenspitze gerutscht.

Anni beobachtete ihn weiter. Studierte ihn, wie er über den Papieren brütete und beim Lesen den Zeilen am Bildschirm mit dem Finger folgte, während er stumm die Lippen bewegte.

Dieser Mann hatte Sex mit der Frau, die meinen Freund umgebracht hat.

Der Gedanke kam ungebeten. *Und nicht nur Sex. Er hatte eine Beziehung mit ihr, um Gottes willen. Hat sie gemocht. Sie begehrt. An sie gedacht, hat ihr vermutlich sogar Geschenke gekauft. Hat sich darauf gefreut, Zeit mit ihr zu verbringen. Hat eine Zukunft mit ihr geplant. Vielleicht hat er sie sogar geliebt. Ja, er hat sie definitiv geliebt.*

Und jetzt arbeitete Anni mit ihm zusammen – mit dem Ex-Lover einer Mörderin. In deren Wohnung. *Wie fühle ich mich eigentlich dabei?*, überlegte sie, fand aber keine Antwort. Unangenehm berührt, keine Frage. Sonst noch was? Ja. Da gab es eine ganze Menge unterschiedlichster Gefühle, aber sie wusste weder, welche es im Einzelnen waren, noch, welches davon vorherrschte. Aber im Moment stand ihr auch nicht der Sinn danach, weiter über das Thema nachzudenken.

Und doch gab es ein Gefühl, das stärker war als die anderen: Wut. Sie spürte sie in ihr brodeln.

Der Mann, dessen Liebhaberin meinen Freund getötet hat, ist im selben Raum wie ich. Er sitzt direkt neben mir ...

Und diese Wut würde so schnell nicht verrauchen. Diese Wut brauchte ein Ventil.

»Ich habe was gefunden«, verkündete Malcolm und sah auf.

Anni, heilfroh, dass er sie von ihren immer finsterer werdenden Gedanken ablenkte, trat hinter ihn und blickte ihm über die Schulter.

»Hier«, sagte er und nahm einen Stoß Din-A-4-Blätter auf. »Das ist ein Mietvertrag. Sie hat noch eine weitere Immobilie angemietet. Ein Haus, so wie es aussieht. Ich habe auf der Karte nachgeschaut, es liegt in der Nähe der Avenue of Remembrance. Da gibt es eine Neubausiedlung. Neben dem Freizeitzentrum.«

Anni sagte nichts. Stand einfach nur hinter Malcolm und schaute zwischen dem Mietvertrag in seiner Hand und seinem Nacken hin und her. Zwischen seinen ungekämmten Haaren und dem Kragen seines ungewaschenen Hemdes war ein schmaler Streifen Haut. Nackte, verwundbare Haut.

»Und noch was«, sagte er und deutete auf den Monitor. »Auch angemietet, glaube ich. Eine Einheit in einem alten Landwirtschaftsbetrieb, soweit ich es den Angaben entnehmen kann. Irgendwo draußen in Elmstead Market, an der Straße nach Clacton.«

Er sah auf und stutzte, als er Annis Gesichtsausdruck sah.

»Alles klar bei Ihnen?«

Anni blinzelte und gab sich einen Ruck. »Was?«

»Ich habe gefragt, ob alles in Ordnung ist? Sie sehen irgendwie komisch aus.«

»Mir geht's gut«, sagte sie ein wenig zu schnell. Dann senkte sie den Blick auf die Unterlagen in Malcolms Hand. »Versuchen wir es zuerst bei dem Haus.«

Sie eilte aus der Wohnung, als hielte sie es keine Sekunde länger darin aus.

Malcolm faltete die Papiere zusammen, klemmte sich den Laptop unter den Arm und folgte ihr mit gerunzelter Stirn.

Auf einmal hatte er ein klein wenig Angst vor ihr.

55

Marina und Matthews saßen immer noch mit Beresford im Vernehmungszimmer.

Marina lächelte Beresford an. Da er den Grund nicht wusste, wurde er langsam nervös.

»Na? Ist Ihnen schon aufgegangen, was Sie gerade gestanden haben?«

»Ich hab gar nichts gestanden«, erwiderte Beresford hitzig und legte die Stirn in Falten.

»Überlegen Sie, was ich Sie gefragt habe. Und dann denken Sie noch mal nach.«

Er funkelte sie wütend an, schwieg aber. Er schien das Gefühl zu haben, in irgendeiner Weise ausgetrickst worden zu sein, allerdings hatte er keine Ahnung, wie. Also verbarg er seine Unsicherheit hinter Wut und Aggression.

»Sie haben jeden getötet, der Ihnen in die Quere gekommen ist, stimmt's?«

Beresford zuckte kaum merklich mit den Schultern.

»Und wissen Sie, was?«

»Was?«, sagte er mit monotoner Stimme, als wolle er es gar nicht wirklich wissen. Es klang eher wie eine Herausforderung als eine Frage.

»Es hat Ihnen Spaß gemacht.«

Er schnaubte, schüttelte den Kopf und verdrehte die Augen. Das ganze Repertoire. »Sie haben wirklich keine Ahnung«, sagte er verächtlich. »Null.«

»Ist das so?«

Marina lehnte sich zurück und betrachtete ihn, als müsse sie zunächst etwas abwägen, ehe sie fortfuhr. Oder als lese sie seine Gedanken.

»Haben Sie schon mal einen Vergewaltiger verhaftet?«

Er sah sie voller Misstrauen an.

»Das ist keine Fangfrage. Haben Sie schon mal einen Vergewaltiger verhaftet?«

Ein Achselzucken. »Kann schon sein.«

»Oder einen Mann, der Frauen verprügelt? Sie schlägt und missbraucht, einfach nur, weil er es kann. Schon mal so jemanden verhaftet?«

»Ja, sicher.«

»Und was ist mit einem Kinderschänder? Einen Kerl, der sich an kleinen, wehrlosen Kindern vergeht. Der sich ihnen mit Gewalt aufzwingt ...«

»Was labern Sie da eigentlich?«

»Ich frage nur, mehr nicht. Haben Sie jemals einen Kinderschänder verhaftet?«

»Weshalb wollen Sie das wissen?«

»Nur so.«

»Damit Sie ein Urteil über mich fällen können, stimmt's? Damit Sie sich irgendeine beschissene Theorie über mich aus den Fingern saugen können.« Wieder ein verächtliches Schnauben.

»Ist das jetzt ein Nein oder ein Ja?«

»Ja, klar hab ich das.«

»Aha«, sagte Marina und nickte. »In Ordnung.« Sie tat, als frage sie aus rein wissenschaftlichem Interesse. »Und wie haben Sie sich dabei gefühlt?«

»Was soll das, sind Sie eine verdammte Psychiaterin oder was?«

»Ich bin Psychologin. Wie haben Sie sich dabei gefühlt? Fanden Sie, Sie hätten etwas Gutes getan, indem Sie diesem Schwein das Handwerk gelegt haben?«

»Ja, natürlich.«

»Und als Sie ihn verhaftet haben, dieses erbärmliche Subjekt, diesen Kinderschänder – nachdem Sie erfahren hatten, was er getan hatte, wollten Sie ihm da vielleicht auch wehtun?«

Beresford überlegte einen Moment, dann lehnte er sich nach vorn und sah Marina in die Augen. »Ja«, sagte er langsam. Er genoss das Wort und die Emotionen, die es in ihm wachrief. »Wollte ich. Und wie.«

»Das glaube ich Ihnen sofort. Wem ginge es nicht so? Mir bestimmt.«

»Ja«, sagte Beresford, der sich allmählich für das Thema erwärmte. »Vor allem wenn sie dann anfangen zu flennen. Die haben es im Knast doch viel zu gut. Die kommen in den Block mit den gefährdeten Häftlingen, wo sie keinen Kontakt zu den anderen Insassen haben. So machen wir das nämlich. Wir achten darauf, dass auch ja nicht ihre Menschenrechte verletzt werden. Wir beschützen solchen Abschaum.«

»Bevor so jemand also ins Gefängnis wandert ...«

»Genau. Bevor so einer ins Gefängnis wandert, würde ich ihn mir gern mal ein paar Minuten vornehmen. Würde doch jeder wollen.«

»Was hat Sie davon abgehalten, es zu tun?«

Beresford erstarrte und gab keine Antwort.

»Sie hatten Angst, erwischt zu werden, stimmt's?«

Er zog die Schultern hoch.

»Hatten Sie Angst, dass Sie Ihren Job verloren hätten, wenn das während des Verfahrens rausgekommen wäre? Ihren Job, den Respekt Ihrer Kollegen, Ihre Pension. Vielleicht sogar Ihre Familie. Und das alles für ein menschliches Stück Scheiße?«

»So was in der Art, ja.«

»Aber was, wenn Sie *keine* Angst hätten haben müssen, dass es rauskommt? Was, wenn Sie gewusst hätten, dass man Sie nicht erwischen würde? Hätten Sie es dann getan? Hätten Sie diesem Kerl dann eine Lektion erteilt?«

»Ja«, sagte Beresford lächelnd und nickte. »Ja. Klar hätte ich das.«

»Sie hätten ihm wehgetan.«

»Ja.«

»Hätten ihn vielleicht sogar getötet, oder?«

»Ja.«

»Und Sie wären sich dabei wie ein Held vorgekommen, stimmt's?«

Beresford lächelte, als stelle er sich die Bewunderung vor, die ihm für eine solche Tat entgegengebracht worden wäre. »Ja, stimmt. Ich wäre ja auch einer.«

»Nein, wären Sie nicht.« Auf einmal war Marinas Stimme eisig. »Sie wären ein Mörder. Ein Killer. Nichts anderes.«

Beresford blinzelte. »Was?«

»Ein Werkstattbesitzer. Sie haben ihn getötet. Ein ehemaliger Sozialarbeiter. Sie haben ihn getötet.«

»Ja, aber die waren –«

»Das ist irrelevant. Eine Polizistin. Sie haben sie getötet. Eine

Kollegin.« Sie sah ihn an, als wäre er etwas Ekliges, das unter ihrer Schuhsohle klebte. »Sie sind ein Killer, ein Mörder. Mehr nicht. Sie haben versucht, sich herauszureden, und lügen sich selbst in die Tasche, aber in Wahrheit sind Sie nichts weiter als ein gemeiner Mörder. Ein gewöhnlicher Krimineller, der es verdient hat, genau da zu sitzen, wo er jetzt sitzt.«

»Ich wollte –«

»Nein, Sie wollten Frau und Sohn nicht beschützen. Sie haben die beiden nur als Ausrede benutzt. Sie haben getötet, weil Sie dachten, Sie könnten sich hinter dieser Entschuldigung verstecken. Weil Sie dachten, Sie würden ungeschoren davonkommen.«

In Beresfords Augen erlosch etwas. »Ich bin kein ... Ich bin kein ...«

In dem Moment klopfte es. Ein Uniformierter öffnete die Tür und meldete einen Besucher für Marina.

Sie stand auf. Sie ärgerte sich über die Unterbrechung, wusste jedoch, dass es einen guten Grund dafür geben musste.

»Nun«, sagte sie, an Beresford gewandt. »Darüber können Sie nachdenken, so lange ich weg bin.«

Sie verließ den Raum.

Schweigen senkte sich über den Vernehmungsraum.

Schließlich nahm Matthews die Arme herunter, die er die ganze Zeit vor der Brust verschränkt hatte, und beugte sich über den Tisch.

Er lächelte, aber es war kein angenehmes Lächeln.

»Jetzt, wo sie weg ist«, begann er, »und wir endlich allein sind, würde ich Ihnen gerne ein paar Sachen sagen ...«

Bereit für den Rest ihres Lebens

So einfach. So einfach.

Die meisten Menschen wären bestimmt der Ansicht gewesen, dass die Geschichte mit ihrer Verhaftung ein Ende hatte. Aber sie war nicht die meisten Menschen.

Zum einen saß sie nicht im Gefängnis, das war ein Plus. Stattdessen befand sie sich in einer Klinik für psychisch kranke Straftäter. Das hatte ihr gut bezahlter Anwalt arrangiert. Sehr gut. Soweit lief alles nach Plan. Nein. Die Geschichte war definitiv noch nicht zu Ende. Sie schlug lediglich das nächste Kapitel auf.

Wie erwartet, erregten ihre Verbrechen die Aufmerksamkeit der Polizei von Essex. Namentlich von Anni Hepburn und Mickey Philips aus der Mordkommission. Die beiden gehörten zu dem Team, das seinerzeit die echte Fiona Welch gejagt hatte. Als sie die beiden zum ersten Mal sah, war sie so aufgeregt, dass sie sie beinahe um ein Autogramm gebeten hätte.

Phil war allerdings nicht dabei. Noch nicht. Sie würde sich mehr ins Zeug legen müssen.

Sie überlegte, was sie tun könnte, und kam recht schnell auf eine Idee. Mord. Eine andere Insassin musste sterben, und der Verdacht musste auf sie fallen.

Die Frau, die sie auswählte, war geistig dermaßen beschränkt und so leicht zu manipulieren, dass die Sache geradezu lächerlich einfach war.

Aber sie erreichte ihr Ziel: Aufmerksamkeit. Diesmal in Gestalt von Marina Esposito.

Wieder war es nicht Phil – aber sie versuchte die Sache von der positiven Seite zu sehen. So bekam sie wenigstens Gelegenheit, die Frau, die sich als Phils Ehefrau bezeichnete, aus der Nähe zu betrachten.

Und von dieser Gelegenheit machte sie weidlich Gebrauch. Während Marina redete, konnte sie sie in aller Ruhe beobachten, um dahinterzukommen, was Phil an ihr so anziehend fand – falls es da überhaupt etwas gab.

Am Ende war sie ratlos: Marina Esposito hatte nichts, was sie nicht auch gehabt hätte. Sie lachte sich ins Fäustchen.

Diese Frau war keine Konkurrenz für sie.

Sie spürte, dass ihr Plan schon bald die nächste Phase erreichen würde. Und so kam es auch. Sie sollte nach Colchester überstellt werden, um wegen des Mordes in der Klinik offiziell auszusagen. Und ihr Fahrer? Mickey Philips.

Perfekt. Einfach nur perfekt.

Für ihren Charme war er nicht empfänglich, das hatte sie sofort erkannt. Dafür war er viel zu sehr in Anni Hepburn verliebt. Aber ihr standen noch andere Möglichkeiten offen. Schließlich hatte sie mehr als nur einen Trick auf Lager. Es gab auch noch einen direkteren Ansatz. Einen wesentlich körperbetonteren, wenn man so wollte. Einen, den Mickey definitiv nicht überleben würde.

Und so kam es auch.

Auf ihre Zähne war eben immer schon Verlass gewesen.

Danach war sie frei. Entwischt. Wenn das nicht endlich Phil Brennan auf den Plan rief, wusste sie auch nicht mehr weiter.

Doch ihre Rechnung ging auf. Er konnte sie nicht länger ignorieren. Erst recht nicht nach dem, was sie als Nächstes tat.

Es stellte ein Risiko dar, und sie war zunächst nicht ganz sicher, ob sie es wirklich wagen sollte. Der vorsichtige, pragmatische Teil ihrer selbst – der Teil, der all die Jahre ihr Überleben gesichert und für ein volles Bankkonto gesorgt hatte – riet ihr davon ab. Der andere Teil jedoch, ihr sehnsuchtsvoller, verzweifelter und, wenn sie ehrlich war, romantischer Teil, wollte es unbedingt. Dieser Teil war es, der am Ende den Sieg davontrug.

Rückblickend betrachtet, war es das Beste, was sie hätte tun können.

Sie drang in Phils Haus ein, während er und Marina nicht da waren. Sie wollte ihm nahe sein. Wollte sehen, was er sah, fühlen, was er fühlte. Stundenlang verbrachte sie allein in seinem Haus, ließ die Atmosphäre auf sich wirken, berührte seine Sachen, roch an seinen Kleidern. Sie trank eine Flasche Bier aus dem Kühlschrank. Bestimmt war es sein Bier. Sie wollte sich mit dem Geschmack vertraut machen, wollte das erleben, was er erlebte, wenn ihm die kalte Flüssigkeit die Kehle hinabrann. Sie mochte kein Bier, trank nie eines, aber dieses Bier schmeckte köstlicher als alles, was sie je getrunken oder gegessen hatte.

Sie fand auch ein Album mit alten Fotos aus seiner Kindheit, und blätterte aufgeregt darin herum. Dabei kam ihr eine Idee.

Seine Kindheit. Das war es. Er musste sein Leben rückwärts durchlaufen. Sie musste ihn dort abholen, wo er jetzt war, bei Marina, und ihn über seine Adoptivmutter Eileen zurück in seine Kindheit begleiten. Zurück zu ihr. Dann konnten sie die Ewigkeit miteinander verbringen.

Perfekt. Genau so würde sie es machen.

Sie nahm einige der Fotos an sich und machte Aufnahmen vom Inneren des Hauses. Sie fotografierte jedes einzelne Zimmer. Notierte sich, wo das Geschirr gekauft worden war, welche Biersorte er trank. Untersuchte die schmutzigen Teller auf Hinweise darauf, was sie gegessen hatten. Sie wollte sich ein möglichst umfassendes Bild von Phils Leben machen.

Denn dies war das Leben, das sie auseinandernehmen würde. Stück für Stück. Und dann würde sie es nach ihren eigenen Vorstellungen wieder zusammenfügen.

Doch das reichte immer noch nicht. Eine Sache blieb noch zu tun.

Sie zog sich aus, schlüpfte ins Bett und wartete dort auf ihn.

Irgendwann kehrte er nach Hause zurück und kam ins Schlafzimmer. Als er sie im Bett liegen sah, hielt er sie zunächst für Marina. Sie tat nichts, um ihm diese Illusion zu rauben. Bis ihm sein Irrtum von ganz allein bewusst wurde.

Ihr erstes Mal verlief nicht ganz so, wie sie es sich erträumt hatte. Sie war gezwungen, ihn außer Gefecht zu setzen und an der Treppe im ersten Stock liegen zu lassen. Bevor sie das Haus verließ, nahm sie noch einige von Marinas Kleidern mit. Danach verschwand sie einmal mehr von der Bildfläche.

Doch gelohnt hatte sich der Besuch auf jeden Fall. Die wenigen kostbaren Minuten zusammen mit ihm im Bett, Haut an Haut, hatten ihr die Motivation gegeben, die sie brauchte, um weiterzumachen. Den Glauben, dass am Ende alles gut werden würde. Dass sie schon bald für immer vereint sein würden. Sie konnte es kaum erwarten.

Natürlich verschwand sie nicht wirklich. Sie behielt Phil in der Folgezeit genau im Auge. Als er und Marina sich trennten, war sie kurzzeitig versucht, sich ihm zu offenbaren. Ihn über seine Frau und Tochter hinwegzutrösten und davon zu überzeugen, mit ihr ein neues Leben anzufangen. Doch sie zügelte ihre Ungeduld. Hielt an ihrem ursprünglichen Plan fest. Auf lange Sicht wäre es so besser.

Sie bereitete alles akribisch vor. Das war notwendig, denn sie hatte nur einen einzigen Versuch, und der musste funktionieren. Er würde funktionieren.

Zuerst brauchte sie einen Standort. In der Nähe von Elmstead Market war sie auf ein abgelegenes Gehöft gestoßen, auf dem man einzelne Nebengebäude anmieten konnte. Sie besichtigte das Anwesen und stellte fest, dass es nahezu optimal auf ihre Bedürfnisse zugeschnitten war. Die Landschaft dort war flach, sodass niemand sich unbemerkt nähern konnte. Das Gebäude selbst war alt, aus Backstein mit einem Wellblechdach. Warum sie es mieten wollte, interessierte niemanden. Hier hatte sie ihre Ruhe. Perfekt.

Sobald das Vertragliche geregelt war, ließ sie im Innern des Hauses wie auf einer Theaterbühne oder in einem Filmstudio Trennwände einziehen. Die Fotos, die sie von Phils Haus und seinem alten Kinderzimmer gemacht hatte, ließ sie vergrößern und auf die Wände aufziehen. Sämtliche Gegenstände, die sie für die Einrichtung benötigte, bestellte sie im Internet, und sie legte auch einen Vorrat von Phils Lieblingsbier an. Das durfte auf keinen Fall fehlen.

Ihr fiel auf, dass der Mann, der für sie die großformatigen Fotodrucke angefertigt hatte, Phil ziemlich ähnlich sah. Außerdem signalisierte er ihr deutlich sein Interesse. Sie lächelte in sich hinein. Damit war sein Schicksal besiegelt. Jetzt brauchte sie nur noch zwei weitere Opfer, und die nächste Phase ihres Plans konnte beginnen.

Sie waren nicht schwer zu finden. Und genau wie das erste Opfer erwiesen sie sich als überaus willig.

Drei einander ähnlich sehende Männer. Drei Tatorte. Drei Morde.

Sie tötete auf die bewährte Art und Weise. Dann mussten die Leichen nur noch an Orten platziert werden, wo sie Phils Aufmerksamkeit erregen würden. Dummerweise konnte sie das nicht selbst erledigen. Sie brachte vieles fertig, aber dafür war sie schlichtweg nicht kräftig genug. Also suchte sie sich Hilfe. Dave Beresford war ein alter Freund, den sie noch aus ihrer Zeit im Rainsford House kannte. Er war zwischenzeitlich zum Detective Sergeant befördert worden. Was für eine Ironie des Schicksals: Wäre Phil nicht nach Birmingham umgezogen, wären die beiden Kollegen gewesen.

Er würde ihr sicher helfen.

Nur dass er sich weigerte. Anfangs jedenfalls. Sie bearbeitete ihn, sie fickte ihn, sie versuchte ihn mit allen Mitteln weichzukochen. Doch noch immer weigerte er sich. Sie verstand die Welt nicht mehr; so etwas war ihr noch nie passiert. Vielleicht ließ sie langsam nach. Dummerweise hatte sie ihm bereits zu viel verraten und konnte ihn nicht einfach gehenlassen. Da sie spürte, dass er schwankte und es nur noch eines passenden Anreizes bedurfte, um ihn vollends zu überzeugen, schnappte sie sich kurzerhand seine Frau und seinen Sohn und teilte ihm mit, dass er die beiden nur dann lebend wiederse-

hen würde, wenn er tat, was sie verlangte. Außerdem sollte er dafür sorgen, dass er in dem Mordfall zum Ermittlungsleiter ernannt wurde. Weil er keine Alternative sah, fügte er sich.

Wie gesagt: Sie hatte mehr als nur einen Trick auf Lager.

Dann war alles bereit. Nur ein Detail brauchte sie noch. Die Tarotkarten. Zuerst hielt sie sie für übertrieben, aber dann beschloss sie, dass sie sich diese kleine Prise Theatralik ruhigen Gewissens gönnen konnte, zumal sie die Polizei damit gehörig verwirren würde. Und es hatte etwas Verspieltes. Was war daran falsch?

Sie war startklar. Schon bald würde Phils altes Leben von ihm abfallen, und ein neues Leben mit ihr, seiner wahren Liebe, würde an seine Stelle treten. Perfekt. Nichts konnte mehr schiefgehen. Das würde sie zu verhindern wissen.

Und dann hätte sie um ein Haar doch noch alles verdorben, weil sie an dem Abend unbedingt an Malcolms Mörder-Spaziergang hatte teilnehmen müssen.

Armer Malcolm. Armer, braver Malcolm mit seiner Leidenschaft für Mordschauplätze. Ein kleiner Fehltritt. Aber sie musste einfach sehen, wie die anderen reagierten, wenn sie die Leiche fanden – genau an der Stelle, wo Fiona ums Leben gekommen war. Sicher, es barg ein gewisses Risiko – aber sie konnte nicht anders. Und alles ging gut. Er erkannte sie nicht wieder, nahm gar keine Notiz von ihr. Und selbst wenn er sie erkannt hätte – was hätte er schon tun sollen? Schließlich hatte er ja keine Ahnung, dass sie hinter dem Mord steckte. Außerdem wusste er nichts über sie. Es gab also keinen Grund zur Beunruhigung.

Und jetzt wurde es Zeit, wieder zu Phil zu gehen.

Sie erhob sich von ihrem Stuhl. Sie hatte sich abgeschminkt, und ihre Haare hatten jetzt wieder ihre natürliche Farbe. Sie war nackt. Sie war sie selbst. So, wie sie wirklich war. Sie betrachtete sich in dem mannshohen Spiegel. Sie erkannte sich nicht wieder. Das

Gesicht, das sie anblickte, war ihr fremd. Genau wie der Körper, den sie vor sich sah.

Sie kannte nicht einmal ihren eigenen Namen. Ihren richtigen Namen. Sie war rein und neu. Ein unbeschriebenes Blatt. Sie hatte keine Identität.

Sie nahm die zwei winzigen Gegenstände, die neben ihrem Schminkkoffer lagen, in die Hand und kehrte dem Spiegel den Rücken.

Sie war bereit, die Ewigkeit mit ihrem Bruder zu verbringen.

Mit ihrem Liebsten.

56

Das Haus war ein Neubau, genau wie Malcolm es gesagt hatte. Es war Teil einer Siedlung mit Namen Meander Mews. Um den Anschein von Individualität zu erwecken, unterschieden sich die Eigenheime alle voneinander, jedoch wiederholten sich die Hausmodelle alle paar hundert Meter. Einige waren im georgianischen Stil gebaut, andere hatten eine eher rustikale Anmutung.

Das gesuchte Haus bestand aus hellem Backstein. Es war klein und unscheinbar, nicht annähernd so repräsentativ wie die meisten anderen Häuser in der Straße. Man hätte es leicht übersehen können. *Genau so ein Haus möchte man haben*, dachte Anni bei sich, *wenn man eine Straftat plant und keine Aufmerksamkeit auf sich ziehen will.*

Wie in der Wohnung waren auch hier sämtliche Vorhänge zugezogen.

Sie waren mit Annis Wagen gekommen und hatten direkt vor dem Haus geparkt. Die Straße war ruhig, fast wie in einem Spielzeugdorf. Sie stiegen aus.

»Haben Sie für das hier auch einen Schlüssel?«, fragte sie Malcolm.

»Nein.«

Er betrachtete sie furchtsam. Seit Verlassen der Wohnung fühlte er sich in ihrer Gegenwart unwohl. *Gut*, dachte sie. *Das sollte er auch, wenn man bedenkt, was er getan hat.* Doch als sie seine verwirrte Miene sah, bekam sie Mitleid mit ihm. Er hatte ja nicht gewusst, dass er mit einer Mörderin schlief. Man konnte es ihm also kaum anlasten. Doch noch während sie dies dachte, kam ihr ein neuer Gedanke: Und wenn er es gewusst hätte? Hätte er dann anders gehandelt? Oder hätte es die Sache für ihn nur noch aufregender gemacht?

Sie verbannte diese Gedanken aus ihrem Kopf und konzentrierte sich wieder auf ihre eigentliche Aufgabe.

»Aha«, sagte sie und schaute rechts und links die Straße hinunter, bevor sie ein kleines zusammengerolltes Lederetui aus der Innentasche ihrer Jacke zog.

»Was ist das?«, wollte Malcolm wissen.

»Picks. Handwerkszeug.«

Malcolm sah sie alarmiert an. »Aber ... das ist illegal. Das ist Einbruch.«

»Ich weiß«, gab Anni zurück, stellte sich dicht vor die Haustür und versuchte das Schloss aufzubekommen. »Ich dachte, Sie stehen auf Verbrechen?« Sie hatte nicht so ungnädig klingen wollen, aber jetzt war es zu spät, um die Worte noch zurückzunehmen.

Malcolm machte ein irritiertes, ja beinahe verletztes Gesicht. »Schon, aber ...«

»Na, bitte.« Anni trat zurück, und die Tür schwang auf. »Nach Ihnen.«

Er betrat, gefolgt von Anni, das Haus.

Das Erste, was ihnen auffiel, war der Gestank. Anni war sofort klar, was er bedeutete.

»Jesus Christus, was ist das?«, fragte Malcolm und hielt sich den Ärmel vor die Nase.

»Oben«, sagte Anni, die gewaltsam ihren Würgereiz unterdrücken musste.

Ein intensiver Verwesungsgeruch hing im Haus. Faulendes Fleisch, das zu lange in einem geschlossenen Raum gelagert worden war. Das Summen von Fliegen erfüllte die Luft.

Sie stieg die Treppe hoch. Malcolm folgte ihr widerstrebend. Als sie die Tür zum Schlafzimmer aufstieß, sah sie die halb verwesten Leichen einer Frau und eines kleinen Jungen auf dem Boden liegen.

»Oh Gott ... oh mein Gott ...«

Malcolm fuhr herum und stürzte zurück nach unten.

»Malcolm, warten Sie ...«

Anni wandte sich ab und folgte ihm.

Er rannte nach draußen auf die menschenleere Straße, sank auf die Knie und erbrach sich auf den Bordstein. »Oh Gott ... oh mein Gott ...« Er keuchte und spuckte, bis nichts mehr kam, und selbst danach würgte er noch weiter. »Ich ... oh mein Gott, das ... dieser Anblick ... der Gestank ...«

Anni stand hinter ihm. »Herzlichen Glückwunsch. Ihr erster echter Tatort.«

Er sackte auf dem Gehweg zusammen und begann zu schluchzen.

»Ein bisschen anders als im Film, was?«

»Oh mein Gott, das ist ... das ist einfach nur grauenhaft ... das ist ... oh mein Gott ...«

Er hörte gar nicht mehr auf zu schluchzen.

»Willkommen im wahren Leben.«

Anni wandte sich vom Haus ab und holte ihr Handy heraus, um Marina zu informieren.

57

»Nur Sie und ich«, sagte Matthews. »Sir.« Er runzelte die Stirn. »Soll ich Sie eigentlich noch Sir nennen?«

Beresford starrte ihn an. Ein kleines Lächeln erschien auf seinem Gesicht. Matthews wusste genau, was er dachte.

Marina war weg, und nur noch der kleine Simon Matthews war hier. Der brave, kleine, leicht manipulierbare Simon Matthews.

»Ist ja eigentlich auch egal, oder?«, meinte Matthews, ehe Beresford etwas sagen konnte.

Er ließ sich gegen die Lehne seines Stuhls sinken und musterte Beresford.

»Alles Schwachsinn. Alles totale Scheiße«, ließ der verlauten.

Matthews sah ihn an, ohne eine Miene zu verziehen.

»Eine einzige Scheiße.«

Noch immer kam keine Reaktion von Matthews.

»Sie glauben den Mist, den die eben verzapft hat, doch nicht etwa, oder? Diese gequirlte Psychologenkacke?« Beresford lachte. »Aber ich muss schon sagen, wenn die erst mal in Fahrt kommt, kann die ganz schön zur Furie werden, was? Ich wette, ihr Mann war heilfroh, mal von ihr wegzukommen.«

Nichts. Beresford wurde langsam unruhig, redete aber trotzdem weiter.

»Aber im Bett geht die bestimmt so richtig ab.« Wieder ein Lachen. Matthews lachte nicht mit.

Erneut senkte sich Schweigen über den Raum.

»Wissen Sie«, sagte Matthews nach einer ganzen Weile leise. »Früher habe ich zu Ihnen aufgeschaut.« Er sprach ganz unverstellt, ohne falsche Dramatik, nur mit einer Spur Traurigkeit und Bedauern in der Stimme.

»Tja, dann ... vielen Dank. Sie sind ein guter Polizist, Mann. Ein verdammt guter.«

Matthews fuhr fort, als hätte Beresford nichts gesagt. »Ich habe Sie wirklich bewundert. Ganz im Ernst.« Er klang leise und eindringlich. »Mir ist natürlich klar, dass ich Ihnen im Büro nie aufgefallen bin. Oder bin ich das etwa?«

Beresford setzte zu einer Antwort an, doch Matthews ließ ihn nicht zu Wort kommen. »Ich war immer einer von den Stillen. Habe einfach meine Arbeit gemacht. Ich gehörte nicht zu Ihrer Clique. Ich bin nicht mit Ihnen und den Jungs nach dem Dienst noch einen trinken gegangen, und ich interessiere mich auch nicht für Rugby oder so was. Das ist einfach nicht meine Welt. Für so was bin ich nicht der Typ. Wie gesagt, ich habe einfach nur meine Arbeit gemacht. Aber ich mache sie gut. Sehr gut. Ich habe sie immer schon gut gemacht. Deswegen bin ich ja auch befördert worden.«

Beresford nickte. »Klar, sicher. Verstehe schon, was Sie mir sagen wollen. Aber machen Sie sich deswegen mal keinen Kopf. Wenn ich hier erst raus bin, dann gehen wir zwei auch mal zusammen einen trinken. Wir biegen das schon irgendwie hin. Es besteht kein Grund, dass Sie sich ausgeschlossen fühlen, überhaupt keiner. Das wird schon. Warten Sie's nur ab.«

Matthews schüttelte den Kopf. »Nein, nein, Sie verstehen

eben *nicht*, was ich sagen will. Marina hat recht, Sie hören einem überhaupt nicht zu.«

Als Beresford Marinas Namen hörte, zuckte er unwillkürlich zusammen, als wäre er geschlagen worden.

»Ich wollte sagen, dass Sie früher immer mein Held waren. Und jetzt?« Er machte eine abfällige Geste in Beresfords Richtung. »Jetzt sitzen Sie da, auf der falschen Seite des Tischs. Tja. Je höher man steht, desto tiefer fällt man, was?«

Beresford versuchte ein ausdrucksloses Gesicht zu machen, doch man sah ihm an, dass er den Kampf gegen seine Emotionen in absehbarer Zeit verlieren würde.

»Was die Kollegen jetzt wohl über Sie sagen? Ihre alten Kumpels, mit denen Sie früher in den Pub gegangen sind und sich über Rugby unterhalten haben? Was, glauben Sie, reden die wohl gerade über Sie? Wie nennen die Sie wohl jetzt?«

Dies schien das Erste zu sein, was wirklich zu Beresford durchdrang.

»Na ja, Sie können es sich bestimmt denken. Aber keine Angst, natürlich werden die Kollegen Ihnen all das nicht ins Gesicht sagen. Da, wo Sie bald sind, werden Sie nämlich keinen von denen je wiedersehen.«

»Nein. Nein, nein, nein. Das stimmt nicht …«

»Und ob das stimmt. Sie sind nämlich keinen Deut besser als die kaputten Dreckschweine, mit denen wir es hier sonst zu tun haben. Die haben immer eine Ausrede dafür parat, warum sie eine Frau vergewaltigt oder jemanden umgebracht haben. Genau wie Sie. Die sind zu feige, um der Wahrheit ins Gesicht zu blicken – um zu erkennen, wie sie wirklich sind und was sie getan haben. Haargenau wie Sie. Na ja, Sie werden ja bald jede Menge

Zeit haben, über das alles nachzudenken. Den Rest Ihres Lebens, vermute ich mal.«

Beresford ließ den Kopf hängen und schüttelte ihn langsam hin und her.

»Ach so, noch was«, fuhr Matthews fort, als wäre ihm der Gedanke eben erst gekommen. »Sie kennen doch die Kinderschänder und Vergewaltiger, die sich Ihrer Ansicht nach im Knast einen lauen Lenz machen? Mit denen sperrt man auch die Polizisten zusammen. Sie kommen zu den gefährdeten Häftlingen. Lauter Kinderschänder und Pädos, Kindermörder und kranke Arschlöcher – und Sie mittendrin. Ich frage mich, ob Sie dann immer noch finden, dass es denen zu gut geht. Vielleicht schreiben Sie uns ja mal, Ihren alten Kumpels vom Revier, und lassen uns wissen, wie es Ihnen so ergeht.«

Beresford sah völlig erledigt aus.

58

Marina betrat Franks' Büro in der Erwartung, dort womöglich Anni vorzufinden. Doch außer Franks war niemand da.

Erst wunderte sich Marina. Dann wurde sie wütend. »Wieso haben Sie mich aus der Vernehmung geholt? Ich war auf einem guten Weg. Er wollte gerade –«

»Bitte«, sagte Franks und hob die Hände, um seine Kapitulation zu signalisieren. »Bevor Sie auf mich losgehen, hören Sie mir einfach erst mal zu. Sie haben Fortschritte erzielt. Gute Fortschritte. Und ich will, dass Sie gleich weitermachen.«

Das Kompliment brachte Marina zum Schweigen. Franks fuhr fort.

»Ich habe eine E-Mail bekommen. Von Caitlin Hennessey vom Rainsford House.«

»Okay, und was –«

»Wenn ich ausreden dürfte, könnte ich es Ihnen erklären.« Er reichte ihr einen mehrseitigen Ausdruck. »Das hier ist die vollständige Akte über Carol Woods. Sie können sie später lesen, ich habe sie mir bereits zu Gemüte geführt und kann Ihnen stichpunktartig das Wichtigste erzählen. Die Zeit rennt uns davon, und ich will, dass Sie so schnell wie möglich zurück zur Vernehmung gehen.«

»Gut.« Marina warf einen flüchtigen Blick auf die Seiten. Franks las derweil aus seinem eigenen Ausdruck vor.

»Sie stammt ursprünglich aus dem Norden Englands, aus Yorkshire. Leeds, wenn ich mich recht entsinne. Ihr Vater war bei der Polizei, ein Detective in führender Position. Er hat einen stadtbekannten Gangsterboss überführt. Der Fall gegen ihn war wasserdicht. Logischerweise wollte der Gangster sich damit nicht abfinden, also hat er ein Kopfgeld auf Carols Vater ausgesetzt – und auf den Rest der Familie. Also sind sie untergetaucht. Sie dachten, sie wären in Sicherheit.«

»Aber?«

»Aber besagter Gangsterboss hatte tiefe Taschen und überall seine Leute sitzen. Die Familie war in einen geheimen Unterschlupf der Polizei gebracht worden. Sie wurden verraten. Handlanger des Gangsterbosses haben sie aufgespürt und den Vater, die Mutter und ihre zwei Bewacher von der Polizei getötet. Die beiden Kinder, ein Junge und ein Mädchen, wurden am Leben gelassen. Nach dem Vorfall trennte man die beiden. Sie erhielten neue Identitäten und kamen in Pflege. Zu ihrem eigenen Schutz und dem der Menschen, die für sie sorgten, wurde jeder Kontakt zwischen ihnen unterbunden. Den Pflegepersonen wurde nur das Allernötigste über die Kinder mitgeteilt. Carol, das war ihr neuer Name, kam dann irgendwann nach Rainsford House.«

»Und der Junge?«, wollte Marina wissen.

»Steht hier nicht. Ich bezweifle, ob wir nach all der Zeit überhaupt noch eine Chance haben, ihn zu finden.«

»Und keiner hat ihr je gesagt, wer sie ist?«, fragte Marina entgeistert. »Nicht mal, als sie volljährig wurde? Niemand hat ihr erklärt, warum sie im Heim aufgewachsen ist, woher sie kam? Zu der Zeit kann doch unmöglich noch eine Bedrohung bestanden haben.«

Franks blickte erneut auf seine Ausdrucke, als enthielten sie sämtliche Antworten auf Marinas Fragen. »Steht hier auch nicht.« Er zuckte mit den Achseln. »Wahrscheinlich ist sie einfach irgendwie durch die Maschen des Systems geschlüpft. Wäre nicht die Einzige. So was kommt immer mal wieder vor.«

»Geschlüpft?« Marina traute ihren Ohren nicht. »Sie ist nicht nur durch die Maschen des Systems geschlüpft, sie ist praktisch vom Erdboden verschluckt worden. Es ist, als gäbe es sie gar nicht!«

Franks sah zu ihr auf. »Um dem kleinen Mädchen von damals zu helfen, wie es unsere Pflicht gewesen wäre, ist es jetzt zu spät«, sagte er. »Aber wenigstens haben wir nun die Chance, der Frau Einhalt zu gebieten, die einmal dieses Mädchen war.«

Marina nickte und verließ sein Büro.

Auf dem Weg den Flur hinunter klingelte ihr Handy. Es war Anni. Marina nahm ab.

Sie blieb stehen. Hörte zu. War wie gelähmt vor Schock.

Nach kurzer Zeit legte sie auf und ging weiter.

Auf einmal hatte sie es sehr eilig.

59

»Sieh mich an, Phil.«

Er öffnete die Augen. Ganz langsam, als klebten seine Lider zusammen. Als befände er sich in einem Albtraum, aus dem es kein Entrinnen gab. Dementsprechend dauerte es auch mehrere Sekunden, vielleicht sogar Minuten, bis ihm bewusst wurde, dass er wach war. In seinem Kopf herrschte dichter Nebel. Er wartete darauf, dass er sich lichtete, doch das tat er nicht, jedenfalls nicht vollständig. Phil musste seine gesamte Willenskraft aufbringen, um überhaupt seine Umgebung wahrnehmen zu können, um Wachen von Schlafen zu unterscheiden. In seinem Schädel drehte sich alles, und in seinem Magen auch. Er wusste nicht, wo er war, ja, kaum noch, *wer* er war.

»Sieh mich an, Phil.«

Er versuchte, den Ursprung der Stimme ausfindig zu machen. Zunächst sah er nichts. Erst ganz allmählich bekamen die Dinge um ihn herum scharfe Konturen. Seine Erinnerungen kehrten zurück, und ihm fiel wieder ein, wo er war – und bei wem. Zumindest hatte er eine Vermutung. Aber irgendwie war alles anders. Das Zimmer, in dem er gelegen hatte – sein altes Kinderzimmer? Ihr Schlafzimmer in Moseley? – gab es nicht mehr. Er lag zwar immer noch im Bett, aber nicht mehr in demselben. Dieses hier war aus schlichtem weißem Metall, wie ein altes Krankenhausbett. Die Bettwäsche war ebenfalls weiß. Blinzelnd sah er sich um. Nicht nur Bett und Laken waren weiß, sondern das ganze Zimmer. Beinahe klinisch.

»Sieh mich an, Phil.«

Er gehorchte. Vor ihm stand eine nackte Frau. Er kannte sie nicht. Doch je länger er hinsah, desto vertrauter kam sie ihm vor.
»Siehst du mich?«

Er nickte. Glaubte er wenigstens. Ihm war so schwindlig, dass er nicht ganz sicher war.

Sie lächelte. »Sieh mich so, wie ich bin. So, wie ich immer schon war.«

Sein Blick ruhte weiterhin auf der Frau.

»Du kennst mich, nicht wahr?«

»Ja«, antwortete er, weil er ihr glaubte. »Ja, ich kenne dich.«

»Natürlich kennst du mich. Als ich dir die beiden Worte ins Ohr geflüstert habe, da war dir klar, wer ich bin. *Der Garten.* Da wusstest du es.« Sie kam auf ihn zu. Langsam und gemessen, damit er sie ausgiebig betrachten, sie bewundern konnte. »Ich bin deine andere Hälfte.«

Er runzelte die Stirn. Versuchte den Sinn ihrer Worte zu verstehen. Begriff nicht, was sie bedeuteten. »Was ... ich ... was meinst du damit? Die andere ... was?«

Sie lächelte ihn an. »Ich bin ich. Einfach nur ich.«

Sie stand jetzt direkt vor ihm. Er hätte den Arm ausstrecken und sie berühren können.

Er hob die Hand. Er war nicht länger gefesselt.

»Du bist frei«, sagte sie ihm. »Ich habe dich befreit.«

»Wer ... die andere Hälfte?«

»*Deine* andere Hälfte. Komm. Steh auf.«

Sie beugte sich zu ihm herab und schlug die Decke zurück. Er war immer noch nackt. Langsam schwang er die Beine über den Bettrand, stellte die Füße auf den weißen Fußboden. Seine Knie zitterten vor Schwäche.

»Na, komm. Du schaffst das.«

Sie half ihm auf. Er stand vor dem Bett, und sie hielten sich in den Armen.

Dies ist ein Traum, dachte er. *Ein Traum in einem Traum*. Sie hielt ihn ganz fest. Den Kopf an seine Brust geschmiegt, atmete sie ihn ein. »Du hast gedacht, du hättest mich verloren, nicht wahr?«

»Ja«, sagte er, weil ihm das die richtige Antwort zu sein schien.

»Und ich dachte, ich hätte dich verloren. Für immer.«

Sie umarmte ihn noch fester. Er wehrte sich nicht dagegen. Ohne sie wäre er auf dem Bett zusammengesunken, so kraftlos war er.

Er hätte nicht sagen können, wie lange sie so dastanden. Die Zeit hatte für ihn jedwede Bedeutung verloren.

»Wir sind hier ...« Ein Wispern, ein Seufzer. »Wir sind hier ...«

»Ja ...«

»Endlich wieder vereint. Und diesmal wird uns keiner mehr trennen. Diesmal bleiben wir für immer zusammen.

»Für immer«, wiederholte Phil.

Sie drückte ihn noch fester.

Er schloss die Augen.

60

Anni hatte Malcolm am Haus zurückgelassen, wo er auf die Polizei wartete, während er abwechselnd schluchzte und sich in den Gully übergab. Sie fragte sich, wie diese Erfahrung seine Leidenschaft für Verbrechen verändern würde. Dass es ihn vollständig davon kurieren würde, wagte sie zu bezweifeln. Im Gegenteil: Wahrscheinlich würde dieser Fall – wenn Malcolm sich erst einmal vom Schock erholt hatte – der neue Höhepunkt seines Mörder-Spaziergangs werden. Der Ort, an dem er, der furchtlose Held, zwei Leichen entdeckt hatte. *Druck die Legende*, dachte sie bitter.

Sie hatte Marina angerufen und ihr die Neuigkeiten mitgeteilt. Sie hatte ihr allerdings nicht verraten, wo die beiden anderen von Fiona Welch angemieteten Immobilien lagen. Zunächst hatte sie Schuldgefühle – schließlich war es Marinas Ehemann, dessen Leben auf dem Spiel stand. Aber dann sagte sie sich, dass sie richtig gehandelt hatte. Vielleicht hielt sich die Frau, nach der sie suchten, die Frau, die Mickey auf dem Gewissen hatte, jetzt gerade an einem dieser Orte auf. Wenn dem so war, wollte sie ihr allein gegenübertreten.

Natürlich hatte Phils Sicherheit Vorrang. Sie würde ihn auf keinen Fall einer Gefahr aussetzen. Doch ihr eigentliches Ziel war die Frau.

Bevor sie losfuhr, machte sie noch einen kurzen Zwischenstopp in ihrer Wohnung. Sie ging ins Schlafzimmer, öffnete den Kleiderschrank, kniete sich davor und tastete mit ausgestrecktem Arm nach etwas, das sie ganz weit hinten versteckt hatte. Sie stieß einen Stapel Schuhkartons um, fand aber schließlich, wonach sie suchte. Sie holte es hervor und betrachtete es nachdenklich.

Es war ein kleiner Metallkoffer. Sie öffnete ihn. Darin lag eine Beretta M9 Halbautomatik. Einen Waffenschein besaß sie nicht dafür, aber wenn man wusste, an wen man sich wenden musste, war es nicht schwer, an eine illegale Schusswaffe heranzukommen.

Sie hatte sie sich kurz nach Mickeys Tod zugelegt. Anfangs, als die Dunkelheit sie zu verschlingen drohte, hatte sie mit dem Gedanken gespielt, sie gegen sich selbst zu richten. Eines Tages hatte sie in der Küche vor der Spüle gestanden, an der Mischbatterie vor ihr lehnte ein Foto von ihr und Mickey, auf dem sie vergnügt in die Kamera lachten. Neben sich eine fast leere Flasche Wodka.

Sie hatte dagestanden und sich die Augen ausgeweint, bis sie vor lauter Tränen nichts mehr sehen konnte. Hatte sich den Lauf der Pistole in den Mund gesteckt, und den Finger um den Abzug gekrümmt. Wenn sie daran zurückdachte, konnte sie immer noch das kalte Metall auf der Zunge schmecken. Sie hatte geschrien: *Jetzt mach doch endlich!* Aber sie hatte es nicht über sich gebracht. Irgendwann war sie betrunken auf dem Küchenfußboden zusammengebrochen und hatte das Bewusstsein verloren. Am nächsten Tag hatte sie den Dienst quittiert.

Die Pistole hatte sie danach ganz hinten in ihren Kleiderschrank gelegt. Seitdem hatte sie sie nie wieder angerührt.

Bis jetzt.

Vielleicht hab ich sie in Wahrheit hierfür gekauft, sagte sie sich. *Für sie*. Sie lächelte. Nickte. Ja, das machte Sinn.

Sie schob ein volles Magazin in die Waffe und lud sie durch. Steckte sie sich hinten in den Hosenbund, wo sie von ihrer Jacke verdeckt wurde. Jetzt war sie startklar.

So gut wie.

Bevor sie die Wohnungstür erreicht hatte, bückte sie sich noch einmal und nahm das gerahmte Foto von sich und Mickey vom Couchtisch. Sie sahen beide so glücklich aus. Glaubten, sie hätten alle Zeit der Welt für sich und ihre Liebe. Es war dasselbe Foto, das sie in jener Nacht in der Küche vor sich gehabt hatte.

Sie hob es an ihre Lippen und küsste es mit geschlossenen Augen. Als sie es sinken ließ, erhaschte sie einen Blick auf ihr Spiegelbild im Glas des gerahmten Fotos. Sie erschrak.

Mein Gott, durchfuhr es sie. *Wann bin ich nur so hart geworden?*

Gleich darauf gab sie sich im Stillen die Antwort. *Nachdem Mickey gestorben ist.*

Sie stellte das Foto zurück und verließ ihre Wohnung.

61

»So«, sagte Marina, als sie zurück ins Vernehmungszimmer kam. »Habe ich was verpasst?«

Sie sah zwischen den beiden hin und her. Beresford sah aus wie ein geprügelter Hund. Matthews' Gesicht war hart vor Wut. Sie erkannte auf den ersten Blick, dass sich das Machtgefüge im Raum zwischenzeitlich dramatisch verschoben hatte. *Die Einzelheiten brauche ich gar nicht zu wissen*, dachte sie. *Nicht jetzt. Ich muss die Situation nur für mich nutzen. Dranbleiben.*

»Also«, sagte sie und setzte sich. »Wir haben Ihre Frau und Ihren Sohn gefunden.«

Beresfords Kopf schnellte in die Höhe. »Sie haben ...« Ein kleines Licht glomm in seinen Augen auf. »Sind sie ... sind sie ...«

»Dazu komme ich gleich. Wo ist mein Mann?«

»Was?« Beresford war sichtlich erbost über die Frage. »Was ist mit meiner Frau und –«

»Alles zu seiner Zeit. Kommen Sie. Eine Hand wäscht die andere. Wo ist mein Ehemann?«

Beresford starrte sie an. Er schien eine Falle zu wittern.

»Sagen Sie es mir, dann können wir sofort über Ihre Frau und Ihr Kind reden.«

Beresford gab auf. Er hatte keine Kraft mehr, seine Batterien waren leer. »In einem ehemaligen Stallgebäude auf einem alten Gehöft bei Elmstead Market. Sie hat es gemietet. Dort hält sie ihn fest.«

»Adresse? Wegbeschreibung?«

»Woher soll ich das wissen, verdammte Scheiße noch mal …«

Marina wandte sich an Matthews, der bereits aufgesprungen war.

»Ich kümmere mich darum«, sagte er und verließ den Raum.

Marina widmete sich wieder Beresford.

»Meine Frau und mein Kind«, wiederholte der.

»Ja«, sagte sie in kühlem, brüskem Ton. Angesichts dessen, was sie gleich sagen musste, konnte sie einfach nicht anders. »Wir haben sie gefunden. Ich fürchte, sie sind beide tot.«

Beresford saß einfach nur da und starrte mit offenem Mund geradeaus.

Marina sagte nichts. Wartete, bis die Nachricht zu ihm durchgedrungen war.

»Tot …«, stieß er irgendwann hervor.

»Ja. Und es tut mir aufrichtig leid für die beiden. Es ist schrecklich, dass sie sterben mussten. Und das Ihretwegen. Damit Sie Ihre Taten rechtfertigen konnten.«

Sein Kopf fiel nach vorn, dann wieder zurück. Marina redete weiter.

»Sie sind schon seit einer ganzen Weile tot. Vermutlich hat sie die beiden umgebracht, gleich nachdem sie sie entführt hatte. Sie hatte nie die Absicht, sie am Leben zu lassen. Und ich glaube, das wussten Sie auch, nicht wahr?«

Beresford schrie wie ein sterbendes Tier.

Marina saß daneben. Unbewegt, ungerührt. »Es gibt ja das Sprichwort, dass die Hoffnung einen umbringt. Ist das der Grund, weshalb so viele Menschen sterben mussten? Haben Sie all diese Unschuldigen getötet, weil Sie hofften, Ihre Frau und Ihren Sohn dann lebend wiederzusehen? Ist das die Lüge, die Sie sich selbst verkauft haben? Oder wussten Sie insgeheim, dass sie tot sind – haben Sie es womöglich sogar gehofft? So konnten Sie morden und später den trauernden Familienvater geben. Sich einreden, dass Sie es unmöglich hätten ahnen können, obwohl Sie es in Wahrheit die ganze Zeit gewusst haben? Ist es so? Welche Version macht es für Sie leichter, mit Ihren Taten zu leben? Ich weiß es nicht. Aber Sie werden demnächst genug Zeit haben, es herauszufinden.«

Sie stand auf und wandte sich zur Tür.

»Wir sind hier fertig. Ich gehe jetzt und hole meinen Mann nach Hause.«

62

»Erinnerst du dich noch daran, als du ein kleiner Junge warst?«

Sie hielt Phil fest im Arm, hüllte ihn mit ihrer Liebe ein. Inzwischen saßen sie in einer Ecke des Zimmers auf dem Fußboden. Das Weiß um sie herum schien sich bis ins Unendliche zu erstrecken. Phil konnte nicht erkennen, wo die Wände aufhörten und die Decke begann. Alles, was er wahrnahm, war die Ruhe, die von ihr ausging, ihre tröstende Stimme, die durch sein Ohr bis in seine Seele drang und ihm sagte, dass alles gut werden würde.

»Erinnerst du dich noch? Reicht dein Gedächtnis so weit zurück?«

Er nickte. Oder vielleicht war es auch eine unwillkürliche Bewegung, weil sie ihn in ihren Armen langsam vor und zurück wiegte.

»Daran, was vor Don und Eileen war, vor den Pflegefamilien, vor all dem ...«

Er sagte nichts. Versuchte so weit wie möglich in seine Vergangenheit zurückzublicken. Alles lag im Nebel. Er konnte nichts erkennen. Sein Verstand arbeitete nicht mehr richtig. Er konnte sich nicht einmal mehr entsinnen, was gewesen war, bevor er eingeschlafen war. Da war nur noch diese Stimme. Diese wunderschöne beruhigende Stimme, die ihn wie flüssige Wärme einhüllte, ihn sich geborgen fühlen ließ.

»Du erinnerst dich doch noch an deine Eltern, oder?«

Phil nickte, obwohl er nicht wusste, ob er sich wirklich an sie erinnerte.

»Auch an deine Schwester?«

»Meine ... Schwester?«

»Ganz genau.« Sie hielt ihn noch fester, wiegte ihn etwas stärker. »Deine Schwester.«

Er runzelte die Stirn. Der Nebel in seinem Kopf wollte sich einfach nicht lichten. Er konnte nicht sehen, was sich dahinter befand, hatte Mühe, die Bilder aus seiner Vergangenheit vor seinem geistigen Auge wiederauferstehen zu lassen. Er hatte nur diese wunderschöne Stimme, die ihn leitete. Es war die Stimme eines Engels, eine ehrliche, wahrhaftige Stimme. Er hörte auf sie, hielt sich an ihr fest.

»Deine Schwester«, wiederholte sie. »Bevor deine Mutter und dein Vater getötet wurden, weißt du noch? Da hattest du eine Schwester.«

Abermals nickte er. Er begriff die Bedeutung ihrer Worte nicht ganz, genoss aber ihren Klang.

»Inzwischen ist dir sicher klar geworden, wer ich bin, Phil, nicht wahr?«

Er wusste, dass dies eine Frage war, und auf Fragen musste man eine Antwort geben. Es sei denn, es handelte sich um diese andere Art von Fragen. Er kannte die Bezeichnung dafür, sie fiel ihm bloß im Moment nicht ein. Wie nannte man diese Fragen noch gleich?

»Phil?«

»Ja?«

»Inzwischen weißt du doch, wer ich bin, nicht wahr?«, fragte sie erneut.

Wieder dieselbe Frage. Er kannte die Antwort nicht, wusste aber, dass sie eine hören wollte, und weil er sie nicht enttäuschen mochte, gab er ihr eine. »Ja.«

Sie umarmte ihn noch fester. Er hatte ihr wohl die richtige Antwort gegeben. Das machte ihn froh.

»Der Tag, an dem unsere Eltern getötet wurden, war ein kalter Tag, weißt du das noch?«

Er nickte.

»Wir waren im Garten. Überall lag Schnee.«

»Schnee …«

»Und du hast mir gezeigt, wie man in den Schneewehen Schneeengel macht.« Sie kicherte. »Das war ein schöner Tag. Wir waren so glücklich. Na ja, zumindest am Anfang. Und jetzt können wir wieder glücklich sein.«

»Ja«, stimmte er ihr zu. »Wieder glücklich sein …«

Sie löste sich ein wenig von ihm und sah ihm tief in die Augen. »Du weißt, wer ich bin, Phil, nicht wahr? Du weißt es wirklich?«

Schon wieder diese Frage. Vielleicht hatte er beim letzten Mal doch etwas Falsches gesagt. Diesmal antwortete er lieber gar nicht.

»Ich bin deine Schwester, Phil. Deine Schwester. Du dachtest, du hättest mich für immer verloren, nicht wahr? Aber das hast du nicht. Ich bin hier. Wir sind endlich wieder zusammen.«

Sie drückte ihn wieder an sich.

»Meine Schwester …«

»Ja, genau. Ich habe überlebt. Und ich habe dich gefunden. Oh, es hat Jahre gedauert, aber jetzt habe ich dich endlich wieder.

Sie hob ihre Hand und zeigte ihm, was sich darin befand. Es waren die zwei kleinen Kapseln vom Nachttisch.

Sie lächelte ihn an.

»Jetzt bist du bereit. Nicht mehr lange, und wir werden zusammen sein. Für immer und ewig.«

63

Anni näherte sich dem Gebäude so leise wie möglich. Schaltete den Motor aus.

Die Zufahrt zu dem aufgelassenen Gehöft zweigte von einer Schotterstraße ab und bestand aus brüchigen Betonplatten. Die Landschaft war in alle Richtungen flach und offen. Beides diente als eine Art Frühwarnsystem, für den Fall, dass jemand unangekündigt vorbeikam.

Eine Zeitlang saß sie still im Wagen und lauschte. Alles, was sie hörte, war das Ticken des abkühlenden Motors. Sie sah sich um, dann beobachtete sie die Eingangstür. Sie war zuversichtlich, dass niemand ihre Ankunft bemerkt hatte. Andernfalls wäre längst jemand aufgetaucht, oder sie hätte etwas gehört.

Sie stieg aus und schloss die Wagentür so leise wie möglich.

Das Gebäude war alt und heruntergekommen. Ziegelwände und ein Dach aus Wellblech. Geschwärzte Fenster in morschen Holzrahmen. Die übrigen Gebäude schienen nicht in Benutzung zu sein und befanden sich in verschiedenen Stadien des Verfalls. Bei einigen waren im Laufe der Zeit notdürftige Reparaturen durchgeführt worden, die allerdings längst von Provisorien zu Dauerlösungen geworden waren.

Sie tastete noch einmal nach ihrer Waffe, dann schlich sie auf das Gebäude zu.

Die Dämmerung brach herein. Weder außen noch in den Gebäuden brannte irgendwo Licht. Sie wartete, bis ihre Augen sich an das Zwielicht gewöhnt hatten, dann spähte sie um die Ecke des Gebäudes. Sah dort die Umrisse eines parkenden Fahrzeugs.

Es war das Auto der Frau. Hundertprozentig. Anders konnte es gar nicht sein.

Und das musste bedeuten, dass sie im Haus war.

Anni ging einmal um das ganze Gebäude herum. Das Auto stand vor einer riesigen Doppeltür. Der Haupteingang. Wahrscheinlich nicht der beste Weg hinein. Sie kehrte dorthin zurück, wo sie geparkt hatte, und versuchte es an der kleinen schwarzen Seitentür.

Nicht abgeschlossen.

Sie lächelte, drückte die Klinke herunter. Schob die Tür langsam und vorsichtig einige Zentimeter weit auf, bereit, sie beim kleinsten Geräusch sofort wieder zu schließen.

Doch sie hörte nichts. Obwohl die Tür alt war und auch so aussah, ließ sie sich problemlos öffnen. *Wird wohl regelmäßig geölt*, vermutete Anni. Vorsichtig stieß sie die Tür vollständig auf. Nach einem letzten Rundumblick trat sie ein.

64

Der Zirkus war unterwegs.

Diesen Satz hatte sie Phil einmal sagen hören. Seitdem kam er Marina jedes Mal in den Sinn, wenn die Polizei zu einem Einsatz ausrückte.

Sie fuhr zusammen mit Gary Franks. Die Atmosphäre im Auto war angespannt.

»Das mit der Vernehmung haben Sie übrigens gut gemacht.« Franks blickte aus dem Fenster, während er das sagte.

»Danke.« Marina lächelte. »Vielleicht bin ich also doch gar nicht so schlecht.«

»Ich habe nie behauptet, Sie wären nicht gut in Ihrem Job. Hoffen wir einfach, dass Beresford ohne Mucken seine Aussage macht und wir danach endlich wieder zur Tagesordnung übergehen können.«

»Und trotzdem sind wir jetzt auf dem Weg zu einem potenziellen Tatort. Und Sie lassen mich mitfahren.«

Franks gestattete sich ein seltenes Lächeln. »Sie sind billiger als ein Verhandlungsexperte.«

Marina musste über das zweifelhafte Kompliment schmunzeln. »Vielen Dank.«

Die Kolonne bog von der einspurigen Straße auf die Schotterstraße und schließlich auf den alten Betonweg ab. Der Wagen fuhr holpernd über Risse und durch Schlaglöcher.

Sie hatten das alte Gehöft per Ausschlussverfahren gefunden. Eine Google-Suche der näheren Umgebung von Elmstead Market hatte ihnen den richtigen Ort verraten. *Eigentlich simpel*, dachte Marina. *Wenn man weiß, wonach man suchen muss.*

Als sie ihr Ziel erreichten, war es bereits vollständig dunkel. Sofort schalteten sie die Scheinwerfer aus. Marinas Blick fiel auf den Wagen, der vor dem Gebäude parkte.

»Das ist Annis Auto«, sagte sie.

»Anni Hepburn?«

»Ja. Was macht sie hier? Hoffentlich ist sie von der Frau nicht auch erwischt worden.«

So leise wie möglich stiegen sie aus. Das bewaffnete Sondereinsatzkommando hatte ein Stück entfernt am Wegesrand geparkt, um keinen Verdacht zu erregen. Ein weiteres Aufgebot wartete in der Nähe und war im Begriff, Position zu beziehen.

Franks wandte sich an Marina. »Sie bleiben hier«, befahl er, während er seine Stichweste anlegte.

»Was? Nein, ich komme natürlich mit. Mein Mann ist da drinnen.«

»Eben. Deshalb sind Sie auch die Erste, die ihn in Empfang nehmen darf, wenn er rauskommt.«

»Nein«, wiederholte sie mit mühsam unterdrückter Ungeduld. »Ich bin jetzt schon so weit gekommen. Ich habe Beresford zu einem Geständnis bewegt, wofür Sie mich vor ein paar Minuten noch gelobt haben. Ich habe es verdient, mit reinzukommen.«

»Marina –«

»Ich kenne die Frau. Ich bin die Einzige hier, die schon einmal mit ihr geredet hat. Ich bin Ihnen da drinnen nützlicher als hier draußen. Billiger als ein Verhandlungsexperte – schon vergessen?«

Franks funkelte sie wütend an, lenkte schließlich jedoch ein.

»Ziehen Sie sich eine Stichweste über. Und bleiben Sie in meiner Nähe.«

»Danke.«

Er schüttelte den Kopf. »Je eher Sie sich wieder nach Birmingham verziehen, desto besser.«

Sie machten sich bereit, das Haus zu betreten.

65

Anni schlüpfte ins Gebäude.

Es war dunkel, nur durch die Ritzen der Pappe, die vor den alten Fenstern klebte, drang ein wenig Licht herein. Sie wagte nicht, ihre Taschenlampe herauszuholen. Aus den Tiefen des Hauses waren Stimmen zu hören – oder vielmehr: *eine* Stimme. Weiter vorn konnte sie einen hellen Schimmer ausmachen. Dort musste irgendwo eine Lampe brennen.

Sie wartete, während ihre Augen sich langsam an die Dunkelheit gewöhnten. Vor ihr befanden sich mehrere große rechteckige Holzrahmenkonstruktionen, die zu großen begehbaren Boxen zusammengebaut waren. Eine Tür führte in die erste Box.

Anni wagte sich hinein und sah sich um. Es war das fotografische Faksimile eines Schlafzimmers. Nun griff sie doch nach ihrer Taschenlampe. Im Innern der Box drohte dadurch bestimmt keine Gefahr. Sie ließ den Lichtstrahl über die Wände gleiten. Irgendwie kam ihr der Raum bekannt vor.

Plötzlich fiel es ihr wie Schuppen von den Augen. Es war das Schlafzimmer von Phil und Marina.

Eine Antwort, die nur noch mehr Fragen aufwarf.

Sie schaltete die Taschenlampe wieder aus, ehe sie die Box verließ und sich weiter umsah.

Am Boden lagen Elektrokabel, die zu einem tragbaren Generator führten. Das musste die Stromversorgung für das Licht sein. Sie wagte sich weiter vor.

Es folgte eine weitere Box. Dann noch eine. Das Innere des Hauses sah aus wie die Studiokulisse für einen Film. Oder die Hinterbühne eines Theaters. Aber sie verstand noch immer nicht, warum.

Irgendwann näherte sie sich der Stelle, wo sie den Lichtschein gesehen hatte. Hier zog sich die Holzrahmenkonstruktion über die gesamte Breite des Hauses. In einen der Rahmen war eine Tür eingelassen. Davor befand sich eine kleine Nische, in der ein Regiestuhl, ein Spiegel und ein Schminkkoffer standen. Der Schminkkoffer war aufgeklappt, die Schminke eindeutig benutzt worden. Der Spiegel war rundherum beleuchtet, so wie man es aus Künstlergarderoben kannte. Die Sitzfläche des Stuhls hing ein wenig durch; es hatte wohl vor kurzem noch jemand darin gesessen.

Sie lauschte. Von der anderen Seite der Wand war die Stimme zu hören. Sie schlich zur Tür und öffnete sie behutsam einen Spaltbreit.

Eine Frauenstimme. Leise und tröstend. Sie wusste sofort, dass *sie* es war.

Wut stieg in ihr hoch. Unwillkürlich ging ihre Hand in Richtung Waffe.

Nein, sagte sie sich. *Atme erst mal tief durch. Bleib ruhig. Denk nach.*

Sie spähte durch den Türspalt und stutzte. Der Raum, der schätzungsweise die Hälfte der Grundfläche des Gebäudes einnahm, war komplett in Weiß gehalten. Ganz hinten an der Wand saß Phil. Er war nackt. Die Frau saß neben ihm und hielt ihn ihm Arm.

Anni starrte sie an. Sie erkannte sie nicht wieder, aber sie musste es sein. Sie *musste* es sein.

Sie zog ihre Pistole aus dem Hosenbund und legte an.

Zielte.

Sie war bereit zu schießen.

66

»Hier«, sagte sie. »Nimm das.«

Sie legte eine Kapsel in Phils offene Handfläche. Er starrte verwundert darauf.

»Nimm sie einfach in den Mund und beiß kräftig zu.«

Er runzelte die Stirn. »Was … ich … aber …«

»Du musst einfach nur draufbeißen. Ich habe auch eine, ich mache es wie du. Wir machen es gleichzeitig und schauen uns dabei in die Augen, ja?«

Phil nickte und hoffte wieder einmal, dass das die erwünschte Reaktion war.

»Gut. Wir schauen uns in die Augen und lächeln. Und dann schlafen wir gemeinsam ein. Diese Welt kann uns nicht mehr halten. All unsere Sorgen werden hinter uns liegen. Wir werden nie wieder unsere Liebe vor anderen verstecken müssen. Nichts und niemand wir uns je wieder auseinanderbringen. Wir fliegen in die Ewigkeit. Zusammen. Wir beide. Für immer.«

Phil betrachtete die Kapsel in seiner Hand. Dann beobachtete er, was sie tat. Sie hob die Hand und steckte sich die Kapsel in den Mund. Lächelte ihn an.

»Na los, jetzt du.«

Mit einem Lächeln führte er seine Hand zum Mund.

67

Marina und Franks betraten das Gebäude. Das Sondereinsatzkommando wartete draußen auf den Befehl zum Zugriff, nur zwei Polizisten in voller Schutzmontur begleiteten sie. Die vier sahen sich um und warteten, bis sie erste Umrisse erkennen konnten.

»Da hinten«, raunte Marina und deutete auf einen schwachen Lichtschein weiter vorn.

Dann ging sie zielstrebig darauf zu. Sie hatte eine Gestalt erkannt.

Als diese Gestalt sie kommen sah, verschwand sie durch eine Tür in den angrenzenden Raum.

Wenig später hatte auch Marina die Tür erreicht und lugte durch den Spalt. Was immer sie erwartet hatte – *das* ganz sicher nicht.

An der hinteren Wand kauerte Phil, nackt, in den Armen einer ebenfalls nackten Frau. Beide waren im Begriff, sich etwas in den Mund zu stecken. Vor ihnen stand Anni mit einer Pistole in der Hand.

»Halt!«, rief Marina. »Alle sofort aufhören!«

Phil sah auf. Legte den Kopf schief. Musterte sie mit gerunzelter Stirn.

»Anni? Anni, was machst du da?«

Anni hielt die Waffe fest in beiden Händen und zielte auf die Frau. »Sie gehört mir. Sie hat Mickey umgebracht. Sie verdient es nicht anders.«

»Nein, warte!« Marina wagte sich einige Schritte weiter vor, darauf hoffend, dass ihre Freundin nicht feuern würde. Außerdem musste sie unbedingt Zeit gewinnen. Zeit zum Nachdenken. Sie hatte keine Ahnung, was zwischen Phil und der Frau vor sich ging, und wollte auf keinen Fall etwas tun, was seine Rettung gefährdet hätte.

»Was in Dreiteufelsnamen –« In diesem Moment kam Franks dazu.

»Bleiben Sie zurück, Gary«, warnte Marina ihn. »Bitte.« Er wollte etwas erwidern, doch sie brachte ihn mit einer Geste zum Schweigen. Sie stand jetzt mitten im Raum, zwischen Anni und der Frau. »Ich tue genau das, weswegen Sie mich mitgenommen haben, okay?«

Franks begriff sofort, nickte und zog sich zurück.

Marina wandte sich der nackten Frau zu, die zu ihr emporschaute. Sie hatte einen wilden Blick, wie eine Löwin, die kurz davor war, aus ihrem Käfig auszubrechen. Marina achtete darauf, sich nicht schnell zu bewegen. Sie wollte sie nicht unnötig reizen und diese wilde, unberechenbare Kraft entfesseln.

»Hören Sie mir zu«, sagte sie, obwohl sie nicht wusste, ob die Frau für Worte überhaupt noch empfänglich war. Sie konnte nur hoffen, dass sie das Dickicht ihrer Gedanken durchdringen konnte. »Er ist nicht derjenige, für den Sie ihn halten.« Sie deutete auf Phil. Sprach betont langsam und ruhig. »Phil ist nicht der, den Sie suchen.«

Die Frau knurrte sie an.

»Sie glauben, er ist Ihr Bruder, nicht wahr?« Marina schluckte trocken. Hoffentlich merkte die Frau nicht, wie viel Angst sie hatte. »Das ist er aber nicht.«

»Lüge!«, schrie die Frau.

»Ich lüge nicht«, beteuerte Marina, noch immer ruhig und besonnen. »Ich sage die Wahrheit. Er ist nicht Ihr Bruder.«

»Sie wollen ihn einfach nur für sich haben …« Die Frau umklammerte Phil fester.

Marina spürte, wie Anni hinter ihr versuchte, in Schussposition zu kommen. Widerstrebend drehte sie sich zu ihr um.

»Anni, tu das nicht … ich bitte dich …«

Anni hielt nach wie vor die Waffe in den ausgestreckten Händen. »Sie hat Mickey ermordet, Marina«, sagte sie und ließ die Frau dabei keine Sekunde lang aus den Augen. »Sie hat es nicht anders verdient.«

»Dann gehst du ins Gefängnis, Anni. Wegen ihr.«

»Na und? Wenigstens kann sie dann nicht weitermorden. Ich tue der Welt einen Gefallen.«

»Aber Anni …«

Marina nahm hinter sich eine Bewegung wahr. Die Frau versuchte, ihre Aufmerksamkeit auf sich zu lenken.

»Sie sind nur eifersüchtig!«, schrie sie. »Ja, Sie! Eifersüchtig auf die Liebe zwischen Phil und mir. Weil es bei Ihnen nie so war! Sie hat er *nie* so geliebt!«

Marina schob sich so unauffällig wie möglich auf die Frau zu. Hoffentlich hatte sie es nicht bemerkt.

»Mit Eifersucht hat das nichts zu tun. Ehrlich. Ich habe es Ihnen eben schon gesagt, und es ist die reine Wahrheit. Er ist nicht Ihr Bruder.«

»Nein … nein … das ist nur ein Trick. Man hat Ihnen gesagt, dass Sie mir das sagen sollen …

»Es ist kein Trick. Ich habe es recherchiert, ich weiß es. Phil ist nicht Ihr Bruder. Aber Ihr Bruder lebt, er ist irgendwo da draußen.«

Die Frau begann wild den Kopf zu schütteln.

»Nein … nein …«

Marina redete weiter auf sie ein. »Ihre Eltern wurden von einem Auftragsmörder getötet. Ihr Vater war Detective bei der Polizei. Er hat einen Gangsterboss aus Leeds überführt, und der hat ein Kopfgeld auf ihn ausgesetzt.«

»Nein … nein …«, sagte die Frau, immer lauter werdend, als wolle sie Marinas Stimme mit ihrer eigenen übertönen.

»Ihre Eltern wurden in einem geheimen Unterschlupf der Polizei getötet. Sie und Ihren Bruder ließ man am Leben. Danach bekamen Sie beide eine falsche Identität. Man hat Ihnen nie gesagt, wo er ist, und umgekehrt auch nicht.«

Die Frau hatte angefangen zu schreien. Sie schrie und stöhnte und schrie wie von Sinnen und hörte gar nicht mehr auf.

»Und dann …«, fuhr Marina fort, während sie sich behutsam immer weiter vorwagte. Sie nahm wahr, dass auch Anni sich bewegte, und streckte abwehrend die Hand nach hinten aus, um ihr zu signalisieren, sie solle stehen bleiben.

»Es tut mir sehr leid, Ihnen das sagen zu müssen«, fuhr Marina fort. »Es ist schlimm – aber man hat Sie vergessen. Sie sind irgendwie durchs Raster gefallen.«

»Nein … nein … Lügen … Sie Lügnerin …«

»Es tut mir wirklich leid, aber das ist die Wahrheit. Ich schwöre, dass es die Wahrheit ist.«

»Nein … nein …«

»Phil ist nicht Ihr Bruder. Er ist mein Mann. Und ich möchte ihn jetzt gerne wiederhaben.«

Erneut fing die Frau an zu schreien wie ein Tier, das in der Falle saß. Dann fuhr sie zu Phil herum und packte sein Gesicht.

»Nimm sie!«, brüllte sie ihn an. »Nimm sie …«

Marina begriff sofort, was los war. Sie machte einen Schritt nach vorn, versuchte der Frau zuvorzukommen. Doch plötzlich war ihr, als würde die Zeit sich verlangsamen. Die Entfernung zu Phil kam ihr auf einmal unüberwindbar vor, der Boden war zäh und klebrig wie Sirup. Marina versuchte zu rennen, aber es war wie in einem dieser Träume, in denen man einfach nicht von der Stelle kommt.

Die Frau drückte Phil zu Boden, versuchte mit Gewalt seine Kiefer zusammenzudrücken. »Beiß zu, beiß zu … nimm sie … Hör nicht auf sie … beiß einfach zu …«

Phil presste die Zähne aufeinander.

»Nein!«, schrie Marina.

Die Frau hob den Kopf. Ihre Augen blitzten triumphierend. Dann biss sie ihre eigene Kapsel entzwei und brach sofort zusammen.

Marina sank neben den beiden auf die Knie. Für die Frau kam jede Hilfe zu spät, sie war binnen weniger Sekunden tot.

Die Zeit blieb stehen. Alles war wie erstarrt.

Bis Anni in die Stille hineinschrie: »Du Miststück! Du bist mir entwischt …«

Sie hatte noch immer die Pistole in der Hand.

Marina streckte die Arme nach dem am Boden liegenden Phil aus und versuchte ihn hochzuziehen.

»Phil …«

Sie hatte Angst, ihn zu bewegen, wagte kaum, ihn zu berühren.

Er schlug die Augen auf und sah sie an. Lächelte.

»Marina … Du bist es …«

»Ja …«

»Ich habe nie Schneeengel gemacht …«

Er öffnete die Faust. In seiner Handfläche lag die Kapsel.

»Oh, Gott sei Dank …«

Marina riss ihn in ihre Arme. Tränen strömten ihr über das Gesicht. »Ich hab dich wieder … Ich hab dich wieder … Du bist jetzt in Sicherheit … in Sicherheit …«

Er löste sich von ihr, damit er ihr in die Augen sehen konnte. Er lächelte immer noch. »Marina … meine Frau …«

Jetzt konnte sie sein Lächeln erwidern. »Ja, die bin ich.«

»Nein … lassen Sie mich!«

Marina fuhr herum. Franks kämpfte gerade mit Anni um deren Waffe.

Sie wehrte ihn ab.

»Nicht –«

Ein Schuss löste sich.

Der Schrei erstarb auf Marinas Lippen. Die Kugel traf Phil. Sein Körper wurde von der Wucht des Projektils nach hinten geschleudert und sackte zu Boden.

Still und mit geschlossenen Augen lag er da. Unter ihm breitete sich sein Blut auf dem schneeweißen Boden wie ein Paar rote Engelsflügel aus.

SECHSTER TEIL

Wolken

68

Marina beobachtete aus einiger Entfernung, wie der Leichenwagen vorfuhr und die Sargträger den Sarg den Weg zur Aussegnungshalle entlangtrugen. Das Krematorium von Birmingham in der Walsall Road war so freundlich und einladend, wie man ein Krematorium eben gestalten konnte. Trotzdem kostete es Marina stets große Überwindung, herzukommen. *Nicht, dass es irgendjemandem da anders gehen würde*, dachte sie.

Dem Sarg folgte ein Pärchen. Der Mann war wesentlich älter als die Frau, hätte dem Aussehen nach sogar ihr Vater sein können, doch Marina wusste, dass es sich bei den beiden um Imanis Eltern handelte. Imanis Vater war sichtlich mitgenommen und konnte sich nur mithilfe eines Gehstocks und gestützt von zwei anderen Trauergästen vorwärtsbewegen. Der Tod seiner Tochter hatte ihn so schwer getroffen, dass er einen leichten Schlaganfall erlitten hatte.

Danach wurde es Zeit für die restlichen Gäste, ebenfalls hineinzugehen. Es waren zahlreiche Polizisten in Ausgehuniform erschienen, unter anderem auch Cotter. Sie und Marina hatten sich von weitem mit einem Nicken gegrüßt. Marina hatte Cotters Angebot, zusammen mit den Kollegen vom Revier zu kommen und während der Trauerfeier bei ihnen zu sitzen, abgelehnt. Sie fand, dass sie nicht das Recht dazu hatte.

Hinter ihnen betrat Simon Matthews die Aussegnungshalle. Auch er in Ausgehuniform. *Er gehört noch immer nicht wirklich dazu*, dachte Marina. Er nahm keine Notiz von ihr, doch sie tröstete sich damit, dass er sie vermutlich gar nicht gesehen hatte.

Sie wartete, bis alle drinnen waren, um dann als Letzte unauffällig hineinzuschlüpfen und sich einen Platz in der hinteren Reihe zu suchen.

Eine Stimme ließ sie innehalten.

»Hi.«

Sie drehte sich um. Anni Hepburn stand mit betretener Miene vor ihr.

»Hi«, erwiderte Marina.

Sie hatten seit den Ereignissen auf dem alten Gehöft nicht miteinander gesprochen. Seit Anni ihren Mann angeschossen hatte.

»Dachte ich's mir doch, dass ich dich hier finde«, murmelte Anni und blickte zu Boden, als wäre sie von dem Kies auf dem Vorplatz fasziniert.

Marina nickte stumm.

»Ich wollte ihr die letzte Ehre erweisen.«

Marina schwieg.

Anni seufzte. »Hör zu …«

»Wir sollten jetzt reingehen. Hier geht es um Imani.«

Anni nickte.

Gemeinsam betraten sie die Aussegnungshalle.

Es war eine humanistische Trauerfeier, womit Marina nicht gerechnet hätte. Der Mann, der sie leitete, schien zuvor lange mit Imanis Freunden und Kollegen gesprochen zu haben, und Marina stellte erstaunt fest, dass ihr während seiner Rede Tränen über die Wangen liefen, selbst während sie über einige der Anekdoten lachen musste.

Hinterher sprach sie kurz bei Imanis Eltern vor. Sie sagte, wie stolz sie gewesen sei, ihre Tochter zu kennen, und wie geehrt sie sich fühle, mit ihr zusammengearbeitet zu haben. Doch sie merkte schnell, dass die beiden ihre Worte gar nicht wirklich wahrnahmen. Vielleicht wollten sie auch nichts von jemandem hören, der mit ihrer Tochter so kurz vor ihrem Tod zu tun gehabt hatte. Also verabschiedete sie sich bald wieder und ging.

Anni holte sie ein.

»Können wir reden?«

Marina blieb stehen. Sie hatte nicht übel Lust, ihrer alten Freundin ein paar wüste Schimpfworte an den Kopf zu werfen. Stattdessen seufzte sie ergeben. »In Ordnung. Von mir aus.«

Sie machten sich auf den Weg zu einem Pub im Stadtzentrum. Das *Old Joint Stock* war einer von Phils und Marinas Lieblingspubs. Das Gebäude war in edwardianischer Zeit eine Bank gewesen und besaß noch immer die verschnörkelte Fassade und hohen Decken, die damals die Architektur bestimmt hatten. Im Hinterzimmer gab es sogar ein kleines Theater.

Nachdem sie sich am Tresen ihre Getränke geholt hatten, gingen sie in den ersten Stock hinauf, um sich dort einen Tisch zu suchen.

»Es tut mir so leid«, begann Anni. »Na ja, das versteht sich wohl von selbst. Hör zu, es war wirklich nicht meine Absicht –«

»Das ist mir klar. Sonst würden wir uns jetzt auch nicht unterhalten.«

Anni nickte, nippte an ihrem Gin Tonic.

»Was ist denn danach noch alles passiert?«, erkundigte sich Marina.

Anni zuckte mit den Schultern. »Sie haben mich aufs Revier mitgenommen. Franks hat mich zur Sau gemacht. Aber da du keine Anzeige erstatten wolltest, haben sie mich irgendwann wieder gehen lassen. Ich hab dich angerufen, aber du bist nicht rangegangen. Ich hab es mehrmals versucht.«

»Ich war im Krankenhaus, weil Phil –«

»Ich weiß.« Anni seufzte. »Das weiß ich doch, Marina.« Sie trank noch einen Schluck. »Gott, was für ein Albtraum.«

Eine Zeitlang saßen sie einfach nur schweigend da. Marina nippte an ihrem Rotwein, Anni an ihrem Gin Tonic.

»Pass auf«, sagte Marina schließlich und stellte ihr Glas vor sich auf den Tisch. »Ich bin nicht rangegangen, weil ...«

»Weil du bei Phil im Krankenhaus warst. Verstehe schon.«

»Darf ich vielleicht ausreden? Ja, ich war bei Phil. Aber es lag auch daran, dass ich nicht wusste, was ich zu dir sagen soll. Wenn Phil gestorben wäre, weil du ihn ...« Sie brachte den Satz nicht zu Ende.

»Ich weiß.« Wieder ein Seufzer. Eine Pause trat ein. Dann: »Gibt es was Neues?«

Marina schüttelte den Kopf. »Unverändert.«

Anni nickte, unsicher, was sie sagen sollte – was sie überhaupt sagen *konnte*, um die Situation zwischen ihnen zum Besseren zu wenden.

»Ich ... Das war die Trauer. So wird man, wenn man um jemanden trauert. So verhält man sich dann. Die ganze Wut in einem, die Rachegefühle ... Ich wollte nicht ...«

»Du wolltest sie nicht wirklich umbringen?«

Anni öffnete den Mund, besann sich dann aber. »Ich ... keine

Ahnung. Ganz ehrlich? Ich weiß es wirklich nicht. Ich meine, ich stand da, hab auf sie gezielt, und wusste, dass ich die Macht hatte, ihr Leben zu beenden. *Peng*, nur ein kleines Zucken meines Abzugsfingers. Und dann ist sie mir zuvorgekommen.«

»Wie hast du dich dabei gefühlt?«

»Betrogen«, gestand Anni, ohne nachzudenken. »Weil sie mich um meine Genugtuung gebracht hat. Um diese Macht. Ich ... ach, keine Ahnung. Ich wollte sie jedenfalls leiden sehen. Ich wollte, dass sie für das bezahlt, was sie Mickey angetan hat. Und das hat sie mir weggenommen. Aber als ich dann hinterher drüber nachgedacht habe, konnte ich gar nicht mehr sagen, ob ich, wenn es hart auf hart gekommen wäre, wirklich abgedrückt hätte. Ich glaube, ich wollte in erster Linie, dass sie Angst hat.« Sie nickte, als höre sie diese Worte zum ersten Mal. »Ja, ich glaube, genau das wollte ich. Ihre Angst.«

»Und dann ist die Situation außer Kontrolle geraten.«

Anni setzte sich kerzengerade auf. »Glaubst du, das weiß ich nicht? Glaubst du, dass die letzten Tage – oder wie lange ist es jetzt her, fast zwei Wochen? – nicht die Hölle für mich waren? Im Ernst? *Natürlich* waren sie die Hölle. Das war die beschissenste Zeit meines Lebens seit ...« Statt den Namen auszusprechen, verfielen sie in Schweigen.

Erst nach einer ganzen Weile fuhr Anni fort: »Dann wäre ich jetzt eine Mörderin. Eine Mörderin – selbst wenn es aus Versehen passiert wäre. Franks hätte mich garantiert drangekriegt. Ich würde jetzt im Gefängnis sitzen. Und ich hätte es nicht anders verdient. Ich würde jeden Tag für meine Tat büßen, und das wäre auch richtig so. Weil ich nämlich zwei der besten Männer verloren hätte, die ich je gekannt hab. Und bei einem wäre ich auch noch selber schuld.« In ihren Augen schwammen Tränen. »Ich hätte jede Strafe verdient.«

Erschöpft sackte sie in sich zusammen.

Marina konnte sie nicht ansehen. Es gab so viel, was sie ihr hätte sagen wollen. Deshalb hatte sie es auch nicht über sich gebracht, sie zurückzurufen. Sie hatte im Kopf ausgiebige Gespräche mit ihr geführt, Tag und Nacht. Hatte sie angeklagt, ihr bittere Vorwürfe gemacht und als Antwort jede nur erdenkliche Entschuldigung zu hören bekommen, auf die sie wiederum brillant mit einer weiteren Anklage reagiert hatte. So lange, bis Anni völlig am Boden war.

Aber als sie nun aus nächster Nähe sah, welche Seelenqualen ihre Freundin litt, wurde ihr bewusst, dass sie ihr nichts hätte vorwerfen können, was sie sich nicht schon längst selbst vorgeworfen hatte. Wenn sie sie beschimpfte, würde Anni es klaglos über sich ergehen lassen. Wenn sie ihr vergab, würde Anni es akzeptieren, auch wenn sie insgeheim nicht glaubte, dass sie Marinas Vergebung verdient hatte.

Also dachte sie stattdessen an Imanis Vater und erinnerte sich daran, was Trauer bei einem Menschen anrichten konnte. Welchen Preis man mitunter dafür bezahlte.

»Was ist?«, fragte Anni.

Marina versuchte sich an einem Lächeln. »Trink aus, die nächste Runde geht auf mich. Ich muss vorher nur noch kurz auf die Toilette.«

Sie ging nach unten und schloss sich auf dem WC in einer Kabine ein. Sobald sie wusste, dass sie allein war, ließ sie all ihrer Wut, Angst und Trauer, die sich in ihr aufgestaut hatten, freien Lauf. Eine Woge an Gefühlen schlug über ihr zusammen, und sie weinte, bis sie vollkommen leer war. Bis sie wieder das Gefühl hatte, aufstehen und der Welt entgegenzutreten zu können.

Sie entriegelte die Tür, überprüfte ihr Make-up, und trug dort, wo es nötig war, Concealer auf. Dann ging sie zum Tresen und bestellte zwei neue Drinks.

69

»Ich weiß, es ist ein längerer Fußmarsch, und Sie sind wahrscheinlich schon etwas außer Atem. Aber es lohnt sich, glauben Sie mir.«

Malcolms Mörder-Spaziergang fand wieder statt. Und die Geschäfte liefen besser denn je.

An Wochenenden hatten sich die Anmeldungen verdoppelt, ja, sogar verdreifacht. Und Malcolm gab sich redlich Mühe, allen Anfragen gerecht zu werden. Er hatte sogar das Skript seiner Stadtführung ergänzt, um den aktuellen Entwicklungen Rechnung zu tragen. Dass er es zu lokaler Berühmtheit gebracht hatte, weil er in das jüngste Verbrechen direkt verwickelt gewesen war, schadete natürlich auch nicht. Ganz im Gegenteil.

»So, da wären wir. Meander Mews, Colchesters jüngster Mordschauplatz.«

Die Zuhörer scharten sich neugierig um ihn. Was ein paar Wochen doch ausmachten. Er konnte es immer noch kaum fassen. Jetzt unterhielt sich niemand mehr während seiner Ausführungen oder kicherte oder schrieb SMS oder alberte herum. Nein. Jetzt hingen die Leute gebannt an seinen Lippen. Machten Ooh und Aah, wann immer er es wollte. Genau so hatte er es sich ursprünglich vorgestellt.

»An diesem Ort«, begann er und deutete auf das nichtssagend aussehende kleine Einfamilienhaus, »hat die Hexe, wie wir sie nennen, zwei Menschen umgebracht. Die Frau und den Sohn des Detectives, der die Ermittlungen gegen sie leitete. Sie hat es getan, um ihn sich gefügig zu machen. Damit er widerstandslos ihre Befehle ausführte. Jawohl, meine Damen und Herren, er stand unter dem Bann der Hexe. Sie hatte die absolute Macht über ihn.«

Natürlich hatten sie es alle in der Zeitung gelesen, in den Fernsehnachrichten oder im Internet verfolgt. Trotzdem wollten sie alles noch einmal mit eigenen Augen sehen. Wollten wissen, ob die Aura des Bösen noch im Haus zu spüren war. Einige behaupteten, dem sei tatsächlich so. Das hatten sie ihm selbst gesagt.

»Ich habe eine Art ... Präsenz gefühlt, als wir drinnen waren«, hatte eine Frau ihm hinterher berichtet. »Etwas Teuflisches ... Ging es Ihnen nicht auch so?«

Aber sicher doch. Nichts einzuwenden. Hauptsache, alle waren zufrieden. Und diese Frau war nicht die Einzige gewesen.

Selbsthypnose, dachte er. *Wie wunderbar*.

»Ja, meine Damen und Herren, genau hier ist es passiert. Hierher hat die Hexe die Frau und das Kind verschleppt und sie dann getötet. Und wie?, mögen Sie sich jetzt vielleicht fragen.« Sein Blick wanderte langsam über die Gruppe seiner Zuhörer. Das kam immer gut an. Machte die Sache noch ein bisschen dramatischer. »Durch Gift. Sie versprach dem Ermittler, er würde seine Familie wiedersehen, sobald er alles getan hatte, was sie von ihm verlangte. Aber er sah sie nicht wieder. Er hat so viele Menschen in ihrem Auftrag gemordet, nur für seine beiden Liebsten – nicht ahnend, dass sie längst tot waren. Grausam. Unvorstellbar grausam.«

Er wartete, während seine Zuhörer diese letzte Information auf sich wirken ließen.

»Woher ich das alles weiß?« Er lächelte. Jetzt kam der Teil, auf den er die ganze Zeit gewartet hatte. Der Teil, der ihm sogar schon des Öfteren zu Sex verholfen hatte. Oh ja. »Weil ich derjenige war, der die Leichen gefunden hat. Ganz recht. Ich selbst.«

Eine weitere dramatische Pause, dann fuhr er fort: »Ja, ich habe die Leichen gefunden. Und ich bin mir sicher, dass Sie viele Fragen dazu haben, aber lassen Sie mich zunächst weitererzählen. Wenn ich sie am Ende immer noch nicht beantwortet habe, dürfen Sie sie mir gerne stellen.«

Im Folgenden gab er eine Version der Ereignisse zum Besten, die keinerlei Ähnlichkeit mit der Wahrheit hatte. Von seinen Tränen erwähnte er nichts. Oder davon, wie er sich mehrfach auf der Straße übergeben hatte. Von den schlaflosen Nächten, die folgten. Davon, dass ihn das Erlebte dazu brachte, alles, was er je getan hatte, und alles, was er war, infrage zu stellen. Von all diesen Dingen kein Wort. Stattdessen war er der heroische Zivilist, der furchtlose Helfer, der sich bereiterklärte, am Tatort auszuharren und auf die Polizei zu warten, während seine Bekannte, eine Ermittlerin, losfuhr, um einen weiteren Mord zu verhindern.

»Gibt es noch Fragen?«

Zahlreiche Hände schnellten in die Luft. Er nahm sich viel Zeit für jede Antwort und stimmte sie mit diversen Ausschmückungen genau auf den Fragesteller ab. Maßgeschneidert, sozusagen. *Eigentlich müsste ich dafür einen Aufschlag verlangen*, dachte er bei sich.

Er hatte auch bereits ein Auge auf eine Frau geworfen. Sie stand ein wenig abseits am Rand der Gruppe. Nicht ganz so attraktiv wie die von letzter Woche, aber nicht übel. Von der Bettkante würde er sie jedenfalls nicht stoßen. Und er wusste genau, was die Blicke zu bedeuten hatten, die sie ihm zuwarf. Damit kannte er sich inzwischen aus.

Er war ein ganz neuer Malcolm.

Und er hätte nicht glücklicher sein können.

70

Marina saß an Phils Bett und wartete.

Die Zeit bemaß sich an den rhythmischen Geräuschen der Apparate, an die Phil angeschlossen war. Sie hielten ihn am Leben und gaben ihr Hoffnung.

Hoffnung. Das grausamste aller Gefühle.

Einmal, kurz nach der OP, war er für einige Minuten aufgewacht. Er hatte die Hände in die Seiten seines Betts gekrallt und in Panik gerufen, er könne sich nicht bewegen. Marina hatte auf ihrem Stuhl gesessen und geschlafen – es war derselbe Stuhl, auf dem sie auch jetzt saß und auf einen weiteren solchen Moment wartete. Nein, sie wartete nicht nur – sie hoffte.

Sie war hochgeschreckt, ans Bett gestürzt und hatte seine Hand genommen.

»Alles ist gut, Phil. Alles ist gut. Du bist in Sicherheit. Es ist alles in Ordnung ...«

Sie zog ihn in ihre Arme, versuchte verzweifelt, ihn zu beruhigen und zu trösten, während sie sich gleichzeitig nach Hilfe umsah. Es war niemand in der Nähe. Sie drückte auf den Knopf neben seinem Bett.

Er starrte sie an. »Bist du es wirklich?«

»Ja, Phil, ich bin es wirklich. Ich bin es.« Sie versuchte zu lächeln, ihrer Erleichterung Raum zu geben.

Er starrte sie mit weit aufgerissenen Augen an. Seine Unruhe legte sich ein wenig, jedoch nicht ganz.

»Es ist alles gut«, beschwor sie ihn erneut. »Leg dich einfach wieder hin. Beweg dich lieber nicht, sonst tust du dir noch weh.«

Er befolgte ihren Rat, ohne den Blick von ihr nehmen. Es schien, als wisse er nicht recht, ob er ihr trauen könne, auch wenn ihr Rat vernünftig klang und er das Gefühl hatte, dass sie die Wahrheit sagte. Wegen des Verbandes und der Schläuche konnte er sich in der Tat kaum bewegen. Doch in seinem Kopf schienen ihn noch ganz andere Dinge gefangen zu halten.

»Du bist im Krankenhaus«, erklärte sie ihm und rang sich erneut ein Lächeln ab. »Du warst eine Zeitlang ...«

Dann ließ sie den Kopf hängen und begann zu weinen.

»Oh Gott, Phil ... oh Gott ...«

Ihm fielen die Augen wieder zu.

Sie klammerte sich an seine Hand wie eine Ertrinkende.

Die Kugel war in seinen linken Lungenflügel eingedrungen, der daraufhin kollabiert war und sich mit Blut gefüllt hatte. Zum Glück waren die Polizisten vor Ort als Ersthelfer ausgebildet und hatten sich um ihn gekümmert, bis der Krankenwagen kam. Er hatte großes Glück gehabt, dass die Kugel sein Herz verfehlt hatte. Dennoch war sein Zustand kritisch gewesen, und er hatte über sieben Stunden lang operiert werden müssen.

Die Chirurgen hatten getan, was sie konnten, aber weil die Medikamente in seinem Blut seinen Körper stark geschwächt hatten, war er nach der OP in ein Koma gefallen.

Marina hatte den reglos daliegenden Körper ihres Ehemannes

betrachtet und versucht sich einzureden, dass das Koma ein gutes Zeichen war – ein notwendiger Schritt, damit der Organismus seine Selbstheilungskräfte mobilisieren konnte.

Sie sprach mit dem zuständigen Arzt, führte mit ihm die gefürchtete, aber notwendige Unterhaltung über Phils Heilungschancen, obwohl sie Angst vor seinen Antworten hatte.

»Prinzipiell gibt es keinen Grund, weshalb er nicht aufwacht«, erklärte er ihr. »Sicher, die Verletzung war ernst, aber wir haben ihn noch rechtzeitig operieren können. Kein Herzstillstand, keine Hirnschäden, es bestehen also hoffentlich gute Chancen, dass er sich erholt. Drücken wir ihm die Daumen.«

Hoffentlich, dachte sie.

»Wird er denn wieder vollständig gesund? Geistig, meine ich?«

Der Arzt zuckte mit den Schultern. Sein aufgesetztes Lächeln ließ ein wenig nach. »Nun ja, er hat ein schweres Trauma erlitten. Jetzt kommt es ganz auf seine Widerstandskraft an. Darauf, wie sehr er selbst gesund werden will.«

Marina hatte genickt. Hatte einen Blick auf ihren bewusstlosen Mann geworfen.

Ehe sie erneut ihren Platz an seinem Bett einnahm und weiter wartete.

Und dort saß sie noch immer. Sie wollte da sein, wenn er aufwachte. *Wenn* er aufwachte, betonte sie im Stillen. Nicht *falls*. Sie hatte etwas Ähnliches mit einem früheren Lebensgefährten erlebt. Hatte an seinem Bett gesessen und sich von den Ärzten fragen lassen müssen, ob sie damit einverstanden sei, die lebenserhaltenden Maßnahmen einzustellen. Ein zweites Mal würde sie das nicht durchstehen. Nicht mit ihrem Mann. Weder jetzt noch sonst irgendwann.

Josephina war in Birmingham. Es ging ihr gut. Marina hatte entschieden, dass es besser war, wenn sie ihren Vater nicht in diesem Zustand sah – unter anderem weil sie fürchtete, es könnte womöglich das letzte Mal sein. Sie wollte nicht, dass Josephina ihn so in Erinnerung behielt.

Nein, schalt sie sich. *So darfst du nicht denken. Niemals. Er wird aufwachen*. Sie glaubte fest daran.

Es würde schwer werden, das wusste sie. Die Frau hatte ihm Unaussprechliches angetan. Die meisten Menschen wären davon wahnsinnig geworden. Doch zwei Dinge gaben ihr Hoffnung.

Zum einen war er schon einmal aufgewacht. Und zum zweiten? Schneeengel. Er hatte sich an die Schneeengel erinnert – oder vielmehr: sich nicht daran erinnert.

Ganz gleich, wie schrecklich die Tortur auch für ihn gewesen war, er hatte einen kleinen Teil von sich bewahren können. Das war die einzige Erklärung. Ihm war bewusst gewesen, dass diese Frau nicht wirklich seine verschollene Schwester war, und er hatte sich aus freiem Willen entschieden, nicht mit ihr zusammen in den Tod zu gehen. Er hatte Marina wiedererkannt. Was sonst hätte ihn davon abgehalten, die Kapsel zu schlucken?

Wenigstens klammerte sie sich an diese Erklärung. *Musste* sich daran klammern. Es war der Funke, der in ihr den Glauben wachhielt, dass ihr Mann aufwachen würde.

Während der Stunden, die sie an seinem Bett verbrachte, führte sie ausgedehnte Unterhaltungen mit ihm. Sie stellte sich vor, was er auf eine bestimmte Bemerkung antworten würde, und reagierte wiederum auf seine imaginäre Antwort. So hielt sie eine Art Zwiegespräch am Laufen – ein Zwiegespräch, das sie hoffentlich bald wieder mit ihm würde führen können.

»Hast du den Tod und das ganze Leid nicht manchmal satt?«,

fragte sie ihn zum Beispiel, nachdem sie von Imanis Trauerfeier zurückgekehrt war.

Sicher, erklang seine Stimme in ihrem Kopf. *Aber so ist das nun mal in unserem Beruf. Es gehört dazu.*

»Meinst du?«, fragte sie. »Aber was haben wir erreicht? Was haben wir im Endeffekt wirklich vorzuweisen?«

Keine Antwort.

»Wir sind beide durch die Hölle gegangen, wir haben unsere Tochter vernachlässigt – und wofür? Was ist unterm Strich dabei herausgekommen? Eine verdammt gute Polizistin wurde getötet. Du liegst im Koma.«

Sie wusste, was er darauf erwidert hätte. Er hätte ihr gesagt, dass sie einer gefährlichen Psychopathin das Handwerk gelegt hatten, die für den Tod zahlloser Menschen verantwortlich war.

»Mag sein. Aber das Meiste davon hat sie lange vorher getan. Die Frage ist doch, ob wir wirklich etwas ausrichten. Haben wir etwas Gutes bewirkt?«

Was er darauf geantwortet hätte, konnte sie sich nicht vorstellen. Es fiel ihr einfach nichts mehr ein.

Also saß sie da und wachte an seinem Bett. Wartete darauf, dass dieses Fünkchen Hoffnung zu einer Flamme wurde. Dass ihr Mann endlich die Augen aufschlug.

Die Tage gingen ineinander über, einer war wie der nächste. Die Hoffnung war zur Routine geworden, so wie alles andere auch. Sie hatte gerade einen Abstecher zum Kaffeeautomaten im Flur gemacht. *Stockholm-Syndrom*, sinnierte sie. *Langsam schmeckt mir das Zeug.*

Sie setzte sich wieder auf ihren Stuhl. Neben ihr auf dem

Nachtschrank lag der aufgeschlagene Roman, in dem sie zu lesen versucht hatte. Er sah aus wie ein abgestürzter Vogel.

Sie sah Phil an. Keine Veränderung. Griff nach dem Roman. Versuchte sich in die Geschichte zu vertiefen.

Zuerst bemerkte sie gar nicht, dass er sich bewegte.

Sie seufzte, ließ das Buch sinken. Überlegte, ob sie ihr Handy rausholen sollte.

Dann sah sie es.

Ein Finger zuckte. Dann ein zweiter.

Sie starrte auf seine Hand. Sie war unfähig, sich zu rühren, ja, sie wagte kaum zu atmen.

Jetzt kam ein dritter Finger dazu. Gleich darauf ein vierter.

Sie blickte sich um. Wollte rufen. Jemand anders sollte es auch sehen, sollte diesen Augenblick mit ihr teilen. Sie betätigte den Knopf am Bett, um eine Schwester zu alarmieren.

Inzwischen bewegte er die ganze Hand.

»Phil ...«

Sie ergriff seine Hand, drückte sie ganz fest an ihre Brust. Flatternd hob sich sein linkes Augenlid.

»Oh Gott, Phil ...«

Ihr kamen die Tränen. Sie spürte, wie etwas Echtes, Greifbares in ihrem Innern Gestalt annahm.

Hoffnung.